一号木三杆洞

远山观月 著

陕西新华出版传媒集团
太白文艺出版社·西安

图书在版编目（CIP）数据

一号木三杆洞 / 远山观月著. -- 西安：太白文艺出版社，2021.7（2022.1重印）
ISBN 978-7-5513-1928-7

Ⅰ. ①一… Ⅱ. ①远… Ⅲ. ①长篇小说－中国－当代 Ⅳ. ①I247.5

中国版本图书馆CIP数据核字(2021)第079815号

一号木三杆洞
YIHAOMU SANGANDONG

作　　者	远山观月
责任编辑	谢　天　王　琦
封面设计	张洪海
版式设计	建明文化
出版发行	陕西新华出版传媒集团 太白文艺出版社
经　　销	新华书店
印　　刷	三河市华东印刷有限公司
开　　本	787mm×1092mm　1/16
字　　数	350千字
印　　张	22.75
版　　次	2021年7月第1版
印　　次	2022年1月第2次印刷
书　　号	ISBN 978-7-5513-1928-7
定　　价	65.00元

版权所有　翻印必究
如有印装质量问题，可寄出版社印制部调换
联系电话：029-81206800
出版社地址：西安市曲江新区登高路1388号（邮编：710061）
营销中心电话：029-87277748　029-87217872

目录
CONTENTS

1	第一章	球场初识
7	第二章	三亚扬帆
19	第三章	中国会所
25	第四章	小轩临水
35	第五章	北京坦言
42	第六章	生死"9·11"
50	第七章	成都一遇
61	第八章	青城对峙
68	第九章	匆匆伦敦
75	第十章	一盏莲灯
81	第十一章	情定上海
87	第十二章	成都芭比
90	第十三章	HT集团总部
94	第十四章	那年那月

99	第十五章	新加坡遇见
110	第十六章	游艇重逢
121	第十七章	她叫苏槿
131	第十八章	西藏自救
138	第十九章	请君入瓮
144	第二十章	游戏规则
154	第二十一章	安游中计
163	第二十二章	真实噩梦
170	第二十三章	云波大师
179	第二十四章	吴董事长
183	第二十五章	只能放手
190	第二十六章	京都安放
195	第二十七章	纽约等待
208	第二十八章	相聚洛杉矶
225	第二十九章	拉斯维加斯
238	第三十章	北京规划
243	第三十一章	曼哈顿生活
251	第三十二章	第五大道
260	第三十三章	激情夏威夷
276	第三十四章	找寻精彩
286	第三十五章	论道青城

293　第三十六章　名扬纽约

300　第三十七章　家有喜事

307　第三十八章　"5·12"汶川特大地震毁天灭地

316　第三十九章　生死与共

327　第四十章　　走向希望

337　第四十一章　可是,何嘉怡……

346　第四十二章　尾声

第一章　球场初识

2003年4月初的成都，城南中海名城门口，神仙树公园里的樱花开成了一片绵延的粉红。

刚刚开业的新阵地高尔夫俱乐部就建在公园旁边，这个占地不大、只有两层接待楼的俱乐部，一时间云集了城中大批显贵，门口的停车场里从早到晚挤满了各种名车。

高尔夫这项运动，随着新阵地的开业迅速在成都城南火了起来，各种风云人物来来往往。

同年的4月，中海名城这个城南的大型高档住宅区里，迎来了两位业主入住。

官悦，25岁，在成都本土最大的置信房产做了几年销售，端庄大气，颇有亲和力。她在工作期间认识了老公赵文涛，世界500强企业之一的一家通信公司中层，相处半年，两人闪电结婚，随后赵文涛被公司派往伦敦工作。官悦原本是要随行的，却阴差阳错地被同学拉着一起做起了绿化工程。

2003年前后的成都，大兴土木，城市建设轰轰烈烈。

何嘉怡，24岁，未婚，家境不错，父母都是成都华西医院的医生，大学刚毕业，家里便安排她在一家银行上班。她高冷、精致又时尚的外貌很

适合坐办公室,没事再跟着领导参加各种应酬活动,敲钟吃饭,签字拿钱,日子过得非常清闲。

何嘉怡一工作父母就给她买了中海名城的房子让她一个人住,正好在官悦的楼下。

官悦的车是一辆银灰色的奥迪A6,旁边的车位上停着何嘉怡耀眼的大红色宝马。两个人楼上楼下住着,互相知道彼此,但也就是在进单元门时点个头,偶尔在地下车库碰到了,互相看一眼彼此的车和包的关系。女人之间微妙的较量,总是心照不宣。

每次碰到何嘉怡,官悦都会多看几眼,何嘉怡高挑丰满,很会打扮,穿菲拉格慕的鞋,背LV的包,脸上的妆从来没花过,皮肤白净发亮,是那种一眼就能看出的养尊处优和保养得当,也是那种走在一起都能给朋友增色不少的姑娘。

官悦觉得,自己和这位美女之间应该会有交集。

入住桐梓林片区,除了享受高品质的生活外,身边随时都有养眼的人,精致而美好,他们能提醒官悦不停地努力,用经济实力去长久地追求美好生活。

官悦运气不错,在置信房产工作时被公司奖励去四川大学攻读工商管理硕士,班上的同学都是各行各业的精英,一旦认识了,机会便接踵而来。不到一年的时间,官悦就凭着做销售锻炼出来的高情商,跟同学合伙一起拿下了两个大型的道路绿化工程,快速开办起了自己的绿化公司,挣到了人生的第一桶金。

换房买车自然而然,搬到桐梓林片区的城南中心,一直都是官悦进入新贵圈层的计划之一。

每天进出中海名城,官悦都要从旁边的新阵地门口路过,一个新生事物诞生在家门口,不进去看一下不是她的风格,进去了不消费不是她的做派。更何况那是一项仅有少数人能消费得起的运动,玩过是时尚,玩好了,是一种身份的象征。

最重要的是,这项运动有利于她进一步结识更高级别的甲方。

楼上楼下两个邻居皮笑肉不笑地点头之交持续了几个月,夏天到来的时候,她们终于在新阵地有所交集。

两个人各自预订的高尔夫打位刚好挨在了一起。

一进门,官悦就看到何嘉怡正站在打位上做热身运动,红白相间的高尔夫运动服时尚靓丽,再一看打位旁边放着的却是球场的公用球杆。

走到打位旁,官悦让球童放下自己一整套的CALLAWAY①球包,虽然是初学套杆,却在气势上胜了何嘉怡一筹。

官悦自信倍增,大方上前,主动跟对方打招呼:"这么巧,你也喜欢高尔夫?"

何嘉怡愣了愣,目光不经意扫过官悦的球包,在高尔夫球场上,装备代表着资历,衣服再高档,都不如一支有来头的七号铁更能撑起气场。

带着淡淡的羡慕和疏离,何嘉怡点点头:"刚刚开始学。"

几个月来,在同一个单元进进出出,大家都已经不再陌生,只是美女之间端的都是一个姿态,没有让彼此都感兴趣的点,就没有合适的契机走近对方。偶遇在高尔夫球场,无形中说明两个人都有着共同的爱好,并且还有着差不多的消费能力,这一点其实很重要。

"这下好了,我正愁约不到人一起下场,我们可以组队了。"对于自己感兴趣的人,官悦一向都是单刀直入快速拿下,就像当初对老公赵文涛。

从成都边上一个小城市走出来的官悦,很懂得如何抓住一晃而过的机会,这是很多从小家境优越的同龄人缺乏的敏锐。

"下场啊?我恐怕还不行。"何嘉怡脸上有些迟疑和不自信,自己刚学不久,连球杆都还没有买,离下场的水平还差很远。

"你学了多久了?"官悦边戴手套边问道。

---

① CALLAWAY(卡拉威):Ely Callaway在1982年创立了Callaway Golf公司,是目前全世界最大的高尔夫球具制造商,生产和销售高尔夫球杆和配件。

"今天才第三次。"

"那下场正式打球还不行,但是可以感受一下了,老是在练习场里面打是不会有感觉的,在真草皮上击球和在练习场的垫子上击球是完全不一样的体验。"官悦摆出一副老手的姿态说得头头是道,其实自己也才练了一个月的球,下过两次场,但好在有运动天赋和对高尔夫抱有功利心,所以进步特别快。

"教练也这么说,但是我还没买球杆。"看了看官悦的球包,何嘉怡耸耸肩。

"你可以用我的试试,或者改天有空我带你去我朋友店里看看,他做球杆的,有很大的优惠。"拉近彼此距离,官悦最懂从哪里切入。

"好啊,我随时都有空。"何嘉怡眼神闪亮,一副很感兴趣的表情。

"我约好了他就告诉你,下场走一次,心里有了概念再来练球会有更好的球感。"

官悦说完,叫球童加球,顺便帮何嘉怡叫了三筐球,何嘉怡欣然接受,在后面练习的时候还主动谦虚地请教了官悦一些技术问题,官悦认真指点。

球还没打完,何嘉怡就先发出了邀请。

"要不就明天去买球杆,我想跟着你下场感受一下。"

"没问题。"

当时,成都打高尔夫的美女不多,又是楼上楼下邻居的,估计只有何嘉怡和官悦。

相遇、走近、互相欣赏,一切也就顺理成章。

打球结束后,两个人便互留了姓名、电话,从此,牢牢捆绑……何嘉怡开始频繁地主动约官悦练球。那种开着电瓶车,两个人享受大片宁静的草地,挥动球杆,旁边还有球童随时服务的感觉,让从小养尊处优的何嘉怡沉浸其中,无比欢喜。高尔夫这项运动一个人玩很枯燥,在这项运动中找到趣味相投又相互欣赏的同伴更不容易。

第一章　球场初识

　　从最初的高冷疏离，到后来气场相投、仰慕球技，何嘉怡对官悦转换到热情恭敬，也就是一个球场三杆洞的最短距离。

　　两个人相熟之后，形影不离。

　　用高冷伪装着自己的何嘉怡，其实比谁都孤独。

　　官悦很好奇，她们在同一个单元住着，却从来没见过何嘉怡的男朋友来看过她。

　　何嘉怡告诉官悦，她有个男朋友，在美国华尔街著名的投资银行工作，长年往返于纽约、北京两地，自己平常都是一个人，一有空就飞去北京会合。

　　在星光路的鹦鹉咖啡厅里，官悦帮何嘉怡点了一支烟："他为什么不来看你，要你跑得那么辛苦？"

　　"我更稀罕他呀。"何嘉怡皱着眉，撇撇嘴。

　　"那你注定会很辛苦。"

　　"能遇到他……我愿意。"吐出的烟雾，挡住了何嘉怡眼里的黯然。

　　"这是个什么样的男人，能让你这么对他，你怎么碰到的？"

　　"故事很长……"何嘉怡抖烟灰的手顿了顿，说，"简单说就是天赐良机，一眼定终身，所以虽然很累，但一直不放手。"

　　"那……为什么还不结婚？"

　　"就是因为太优秀，拿得出手，却带不回家。"何嘉怡毫不避讳，自嘲地笑了笑。

　　"国际投行男，只在书里见过，你必须介绍给我认识认识。"能让何嘉怡这样傲气有个性的姑娘追着满天飞的男人，官悦实在想认识一下。

　　"那你得认真陪我练球，他喜欢打高尔夫。"

　　因为聚少离多，所以何嘉怡有大把的时间约官悦打球、吃饭、逛美美力诚，还经常抢着买单，买完了还要拖着官悦去鹦鹉咖啡厅抽烟、喝酒、看夜景。

　　她不想一个人待着，长夜漫漫。

朋友不多，工作又清闲的何嘉怡，一跟官悦对上了眼便再也没有矜持高冷过，连官悦去应酬的各种场合，何嘉怡都要跟着一起，她说凭她在银行应酬惯了的经验，饭局上多一个她这样的美女，胜算能多三成。

其实要多六成。

何嘉怡在外面应酬风格迥异，坐在饭桌上从来不多说话，有酒就喝，有段子就听，手上涂得一丝不苟的指甲油配着她必备的爱喜女士烟，演够了抽进去是无奈、吐出来是叹息的高冷和沧桑。

一般的甲方都会被她这种特别的气质吸引而不停地献殷勤，这时官悦负责八面玲珑地周旋，何嘉怡负责频频举杯附和对方，一杯接一杯，等桌上趴一排了，何嘉怡却不醉，等酒兴上来了，官悦便见机说事，拉近关系说工程。

两个女人越走越近，何嘉怡经常说官悦一个女人在男人堆里周旋太辛苦，自己反正没什么事，好歹能帮官悦挡酒、挡低价中标，顺便也好挥霍光阴打发大把时间，免得胡思乱想。

估计是气场相投连带八字太合，几个月的时间，官悦和何嘉怡相互配合，连续拿下了两个绿化项目。

对于何嘉怡的鼎力相助，官悦很感激，想用实际行动来表达感谢。预订好了周末三亚的酒店和球场，官悦给何嘉怡打了电话，邀请她下场打球。

没有任何客套，何嘉怡立马表示："订两个房间，我男朋友正好要从北京飞三亚。"

第二章　三亚扬帆

　　三亚亚龙湾高尔夫俱乐部就在喜来登度假酒店的对面，早上7点开球，官悦一个人站在喷着水的发球台上，绿茵青翠，晨雾环绕。

　　她知道何嘉怡是不会来的，这趟到三亚，何嘉怡的心思不在球场，在床上。

　　前一天晚上10点才到酒店，何嘉怡在官悦办理入住手续的时候，重新化了个淡妆，然后两人各自回房，说好第二天自由活动互不影响。

　　三亚的太阳从早上8点开始就烤得肉痛，亚龙湾唯一的高尔夫球场门口，不是节假日照样很堵，这一天到了10点才打完九个洞。官悦躲在树荫下等上一组的人发球时，后面又上来一组两个人，先下车的男人因为跟自己老公赵文涛有点类似的外企气质，让官悦反复看了好几眼。一米八以上的身高，三十六七岁的样子，清爽俊朗，目光深邃，全身上下有一种通透的犀利夹杂在儒雅中，气度不凡。看气质和举止打扮应该是高知海归，用的是全套HONMA[①]，连衣服都是同一个牌子，带了个女的，长得挺可爱，年龄不大，像学生，居然用的也是全套HONMA，一副没经历过风雨的样子，脸上写满了青春张扬，看到官悦，扫了一眼，很淡漠地把脸扭开。

　　这时巡场员上来找到官悦，说前面太堵，必须跟这两位拼成一组打后

[①] HONMA：高尔夫球杆品牌。

面的九个洞。官悦无奈，这是球场规定，没有办法。

气度不凡的海归男礼貌地朝官悦点头微笑，示意女士优先开球。官悦点头笑笑，大大方方地走到十号洞的红T①上，接过球童递过来的一号木杆，试挥了两次后调整好站位和距离，深吸一口气挥杆出去，因为有人看着多少有点紧张，转身不是很到位，杆面开得太多，稍微有点右倾，但距离不错，在一百八十码以上。海归男很捧场地微笑鼓掌，官悦朝他笑了笑表示感谢，顺便扫了一眼那个女的，她在故作不屑地看着远方。

海归男没管她，自己先去了蓝T②开球，没试挥，直接挥一号木杆出去，流畅有力，弹道漂亮，在二百五十码以上，HONMA特有的声音清脆悦耳，镀金的杆面经太阳一晃，张扬感扑面而来。一看就是个老球手。

女的等海归男打完，这才拖着球杆慢吞吞地走上红T，一握杆一站位就看出来是个装备爱好者，用最贵的球杆，穿最专业的衣服，到球场主要是来坐电瓶车拍照的，与球技无关。

站在果岭上扭捏了半天她才发球，一下杆就打地，球滚下了发球台。她瞪着眼让球童补一颗球，再次挥杆，这次球打起来了，但是掉到了水里。这下好了，一副怨天尤人的样子站在发球台上闹着不走，跟海归男撒娇说没打好，还要再补一个球。说话时，一口浓浓的港台腔。

海归男充满歉意地朝官悦笑了笑说抱歉，朝着那个女的不紧不慢地说道："你不能这样，要遵守球场规则，今天很堵。"海归男看了看后面，走到发球台上非常耐心地指导她："挥杆时不能抬头，身体旋转幅度不能太大，挥球杆的速度不能比身体转动还快，注意杆面。来，再试一次。"一口很好听的北京腔加上说话时的安然自若，让官悦多看了他几眼。

女的再次开球，插T、放球、再发球，一杆出去，球直接出界。

官悦在一旁低头扶额忍着不去看她，听见她丢了球气急败坏地用港台

---

① 红T：高尔夫球钉（golf tee），用来支撑和垫高高尔夫球，红T适用于女士、儿童球手。

② 蓝T：适用于男士球手。

腔说着:"这是什么破球,我不打了,不打了!"

这次海归男耸耸肩笑了笑,什么都没说,转身上车。

官悦面无表情,尽量看着远方,但还是明显感觉到气氛有了些许不同。

好不容易打完十八个,海归男礼貌地跟官悦握手,互相说了声"打球愉快"。国际化的笑容里面,带着规范和疏离。

四目相对时,能看到这个男人的眼神里有一种被经历和智慧打磨锤炼后的明亮和透彻。

官悦觉得,这是个有故事的男人。

海归男转身上前几步,牵着因为后九个洞都没打好而生气的"出界女"朝球车走去。

官悦站在电瓶车旁边看着这两个人的背影,慢吞吞地取下手套,摇了摇头。

这么有气质的男人,对一个娇气蛮横的小姑娘如此温柔体贴,这背后的故事不简单。

电话响起时,官悦正在会所洗澡,何嘉怡说她在酒店大厅等官悦吃午饭。

官悦很奇怪:"你那个华尔街男朋友呢?我们不是说好各自活动的吗?"

何嘉怡打着哈欠:"一早就下场打球去了,我才起来,腰酸背痛。"

喜来登度假酒店负一楼的全日餐厅一直延伸到了花园中间,两个美女坐在瀑布旁边,中午的时候海滩上没几个人。官悦夹着白切鸡看向何嘉怡:"多吃点补身体,这才第一天。"

何嘉怡没说话,捧着球一样的冰冻椰子闷头猛吸。

"你这是内火攻心,要不早点回房间休息吧?"

"赶紧吃,吃完了去海边游泳。"何嘉怡瞪官悦一眼,有点心不在焉。

烈日炎炎,海风习习。

海滩上的躺椅边,官悦在看到何嘉怡换好比基尼披着一条飘逸的纱裙

一步三晃走过来的时候，很自觉地把自己的抹胸裙往上拉了拉，转身拿了防晒霜不怀好意地看着何嘉怡："我来帮你搽防晒霜吧，前面'海拔'太高，你不方便。"官悦说着就去拉何嘉怡的纱裙。

何嘉怡边躲边笑，笑起来的声音很豪放，时不时带点脏话，完全没有在成都饭桌上装沧桑时那么羸弱忧伤。

两个女人正在太阳伞下大声笑着互相逗趣，突然听到嗷的一声，有人被她们撞倒了。对方一连串的号叫中带着熟悉的矫情，官悦一边连声说着"对不起"，一边转身，地上坐着的就是刚才一起打球的"出界女"，"出界女"身后不远，站着那个好看的海归男。

海归男的眼神越过"出界女"，越过官悦，落在了微微张着嘴有些惊讶的何嘉怡脸上，稍稍愣了一下，扬扬眉，泛起他淡淡的笑容朝着她们走过去，看看满脸潮红的何嘉怡，又看看官悦，没有任何客套，淡淡地说："原来你们认识。"

官悦有些不解，朝他点头微笑："好巧，都住喜来登，你们……"转头，茫然地看着何嘉怡，等她做介绍。

"出界女"唠叨着站起来，也是一脸茫然地问海归男："你们认识？"

海归男回道："对啊，这是何嘉怡。"然后看着官悦微笑着，"没想到何嘉怡说的朋友是你。"

何嘉怡这才回过神，看了看"出界女"，将丰满的胸部从C罩杯挺出了D罩杯的效果，眼神依然停留在海归男的脸上，对着官悦认真地说："这是我男朋友尹汀。怎么，你们今天打球碰到了？"又带着满眼的温柔看着海归男，"汀哥，这就是我经常给你说的官悦。"

"男朋友？'影厅'？"官悦没忍住，声音高了几度，心里开始万马奔腾。什么情况？早上牵着个女的在球场拼组打球的这个男人，就是传说中何嘉怡的华尔街精英男朋友？昨晚不是半夜在何嘉怡房间帮她卸妆吗？今天一早在球场又是演的哪出？何嘉怡介绍的是男朋友，人家介绍的是何嘉怡，而已！

"男朋友？"跟着官悦一起放大了声音的，还有旁边的"出界女"。

何嘉怡朝着吃惊的官悦眨了下眼睛，没有理会"出界女"，说道："嗯，以尹天下的尹，岸芷汀兰的汀，我男朋友尹汀。人长得好看又能干，球技一流，我没骗你吧？"

尹汀站在对面似笑非笑地看着何嘉怡，官悦咳了一声，不由自主地扯了扯嘴角。

何嘉怡说完看了一眼"出界女"，高冷地说："你就是汀哥说的他在洛杉矶的邻居……洋芋？从美国追到这里找他打球的那个洋芋？"

"出界女"被何嘉怡捷足先登的气场镇住，愣了一下，瞪着眼："什么洋芋？我叫杨旭，杨柳青青的杨，旭日耀苍的旭！他什么时候有你这样一个女朋友的？怎么没听尹汀哥说过！"

杨旭一脸无法接受的表情，何嘉怡则在旁边仰视着她的"岸芷汀兰"笑而不语。

33℃的太阳下，官悦好像闻到了来自太平洋彼岸的冰雹味道。

那个叫尹汀的海归男转身，声音有些慵懒："太热了，都过去喝两杯吧。"

一招化凛冽为无形，功力不浅。

有一种人，他们天生就有控制力，能让人在纷乱的局面中不知不觉地按照他的磁场扭转方向，以他为中心重新规划路径。

尹汀这个人，具备这样的实力，也很容易挑起女人的征服欲。

能在两个女人凛冽的刀光剑影中泰然自若，这样的男人要不是情场高手，就是有着超然物外的精神世界。不管是哪一种，杀伤力都所向披靡，再配上他眉宇间那淡淡的忧愁，官悦基本已经看到了何嘉怡多舛的命运。

跟自己的老公赵文涛比起来，官悦暗自庆幸。

走了走神，官悦跟了上去，这地方不是热，而是燥热。

沙滩吧的鸡尾酒还不错，加了冰和薄荷，官悦用托盘端了几杯，

递给坐在吧台旁边的何嘉怡一杯酒,翻给她一个"你欠世界一个解释"的白眼。

何嘉怡接过酒直接递到了身旁尹汀的面前,连一个"等下给你汇报"的表情都没有,用官悦在成都从来没有见过的温柔语气说道:"尝一下这个吗?不喜欢我给你点冰咖啡。"

尹汀接过酒朝她笑笑,却没有何嘉怡那样包罗万象的眼神:"可以,就喝这个。"

站在旁边的洋芋姑娘一脸的不甘示弱,毫不客气直接坐到了尹汀的另一边,伸手接过了尹汀手上的酒杯,一饮而尽后虎视眈眈地盯着何嘉怡。

尹汀依然微笑着,洋芋小姐挨他很近,他并不介意,连官悦都看出了一些不同寻常。

坐在这三个人对面,官悦的长发略显凌乱,一颗晶莹剔透的八卦心被他们搅得翻江倒海,遮云蔽日,却又要尽量做出一副这世上无常便是平常的通透模样,不见功利,不问悲喜。

既然大家都沉得住气演戏,那便只有耐着性子去看。

为了缓和气氛,官悦摸出一支芙蓉王,习惯性地递给何嘉怡一支,何嘉怡没有接,愣了一下:"谢谢,不会。"

尹汀拿起桌上的火柴帮官悦点上,很绅士。官悦看到他干净的手指甲修剪得非常漂亮,手腕上戴着宝玑的陀飞轮,身上换成了白色T恤,配一条米色亚麻休闲裤,简洁潇洒,深沉儒雅。

尹汀没说话,坐不住的是洋芋小姐,跟在球场时一样的霸道。官悦觉得这点很好,表里如一,这么通透的姑娘,在何嘉怡面前,就是一簇小柳絮。

小洋芋一副受害者的样子盯着尹汀:"她真的是你的女朋友吗?你什么时候交的女朋友?我怎么不知道?你没说来三亚还有其他人的啊!"

尹汀收回看向湛蓝海面的深邃目光,看小洋芋一眼,并没回答她的问题,若无其事道:"你想来打球正好啊,何嘉怡和官小姐的球都打得很好，可以带着你玩的。"

小洋芋撇撇嘴，一字一句中带着强势："我只习惯跟你打球，明天早上还要你陪着我打！打完了我要跟你一起飞拉萨！"

明晃晃的宣战，这是要跟何嘉怡抢人。官悦斜眼看何嘉怡的脸色，而何嘉怡却看向尹汀，声音更温柔了一些："你平时工作那么忙，好不容易有空来待两天，要多休息。"说话的时候眼睛里透出的心疼明显多过了脸上的关怀。

官悦突然间明白，为什么尹汀一大早就去陪小洋芋下场打球，估计他是真想休息。

尹汀不置可否，皱眉问小洋芋："怎么突然对拉萨感兴趣了？"

小洋芋往沙发上一靠，看向大海："每年都是我爸陪你去，今年我要陪你，我也想去拉萨朝拜，那里是人间净土，能让你蜕变也能让我升华，我要洗涤我疲惫的心灵！"小洋芋坐起来，嬉皮笑脸地挽着尹汀的胳膊，"我最近看了很多的书，我要去寻找内心深处的自己，让自己更加优秀。"

尹汀的眼神，在小洋芋说到拉萨的时候，明显变得冷漠了。他定了定神问小洋芋："你爸知道你要去拉萨吗？"

"现在是放假时间，他管我干吗？我是去洗涤心灵，又是跟你在一起，他不会反对的。"

何嘉怡在一旁边听边朝官悦翻白眼，官悦回她一个"懂了"的眼神。

一个还在读书的小屁孩儿，还谈疲惫和心灵，你实际上就住在你爹妈的信用卡里面，还真不需要千山万水跑去拉萨洗涤。

何嘉怡对着官悦晃了晃头，抿了口酒懒洋洋地问小洋芋："姑娘你最近看了什么书，将你的灵魂升华得这么剔透？借我们看看，也好跟着去拉萨洗涤一下心灵。"

"Hermann Hesse 的 *Demian: The Story of Emil Sinclair's Youth*（赫尔曼·黑塞的《德米安：彷徨少年时》）。"

小洋芋不屑地瞄了一眼何嘉怡，用一连串英语回答了她。

"少年,我怎么觉得你还是很彷徨呢?看书的时候倒着拿的?"何嘉怡继续调侃小洋芋。

"今年去拉萨的时间我定不了。"尹汀若有所思,打断了她们,明显不愿继续关于拉萨的话题,慢慢说道:"在三亚玩两天,回洛杉矶去吧。"

小洋芋也像突然懂了什么似的没再继续,站起来,霸道且不容商量地对着尹汀说:"随便你,反正我回国了就要一路跟着你!走吧,你答应了陪我出海的,我先去租帆板等你!"说完看也没看何嘉怡和官悦,带着一阵香风朝沙滩另一边的俱乐部走去。

尹汀略带歉意地对官悦笑笑,像是在说给官悦听,又像是在给何嘉怡解释:"杨旭还在读书,正是比较张扬的年龄,他父亲以前是我在纽约的同事,也是很好的朋友,我是看着她长大的。"

"怪不得,原来是这么近的关系。"官悦表示理解。

"从现在开始,你要看着我长大。"何嘉怡大大方方拉起尹汀的手,"你要有时间跟我爸处成朋友我也不反对。"

尹汀一笑,难得开怀,面对何嘉怡这种赤裸裸表达想见家长的意愿也是一笑而过:"一起出海吧,两位喜欢玩帆板吗?"

"走啊走啊,好久没玩了,你带着我就行。"水上项目是何嘉怡的强项,他们银行在三亚有培训中心,经常来培训兼度假,听到出海眼睛都在发亮。

官悦点点头,她这几年做工程,说好听了是自己当老板,说难听点其实就是"三陪",一到周末、节假日就得想尽一切办法把重要的人请出来,吃好玩好工程才能谈好。学习各种时尚玩法是她工作的一部分,比如,高尔夫和帆板。

尹汀起身牵着何嘉怡往大堂外面走去,官悦走在他们后面,在尹汀看不到的角度,官悦给何嘉怡比了个中指,何嘉怡抛了个媚眼,伸出舌头舔了舔嘴唇。

三亚海边,何嘉怡一米七的身高跟尹汀走在一起非常协调,飘逸的纱裙在阳光的穿透下将里面只穿着比基尼的身段勾勒得婀娜多姿,她拉着尹汀的手不放,迎风,远望,眼里偶尔会有一闪而过的迷茫与脸上的洒脱碰撞。

面对尹汀的深不可测,官悦完全能感受到她深藏在心里的恐慌。

尹汀这样的人,背后应该有太多的故事,不管是勇敢的何嘉怡,还是单纯的小洋芋,都很难攻下这座堡垒。

张扬的小洋芋已经在酒店的俱乐部租好了帆板等尹汀,看见三个人过去,远远地大喊:"何嘉怡,放开我家汀哥!汀哥哥,快去换衣服,我们俩一起出海。"

何嘉怡白了她一眼,不放手:"要玩大家一起玩,汀哥又不是你的。"

官悦无语,幼儿园都还没到放学时间,这两个插班生是怎么跑出来吵架的?

半小时后,四艘帆板已经漂出了酒店的所属海域,随风沉浮,踏浪欢歌。

三个女人一上板就激动得抛开了一切敌对情绪,在板上玩得大呼小叫,笑声飞扬。

官悦和何嘉怡看着小洋芋,不愧是在美国玩大的,上板、起帆、测风、力量、平衡都是一流,一气呵成。拉帆、转向的时候两个人都相继落水,只有小洋芋和尹汀稳稳当当,人帆合一,英姿飒爽,在被太阳照成金色的海面上迎风破浪,使得之前对小洋芋所有不好的印象一扫而光。

尹汀了解小洋芋的水平,放慢了速度,不敢离官悦和何嘉怡太远,慢慢地跟小洋芋拉开了距离。当官悦再一次失去平衡掉进海里,游到板边使劲往上爬的时候,一抬头就看到旁边的何嘉怡慢慢把帆放下,悄悄滑到海里,朝着尹汀的帆板无声无息潜去,20多米的距离没换一口气,一直潜到尹汀板下才露出水面,抓住尹汀的脚,生拉硬扯地把他拽下了海后大笑着挂在了尹汀的身上。

尹汀一手扶着板,一手搂着何嘉怡,笑容可掬,低声耳语,两个人放松了身体仰面漂浮在海面上,何嘉怡游了两下,突然一个翻身吻向了尹

汀，相拥缠绵着卿卿我我，沉到了水下……

官悦摇摇头，吃力地爬上帆板，调整了方向悄悄漂离了他们。

回到酒店天已经快黑了，小洋芋一路上骂骂咧咧，怪自己为了强出风头没看好阵地，等她迎风高歌越漂越远的时候一扭头，才发现只有官悦一个人在她后面，其他两个人完全不见了踪影。

何嘉怡哼着小曲朝餐厅走去，尹汀若无其事地问小洋芋晚上想吃什么，小洋芋站住，转身，冲着尹汀大吼一声："你！"

官悦赶紧走开，看了一眼何嘉怡，有点担心，她今晚可能要费点心思才能把人抢走了。

一屁股坐在餐厅靠窗的位置上，何嘉怡叫来服务员，拿着菜单手脚麻利地点了一桌子的菜，开了两瓶红酒。

张罗好了这才抬起头招呼身旁的尹汀和对面翻着白眼的小洋芋，倒酒、举杯，笑得有点诡异地说："祝大家假期愉快，有缘共度良辰美景。"

官悦和尹汀举杯共饮，小洋芋不理大家，自己端起酒杯一饮而尽。

尹汀放下酒杯，拿开了小洋芋的杯子："喝一杯可以了，别喝了。"

"现在你知道管我了？刚才跑哪里去了？"小洋芋怒气冲冲，不让喝就非喝不可，喝点酒正好可以借酒撒气，站起来，又给自己倒了一杯。

官悦被小洋芋的样子逗笑了，拿起酒杯："来，我们两个喝一杯，你刚才在海上太帅了，我得请你当教练。"

"那就帮我把她喝倒。"小洋芋觉得自己必须找个同伴一起把何嘉怡给收拾了。

官悦夸张地瞪了瞪眼睛，就小洋芋这种品着鸡尾酒、香槟长大的姑娘想挑战喝粮食酒的何嘉怡……官悦想了想都觉得于心不忍。

何嘉怡赶忙站起来帮小洋芋殷勤倒酒："让你这么不高兴真是不好意思，我自罚一杯，你随意。"

说完潇洒地端起杯子，干了。

小洋芋哼了一声，端起酒杯也喝了一杯。

等菜上了桌，何嘉怡没吃两口又张罗着倒酒："欢迎小洋芋同学有机会去成都洗涤疲惫的心灵，我们那里，满街都是洗浴中心。"

　　"何嘉怡，差不多了，她……"尹汀想阻止何嘉怡撺掇小洋芋喝酒，话还没说完就被小洋芋顶了回去："要你管！你怎么不管她？"越劝越止不住了，小洋芋已经进了何嘉怡挖的坑，赌着气，一杯接一杯，绝不输气势……

　　喝到第6杯的时候，何嘉怡举杯，看着官悦："官悦，敬你！"

　　"为啥？"

　　"麻烦你今晚照顾一下小洋芋。"

　　官悦一扭头，身边的小洋芋已经趴在桌子上睡得正香。

　　官悦早起，约了8点开球，准备先去球场，出门之前帮旁边的小洋芋重新盖好了被子，这姑娘从昨天晚上被她扶回房间到现在都没换过姿势。仔细看那张脸，卸掉了白天故作老练的表情后，熟睡的样子其实非常可爱，真不知道等醒了，发现昨晚中了"奸人"毒计会是什么反应。

　　手机响起，官悦看了一下是何嘉怡，皱了皱眉头，很是诧异，酒后乱性的人怎么会起这么早？

　　电话里传来何嘉怡丢了三魂七魄的声音。

　　"我在餐厅，下来。"

　　听着语气不对，官悦不敢耽搁，赶紧下楼。

　　一楼户外餐厅靠海的地方，何嘉怡没化妆，两眼无神，正在点烟，看官悦坐下，递了一支烟过去。

　　官悦故作礼貌地推辞："谢谢，不会。"

　　何嘉怡没理官悦，现在的她连调侃的兴致都没有了。

　　"怎么，姿势不对伤人伤己了？"官悦给自己点了杯咖啡，又叫了杯豆浆给何嘉怡，"来，富含雌激素，补一下。"

　　何嘉怡猛吸一口烟："48小时之内不要让我一个人待着。"

　　"48小时之内你要渡劫？"官悦不解。

　　何嘉怡目光涣散:"尹汀被叫回公司了,已经坐早班飞机回北京了。我现在元神离体,需要你给我护法。"

　　官悦紧张了一下:"我房间的小洋芋怎么办?"

　　"他给她买好了晚点飞北京的机票,给我们买的下午回成都的,都是头等舱。"

　　"怎么这么客气,太客气了,什么机型的头等舱?座位能放平吗?"面对何嘉怡满脸的凄苦,官悦笑得很愉快,实在是难掩头等舱带来的喜悦。

　　"姓官的,你到底管不管我了?"何嘉怡趴在桌上,把头埋在臂弯里面,声音有气无力,"等了几个月好不容易等到的人,这才见了一天又飞了……"

　　"不至于吧?我以为你早就习惯了投行男的忙碌。"官悦推了一下何嘉怡,没想到她真的伤感成了这样,"好了好了,有啥憋屈的跟我倾诉,今天我不去打球了,你先好好给我交代一下你们到底啥情况?这一天一夜,我这颗八卦玲珑心都让你们给虐碎了。"

　　何嘉怡连续点了两支烟,往事历历在目,故事绵长。

　　命运的跌宕,起伏在三亚清晨的海浪声中。

第三章　中国会所

2000年，何嘉怡大学还没毕业就被父母找关系安排进了现在的银行实习，因为长得漂亮，父母跟行长关系又好，再加上天生一瓶不倒的好酒量，只要是行里有重要活动，领导都指名让何嘉怡去参加。

当时在成都，中国会所是最大最高端的餐饮娱乐会所，也是何嘉怡他们银行的大客户。2000年的10月，中国会所的歌剧院盛大开业，邀请了全国很多商界、金融界的高端人士。那天星光灿烂、名流云集，在场的人在觥筹交错间相谈甚欢。

何嘉怡用了一个下午的时间打扮自己。

妆容精致，一袭湖水蓝V领露背及地长裙，清新高雅。礼服勾勒出她纤细丰满的身段，一头及腰的长发挡住了大部分的背部，仪态万方、曼妙婀娜。

银行用最好的车把她送到铺着红地毯的歌剧院门口。闪光灯从四面八方亮起的时候，何嘉怡下车，用微微冒着汗的手顺了顺长裙的裙摆，确定银色高跟鞋的后跟没有挂到裙摆之后，一步一步走向大厅。

她的出现引起了在场不少名媛的侧目。年轻、漂亮、气质极佳。虽然佩戴的都是水晶饰品，但是它们努力迸射出来的光亮还是为何嘉怡撑足了气场。

走到签到处,她在背景板上龙飞凤舞签下"何嘉怡"三个字时,闪光灯闪烁不断,晃得她眼前一片白茫茫。

那天的何嘉怡,的确很美丽。

歌剧院现场的活动分为很多板块,有表演,有画展,有讲座,何嘉怡不想跟陌生人交际,不想没话找话强装笑颜。一个人端着一杯香槟,四处转了转。

走到贵宾厅,里面正在进行一场金融讲座,何嘉怡往里面看了一眼,人不少,但是没什么兴趣。

正准备离开,眼睛余光扫了一眼门口的指示牌,她突然停了下来。

指示牌上写着:金融讲座,特邀尹汀博士主讲。下面有一排介绍:尹汀博士曾就读于北京大学,在美国芝加哥大学攻读经济学博士,现任美国华尔街KPT投资银行执行董事。芝加哥大学是新自由主义的阵地,推崇经济自由主义和社会达尔文主义,创立著名的芝加哥经济学派,在这里尹博士深受一代宗师货币学派创始人弗里德曼、新自由主义代表人物哈耶克、新制度经济学代表科斯等人的经济自由主义思想的影响。

"尹汀!"这个名字让何嘉怡瞪大了眼睛,再一看介绍,确实是芝加哥大学的尹博士。

全身的血液迅速汇集到头上,有一阵眩晕袭来。何嘉怡扶着指示牌,有些不可思议。

她忐忑地走进贵宾厅,里面坐满了人,最里面中间靠墙的位置坐着今天的主讲人——尹汀博士。

何嘉怡咬着嘴唇定了定神,提一口气走了过去,慢慢绕过众人,选了外围的角落坐下。扫视一周,目光穿过人群,远远看着前面的尹汀。

清爽俊朗,气宇轩昂,儒雅深沉,轮廓分明的脸上,浓眉如墨。

确实是他,那个3年前在北大以华尔街精英身份返校给学子们讲授交易成本的尹博士,再一次闪闪发光地坐在了自己的面前。

时光穿梭,百感交集。

第三章 中国会所

当年北大的相遇，气度不凡的尹汀在讲台上自信从容的样子深深刻在了何嘉怡的心里。这么多年来，生活中她再也没有见到过有他那种光环的人。

此时的尹汀比3年前更加成熟，依然有着初见时让何嘉怡为之沉迷的清爽俊朗，声音低沉浑厚，抑扬中带着点鼻音，语速缓慢，字字铿锵，一身精致的西装配戴同色系的领结。那种在国外长期熏陶、学问衬托着高雅、浑然天成的气质，是在场所有人都无法比拟的。

此时的尹汀如当年一样被围在贵宾厅的中间，在人群中耀眼而又闪亮。今天的他从倾茶事件讲到美国独立战争，从美国独立战争讲到英国亚当·斯密的《国富论》，接着又阐述了《国富论》这部宝典是如何影响并促进现代市场的经济发展的。

侃侃而谈，娓娓道来。

讲座临近结尾，尹汀说道："这些经典就像一只看不见的手在操纵着整个世界，要不成为助你统揽财富的助手，要不成为催你坠入深渊的推手……"

直到现场响起一片掌声，何嘉怡还沉浸在尹汀富有磁性的嗓音中。尹汀起身，被人群包围，有人在请教，有人在交换名片，有人在中间做介绍。

人群之外，何嘉怡的目光追随着尹汀。

"尹博士，这位是HT集团的吴董事长。"说话的是个着正装的中年男人。

"老吴，尹博士是美国华尔街KPT投资银行的执行董事，年轻有为，刚刚回国就名声大噪，前一阵作为LB集团的保荐人，代表LB集团在纽交所成功IPO[①]，募资100亿美元，这个案子已经在业内传为佳话，尹博士前程似锦，不可估量啊。"

HT集团的赫赫大名让何嘉怡抬头关注，这位HT集团的吴董事长一直就

---

① IPO: initial public offering，公司股票首次公开发行。

是个传说,从来都是在各种电视、杂志上才能看到。

姓吴的董事长谦逊地跟尹汀握手:"尹博士今天的讲座非常精彩,为我们本土企业打开了通往西方资本市场的一扇窗户,受益匪浅。一直在跟老邓说等你来成都了一定要引荐认识。"

尹汀儒雅谦恭,不卑不亢地微笑着:"幸会,幸会,吴董事长一直是中国企业家的标杆和榜样,今天有机会认识,非常荣幸!"

吴董事长客套谦让的笑声浑厚有力,几番相互恭维之后问尹汀:"尹博士等下有空吗?今天在场的也有你认识的几个老朋友,我们一起吃个饭,好好聊一聊,目前HT想做利率掉期,还需要尹博士多多指教。"

尹汀说:"好,听吴董事长安排。"

何嘉怡站在角落,默默地关注,思考着下一步该怎么走到他的面前。她掂量了一下,这么官方的场面话她不会,得换成自己的方式。

她的曾行长说过,在一个比自己聪明、强大得多的人面前,最好的方式就是直截了当,因为你所有的小心思,对方用一个眼神就能识破,与其掩耳盗铃还不如开诚布公。

像尹汀这样的人,在何嘉怡的生命中耀眼地一闪而过后便再也没有出现过,既然此刻她被缘分牵引着再次来到尹汀面前,那么,一定要让他记住自己,不留遗憾。

在自己最美的今天。

人群散去,尹汀跟吴董事长确定了稍后他要去的餐厅位置后,便坐在沙发上收拾桌上的电脑和资料。

何嘉怡使劲咬了下嘴唇,直到自己都觉得有点痛了才松开朝尹汀走去。短短不到10米的距离,是她用3年的时光凝成的梦想。

"尹博士,你好。"

尹汀抬头,看到何嘉怡,眼里有一闪而过的光芒,起身,微笑着说:"你好。"

"我叫何嘉怡,GA银行的。"何嘉怡尽量让自己的声音听起来平稳不颤，"我刚才一直在听你的讲座。"

"谢谢你的捧场，何小姐，很荣幸。"尹汀礼貌地伸出手跟何嘉怡握了握。

"我能跟你聊一聊吗？"

"可以，何小姐想聊些什么？"尹汀看了看表，等会儿要跟吴董事长吃饭，时间不多，但是眼前这位美丽又略带紧张的美女让他不忍心拒绝。

"我……3年前在北大听过你关于交易成本的讲座。"

尹汀波澜不惊的脸上露出了些许惊讶的神色："太巧了，何小姐是北大的？"

"我是川大的，3年前去北大找我同学走错了地方，正好听到了你的演讲，非常……精彩。"

"谢谢何小姐的肯定，"尹汀礼貌地点头微笑，看着何嘉怡的眼里多了些欣赏，能对交易成本感兴趣的女生真还不多，"何小姐对交易成本感兴趣？"

何嘉怡在尹汀略带惊讶的询问中红了脸，低头捋了捋头发掩饰自己的紧张，再次深呼吸，抬起头来，鼓足勇气直视尹汀的眼睛："其实……我当时根本听不懂交易成本，我只是觉得你站在那里演讲的时候……闪闪发光。"何嘉怡大方地看着尹汀，这一次绝不退缩，"我想让我的同学陪着我去认识你，可是我把她找来的时候，你已经离开了……我也没能打听到你的联系方式。"

尹汀微愣了两秒钟，眼前的姑娘大方直接的表达反而让自己有点不好意思。

"原来是这样……真是缘分。"

"没想到过了3年我会在这里碰到你，所以我来认识你，不知道你有没有空？"

尹汀请何嘉怡坐下，面对这样一个坦诚的美女，他略带感动，认真地说道："何小姐有空我就有空，何小姐想聊什么都可以。"

"叫我何嘉怡吧,两次见你都有那么多人围着你,现在能单独跟你坐一会儿,已经很不容易了。"

"那么何嘉怡,"尹汀看了看表,带着诚意,"今天有一个比较重要的饭局在等我,你有空陪我一起去赴个宴吗?"

何嘉怡抬头,想都没想就脱口而出:"好啊,我可以帮你喝酒。"

故事的开头很美好,3年的梦想触手可及。

只是那个时候,一心只想接近尹汀,沉浸在激动中的何嘉怡不会想到,这一场饭局,这一场开始,会将自己彻底带离原来的生活轨道。

第四章　小轩临水

中国会所的中餐厅叫小轩临水。

小轩临水一楼的9号包间是专门为HT集团预留的，董事长吴建国作为叱咤商界的风云人物、全国大名鼎鼎的HT集团的掌门人，在中国会所享有尊贵的特权。宴请尹汀，就安排在了这里，由会所的总经理亲自陪同接待。

何嘉怡跟着尹汀从雪茄吧穿过会所大厅朝小轩临水走去，看着尹汀挺拔潇洒的背影，一路上脑子里面全是开水在沸腾，她在为自己突发的勇敢回不过神来，反复提醒自己不能慌，好好表现，一定记住要他的电话号码。

长廊拐弯的地方，尹汀礼貌地稍微停顿让何嘉怡跟上，看她一副忐忑不安的样子，以为她在担心饭桌上的应酬，便安慰道："到场的都是成都商界比较有名望的人，不用担心喝太多酒。"

"啊？"何嘉怡回过神，"你放心，我酒量不错的。喝点酒放松下来你才能看到我的优点。"

尹汀被她逗笑了："你很紧张吗？我已经看到你很多优点了，你很特别。"

"你一直都是戴着光环从天而降的偶像，突然跟你走得这么近，我可

能需要喝一杯才不会那么紧张。"

"很荣幸，你给的光环我会保管好的。"尹汀看着何嘉怡绯红的脸，边说边推开了包间门。

房门打开，何嘉怡跟在尹汀后面，深吸一口气，挺胸，抿唇，做出微笑的表情，给自己打打气，有胆量表白这么精致的男人，还没胆量吃个饭？

像宴会厅一样的包间里只摆了一张桌子，旁边是罗汉床和圈椅，听说会所的老板喜欢收藏紫檀家具和古董，这个房间里面每一件眼睛能看到的物品，都价值不菲。

看到尹汀和何嘉怡出现，屋子里的人全部起身相迎，走在最前面的是刚刚见过的吴董事长和介绍他认识尹汀的邓总，后面跟着三个男的和一个女的，彬彬有礼，阵容庞大。

"欢迎欢迎！尹博士来，里面坐，今天实在难得欢聚一堂。"

吴董事长边走边伸出手，爽朗的笑声在房间里响起，身边的每个人都露出了恭敬的笑容，一一跟尹汀和何嘉怡微笑点头。

"谢谢吴董事长款待，一直关注着各界有关吴董事长的报道，听闻董事长为人豪爽豁达，今天能结识非常荣幸。"尹汀依然语速缓慢，谦恭有礼地跟吴董事长握手。

吴董事长笑道："报道不可全信，有些夸大，但是性格豪爽是真的。"

"这位是何嘉怡小姐，成都GA银行的，也是我在成都的朋友。"尹汀介绍道。

"你好，吴董事长。"何嘉怡跟上，笑容甜美，落落大方。

"你好，何小姐，欢迎欢迎，你一来给我们增色不少啊。"吴董事长看上去非常友善和蔼，让何嘉怡一下就放松了不少，暗自感叹这就是风云人物的魅力。

一番寒暄后，大家相继落座，吴董事长一一介绍来宾，有其他大公司的老板，有他的朋友，有HT集团财务公司的负责人，有会所的美女总经理蒋总。

  一群人互递名片,吴董事长在中间为双方做简短介绍,表达精练到位,又恰当地抬举了每个人,还见缝插针地安排蒋总照顾好何嘉怡,周到而又得体。整个过程自然流畅,举手投足间都彰显着这位商界大亨不凡的驾驭能力。

  蒋总示意服务员给每个人上茶,自己从酒柜里拿出茅台,长长的卷发披在后背开衩的晚礼服上,风情万种又婀娜多姿,边走边说:"吴董事长今天安排的可是1990年的茅台,每个人都要多喝两杯。"

  蒋总温暖的笑容跟这个华贵的包间相得益彰,全身上下都散发着跟这样的场面相宜的气质。

  何嘉怡知道,蒋总身上的这种气场,是在无数的饭局和酒杯里历练出来的,但凡上得了这种台面的女人,都是各路英雄在各种场合里最欢迎的角色。像自己这种初入社会的嫩草,安心用五年八年来傻笑傻喝,察言观色,争取早日达到蒋总这种段位,做一个被人仰视的女性也很不错。

  吴董事长起身举杯,打断了何嘉怡的白日梦:"来,为了大家在21世纪之初的相聚,为了祖国的经济形势一片大好,我们来共同举杯,祝在座的每一位事业顺利,身体健康!"

  一片祝福声中,觥筹交错。

  蒋总坐在吴董事长旁边,亲自为其斟满酒。

  吴董事长再次举杯:"这杯酒我们来敬尹博士,欢迎尹博士这样的金融专家来我们HT集团指导交流,我们很需要这样的人才来帮助我们打开国际金融的大门。"

  尹汀举杯:"很高兴有机会跟吴董事长这样优秀的企业家合作,HT集团现在有非常成熟的国际化战略,我很愿意协助民族企业走向世界金融这个大舞台。"随后一口干掉杯中酒。

  尹汀说话的时候,何嘉怡手握酒杯,目不转睛,他在言语上流露出的自信让人折服,这种光芒连他的谦逊也遮掩不住,让见惯各路英雄豪杰的

蒋总都对他露出了赞赏的眼神。

吴董事长开怀畅饮，连干两杯，转身看着他们财务公司的负责人张泰，说："张总，尹博士在成都的这两天你要抓紧时间好好请教，把尹博士请到HT集团，帮助我们建立金融团队，包括我本人，都需要多多接触国际先进的金融理念。"

张泰起身，毕恭毕敬，连连称道，一张老成的脸上圆滑尽显，全身上下少了吴董事长的那种正气，特别是一双眼睛老打量着蒋总和何嘉怡，蒋总见惯不惊，何嘉怡也懂得视而不见。

张泰举杯敬尹汀："尹博士，我敬你，你真是我们的及时雨。下来我们马上约个具体时间，请你去HT集团指导工作，现在我们有30亿元的固定利率贷款，想进军国际金融市场，还要请尹博士给我们一些建议和规划。"

尹汀回敬道："张总客气了，时间你安排，我配合。现在世界经济形势不错，HT集团可以通过做利率掉期来先感受一下投行业务的魅力，目前几乎没有什么风险，情况好的话，一年数千万的收益是非常容易的，由此来开始布局HT集团的国际化战略。"

尹汀一番话后吴董事长起身，再举杯，感谢邓总将尹汀介绍给他，感谢尹汀提出这么好的建议，感谢在座的朋友见证HT集团的新一轮扩展。

一杯接一杯的茅台被众人一饮而尽。

何嘉怡此时酒过三巡，被男人们的豪情壮志所感染，更被讲台下尹汀的大格局和华尔街精英男的气魄迷得神魂颠倒，也被自己今天的大胆突破折服，频频举杯，跟蒋总喝得非常投机。

绕场一周敬酒转回来的尹汀站在何嘉怡旁边，笑容从容。

尹汀斟酒，举杯，敬何嘉怡："谢谢你今晚来参加，特别愉快。"

何嘉怡两眼发亮，因为站得近，闻到了尹汀身上淡淡的香水味道和一点酒精味道，一时间有些痴迷："我想经常参加可以吗？"

没等尹汀表态，张泰端着酒杯走了过来："小姐，酒量不错啊，来，我们喝一杯，很高兴认识你这样的美女。"

何嘉怡对这个张泰印象很不好，但基本的礼节还是要有的。

她礼貌举杯："张总好，谢谢夸奖。"然后一口干掉。

张泰干了，又倒一杯："来，蒋总，我们一起跟何小姐再干一杯，互相留个电话，以后我们在会所的活动，都邀请何小姐来参加。像何小姐这样的气质美女，我们太欢迎了！"

尹汀在一旁皱眉，刚想上去帮何嘉怡挡酒，就看何嘉怡端起面前的分酒器又倒了一杯酒，何嘉怡看着张总说："既然是跟蒋总一起喝，两个美女，张总就该喝双倍啊。"

桌上一片附和的声音，蒋总说她相当赞成。张泰微愣，没想到这个小姑娘脑袋如此机灵，有意思，有意思！

张泰没有拒绝，一口干掉两杯，蒋总鼓掌，夸赞何嘉怡，一起对饮。

尹汀不清楚何嘉怡的酒量，不愿意她因为自己的邀请赴宴喝多伤胃，上前一步挡着还要跟两个美女继续喝的张总说："我敬张总，预祝我们合作愉快，何小姐和蒋总作陪，点到即止，我干了。"说完先干为敬。

尹汀保护何嘉怡的心意大家都看懂了，张泰只有作罢，收起了想继续打量何嘉怡的眼神，却也没有放弃，最终要了何嘉怡的电话号码。

何嘉怡此时看向尹汀的眼神更加多情了，小小的举动足以看出一个男人的担当和气质。工作这么久，何嘉怡见识了不少把劝美女喝酒作为乐子以烘托氛围的男人。

尹汀，不一样。

中国会所的温泉中心叫茵梦湖，这个名字很容易让人想起北欧森林中静谧的湖水，无波无澜，与世无争。而成都的茵梦湖，用一帘从天而落的水幕盛满四个温泉的水池，让每一个进来消费的人浸泡在温泉中，舍不得抽身，卸掉身上的压力与疲惫。

很长一段时间里，在会所吃完饭之后，去茵梦湖泡温泉，是一种社交标配，它能让饭局上的严谨和客套，很快转换为随意和亲近。

　　HT集团的吴董事长带着一行人往茵梦湖走去，尹汀和何嘉怡并肩走着，问她："这么晚了，你方便吗？我可以让司机先送你回去。"尹汀怕何嘉怡不习惯这种周旋于各类人物之间的社交场面。"我刚才给那个张总和蒋总留电话的时候，你记下了吗？"何嘉怡的关注点跟尹汀完全不在一个频道。"记下了。"尹汀如实回答。

　　"你的手机呢？你拨一下，万一你记错了呢？"她绝不放过任何能进一步的机会。

　　尹汀似笑非笑地摸出一张名片递给何嘉怡："这上面有比电话号码更详细的联系方式。"

　　尹汀是谁，就她这点小心思能逃过尹汀的慧眼？

　　"张总这样风格的人你以后完全不用理会，不用顾及我的情面，我跟他们是互利互惠的合作关系，不需要你做你不喜欢的应酬。"

　　"好的，谢谢你关心我。"何嘉怡接过名片马上拿出手机存了电话号码，抬头望着尹汀，"我一直特别方便，反正回家也是一个人。"

　　刚刚有点进展，怎么舍得马上说再见。再说了，尹汀这样的人，身边什么美女没有，一般淑女路线是没有效果的，长驱直入，及时表达自己单身很有必要。再说了，这点场面算什么，行里搞接待，什么人没见过，什么酒没喝过？别说她现在不能半途而废，今天、明天、后天，只要尹汀眨个眼睛，她都可以不回家。

　　尹汀的笑容从标准模式过渡成了会心一笑，带着何嘉怡进了等着他们的电梯。

　　吴董事长一边按着电梯开门键，一边笑道："何小姐，会不会怪我拉着尹博士不给你们留时间啊？"

　　"董事长，你不拉着他，我也没有机会跟着他玩，我还要谢谢你。"

　　电梯里面一片笑声，吴董事长表扬何嘉怡："好！女娃娃就是要这么大方才好，像尹博士这么优秀的人才，必须跟紧点。"

　　"谢谢董事长。"尹汀大方配合着大家的笑点。

第四章 小轩临水

电梯门打开，面前是一片宽阔的屋顶花园。HT集团董事长亲自接待的人是不会在公共温泉池里泡澡的，他在会所顶楼有专用的商务套房和专用温泉池。天空下，夜色中，人造的丛林深处是这座城市里最奢侈的秘境，在这样的环境中穿着漂亮的晚礼服跟自己崇拜的男神言笑晏晏，何嘉怡觉得这是她人生中最开心的一天。

风姿绰约的蒋总率先走出电梯，在前面引路，穿过花园的曲径小路，在温泉池的波光倒影中带着一群人走进套房里的大客厅。服务员早已准备好了水果、茶点以及每个人泡温泉的浴袍和泳衣。

蒋总职业大气的笑容无可挑剔："董事长你们坐，这是从攀枝花刚刚送过来的枇果，尝尝。"

看得出吴董事长已经习惯了蒋总无微不至的服务，对着财务公司的张泰，淡定中带点感慨地说："来会所必须是蒋总安排我才放心，只有她记得每个人的喜好，我们集团办公室主任该来向她学习。"

张泰略带谄媚道："我首先就该来向蒋总学习，好好学习。"

吴董事长说："不行，你来向蒋总学习我不放心，蒋总也不放心。"

众人会意，一阵哄笑，张泰不好意思地承认自己有爱美之心，蒋总笑而不语。这种段位的女人，知道什么玩笑可以接，接了是锦上添花；更知道什么玩笑可以一笑而过，接了就是画蛇添足。

蒋总招呼好每一个人之后，对吴董事长说："董事长，你们聊，我带何小姐去旁边的房间做水疗，等下再过来招呼大家。"

吴董事长说"好"，笑着看向蒋总和何嘉怡。

"蒋总辛苦了，何小姐先休息一下，把尹博士借给我们，没意见吧？"

"没意见，应该要还的吧？"

何嘉怡，确实是个有意思的姑娘，借着大家乱点鸳鸯的玩笑，希望尹汀能更多地看出她的心思。

吴董事长哈哈大笑着对尹汀说："何小姐的意思你明白没？今晚一定还！"

尹汀难得露出戏谑的表情，点头道："男人的担当和责任。"随后转头，微笑着看了一眼蒋总，那是一个致谢的眼神。

蒋总带着何嘉怡从房间里出来朝水疗区走去，她很清楚，但凡能做出成绩的男人，除了在江湖上绷紧神经冲锋陷阵以外，一旦退到后方放松下来，都喜欢身边聚集一群有趣的人，特别是有趣而又漂亮的女人。像何嘉怡这种工作不错、有趣又有个性的美女是最受他们欢迎的对象。

席间，蒋总已经看出来何嘉怡对尹汀的不同，加之这个姑娘机灵有趣、不让人讨厌，出于与人为善的职业习惯把何嘉怡单独带出来，给她一些举手之劳的关照，蒋总还是愿意的。

何嘉怡不笨，她能明白蒋总的心意："谢谢蒋总照顾我，我太喜欢你了！"表达直接明了，毫不做作。

蒋总温柔地笑笑："谢谢你喜欢我，那我更加要替尹博士照顾好你了。"

何嘉怡走过去挽起蒋总的胳膊："我就想成为蒋总这样八面玲珑的人，我喜欢尹汀，我想让他也喜欢我。"

蒋总被何嘉怡的直爽逗笑了，用看小辈的眼神看着她："真的八面玲珑了反而不好，保持你的简单直接最可爱。"

茵梦湖的水疗是全成都最贵也是最好的水疗，两个钟头的精油按摩让何嘉怡全身舒爽伸展，酒劲慢慢上来，人有点困意，想到终于跟自己3年来的梦中情人重逢，心里的满足和踏实让她沉沉睡去。

不知道技师是什么时候做完按摩的，走之前帮她系好了衣服盖好了被子。蒙蒙眬眬中，她觉得有人在按摩床边静静地看着自己，没有睁开眼睛，她已经闻到了尹汀身上淡淡的香水味，希望就这样被他看着，沉迷在他的味道之中。

无声胜有声。

就在眼皮绷不住开始跳动的时候，尹汀轻声问她："要不要再睡一会儿？""要，如果你不介意坐在旁边陪我。"何嘉怡掩不住上扬的嘴角，

第四章 小轩临水

睁开眼睛慢慢坐了起来，看着离她很近的尹汀，有点不好意思，拢了拢睡乱的头发，"你应该等我打扮好了再进来，这样跟刚才的反差有点大。"

"这样挺好看的。"尹汀看着做完水疗，卸妆后清新自然的何嘉怡有些愣神。眼前的这个姑娘盛装时高雅美丽，言行果敢大方；喝点酒后机灵可爱；现在卸了妆，披散着一头长发，随意慵懒地坐在自己面前，自然精致的五官和白皙透亮的皮肤在微弱的灯光下有种脱俗的美丽。

"吴董事长他们呢？"被尹汀看得有点不好意思，何嘉怡只有没话找话。

"他们先走了，蒋总让我过来接你。"

"幸好你没走。"何嘉怡心中窃喜了一下，蒋总分明是在帮自己。

"怎么会，你是我邀请来的朋友。"

"我算是你的朋友了吗？"

"肯定是。"

"我……真的没想到能跟你成为朋友。"3年来，那个站在讲台上闪闪发光的身影经常出现在何嘉怡的梦中，她以为，这辈子像尹汀这样的男人也只能出现在梦里了。

"有缘之人注定会是朋友。"尹汀的声音缓慢、低沉，带点喜悦。他来成都之前熬了一个通宵看HT集团的资料，下了飞机直接参加活动，刚才的饭局中又喝了不少的酒，临近午夜才谈完工作，应该已是疲惫不堪。原本这是他再平常不过的工作状态，紧锣密鼓，从不懈怠，工作完了赶紧倒头睡觉，从不浪费时间。可今晚有些例外，何嘉怡的出现让他多了一种不同的感觉，在这样幽静雅致被密林包围的休闲时光中，月圆虫鸣，心情很放松，难得有闲情逸致闲话赏月。

"我们还能见面吗？"何嘉怡抓紧时间问重点。

"HT集团的事情谈好了我可能会经常到成都。"

"你来了记得给我打电话，我可不想又隔3年。"

尹汀点点头，有些感动，与何嘉怡清澈炽烈的眼神对望着，竟然忘了该说什么。

寂静的房间里，手机铃响起。

尹汀回过神，看了看电话，站起来接听。房间太安静，能听到对方是一个女人，透着两个人之间不容置疑的熟悉。

何嘉怡看着尹汀转身走出去的背影，很明显，带了一些刻意的回避。

第五章　北京坦言

在成都的几天时间里，尹汀马不停蹄地投入HT集团前期的工作中，直到三天后他离开成都时，才在机场给何嘉怡发了条信息："何嘉怡我回北京了，下次见。"

何嘉怡将这条信息翻来覆去看了半天，又编辑了很多次，删删改改，最后发去一条："你结婚了吗？"

半天，对方才发来一个字："没。"

何嘉怡赶忙问："你圣诞回国吗？"

当时的何嘉怡想，只要尹汀还没有结婚，一切都不是问题。

可是，她却没有料到，一个跟自己没有任何交集的男人，他的转身可能是一天，也可能是一年。

尹汀圣诞没去成都，元旦没去成都，农历新年也没去成都。

或许，他回去了，却没有联系何嘉怡。

好在，他们开始了互通邮件和短信。

有时候是他的问候，有时候是一首应季的诗，有时候是一张北京初雪时的风景照，有时候是他在纽约拍的照片，有时候是傍晚华尔街灯火通明的繁忙描述，有时候是他去出差从世界各地寄给她的卡片……

他偶尔也会给她打电话，大多是在出差途中。何嘉怡会积极开动脑

筋,搜索她知道的所有趣事,陪他聊到他说要开会或者要登机。

她用她所有的空余时间来看美国电影,搜罗有关纽约的影像,从中了解尹汀的生活场景;她积极参加行里的所有应酬,练就自己在饭局上的八面玲珑;她认真学习银行业务,为了在他下次打电话来的时候有更多的金融问题可以请教他。

何嘉怡,在努力地变成让尹汀喜欢的姑娘。她以为只要自己主动就能走进他的心里,她却不知道,她和尹汀之间其实隔着整个太平洋,1.2万公里。

日子在充满期待中一天天溜走,何嘉怡一天中做得最多的事情就是不停地翻阅邮箱,等待短信。何嘉怡觉得,既然梦想就在看得见的远方,那么等待或者追逐梦想其实就是一张机票的距离。

2001年的4月,在何嘉怡与尹汀重逢又分别半年后,她决定去北京出趟差。

一确定日期,何嘉怡就激动地给尹汀发了短信:"你在北京吗?"

过了很久,尹汀才回复:"刚刚落地香港,怎么了?"

"我明天去北京出差几天。"听尹汀不在北京,何嘉怡的心情立刻一落千丈。

"太不巧了,你待几天?"

"应该是周六回成都,你在香港待几天?"

"还说不清楚。"

几个字之后,尹汀就没了下文。何嘉怡知道他很忙,只好安慰自己能在他经常工作的城市待两天,哪怕是闻闻空气中的味道也好。

四月底的北京,云淡风轻,何嘉怡跟着领导到北京也没她什么大事,跑跑腿、吃吃饭,事情办完了联络一下感情。回成都的前一天,她跟领导请了假,一个人去了国贸。那是尹汀上班的地方,也是她所知道的整个北京城里最时尚高端的财富中心。怀着复杂的心情,她准备在那里好好感受一下。

第五章　北京坦言

何嘉怡在国贸楼下的咖啡厅坐了三个小时，国贸大厦里有很多世界500强企业的中国总部，投行商行、保险证券、私募基金、基金信托等各种金融机构，形形色色的人汇集在这里。何嘉怡在人群中搜索着尹汀的同行，想象着他平时出入办公楼时的样子，想象着他和同事一起上班、用餐、买咖啡。

整个东三环华灯初上的时候，何嘉怡的电话响起，她看着玻璃窗外的人群，无精打采地拿起手机："喂？"

"声音这么低落？北京出差不高兴吗？"

"尹汀！？"何嘉怡脱口而出，拿下电话看了看手机上的名字，真的是尹汀。

"你在哪里？"

"我……国贸……闲逛。"

"那你等我一下，一起吃饭，我刚下飞机。"

电话挂掉，何嘉怡还没回过神，尹汀回到了北京，就在自己回成都之前。虽然来北京是因为想见他，但是真的马上要见到了，反而有了不真实感。

尹汀推开咖啡厅的大门，满面风尘地看着她："何嘉怡，好久不见。"修身款的浅灰色西装，同色系的衬衣，没打领带，手臂上搭着米色风衣，手拿一个黑色的公文包，浅浅的笑容里有耀眼的英俊。

"好久不见。"何嘉怡的笑容已经毫无保留地盖过了刚才的落寞。半年不见，面前的尹汀的轮廓在她梦里描绘了无数遍。

这么多年其实这才是她第三次见到他，但是所有的熟悉一旦赋予了感情就会成为一种刻骨的亲切，就像何嘉怡此时面对尹汀。

"让你久等了，这个时间从机场过来太堵车。"尹汀微笑着，帮她拿起包，"走吧，我带你去吃饭。"

后海漫天飘飞的柳絮让人避之不及，落在何嘉怡眼里反而多了一些情调和浪漫。春风徐徐，尹汀带着何嘉怡走街串巷找了一家门口没有招牌的

四合院餐厅坐下。尹汀是常客,不用点菜,服务员知道为他们按照当天最新鲜的食材来搭配餐食。

院子里琴音绕梁,古朴厚重,何嘉怡一路东张西望,来了北京无数次,却从来没人带她来过这么有格调的地方,看着面前张罗着茶水和开胃小吃的尹汀,一向伶俐的何嘉怡居然有些拘谨。

"我脸上有什么?你一直看。"尹汀一边倒茶,一边挑眉看何嘉怡,"平时电话里不是挺能聊的吗?今天怎么了?"认识何嘉怡半年,两个人除了见面,邮件、电话通了不少,彼此之间其实已经很熟悉了。

"紧张!要不我换张桌子,咱们电话里聊。"

"服务员!"尹汀笑着没接何嘉怡的话,招手叫来服务员,"开瓶酒过来。"

"你确实了解我,喝一杯我话多了你可别怕。"

"你不说话我更怕。说吧,刚才接电话怎么闷闷不乐的?"

"刚才正在失落,一个人在国贸坐了半天感受你工作的环境。"

"感受到了什么?"

"不穿大牌,不拿一线包,不说英语都不好意思跟你做朋友了。"

"挺深刻。"尹汀又笑,跟何嘉怡在一起,不管是打电话还是见面,他总是笑容不断,一扫办公室里从来都是眉头紧蹙、一副思虑过重的状态。

"被刺激得不行,回去我就报补习班,把英语捡起来。"

"挺好的,可以实施。"尹汀拿起服务员倒好红酒的酒杯,"来吧,祝你北京之行有收获。"

"收获大了,自卑了一下午,突然就想考个托福回炉再造。"何嘉怡一口干掉。

"这个主意不错,你以后要想去美国读书,我还可以帮你。"

"你这是在帮我规划吗?我可认真了。"

"干吗这么认真?"尹汀看何嘉怡一副势在必行的样子反问道。

"我不想在你身边太不起眼,一点优势都没有。"何嘉怡叹了口气,有些黯然,"你身边全是精英,一个个走路都带风,一张口全是上亿的项目,成天满世界地飞,出入都是最高档的地方。"

"这些都是圈外人眼里的光鲜亮丽,是需要承受多于常人很多倍的压力换来的,如果有一天你真的进入这行,你就会知道有多么苦不堪言。"尹汀一边为何嘉怡夹菜,一边淡淡地说着,言语中没有一点优越感。

"有多苦?说出来让我平衡一下。"

尹汀放下筷子:"一周工作近100个小时,起飞降落20次,你受得了吗?"

何嘉怡嘴里嚼着菜使劲摇头。

"我做分析师的时候每天平均睡3个小时,吃汉堡加泡面,没有时间陪家人,没有时间见朋友。"

"你女朋友也是做这一行的吗?"脱口而出后,何嘉怡才意识到这个弯拐得有点大,也才意识到其实这是自己最想问的问题。

尹汀顿了一下,笑得有些勉强:"对,她比我还忙。"

既然已经问出了口,何嘉怡反而轻松了不少,抬头看着尹汀:"你女朋友在北京吗?"

"不在。"尹汀的眼神很坦诚。

"你为什么还不结婚?"这是放在她心底的问题。

"大家都太忙了,没有时间。"

"结个婚需要多少时间?借口吧?"何嘉怡穷追不舍,这是她真正感兴趣的话题。

"可能是都觉得理想还没实现吧。"尹汀实话实说。

"你的理想是什么?"

"再奋斗几年,退休,做点自己喜欢的事情。"

"这么高端的工作都不是你最喜欢的吗?"在何嘉怡眼里,像尹汀这样的人生已经达到完美巅峰了。

"进入投资银行做出成绩是我追求的方向,但不是我最喜欢的。"

"那……你女朋友的理想呢？"何嘉怡有点不好意思。

"她很喜欢现在的工作，很投入。"尹汀耸了耸肩，有点无奈，顿了顿，端起酒杯转移了话题，"今晚的主题是采访国贸投行男吗？"

"算是吧，你的世界离我太远，我想多了解一些……也想知道能不能离你更近一些。"

"何嘉怡，你很特别，"尹汀看着何嘉怡，眼神真诚且温暖，"不管是跟你聊天还是见面，我都很开心、很轻松，你身上的气质是那些进出国贸的人所没有的，你不用羡慕他们。"

这是说跟自己在一起仅仅是开心轻松……而已？"特别"……"特别"能理解成有点喜欢吗？何嘉怡低下头，仔细思考了一下，抬起头："你是专门从香港赶回北京的吗？"

"我……"尹汀组织着语言，眼前的姑娘坦诚相见，心思一目了然，虽然执着却不见功利，感情自然而又真诚，这样的相处让人舒服，也让人很感动。香港那边原本需要三天才能完成的工作被自己加班加点做完后提前结束飞回北京，确实是因为想跟她见上一面。

"你来北京我应该接待你的。"

何嘉怡笑笑，突然冒出一句："你在HT集团的工作怎么样了？"

"挺好的，进展顺利。"尹汀如实回答。

"后来你去成都为什么不找我呢？"喜欢一个人就能感觉到他的存在，何嘉怡一直觉得尹汀偶尔会去成都，也能感觉到他是在故意保持两个人之间的距离。

"你是聪明的女孩子。"看着何嘉怡一脸的认真，尹汀笑而不语。

"我聪明吗？按照我聪明的思路来理解就是，其实你也挺喜欢我，只是你有女朋友，你得跟我保持距离？"

尹汀端着酒杯坐正了身体，饶有兴致地看着何嘉怡，像她这样直接简单还很自然的表达方式，让人有点措手不及。

何嘉怡跟着坐正了身体，跟尹汀平视："你比我大12岁，都这个年龄了还没结婚,估计是有不太合适的地方让你们彼此都下不了决心。我从3年前在北大见到你开始,就觉得我的青春岁月中一定要有一个像你这样的精英男来把它装点得光芒四射,没想到我的运气这么好,在我都快把你当成年少时一场模糊的梦时,缘分却让我再次遇到了你。"何嘉怡不知道哪里来的勇气,就那么直直地看着尹汀,不紧张,不回避,直言不讳,一吐为快:"所以,我必须要告诉你,你是我的梦想,能走近,谢谢你让我梦想成真;走不近,谢谢你让我有你这样一个偶像朋友。"

何嘉怡的表达掷地有声,这一次,尹汀沉默了,端起了酒杯,没有说话。

后海的春天不冷不热,游人渐多,银锭桥岸边的酒吧里有人在唱《南半球北半球》,歌声穿过胡同隐约传来,四合院的上空,月色正浓。

那晚两个人喝了不少的酒,走出餐厅时,何嘉怡突然牵住了尹汀的手:"我们散散步吧,我唱刚才那首歌给你听。"

尹汀没有说话,转身,把何嘉怡牵在了身后,也把眼里的一些柔软藏在了夜风中。

"我在北半球想着你
却对这份感情使不上力气
不愿意看见伤谁的心
要谁相信
答案让相爱的人决定……"

第六章　生死"9·11"

　　回到成都的日子，一切照旧，何嘉怡的心里没有以前患得患失了，该问的都已经问了，该表达的也表达清楚了，她继续跟尹汀通通电话、写写邮件，那是她生活中全部的期盼。

　　不一样的是，她开始努力学习英语，直到2001年9月11日20点46分。

　　晚上何嘉怡在家，手机突然响起，是尹汀！深呼吸，控制心跳，她接了电话："嗨！你又在机场？"

　　"嗯，今天飞北京！"

　　"你从哪里飞？"

　　"纽约！"

　　"怎么声音听起来这么深沉？"快一年的电话往来，对于尹汀任何一点情绪上的变化，何嘉怡都能敏锐地感觉到。

　　"最近很累。"一阵克制的叹息。

　　"你的工作是用身体熬出来的，你太拼了吧？"

　　"主要是心累。"

　　"心累好医，快来成都，我陪你喝酒、泡吧。"

　　"好……我去成都看你。"

　　"啊？真的假的？！"何嘉怡大叫一声，"几点的飞机？"

第六章 生死"9·11"

"10点30分。"尹汀的声音依然深沉,有些心事重重。

"你现在是早上8点46分,我是晚上8点46分,我睡一觉起来你就离我很近了。什么时候到?我要去机场接你!"

……

电话突然断掉。

尹汀并没有再打过来。

整整三个月,都没有再打过来。

尹汀消失了……

凤凰卫视、东方卫视最先开始直播震惊世界的新闻报道:2001年9月11日,纽约时间早上8点46分,美国航空公司第11号航班以大约每小时788公里的速度撞击世贸中心一号楼。

纽约时间早上9点03分,美国联合航空公司第175号航班以大约每小时870公里的速度撞击世贸中心二号楼。

灾难瞬间降临,整个天空顷刻布满了火焰,黑烟滚滚下,尖叫声和警报声从四面八方响起,震耳欲聋,地面颤抖,成千上万的纸片飘飞在半空中,承载着人类内心的无助。

警车从四面八方涌向曼哈顿区,救援在第一时间展开,无数的消防员勇敢无畏地冲进了大楼,黄色的荧光服在火光下向人们传递着渺茫的希望。每一个目睹灾难降临、身陷险境的人都在争先恐后地拨打报警电话,即使是一根稻草,也希望能带给自己一线生机。

所有人都没有想到,噩梦才刚刚开始,世贸中心仅仅在一个小时之后便彻底毁灭。

9点59分,二号楼倒塌。

10点28分,一号楼倒塌。

漫天尘埃笼罩着曼哈顿。

何嘉怡全身被汗水浸透,瞪大眼睛看着电视机里的人们处于极度绝望中,眼里一片惊恐,世界陷入黑暗,数千个家庭瞬间破碎……包括冲在最

前面的救援队伍。

人们陷入了前所未有的恐惧和伤痛之中……

尹汀所在的KPT投资银行就位于世贸中心一号楼87层,整个公司每天有近200人在大楼里面上班。

2001年9月11日早上7点,尹汀前往肯尼迪机场准备乘坐10点30分的国际航班飞往北京,他与这场袭击擦肩而过,幸免于难。

新闻频道24小时不间断报道美国"9·11"事件灾难现场。

通信堵塞,机场关闭,曼哈顿区交通瘫痪,城市一片混乱,整个美国陷入哀痛。

何嘉怡连续48小时没有合眼,守在电视机旁边,不放过任何一条新闻报道。

性命攸关之时却无法联系上尹汀,她这才反应过来,尹汀这个人对她来说其实就是一连串的电话号码,除了这个电话号码外,她对他一无所知。她唯一能做的就是每隔一个小时,往尹汀的中国手机发送两个字:"回话。"

一周过去,尹汀杳无音信;一个月过去,仍然石沉大海;两个月过去,毫无踪影。

何嘉怡无法正常工作,请假在家,找遍所有在美国留学或是工作的朋友打听KPT投资银行的情况,但得到的答复是:KPT投资银行当天在上班的所有员工,无一生还。

KPT投资银行所在的世贸中心一号楼87层,距离飞机撞击的94层中间只隔了7层楼,装满燃油的飞机撞击后,巨大的爆炸引起了冲天大火,一路蔓延。

朋友辗转打听到KPT投资银行在第一轮爆炸之后逃出17个人,他们组织起来踏过堆积如山的尸体撤退到78楼的天空大厅,跟另外一组12个人的队伍一起找到了4个楼道中唯一没有被破坏的A楼道,有序地继续往下撤退。所有人退到48层的时候,又一轮爆炸夹杂着大火袭来,楼道被倒下的墙体堵死，最前面的8个人逃了出去，包括KPT投资银行员工在内的18人葬身火海，另外3人在绝望中跳楼……

何嘉怡的神经已经麻木，唯一能支撑她的是尹汀还活着，"9·11"当天早上8点46分，他在肯尼迪机场给自己打过电话。

消磨她意志的是她知道尹汀肯定无法起飞，按常理应该会返回灾难现场，他会不会进入随时都有危险的现场搜救他的同事？他会不会受伤？会不会遇到意外？他是不是在面对200人无一生还这个事实时难以承受？他到底在干什么，一直不和她联系？他到底在经历着什么，是否就这样无声无息地消失？

种种猜想将她折磨得疲惫不堪，种种担忧让她发现这个男人已经占据了她心里全部的位置，没有缝隙。

三个月过去，何嘉怡一共发出了2000多个"回话"，死一样的寂静让她已经习惯了自己如同行尸走肉，不言、不语、无悲、无喜。生活中的一切都已经跟自己无关，唯一能做的事情就是一遍又一遍地抄写尹汀寄给她的所有明信片和他们之间的短信对话：

"嗨，何嘉怡，中央公园的红叶红了，很漂亮，让我想起了四川的四姑娘山，不过我这里的红叶总是有很浓的马粪味道……感恩节快乐！"

"北京下雪了，我正好在办公室外面的灯光下，雪花很密，明天的故宫会很美，等我去拍了照片寄给你。何嘉怡，圣诞快乐！"

"上海的天气晴朗，听朋友说成都最冷的阴雨连绵的季节开始了，这样的季节，保重身体。新年的第一天，你好，何嘉怡！"

"纽约的暴风雪如约而至，生在南方的你一定没见过天地一片茫茫。此时的纽约已经无法出门，航班取消，幸好我已经提前填满冰箱，开一瓶酒是最好的消遣。大年初一，何嘉怡，吉祥如意！"

"新加坡的田鸡粥和黑胡椒螃蟹我连续吃了三顿，今晚看到一家成都人开的火锅店，一定要去尝尝。逛了一下赌场，手气不错，给你寄个小礼物回去。何嘉怡，元宵节快乐！"

"3月的香港已经很热了,维多利亚港的海面是能让人喘口气的地方。半夜12点了,望出去,夜空中,云层清晰,景色不错。办公室里熬了两个通宵,下班出门刚好可以去喝早茶。何嘉怡,周末快乐!"

"4月的日本是粉红色的,应该是每个女生最喜欢的季节,从椿山庄出来,看到路边的樱花。同事买了很多化妆品,寄了一套给你。"

"北京的风开始有了春天的味道,去了趟北大,3年前的人群中,原来有你……"

……

何嘉怡把尹汀寄给她的每一张卡片、发给她的每一条短信都抄写了很多遍,只有这样,才能证明这个人曾经那么真实地出现在自己的世界里。

每个人的心里都有一处最柔软的地方,那里住着最真实的自己,何嘉怡把心像洋葱一样一层层地剥开在字里行间,最后,是最无助的自己。

虽然没有直接面对灾难、经历生死,她却因为尹汀的消失,隔着地球,隔着生死,将强烈的思念熬成了此生非你不可的坚决。

在高尔夫球场上,十八个洞里面有四个三杆洞,遇到三杆洞的时候,一般人不会选择使用一号木,因为一号木的开球距离太远,稍微控制不好力度就会打爆球场,全盘皆输。

何嘉怡在这场最难掌控的爱情面前,一上场就义无反顾地选择了一号木,用尽全力,赌自己能一杆进洞,却忽视了自己根本就没有掌控这根一号木的能力和实力。

就在她第二次递上签证资料,仍然被美国大使馆拒签的时候,她绝望地看着签证官:"我对你们的国家一点兴趣都没有,我爱的人在'9·11'当天失踪……"

后面的话被锥心的痛堵在胸口,她甚至不知道他在哪里,她只想做点她能做的事情。抹去满脸的泪水,她已经听不清签证官在说些什么。

茫然转身,电话响起。

她无力地接听。

"何嘉怡，我是尹汀。"

声音从遥远的地方传来，不真实，不确定，沙哑而又疲惫。"何嘉怡？"低沉、浑厚，带点鼻音和忧郁，确实是尹汀，"你在听吗？我……回来了。"

"你……在哪里？"何嘉怡紧紧咬着的嘴唇就快渗出血滴，她用痛感提醒自己这不是幻听，努力忍着心口的钝痛，一字一战栗。

"我刚到北京。对不起，我……我坐最近的航班马上到成都，你去机场等我。"

挂断电话，脑子里一片空白，她全身颤抖着，飞一般冲出美国大使馆，直奔机场而去……

临近圣诞的北京，已到了一年中最冷的时候，大雪纷飞，天空灰暗，像世贸中心坍塌时尘埃笼罩着的曼哈顿上空。如果不是凛冽的空气让人清醒，那种灰蒙蒙的昏暗会让人心生压抑。

瑟瑟北风刺骨，呼啸悲鸣着。

灾难虽然过去了，但留给生者的，却是一生都无法愈合的伤痛。

尹汀木然地站在机场出口，消瘦、沧桑、双目深陷。机场大厅温暖如春，却无法暖透他周身泛起的凛冽寒意，肃杀、落寞，甚至是苍凉。直到何嘉怡出现在视线之内，他才看到一丝微弱的光亮。

何嘉怡冲出人群，在尹汀木雕般的注视下飞奔过去，一头扑进了他的怀里，紧紧拥抱，将鼻尖使劲埋在尹汀的脖子上，努力嗅到了他身上熟悉的味道。

一颗心，落定。

"何嘉怡……"尹汀叫她的名字，轻轻拍着她的背。

她将下巴放在他的肩上，用尽全身力气将他抱紧，眼泪不断，生死一线，恍若隔世，一转身，差点就是一辈子。

尹汀轻声说"对不起"。

何嘉怡压抑着抽泣，隔着他的衬衣朝他的肩膀一口咬了下去。尹汀闷

哼一声，却没有将她推开。

他需要一些痛觉来缓解心里的悲凉。

机场人来人往，何嘉怡紧紧抱着尹汀倾尽悲伤。这一次，再是山海茫茫，也绝不会再让他把自己丢在一个人苦苦寻找的路上。

何嘉怡抬起头看着尹汀消瘦的脸，眼里越发坚定："带我去你家，告诉我所有的事情。"

冬天的北京，走出机场天色已暗，街道两边亮起了圣诞树上的彩色灯光，从车窗看出去，厚厚的一层积雪印在玻璃上。在这漫天风雪的北京城里，终于看到了他，刺骨的寒冬腊月，再冷，也好过人海两茫茫。

车内很安静，尹汀专注着路面，何嘉怡看着尹汀，舍不得眨眼。

国贸旁边的嘉里中心，尹汀的家，在23楼。

何嘉怡一路牵着他的手，在车上不放，走路不放，开门不放，直到进屋，两个人面对面坐在沙发上了，她还是不放。

尹汀说："我去给你烧水喝。"

何嘉怡说："不。"看着他，眼里全是怜惜。

尹汀说："我去给你弄点吃的。"

"不。"何嘉怡靠在他的身上，"让我守着你踏实一会儿吧。"

尹汀任她依靠着自己，很久，才说："何嘉怡，谢谢你。"

何嘉怡一阵心酸，眼泪再次涌上来，抬头，想把他困在自己的眼底，握着他的手，放到自己的脸上，倾身向前，吻住他冰冷的唇齿。

熟悉的气息，一圈一圈将她环绕，渐渐有些急促，从冰凉到温热，从轻触到缠绵，从并肩到相拥，两个同样受着灾难煎熬的人，用彼此的气息，慢慢地驱赶着无助的恐惧。

三个月的音信全无，三个月的惶惶不安，在这一刻必须得到释放，生命的可贵，生活的无常，只能用彼此给予的温暖来证明生者的不易。

尹汀吻掉何嘉怡唇边的眼泪，把她轻轻推开，低下头，用叹息掩盖着眼里冰凉的哀伤。

一个又一个熟悉的黑色身影，在风中急速坠落，残酷而又决绝……抬起头，他在何嘉怡火热的眼里看到了自己的负罪和放弃。

他再次轻轻地放开何嘉怡，还是那句："对不起。"

何嘉怡不解地看着尹汀，茫然无措，在低头逃避他眼里满满的愧疚时，却在他微微敞开的衬衣里面，看见一条长长的伤疤，泛着刚刚愈合不久的粉红，触目惊心……

第七章　成都一遇

　　三亚海边喜来登度假酒店的餐厅里面，何嘉怡的手机响起，打断了那段回忆里的千回百转。手机上面显示的是官悦的名字，何嘉怡抬头看着官悦："什么情况？"

　　官悦正沉浸在何嘉怡跌宕起伏的故事里，想了想才明白，房间里的小洋芋醒了："我手机没带下来，肯定是小洋芋拿我的手机找到了你的电话。"

　　何嘉怡接起电话，心不在焉："我们在餐厅，下来吧。"说完不等对方接话，挂掉。"尹汀到底发生了什么？"官悦急切追问。

　　"他当时的状态相当不好，极度不愿提起'9·11'当天发生的事，整个人有一种很奇怪的疏离感。只说他从机场狂奔到曼哈顿，正好目睹世贸的坍塌，不顾一切冲进了封锁区，被持续掉落的重物砸伤导致昏迷，醒来后已经在医院。再后来，他不愿待在纽约，搬到了洛杉矶。隔壁住的是他在洛杉矶的同事，小洋芋她爸。那么凶险的一件事情，他三言两语带过，让我不要担心。"何嘉怡喝着咖啡，神情怅怅，对那段生死一线的经历难以释怀，"我知道他肯定是受了太大的打击，200个同事无一生还，里面有很多都是他的朋友，谁遇到这样的事情都会崩溃。我不忍心让他再复述一次经历，太残忍了。只要他好好地站在我面前，已经是万幸，所有

第七章 成都一遇

他对我的若即若离我都不会在意,能这样陪着他慢慢地疗伤,我已经很满足了。"

官悦看过一本"9·11"幸存者的回忆录,难以愈合的内心世界才是灾难带给他们最大的阴影。听到何嘉怡说起尹汀的经历,官悦感触颇深:"是的,只要人活着比什么都好。'9·11'之后,很多亲历那场灾难的人都会得一种创伤后压力综合征,他们会自动屏蔽掉那段痛苦的回忆,不愿意接近任何人,不愿意出门,无法正常生活。一部分经历者会选择珍惜当下,善待自己;而另一部分会觉得生死一念,天塌地陷也就一瞬间,世间一切都变得渺小,对待生活会变得相对随性。我觉得尹汀有点像后者。"官悦搜索着当时书里对幸存者心理创伤的描述,帮何嘉怡分析着尹汀:"他表面看起来很健康、阳光,但是,同事遇难的阴影会让他背上一人独活的负罪感,他缺乏安全感,排斥生命中太重的责任,对待感情,他会在渴望和逃避之间纠缠撕扯,比如说对你。这种内心的治愈会很漫长,你要有思想准备……"

"何嘉怡!"突然一声大吼,洋芋妹心中燃烧着熊熊烈火出现在门口。

"汀哥怎么会看上你这种人,我真没觉得你有哪里好。"

"秀外慧中,外酥里嫩。"何嘉怡懒洋洋地看着海面回答,她被官悦的分析触动,懒得搭理小洋芋。

官悦赶紧拉小洋芋坐下,这么多人看着,吵起来不体面:"我给你点吃的吧,吃了午饭我们都该去机场了。"相处了一天下来,官悦觉得小洋芋其实挺可爱。

"我还要跟这个心术不正的女人喝,我就不信了,今天敢不敢喝洋酒?"小洋芋一副昨日仇今日报的样子。

何嘉怡瞟她一眼,眼皮优雅地往上一翻,翻出一个好看的白眼儿,懒得接话。

"要不比点其他的?"官悦诚心站在小洋芋这边,在酒这个话题上,她跟何嘉怡实在无法正常对话。

"好啊,何嘉怡,跟我出海上帆板。"小洋芋突然想起了自己的强项,只要一下海,那里就是她的地盘了。

"你们慢慢吃,我去收拾东西退房。"何嘉怡连逗小洋芋的兴趣都没有了。尹汀内心的重创,这两年对他们之间感情的态度,才是她现在最困惑的事情。

"何嘉怡,你不准走!"小洋芋拿何嘉怡没有办法。

"杨旭,"官悦拉着她,"再不吃东西真的要赶不上飞机了,尹汀给你订的飞北京的机票。"

"要他管!他也变坏了,居然丢下我,居然跟何嘉怡……'9·11'才过去多久,他明明那么缅怀……"

"啊?缅怀谁了?"官悦追问。尹汀在"9·11"当天经历的事,绝不是他对何嘉怡说得那么简单。

"没有谁,我现在不想提他,口是心非!"小洋芋及时打住。

"好吧,吃了饭我们一起去机场,你的航班比我们早,先送你。"官悦拍了拍小洋芋,"以后有空去成都玩,我带你吃火锅。"安抚一颗受伤的心,是一种基本道德。

小洋芋抬头看着官悦,眼里的怒气逐渐消退,取而代之的是一些激动。她眼珠一转:"不用以后,我现在就有空,马上改机票,我跟你们一起飞。"

官悦忘了小洋芋是在美国长大的,不懂客套是一种礼貌。

头等舱确实好,能坐头等舱的人都不一般,这一次头等舱里的客人更不一般。

何嘉怡走在最前面,后面跟着官悦和喋喋不休的小洋芋。

一上飞机,何嘉怡就定住了,愣了愣才开口笑道:"吴董事长!你好!张总你好,真是太巧了!"

坐在头等舱第一排的两个男人,气宇轩昂的那位就是名震商界的HT集团掌门人吴董事长,旁边坐着的貌似庄重的男人是HT财务公司总裁张泰。

第七章 成都一遇

那时候HT集团在成都、三亚两地建设基地，一年数十亿的外包项目扶持起了无数的建设单位，官悦后来能成为这波大浪中的一滴水，全拜这趟三亚飞往成都的头等舱之旅所赐。

因为之前有过愉快的饭局，何嘉怡轻松愉快地给吴董事长和张泰介绍了官悦和小洋芋。吴董事长为人和蔼谦逊，从座位上站起来跟官悦和小洋芋一一握手友好问候，官悦礼貌地微笑着，多看了吴董事长几眼，第一次与这位经常在电视上看到的商界大亨近距离对视，确实是气场强大，举手投足间尽显霸气。最重要的是，吴董事长跟官悦的一位富豪朋友长得有几分相像，或者说是他们身上都有着相同的英雄气质。

吴董事长旁边的张泰则被上来的三个美女晃花了眼睛，左右打量着，有点目不暇接。

有美女的地方，必定热闹欢快。知道对方是尹汀所在的KPT投资银行在中国的大客户之后，小洋芋提起了兴趣，让何嘉怡一个人出风头，绝不是小洋芋的行事风格。

两个半小时的飞行转瞬即过，在小洋芋大谈另类前卫的美国大学生活和不停地跟何嘉怡抬杠中，吴董事长一路笑声不断，显得十分轻松。张泰见机邀请大家下飞机后一起去中国会所的火锅厅吃饭。小洋芋一听吃火锅，马上代表三个人愉快地接受邀请，一同前往。

飞机到达成都双流机场的时候，吴董事长的专车已经停在了飞机下面，被这种顶级服务镇住的小洋芋彻底不淡定了，拉着官悦走在后面："这位吴董事长到底是何方政要？"

官悦笑了笑："知不知道吴建国这个大名？"

小洋芋摇摇头。

官悦耸耸肩："知不知道HT集团？"

小洋芋又摇了摇头。

官悦想了想："火锅知道吧？"

小洋芋大声说："知道！"

"那就好,安心吃火锅,其他都不重要。"官悦拉着小洋芋坐上了专车。

中国会所的火锅厅叫漂亮朋友火锅,是火锅中的极品,特色就是用虫草炖出来的火锅高汤烫龙虾,烫象拔蚌,烫鲍鱼,烫帝王蟹……烫一切贵的东西。

车停在会所门口时,会所总经理蒋总已经带着左右助手恭候在大门口,见董事长带着何嘉怡这三位美女下车,快走几步,亲自接过吴董事长的包,温柔和顺地说了一句"董事长辛苦了",然后再跟众人一一微笑、招呼。蒋总看到何嘉怡时,一个灿烂的笑容带着少许久违的眼神,除此,没有一句过多的寒暄,整个过程拿捏得当,稳重中带着默契,与她的工作是那么相得益彰。

何嘉怡不管是跟着行长还是尹汀,出入中国会所已经是家常便饭,小洋芋生活在美国,尽管家境殷实、父母宠溺,但一下车就被中国会所的气势镇住了,不停地问官悦:"这是火锅店?这是国人平时吃饭的地方?"

官悦侧身纠正:"少数人吃饭的地方。"

吴董事长的专用包间里,蒋总早已安排好了菜和锅底,桌上是各类名贵佳肴。众人一一落座,张泰叫开红酒,说这次要跟何嘉怡好好喝一喝,何嘉怡则露出一个淡淡的"随时奉陪"的笑容。吴董事长没有反对,虽不参与,但是乐在其中。

有时候一场饭局就是在排练一出戏,在推杯换盏中尽量凸显自己,达到各自相应的目的。在这场偶然促成的饭局中,看似轻松,其实从头等舱偶遇的那一刻开始,烽烟已起。

饭桌上等菜的时候,趁着吴董事长跟小洋芋说话的空当,张泰转向了坐在旁边的官悦,递上一张名片:"官小姐是做什么工作的?"

一旁喝水的何嘉怡转过头,抢先回答:"官小姐自己在做绿化工程,成都JD的整个厂区绿化就是她在做。"跟何嘉怡认识快一年,官悦的几个重要项目都有她的参与,此时,官悦懂了她的意思,这种不经意的交流,其实是在刻意传递一些信息。

官悦微微起身,递上名片。

张泰接过名片,认真看了一眼,眼中闪过一丝微光:"厉害厉害,这么年轻的美女总经理实在是少见。"他顿了顿,故意放慢了语速:"我们HT集团最近几年的项目倒是很多,欢迎官小姐来参与建设。"

在何嘉怡和官悦以为自己很有技巧性地引导了对方的时候,其实对方已经向她们抛出了诱饵。大多数人在面对这种名利双收的机会时都很难无动于衷,包括官悦。所以,这顿偶遇的饭、巧合的酒,官悦需要演好的是一个有实力的美女总经理,目的是通过张泰进入HT集团下一轮的绿化投标程序。

何嘉怡习惯性地帮官悦打圆场,这一次她希望官悦能进入HT集团的工程竞标,因为尹汀跟HT集团的合作,如果官悦能进入的话,说不定以后能有更多的交集。

对于现在的何嘉怡来说,只要是跟尹汀有关的事情,就是她生活的重心,多制造见面的机会,找寻一切有可能的交集,是她走近尹汀唯一的办法。

这场饭局上,官悦负责低调地说笑,配合地喝酒,努力给吴董事长和张泰留下言谈举止有分寸的好印象;蒋总、何嘉怡、小洋芋适当活跃气氛,照顾好吴董事长的兴致,何嘉怡再配合官悦让张泰喝高兴。像HT集团这样的企业,吴董事长是掌握大方向的人,基地建设、工程招投标这种琐事,他也就是有空了的时候视察一二,看得懂的,都知道要往张泰这个方向靠。

第一轮吃饭,喝得再热闹都不重要,能在喝得融洽的同时,得到对方进一步的邀请甚至递上公司相关资料,那才能叫有进展。HT集团庞大的资金进出,各项工程的进度拨款,全在张泰手上的一支笔,他一旦洞悉了官悦和何嘉怡的目的,这顿饭就无法避免地落入了俗套。

此时再看小洋芋,官悦才觉得让她来成都真是对了,她的不谙世事、

活泼开朗、不畏权贵，给整个饭局带来了一股清风。当官悦在张泰的劝酒下再次勉强干掉一满杯的时候，一扭头，看到小洋芋正在努力拉拢吴董事长为她撑腰斗何嘉怡，由之前的跟何嘉怡比喝洋酒，换成了要吴董事长陪同，见证何嘉怡每个洞让她两杆的一场高尔夫比赛，单洞比杆数，一杆100元。

酒过三巡，吴董事长也喝得非常愉悦，居然就答应了小洋芋，下个周末定在青城山下场，他本人也要参与比赛，同行人员输一杆给100元，他输一杆给1000元，赌资由赢家随意安排活动。

在江湖厮杀的路上，美女永远是一剂良药。

顺理成章，官悦也被吴董事长邀请下场，同时也得到了张泰让官悦去他办公室递交公司资料的机会。

当众人再次举杯时，何嘉怡和官悦对望一眼，有些喜上眉梢；张泰的目光环视一周，落在了官悦的脸上，嘴角浮起了一丝不易察觉的浅笑；小洋芋认真地在跟吴董事长讨论美国的高尔夫球场；蒋总坐在稍微靠后一点的位置，透过酒杯中香醇的红酒，似乎感受到了一丝不祥。

成都的生活对于小洋芋来说是一种颠覆，是她跟随父母走遍大半个地球都没有体验过的一种生活状态。

她在成都体验了两天生活，第三天的下午，坐在官悦的车上才想起来给尹汀打个电话："汀哥，我准备定居成都，在这里太能找到自我了！"

电话那头，尹汀明显有些不高兴："去成都怎么不事先告诉我？还跑去跟HT集团的人喝酒。你最好马上到北京，我给你订回洛杉矶的机票。"

"我想来就来了呗，碰到你的朋友喝个酒怎么了？"

"国内的人际关系很复杂，你根本不会懂其中的微妙之处，我已经跟何嘉怡说了，不要再带你去喝酒，不要去跟HT集团的人打交道，那不是你玩的圈子。"

听到电话里尹汀对小洋芋的紧张和关爱，旁边的何嘉怡把脸转向了窗外。从她告诉尹汀小洋芋来了成都之后，她就明显地感觉到了尹汀的不悦，尹汀甚至用从来没有过的严肃口吻让她管好小洋芋。言语之间的重视和反复叮嘱有些刺痛了何嘉怡，那是尹汀从来没有用在自己身上过的在意和上心。

小洋芋继续跟尹汀狡辩："我觉得在这里更能学到东西，个人与社会的关系在这里表现得异常融洽呀！这里的每一个拐角都有火锅店，火锅店楼上一般都是茶坊，茶坊的旁边，除了麻将，就是洗脚房，这样的城市规划看似杂乱，可一细品，那简直科学得找不到任何缺点，太顺应人们的生活习性了！"不管尹汀高不高兴，小洋芋一直兴奋地喋喋不休，"哦，还有，这个何嘉怡还挺有良心的，除了配不上你，其他都还可以，她和官悦已经带我彻底考察了一遍成都餐饮市场，你有空了赶紧过来，老码头、两路口、雍雅山房、半山餐吧、欧洲房子、手提串串、汉源烧烤、老妈蹄花……我一天带你吃四顿，不重复、不走回头路！"

"喂，汀哥，你在听吗……你先别挂我还没说完，这里的KTV比纽约好玩多了……"

没等她说完，何嘉怡侧身捂住了她的嘴，挂掉电话狠狠盯着她："小洋芋，你居然这么有心机，我和官悦待你不薄，你就这样挑拨离间！"

果然，何嘉怡的手机响起，尹汀的短信："谢谢你照顾小旭，她没什么分辨能力，不要带她去夜店了，我尽快把北京的事处理完就过去把她接走。"

何嘉怡看着短信，尹汀很少用这样的语气跟她说话，这次明显是在责怪她。这让何嘉怡心里一阵失落，尹汀对小洋芋这种亲人般的呵护超越了他们之间很多很多。她也再一次发现自己在尹汀心里原来什么都不是。

当天下午，小洋芋在何嘉怡手把手的耐心教导下，学会了四川麻将的规则。小洋芋再一次感慨："麻将这种娱乐项目特别是'血战到底'这种智力游戏，绝对是人类进化史上的里程碑，没有麻将的人生是不完整以及不严肃的。"

三天三个人所有吃喝玩乐的费用，都是小洋芋买的单。

直到现金输完了才下麻将桌,小洋芋强烈要求去"富桥"洗脚,官悦和何嘉怡点一个技师,她就要点两个,一个捏脚,一个按头,然后指挥何嘉怡用她包里的钱去买单,又让官悦接着再安排玉林生活广场到桐梓林一线的夜生活。

望江公园的露天茶馆,小洋芋一屁股坐下来就用现学的四川话喊一句:"老板儿,三杯十元的花毛峰,少放点茶叶,太苦了。"

"老板儿,三杯五元的。"何嘉怡纠正。

"你赢我那么多钱,点个十元的要死人啊?"小洋芋不服气地说。

"就你那张嘴,能喝出五元和十元的区别?"

"我用的是你包里,我自己的钱,请你,自觉!"

"一天到晚嘴还给你吃刁了,我还不伺候了!"何嘉怡坐下,点了一包瓜子剪开,递给官悦的途中突然停住,扭头皱眉,"我说小洋芋,你不是要去拉萨寻找内心的自我,洗涤疲惫的心灵吗?什么时候动身?我帮你安排行程,马上安排!"

话音没落,旁边推着自行车卖乐山麻辣豆腐干的大爷吆喝着走了过来,小洋芋马上从椅子上蹦了起来:"豆腐干!豆腐干!何嘉怡快拿零钱出来,我要麻辣的,双份!"

何嘉怡瞪了小洋芋一眼,骂骂咧咧地把钱摸了出来。对小洋芋她是真心不错,因为尹汀,也因为要从小洋芋嘴里套出尹汀更多的故事。

玉林南路的玉林生活广场,成都人叫它"玉林性生活广场",它不是红灯区,而是成都"干柴烈火"们集中撒网的场地。它是那几年成都的一张名片,代表着成都灯红酒绿的夜生活,名震全国。

空瓶子酒吧的老板兼歌手赵鲁,是官悦和何嘉怡在新阵地的球友,白天一号木开出去起码二百八十码,晚上嗓子放开了,空瓶子酒吧就是成都酒吧的代表。

小洋芋穿着一套黑色的紧身露背泡吧服,专门选了舞台旁边的位子,点了两份钵钵鸡,听鲁哥用四川话唱歌。

第七章　成都一遇

鲁哥一句："小薇啊……"

全场马上齐唱："你可知道我多爱你……我要带你，飞到天上去……"

小洋芋一杯接一杯地干着兑了绿茶的芝华士，边唱边感叹："好喝好喝，你们成都人真想得出来，能往里面兑绿茶，这一晚上喝了这么多居然都还没醉，继续，继续！"

晚上12点，鲁哥唱起了《小人，老妞儿，蓝宝石》："结婚了吧，上当了吧，一个人存钱两个人花。离婚了吧……"

全场沸腾，满屋子的人跟着鲁哥大声地唱，一群一群的人拥上舞台，把鲁哥围在中间，全身跟着音乐晃动。

小洋芋喝得很到位，一个口哨响起拖着何嘉怡上了舞台，摇头晃脑，周围的人渐渐聚集到了她们两个的身边，拍手吆喝着让两个美女热舞。

小洋芋在成都，确实是找到了自我。

两个跳成了"埃及艳后"的美女实在是太惹眼，人越围越多，官悦怕惹事，赶紧将她俩从舞台上拖下来冷静一下。小洋芋不依，还要往里面冲，官悦给何嘉怡递个眼色，她便懂了，招呼小洋芋坐下来接着喝，喝出第二轮高潮了再去嗨也不迟。

何嘉怡那点快憋成内伤的心思官悦最懂，白天小洋芋嘴巴紧，一问到尹汀的事都是只字不提，故意吊着何嘉怡。现在喝得这么到位，正是套话的好时机。

何嘉怡给小洋芋倒酒："来来来，姐姐们赏脸陪你喝。"

小洋芋端起绿茶芝华士，一口干了，站在桌子旁边继续扭，摇头晃脑，已经进入忘我状态。"你玩儿了这么久，你爸没催你回去吗？"何嘉怡开始搭话。

"催我干吗？他知道我跟汀哥的朋友在一起，放心得很，我爸和汀哥那是什么关系！"小洋芋不停地扭着。

"那你爸和汀哥到底是什么关系？"何嘉怡接上。

"我爸以前是汀哥的上司，汀哥说我们一家都是他的恩人呀，他从

纽约回洛杉矶时那是什么状态？整个人从早到晚不说一句话，要不是我们全家陪着他寸步不离，他不可能恢复得那么快。我爸为了汀哥能走出'9·11'的阴影放下执念，专门陪着汀哥走了一趟尼泊尔，这两年每年还要陪汀哥去一次拉萨，让汀哥感受生命，感悟生死。"小洋芋自嗨着，有点得意，滔滔不绝，端起酒杯又干掉。

"汀哥要放下什么执念？"何嘉怡惊讶道，心都揪在了一起。

"你不知道吗？那么大的事。"

鲁哥吼一嗓子，全场再次沸腾。小洋芋嗷的一声，又冲上了舞台，留下何嘉怡坐在那里，茫然无措。

第八章　青城对峙

　　周六天气大好，吴董事长应约下场打球，亲自开着他的新车在凯宾斯基酒店门口等何嘉怡一行人。

　　早已在大堂等待的小洋芋一眼看见了路边的庞然大物，拉着官悦和何嘉怡出门，路边已经围了一圈人，一位大爷正对着那辆新车指指点点："现在的消防车越来越高档了，搞得这么牛气。"

　　"消防车"的司机哈哈大笑着表扬大爷有眼光，一转身，看见小洋芋三人提包出来，赶紧张罗着大家上车走人。

　　三个人手脚并用，爬上了两层楼高的"消防车"，一声轰鸣，车子驶走。小洋芋这才惊呼一声，吹起一个响亮的口哨："董事长，您太牛了，这坦克我在美国都只见过广告，你居然这么快就搞了一辆，帅呆了！"

　　"董事长，这到底是什么车？太拉风了！"何嘉怡问。

　　"这是美国的悍马！刚到的，今天开出来遛一遛，不错吧？"吴董事长说起爱车满脸欢喜。

　　"岂止是不错，太不错了，真的像在坐坦克。"何嘉怡真心没见过。

　　"董事长，路边停一下，停一下，让我开一下吧，我太喜欢这车了！"小洋芋不见外、不功利，这一点倒是很对董事长的脾气。

　　吴董事长停车，让开位子，说："随便开。"

官悦和何嘉怡一脸紧张，看吴董事长兴致颇高，又不好阻止，只有没话找话分散注意力："看来董事长是个车迷。"

"是啊，不能免俗，我一直喜欢各类汽车，读书的时候还经常自己画发动机机械图。"董事长兴致很浓。

"董事长平时这么忙，管着几千人，一手创办出这么有影响的大型企业，是我们中国人的骄傲。"官悦由衷地表达着敬意，"您是得有点平常人的爱好，这样才会更加平易近人，不然我们都不敢接近您了。"

吴董事长为人谦和，身上有一般40多岁的企业家所没有的儒雅和坦荡，笑容可掬。

"谢谢官总表扬我。是啊，企业运行有很多的工作要安排，想置身事外经常逍遥不大现实，今天还要感谢你们约我去打球，让我出来活动活动。"

"我现在才觉得我苦练了那么久的球真是太值得了，今天居然能跟明星企业家一起打球。"何嘉怡探过头笑着说道。

"哦，对了，尹博士的球打得好，小何你是跟他学的？"吴董事长跟尹汀一起打过球，记忆深刻。

何嘉怡遗憾地皱皱眉："董事长，我还没机会跟他打球，下次你们打球一定要叫我。我是跟官悦学的。"

"官总这么厉害？待会儿要多多指教。"

"董事长，叫我小官吧。您说笑了，我们都要向您讨教球技，您不仅是球中高手，还要管理这么一家大企业，能跟您学习打球是我们的荣幸。"

吴董事长微微笑着，若有所思，看着窗外慢慢说道："是啊，无论世事和经济如何艰难，我都得让企业运行良好，养活所有人，这是我的社会责任。"

小洋芋兴奋地驾驶着悍马，一路说笑，很快到了球场。张泰和蒋总已经恭候在了门口，看着小洋芋开着董事长的"大坦克"一路吆喝着过来，众人大吃一惊，都看出今天董事长心情不错。

张泰开门，扶着吴董事长从车上下来，调侃大家："你们就这样照顾我们HT集团董事长的？官总你也不管管，等一下你跟我一个组，我得罚你三杆。"

董事长笑着说："今天高兴，让大家过过瘾，等会儿你们都来开。"

官悦赔笑答应，心里知道张泰故意为之。

一行六个人，分成两个组，何嘉怡、小洋芋、吴董事长第一组，张泰、蒋总、官悦第二组。

说好的，比单洞杆数，每个人都认真对待。

青城山球场被数座山峰环绕，加上水系引入形成一片巨大的湖泊，风景、空气都无可挑剔。天气好的时候，阳光洒在山顶，用尽全力挥出一号木，小白球朝着金光闪烁的方向飞去，傲然随心，纵横巅峰。

球场有四个三杆洞、四个五杆洞、十个四杆洞，两组人，从后九洞开始发球。女士优先，何嘉怡先开球，一号木转身有力，发球漂亮。小洋芋磨磨叽叽，她知道自己不是何嘉怡的对手，但是话已经放出去了，只有下场。一号木，发球起身，抬头，球直接下水。旁边站着吴董事长，她不好意思耍赖，瞪了何嘉怡一眼，退到一边。吴董事长开球，他微胖，HONMA的一号木，挥杆的动作自然流畅，不试挥就直接上杆，自信随意，距离在二百四十码左右，发出一个好球，心情大好："好久没打了，第一杆没有下水，不错不错。"

大家鼓掌叫好，这是球场礼仪。

"董事长不经常下场，也不经常练球，第一杆就有这么好的距离和弹道，这份心态没人能比。"蒋总恰到好处的点评，说的都是实话，一个球手最关键的是心态。放松，不执着于动作和成绩，反而能打出好球。

吴董事长带着第一组的人先出发，第二组在后面，看着第一个四杆洞，吴董事长三上，两推，加一杆，赢；何嘉怡三上，三推，加两杆，输二百；小洋芋四上，三推，加三杆，输三百。

第二组官悦先开球，试挥一号木，还是有点紧张，好在效果不错。

蒋总开球，她不经常下场，球打在球头上，滚出很远，距离不错，蒋

总无所谓地笑了笑。

第三个张泰发球,上蓝T,试挥,反复试挥,球童提醒他可以打了,他很不耐烦:"后面还没来人,催什么催。"

他又试挥,看得出来心里没底,怕在女士面前丢脸。

一号木,掂量半天,起杆,明显起过了;发力,身体太快,手没跟上,球飞出去了,但是右倾,出界。

张泰脸上有点挂不住,脸色不好:"不行不行,好久没打了,手感不好,再发一个。"

蒋总笑笑,说:"不着急,慢慢来。"球童无奈,摆好球让他再发。

一般第一个球没打好,心理素质又一般的话,会影响心情,影响后面的发挥。张泰第二个球一杆出去,下水。一个洞还没打进,他就已经输了四百,脸上相当挂不住,怪球童太笨,方向没给他看好。官悦和蒋总相视一笑,赶紧打圆场。好在后面还算顺利,张泰在果岭一推进洞,挽回了面子。

都说赌桌上见人品,其实球场上也一样,一个人的教养、心理素质,全体现在他如何对待球童、如何对待成绩上。旁观者一目了然。

前面传来小洋芋打出好球的尖叫声和董事长爽朗的笑声,何嘉怡在旁边各种不服。那一组打得非常愉悦。

官悦和蒋总球技差不多,几个球下来多了很多共同语言,从球杆到球包,再到高尔夫服装搭配,聊得融洽愉快。

打完四个洞,三个人已经打得非常随意,张泰逐渐有了一些小动作。有几次打出了好球大家击掌祝贺,张泰不是握着官悦的手不放,就是把手搭在官悦肩上。

能躲则躲,微笑着周旋,这样的人官悦遇到过不少,一般不予理会对方。蒋总见惯了这些小把戏,觉得实在是有点过分了,她会把官悦拉到自己身边。

一场球,打得心比身累。

第八章 青城对峙

到了八号洞，官悦先发球，有点偏，打进了树林。官悦让球童先把球车开到前面，自己走过去找球，蒋总、张泰各自往前打。

青城山球场上保留了很多原生态的大树，在球场边上形成了很茂密的小树林，遮天蔽日，自成一方。官悦走进去，拿着球杆四处打探，刨开很深的草丛认真找球。突然一阵窸窸窣窣的声音在她身后响起，还没等她起身回头，腰上猛地一紧，她被一双手搂着往后一带，跌进了一个人的怀里。

官悦啊的一声还没叫完，嘴就被那双手给捂上了，不回头都知道发生了什么。

"小声点，我来帮你找球。"身后传来张泰戏谑的声音。

官悦挣脱出来，后退一大步。这种时候不能自乱阵脚，越是惊慌无措，越会坏事。

"张总，帮我找球也不用这样找吧，吓我一跳。"

张泰咳嗽一声，脸上堆着不怀好意的笑："我看你一个人进来，担心你。"

"谢谢张总，球不找了，今天带的球多。"官悦转身准备离开，却被张总一把拉住。

"官总不想打完球单独聊聊项目招标的事情吗？"

一场交易来得很直接，张泰手上掌握着人人垂涎的大项目，暗示都觉得麻烦，直截了当地铺在桌面上，看看对方用什么他感兴趣的东西来换。当年的官悦24岁，在整个成都的园林界是出了名的美女，一个人打拼几年下来，这样的事情时有发生。选择就在自己的一念之间。一念起，眼一闭，荣华富贵；一念灭，不为难自己，那就看着机会擦肩而过。

"可以啊张总，一直就想请教您了，我们打完球找个茶坊坐坐如何？"

张泰笑笑，背过手有些挑逗地看着官悦："茶坊太闹了，可以找个幽静点的地方。"

"都可以，我马上让我老公安排，他就在会所等我，张总有没有特别喜欢的地方？"这一招用在防骚扰的初级阶段比较管用，这几年屡试不爽。

张泰眯了下眼睛，皮笑肉不笑："官总的家里人看得紧哦，人多了不方便说工作，那就等你方便了再来我办公室吧。"

这时蒋总的声音传来："官总，怎么找了这么久？"

官悦快步走出小树林，拉着蒋总的手，捏了一下表示感谢。

蒋总转身看着面不改色的张泰礼貌地说道："董事长打电话，请张总现在回会所，市里领导找董事长有事，你们要先回市里。"

很快张泰就转换成了一副公事公办的样子："好，我先走，把司机和车留给你们。"

张泰扬长而去，蒋总看着他的背影，又看看身边的官悦，有些意味深长地说道："张总这是权力越大，胆子也越来越大了。"

"蒋总，今天谢谢你一直照顾我。"

"都不容易，因为咱们的工作性质谁都不能得罪。"蒋总把球杆递给后面跟过来的球童，跟官悦并肩走在球场柔软的草地上，"我的工作是做好服务就行了，而你是想在他那里拿到工程，会比较被动。"

官悦点点头，叹了口气："哪里的甲方都一样，这些年真是有点疲于应付了，我就想试试正常程序投标，实在不行熟悉一下流程就当是锻炼自己的队伍了。"

"听小何说你老公没在成都？这些事应该让你老公出面的，男人之间沟通方便多了。"

"他……在英国工作，还没回来。"提起自己的老公赵文涛，官悦苦笑了一下，他是个比较有个性的人，对自己毫无保留地好，就是不赞成自己做工程，更别说指望他回来帮自己了。最近我太忙，好久都没打电话问候他了。两个人天各一方，隔着七个小时的时差各忙各的，你需要我的时候我不在，我需要你的时候你没空。

"一个人面对这些事情挺不容易的，好在你认识吴董事长，张总应该有所顾忌。"蒋总打断了正在发呆的官悦，两个人边说边走到了果岭上准备推杆，蹲下瞄了瞄方向。蒋总摆好了姿势试了试推杆力度，又停下来侧身说:"吴董事长人很好,非常正直,HT集团是他这么多年辛苦创建的品牌,企业对外形象是他非常看重的,容不得下面的人给企业形象抹黑。"

官悦跟蒋总也就两面之缘,蒋总能聊到这个程度,已经是很拿自己当朋友了。社会上形形色色的人和事,看懂了不说破不给自己添麻烦是大部分人的行事准则。官悦很感动:"谢谢蒋总,我明白了,能交到你这样的朋友简直是我的荣幸!"

蒋总云淡风轻地笑了笑,再次蹲下对了对线,果岭上二十码的一个长推,一推进洞,毫不拖泥带水。

官悦拍手叫好,看了看自己的球,心有点乱,二十多码的长距离,不太好推。想到今天跟张总的这一回合算是过去了,但是前路漫漫,关卡尚多,只要欲望存在,考验就无处不在,女人需要在欲望中学会取舍。而欲望的宽度,是以不损害别人的利益为界限,不伤害自己的婚姻为前提的。

如何把握尺度,官悦一直在平衡着。

第九章　匆匆伦敦

　　心不在焉地打完后半场，大家收杆回到会所各自进了淋浴房。官悦打开水龙头，想了想，裹着毛巾又出来找到手机给赵文涛发了短信："圣诞节你回来吗？"

　　她坐在梳妆台前等了几分钟赵文涛才发来短信："不回。"

　　简单的两个字特别刺眼，很明显，赵文涛在生气。

　　官悦知道自己最近确实有些过分了。

　　好几次赵文涛打电话回来，官悦不是在酒桌上喝得话都说不清楚，就是在忙着陪各级领导，说两句就直接挂断赵文涛的电话，更别说主动去关心一下他的生活。两个人结婚两年，赵文涛一有空就飞回成都，而官悦只飞过一次伦敦去看赵文涛，还是打着探亲的旗号去行搜刮之实。

　　官悦这两年自己开公司做工程，在外人看来风光无限，其实只有她自己知道，一旦深入这个行业，刚刚踏足时的春风得意很快就会荡然无存，那些浮华外表下全是迫不得已和无可奈何。每一个工程，每一处的关系，每一支施工队伍，每天都需要各种庞大的支出，稍微有点回款，她不是赶紧贴补下一个项目，就是四处打点，一年辛辛苦苦下来挣的钱大部分不能及时回款，公司财务经常是处于勉强维持的状态。

　　而这几年，背后帮着官悦苦苦维持局面的，其实是赵文涛。

第九章　匆匆伦敦

官悦每次接到新的项目,都会给赵文涛一个广阔天地就在眼前的宏伟描述,将赵文涛搜刮得一干二净,用在各个工程的滚动周转上。

"为什么不回?"官悦很希望赵文涛回到成都,能像蒋总说的那样帮自己应付外面的各种骚扰。

很久,赵文涛都没有回复。

打开淋浴房的水龙头,水雾蒸发起来包裹着官悦有些力不从心的身体,仰头站在水幕下面,仔细一想,能想起的都是赵文涛这几年的无私付出和宽容忍耐。

就像官悦希望赵文涛回国一样,赵文涛同样希望官悦能去伦敦相夫教子。

一年前的秋天,十月的伦敦秋风四起,霜叶渐染。那时候刚刚做完第二个绿化工程,年轻的官悦意气风发。

泰晤士河边的斯科沃酒店,官悦想去体验一下,赵文涛专门订了看风景视角最好的房间,从阳台看出去就是高耸的伦敦眼,河两岸的风景正是这座城市最美的景色。

从希思罗机场出来,被赵文涛接到后一路东张西望到了酒店,官悦放下行李,侧身趴在房间阳台上呼吸着清晨潮湿的空气,放眼两岸英国最有历史感的建筑,有些迷恋地感慨道:"这么贵气逼人的大英帝国,我早就该来了,我想在伦敦街头穿着巴宝莉缩着头点一支烟……海报上都是这样拍的!"回头,看了看房间里正在为自己收拾箱子的赵文涛,问道:"你说咱们从哪里开始深度了解这座城市呢?"

2003年赵文涛30岁,斯文儒雅,从北京邮电大学毕业后一直在外企通信行业工作,工作压力大,加上家族遗传,年纪轻轻就已两鬓斑白。一个人经常世界各地到处跑,长年都是西装革履,打扮得就是一副世界500强员工的样子。

官悦是在置信房产认识赵文涛的,第一次见面是赵文涛带着父母去买房子,官悦被赵文涛的国际范儿吸引住,加上赵文涛一头像极了挑染的花

白头发，不说话的时候特别像一个台商。

高干高知家庭出身的赵文涛，从小在中规中矩的家庭环境下成长起来，工作之后一直想找一个会抽烟喝酒有点江湖气息的长发美女为妻，而官悦，正好符合了他的所有条件。两个人从认识到结婚就半年时间，从结婚到两地分居也不到半年。

听见官悦的问话，正在挂衣服的赵文涛抬起头，想了想，一般常规路线是白金汉宫、西敏寺、特拉法加广场、塔桥、大英博物馆。赵文涛停了停，看着从头到脚一身名牌的官悦说："对你这样刚刚暴富的小镇青年来说，估计先去丽兹喝个下午茶，再去哈洛德百货购物，这比较符合你的气质。"他边说边放下手上的衣服，拿了沙发上的一个靠垫挡在胸口防止官悦飞来一只高跟鞋。

"甚合我意。"官悦半眯着眼狠狠地看了一眼赵文涛，难得没有攻击他，她从阳台走进房间帮赵文涛拿了钱包，冲他抛了个媚眼，晃了一晃，"走吧，我听你的，你最懂我了。"

伦敦市中心格林公园旁边的丽兹酒店，英式宫廷下午茶闻名百年。

跟酒店内几乎每个角落和精致的点心合影之后，两人坐在酒店一楼的棕榈阁，官悦看着正翻着报纸的赵文涛直奔主题："伦敦确实好，太符合我的气质了。"

"你可以留下。"赵文涛没抬头，淡淡说道。最开始他同意调来伦敦是因为官悦也想来，只是没想到临行前几个月官悦突然折腾起了工程，当起了老板。

"当个全职太太，你满天飞着，我地上等着？"

赵文涛抬起头，推了推眼镜："你可以在这里喝下午茶等，也可以一边生孩子一边等。"

"说好了5年之内不要孩子的，换个话题。"一说到要孩子，官悦就皱眉。从家乡小城出来，一个人在成都好不容易扎下根，好不容易望到了生活的美好，她现在满脑子想的都是如何让这样的美好更长久。要孩子这件事情，还真没认真考虑过。当然了，靠着赵文涛这种就职于世界500强企业的青年才俊，也能过得衣食无忧，放在刚结婚那阵，她真是很满足、很幸福。可是，这一年来，她已经尝到了自己当老板、花自己的钱毫无顾虑的自由和豪迈，可以牵着父母的手问他们喜欢什么样的房子，可以拍着自己弟弟的肩膀让他放心地去考美国的大学……

这一切，跟赵文涛能给的，完全是两种概念，再要退回去，已经不可能了。

换上一副谄媚的笑容，官悦说："赵文涛，你跟我回去吧，你不知道现在成都的城市建设有多快，这是一个难得的机会，我现在莫名地闯到了风口上，这一年轻轻松松就拿下了几个大型的绿化项目，现在做这一行的人还不多，竞争也不大，机会太多，我一个人实在是有点忙不过来，太需要你回去跟我一起战斗了。"官悦激情昂扬地开始了游说和演讲。

"回去跟你混？我一个北邮研究生？"赵文涛直视着官悦。

"什么叫跟我混？回到伟大祖国，投入轰轰烈烈的经济建设大潮中，共同谱写大成都的美丽篇章啊！"官悦一说起工程两眼放光，"你想啊，我一个女的，又长得这么漂亮，出去抛头露面陪吃陪喝多有不便，回去了你当总经理，你去抛头露面，我就在家数钱。"

"你情愿回去帮包工头数钱，也不愿意在伦敦帮青年才俊数钱？"赵文涛把手上的报纸放在旁边的椅子上，皱眉看着官悦。他实在有点不理解官悦的想法，作为一个外企管理人员，这些年来凭借自己的能力和在通信业的人脉，回到国内当个体面的高管完全没有任何问题，怎么可能放弃大好的前途跟老婆一起去当包工头？

"包工头怎么了？让你回去就是做正规公司，我一个人做起来太吃力，我这不是请你来了吗？回去我们自己做绿化或者做通信哪点不好了，自己当老板你知道是什么感觉吗？"

赵文涛嘴角闪过了一丝笑意，点点头："知道，就你现在这样的暴发户气质。"

"……"

如果不是在丽兹酒店，官悦已经把一盘点心盖到赵文涛脸上去了。当初，官悦是觉得到了结婚的年龄遇到了条件这么好的人就要牢牢抓住，于是频繁主动出击，两人快速闪婚。结婚之后跟着就是匆匆分别，各忙各的，彼此间确实没有时间规划未来。

官悦有求于人，于是按捺住怒火，拿起茶杯帮赵文涛加了些热茶："我现在说再多你都听不进去，你要不跟我回去看看我做的工程项目，那叫一个卓有成效，也感受一下国内的发展大势，我还是希望你能出来跟我一起做自己的公司。我在这里也不能待久了，出来之前又中了一个标段，我必须得赶回去做开工计划。"

"待不了几天你山高水远的跑来干吗？"赵文涛坐直了身体，似乎有一种不祥的预感，带着警惕的目光看向官悦。

"这不是又有新项目了嘛，资金有些短缺……"看到赵文涛扯了扯唇角转过了头去，官悦赶紧赔着笑脸，"前面工程回来的款项我用来置办了南边的新房子，又买了一辆你最喜欢的奥迪A6，等你回去给你开……"

赵文涛有种深深的无力感，看官悦的表情变化了好几次才调整到了正常状态。官悦身上那种一直吸引着自己的带着些可爱的江湖豪气，自从做了工程之后便不知不觉掺杂了一些匪气，一种对自己反复搜刮、反复血洗的匪气。最无奈的是，自己居然心甘情愿地被她洗劫了这么久都还狠不下心一口拒绝。

赵文涛摇了摇头，叫来了服务员买完单，对着一脸期待的官悦说道："抓紧时间去购物吧，别耽误了你回国的步伐。"

伦敦匆匆一聚，彼此都说服不了对方，又是天各一方，各自辛劳。

回到成都的第二周，官悦的银行卡上毫无悬念地多出了一笔钱，虽然不是很多，但也是那笔保证金的一大部分，让官悦再一次顺利拿下了工程。

赵文涛一直在用官悦喜欢的方式表达着自己的情感，而官悦，却慢慢把这种付出当成了理所当然。

第九章 匆匆伦敦

越来越多的失望加上越来越远的距离，渐渐地，赵文涛不愿再多费口舌，也渐渐地，少了电话，少了牵挂……

淋浴房里的蒸气不知道什么时候氤湿了眼睛，官悦吸了吸鼻子，裹上了毛巾。翻出手机看了看，赵文涛还是没有回复自己，她想直接打电话，可又不想让朋友们听出两个人之间的不愉快。

"再不回我短信你会很惨！"赌着气发过去几个字，官悦将手机狠狠地扔进了包里，一般情况下自己做错了事情，要不说点好话，要不撒个娇，赵文涛总会接招。可这一次，每一招都显得没有底气。

从青城山回到凯宾斯基酒店已经是下午3点，官悦没怎么说话，强打精神准备陪着要求去景立歌城唱歌的小洋芋和何嘉怡。三个人商量着走进大厅，却同时在门口站住，前台旁边站着的，居然是尹汀。看着她们进来，尹汀面无表情地走了过去。

小洋芋大叫一声，一蹦一跳地跑过去，挽着尹汀的手，"汀哥汀哥"的叫个不停。何嘉怡有些忐忑，但还是深情款款地看着尹汀。官悦朝尹汀微笑点头。尹汀表情生硬，目光冷峻地看着小洋芋。

"杨旭，回房间收拾东西。"尹汀声音严厉，不带任何感情。

"收拾东西干吗？"小洋芋被尹汀莫名其妙的严肃给镇住了。

"回房间收拾东西，马上！"尹汀重复，不容置疑。

小洋芋看看官悦，又看看尹汀，放开手，不敢还嘴，蔫蔫地朝电梯厅走去，边走边朝官悦吐了吐舌头。何嘉怡一脸的浓情蜜意瞬间转化成了寒霜，一脸胆怯地看着尹汀，她知道尹汀为什么生气。

尹汀目光扫过何嘉怡，看着官悦，淡淡地说道："官总，你和何嘉怡有什么合作我不知道，杨旭还小，初入社会，对你们交往应酬的人没有半点防范，你让她加入你们的商务交往中我很不放心，今天我过来接她回北京，这段时间谢谢你们接待她。"

礼貌且严肃的责备，不失风度，却拒人于千里。

官悦无言，只能点点头，本来心就很累了，此时想解释又不知道从何说起。来成都是小洋芋自己追着来的，跟HT集团的人吃饭、打球也是她自己约的。但是，官悦能解释说不关自己的事吗？那样太自私，更何况，在这两次跟HT集团的接触中，她确实是借着小洋芋活泼随性的性格跟吴董事长走近了一大步。所以，官悦有私心，只有沉默。

"汀哥，不关官悦的事，我……"何嘉怡想辩解，被官悦拉住，这个时候说什么都是越描越黑。

"我来得匆忙，刚刚去HT集团办了些事情，马上要赶回北京，等一会儿杨旭跟我一起走，这些天你们也辛苦了，早点回去休息吧。"尹汀看着何嘉怡，声音柔软了些。

尹汀朝两人点点头，没有邀请何嘉怡跟他一起上楼，就那样匆忙地转身，这距离他们在三亚卿卿我我，还不到一周。

当时的何嘉怡和官悦愣在了大厅，对尹汀这样的态度，内心既失望又有些怨怼。可是，当后来的悲剧发生，她们才在悔恨中觉得尹汀今天的谴责实在是太轻太浅了。

看着尹汀的背影，官悦伸手去牵何嘉怡，何嘉怡手指冰凉，就在眼泪快止不住的时候，她转过身去："官悦，我们俩去景立歌城吧，我想唱歌了。"

第十章　一盏莲灯

你给我一个到那片天空的地址

只因为太高摔得我血流不止

带着伤口回到当初背叛的城市

唯一收容我的却是自己的影子

……

想赖着你一辈子

做你感情里最后一个天使

如果梦醒时还在一起

请容许我们相依为命

绚烂也许一时，平淡走完一世

是我选择你这样的男子

就怕梦醒时已分两地

谁也挽不回这场分离

爱恨可以不分，责任可以不问

天亮了我还是不是你的女人……

很多年之后，官悦只要听到那英的这首歌，就会想起那天何嘉怡泪流

满面的样子。从坐到景立歌城的包间开始,到她受不了歌声里的悲伤抢了何嘉怡的话筒,何嘉怡已经唱了20多遍《梦醒了》。也是那天,何嘉怡破天荒地没有喝酒,却说了一晚上的话,缠缠绵绵,全是关于尹汀的种种。

"9·11"事件之后的3个月,何嘉怡飞奔北京看到了差点垮掉的尹汀,一夜的陪伴相对无言,尹汀不愿再揭开伤疤,何嘉怡也不愿多问。

回到成都,整整9个月的时间何嘉怡没有再见过尹汀。她知道他背负了太重的过往,也知道他需要时间自愈,谁也帮不了他。他在自己的世界里承受着那份负罪感和痛苦,何嘉怡隐隐觉得这与她有着千丝万缕的联系,尹汀明显地带了一些对自己刻意的逃避,从偶尔的一两条短信中,她看得出尹汀在用大量的工作麻痹着自己。

"9·11"当天,他到底经历了些什么,"9·11"之后的三个月他到底去了哪里,何嘉怡无从知晓,只能默默等待。

尹汀开始信奉佛教,他参悟生死,寻找答案,用因果轮回的佛学理论去重建内心的坍塌。

2002年的9月,"9·11"事件一周年。全美上下,一片哀悼……

联合国大会在纽约联合国总部举行纪念仪式,追悼不幸遇难的人们。

联合国总部大厅竖起纪念墙,最醒目的图案是手绣的"和平被",寓意祈祷世界和平,祝愿在那场悲剧中不幸丧生的人们能得到安息。美国政府在五角大楼举行纪念仪式,仪式上,美国国旗从五角大楼楼顶缓缓飘下。布什夫妇和白宫人员向"9·11"遇难者默哀。

……

灾难过去了,可是留在人们心中的伤痛依然存在。

这一天,尹汀在成都,在中国会所和HT集团的人吃过饭之后直接回了凯宾斯基酒店。

何嘉怡跟尹汀之间唯一有交集的朋友只有蒋总,她从蒋总那里得知尹汀在成都后,第二天一大早就去了尹汀住的酒店。

一定要见他一面,快一年了,何嘉怡对他的思念遮蔽了生活中所有的

第十章 一盏莲灯

精彩,渐行渐远中,等待的那个身影却越来越清晰。

尹汀站在房间门口,前台已经告诉他何嘉怡会来。何嘉怡走过去,两个人四目相对,心中已是百转千回。

没有丝毫的陌生,眼前,依然是那个只能在梦里拥抱的男人,轮廓分明,俊朗不凡,眼神深邃,只是越发消瘦了。

走廊里的灯光有些暗,照在尹汀的脸上,何嘉怡有些看不清他笑容里的忧伤。

片刻的沉默后,何嘉怡先开口:"你……还好吗?"

"还好……"尹汀声音温和。

"好久没有你的消息,我只有去问蒋总,知道你偶尔会来成都。"

"这边的工作有同事在跟进,我来得就比较少了。"在何嘉怡清澈坚毅的眼神中,尹汀神色间有些不经意的回避。

"我……我不想跟你失去联系。"何嘉怡的声音有些颤抖,努力地控制着自己。尹汀在独自承受着痛苦的时候,何嘉怡也在一个人承受着折磨。

"让你担心了,谢谢你何嘉怡。"尹汀微微低头,嘴角的微笑,带了一些愧疚。

"除了担心,我什么都不能为你做,既然你来了就让我陪你一天吧。"何嘉怡言语间的深情一览无遗,不知道该怎么走近他,只希望能在他身边,哪怕是多待一分钟。

无法再逃避,面对何嘉怡的执着,尹汀无法再拒绝。在内心强烈的负罪感引起的自责中,何嘉怡是无辜的。

尹汀点点头,请何嘉怡进房间坐,何嘉怡却说:"不了,我今天专门请了假,我带你出去转转吧。"

走不近彼此,舍不得转身。初秋风和日丽,天空高远,云层忽远忽近。

车开在成雅高速上,音乐声缓解了沉默的气氛。城市越来越远,路两边的青山绿水渐渐越过了车顶。

何嘉怡专门借了单位的车,带着尹汀开向峨眉山里的一处古刹。

密林深处，翠峰之巅，飞角重檐下梵音回荡。沿着崎岖的山路，一路沉默的两个人走到了寺庙门口，尹汀停下来看着何嘉怡，眼角的纹路里，刻着深深的感动。

大雄宝殿前，两人一起虔诚跪拜，绕塔诵经。

点亮200盏长明灯后，何嘉怡默默地退到了一旁，留下尹汀独自在案台前缅怀故人。

案台的另外一端，尹汀单独点亮了一盏莲花灯，小心翼翼地捧在手心，神情悲痛，久久凝望……大殿里，方丈带领众僧正在做一场法事，浑厚庄严的诵经声如滚滚沉雷般将他们层层包围。双手合十时，她看到了他眼里浓到化不开的凄凉。那些沉重的阴影，那些隔在他们之间的天灾人祸，那些随着灾难永远埋葬在废墟里的过往，那些她跨不过去的，属于他自己的伤痛，通通扑面而来。

她不知道用什么能安抚他的悲伤，只想跟他一起在佛前祈祷，愿逝者安息、生者安康。

尹汀每次到成都都住凯宾斯基酒店，这里离机场近，最主要的是背靠桐梓林小区，在当年是成都最有代表性的街区，纵横交错的两条欧洲风情街上，分布着有格调的餐厅、茶坊。

半山餐吧是桐梓林东路上最热闹的一家餐厅，也是成都第一批花园餐厅，正宗的川菜很受欢迎。靠街边有很多花园卡座，咖啡色的太阳伞下，9月的晚风扑面而来。

从峨眉山回到成都，何嘉怡带尹汀去了半山餐吧，点了店里很多特色菜和几瓶红酒，给尹汀和自己倒上。

今天这样的日子不需要过多的语言，陪着他好好喝一杯，敬天地，敬故人。

尹汀接过何嘉怡递过来的红酒，看着她，眼里满是复杂难理的情绪，然后，一饮而尽。何嘉怡满上，和他碰杯："谢谢你让我陪着你，你安然无恙，我才能心有所想。"

第十章 一盏莲灯

尹汀端着酒杯点点头，没有看何嘉怡，一口干掉。

何嘉怡再满上："今天过后我不知道什么时候才能再见到你，我不知道该怎么去安慰你，或许你根本不需要，但是请你不要就这样从我的生活中消失。"

何嘉怡知道尹汀什么都不会告诉她，她有强烈的预感，尹汀会离她越来越远，直到彼此再一次走远。

没等尹汀说话，何嘉怡仰头喝完。

"何嘉怡，何必这么执着？"尹汀的声音有些沙哑。

"你有你的执念，我也有我的执念，你放不下过去，我放不下你！"

何嘉怡知道自己对尹汀的这份感情，从来都没有经过理性的思考，遇见了，就喜欢，喜欢了，就成了执念。人生一世，爱最奢侈，总有那么一个人，在擦肩时，不经意间就已经视他如命。

尹汀拿过酒瓶，给自己和何嘉怡满上："我放不下的……你无法理解。"

"我知道你有女朋友我不该这样，但是只要你一天没有结婚我就可以一直守着这份梦想……"

握着酒杯的手有些微微的颤抖，尹汀的眼神突然变得冰冷，用力地握紧了酒杯，指节发白，打断了何嘉怡："我今天很想喝酒，你陪我喝点。"

何嘉怡被他吓了一跳，点点头，端起了酒杯，简单地以为他和他的女朋友之间可能发生了一些不愉快。

两个人，五瓶红酒见底的时候，尹汀已经到了极限，心情不好的人容易醉，何嘉怡却什么事都没有。

尹汀满脸通红，目光开始游离，继续给何嘉怡满上酒："好久没醉了，连喝醉的勇气都没有……醒了会更痛。"

"汀哥，事情过去都一年了，不要这样为难自己，面对那样的灾难谁都无能为力。"看着尹汀，何嘉怡很心痛。

"有些错，犯下了就再也没有机会去扭转，天意如此，我只有用我的

一生去赎罪，何嘉怡，不要再等我了。"尹汀一只手扶着额头，另一只手撑在桌上，摇摇晃晃的。

"到底是什么事情让你这样折磨自己？汀哥，让我帮你分担一些吧。"

"这是我该受的惩罚，原本一切都可以不发生的……"

话没说完，咚的一声，他趴在了桌上。

想醉的人谁也拦不住。

幸好凯宾斯基酒店就在旁边，红酒的后劲大，尹汀硬撑着被何嘉怡扶回到房间，一倒头就人事不省。何嘉怡喂他喝水，帮他擦脸，怎么也叫不起来，只好帮他脱了外套、鞋子，让他好好睡。

尹汀翻了一个身，滚到床边，皱着眉头，嘟哝了一句。

何嘉怡走过去，蹲在边上，把尹汀的手握在手里，放在唇边，又抚平他紧皱的眉头，手指从他的眼睛滑到鼻梁，到双唇，鲜明的轮廓，一点一点在指尖勾画，这张好看的脸上，让人看到了他溢出的痛苦。这样的男人，总是能勾起女人的怜惜。

何嘉怡帮他盖好被子，就在起身的时候，听到他叫了一声"苏槿"。

何嘉怡愣在了原地，不用猜，一定是他女朋友的名字。可是为什么一个名字能被他叫得如此哀伤悲恸？他们之间发生了什么？

"苏槿……我错了……不要走……"尹汀抓紧了何嘉怡的手，把她当成了梦里的苏槿。

蹲在床边握着尹汀的手，何嘉怡心里的痛无人诉说，全身冰凉。寥寥几个字，却能读懂里面的情深似海。曾经以为他们不结婚是因为彼此爱得不深，曾经以为只要他不结婚自己就可以一直等。看到此刻如此肝肠寸断的尹汀，何嘉怡才突然明白，原来她的守候在这样浓烈的情感面前显得如此幼稚而苍白，甚至毫无意义。

她不知道自己是怎么走出酒店的，初秋的凉风吹来，冷得起了一身的鸡皮疙瘩。

第十一章　情定上海

何嘉怡的生日在12月，一个各种公司年会集中的月份。

尹汀在上海参加一个投行的活动，何嘉怡的生日他没有忘记，给她发去短信："何嘉怡，生日快乐，一切都好。"

寥寥几个字，何嘉怡看了很久很久。

尹汀对她不是没有牵挂，只是他有自己的坚守和担当，谁得到了这样的男人都是一辈子的幸运。只是她，何嘉怡，在多年前的北大校园就已经错过了最好的时机。

这两年来何嘉怡的执着给了他太大的压力，或许，是时候反思过去了。

是成全自己还是放弃梦想，这一刻，她突然有了自己的决定："这个生日我想跟你一起过，你在哪里？"

很久，尹汀没有回复，何嘉怡再发一条短信："过了这个生日我会放手，也会放下心里的执念。"

过了很久，尹汀才回复："我给你订飞上海的机票。"

成都飞上海的头等舱里，何嘉怡心神不宁，这是她这一生中最重要的决定。浪漫中带着悲伤，是圆梦，也是放手。

公司的酒会，设在浦东的香格里拉酒店，尹汀单独给何嘉怡开了一间套房，18楼，落地窗，面朝黄浦江。

何嘉怡到达酒店已是傍晚，外滩的灯火将房间的落地窗点缀成了一幅画卷，何嘉怡走过去，愣在了窗前："这么奢侈、美丽的风景，只有跟你一起才有意义。"

"希望你有一个难忘的生日。"尹汀站在何嘉怡的身后，脸上泛起久违的笑容。

面前这个姑娘，从第一次去北京找他的那一晚开始，在飘着柳絮的后海给他唱歌，就已经不知不觉刻在了他的心里。只是后来发生了太多事，他无法原谅自己，只能选择远离她。当听见她说她会放手的时候，他早已被伤痛腐蚀麻木的心竟然为之颤动，有轻松，有不舍，只有为她准备一个美好的生日和一份隆重的礼物，感谢她一路的执着，以及那些在最冰凉的日子里带给自己的美好和感动。

何嘉怡的感情，值得自己珍藏。

尹汀转身，从衣柜里面拿出专门帮何嘉怡准备的晚宴礼服："试试看合不合适，一会儿有一个晚宴可能会比较无聊，你愿意去吗？"

"愿意。"没有什么比跟他在一起更愿意的了。

黑色及地露背晚礼服，一线品牌的精良裁剪完美地勾勒出了何嘉怡曼妙的身材，点缀在礼服上面的黑色水晶在灯光下熠熠生辉，一头浓密的长发随意披在身后。何嘉怡这个年龄，略施粉黛就已经光芒四射，在气宇轩昂的尹汀的陪伴下，两个人的出现吸引了不少人的目光。

晚宴邀请了很多商界名人，尹汀将何嘉怡安排在了嘉宾的坐席上后就被其他人拉去叙旧，整个晚上都在和不同的人喝酒。今天的何嘉怡特别安静，一个人坐在嘉宾席，静静地看着尹汀穿梭其中，推杯换盏、应酬交际。这里是他的世界，他们用英文聊华尔街，聊世界金融，聊上市公司，聊证券基金，他们在纽约和北京之间穿梭，他们的生命中每一分钟都要用来创造价值，他们是天之骄子。

浓浓的孤独感夹带着一丝自卑，这是何嘉怡第一次进入尹汀的工作圈，原来这才是他的世界，原来这才是他的生活。

第十一章　情定上海

能让他在自己的生命中留下印迹，能在放手后有最美丽的回忆，这就够了。

晚宴还没结束，喝得半醉的尹汀终于坐回到何嘉怡身边，拉着何嘉怡悄悄离开了会场："让你一个人待了一晚上，实在是不好意思。"

"没关系，能看着你已经很满足了。"

"我们去西餐厅坐坐，我订了蛋糕。"为了何嘉怡的生日，尹汀费了不少心思。

"让他们送去房间行吗？房间的风景那么漂亮，我想单独跟你一起吹蜡烛。"何嘉怡仰头望着尹汀。

尹汀顿了顿，点点头。今晚的何嘉怡特别美丽，在黑色礼服的衬托下多了一些成熟和妩媚，让尹汀想起了第一次在成都的中国会所见到她时的情景，那时候，她的出现，她的勇敢，她攒了3年的话，给自己留下了深刻的印象。那双看着自己欲言又止的眼睛里，从一开始就是专注的深情。

酒意渐浓，尹汀叹了一口气，松开让人喘不过气的正装领结，突然牵起了何嘉怡的手，朝房间走去。

过去这一年里，尹汀经历了太多的悲伤，从他眼睁睁看着曾经的工作伙伴绝望地从楼上跳下，眼睁睁看着世贸大楼坍塌的那一刻起，内心的坚强堡垒就已经随之崩塌。其实他比谁都需要温情，他甚至有些渴望何嘉怡的安慰，否则不会在灾难刚刚过去，在尼泊尔和西藏之行后回到北京第一个联系的人就是何嘉怡，也不会在她第一时间赶到北京看他的那一晚，和她紧紧拥抱的那一刻，感觉到了久违的温暖。

只是，他无法面对内心的负罪感，只能在痛苦中禁锢着自己的情感。

房间里恰到好处的灯光映照得两个人的身影朦胧绵长，窗外是外滩十里辉煌，灯火映在江面，衬出一幅最美的景色。

不虚度，不彷徨。

尹汀揉了揉额头，仍有些晕："我打电话叫送蛋糕……"

话还没说完，何嘉怡一个转身投进了尹汀的怀抱，没有等他反应过

来,踮起脚便吻了上去。时光有些停滞,窗外流光溢彩的灯火将室内紧紧相拥的两个人笼罩着。火热的回应在这个男人片刻的停顿后,终于迸发了出来,赤裸裸的激情在上海的冬天迅速蔓延,何嘉怡低声道:"汀哥……不要再拒绝我。"

何嘉怡眼里的泪光刺痛了尹汀,面前这个女人,用她的直率一点一点地将尹汀侵蚀,那些被曼哈顿的漫天硝烟包裹了一层又一层的内心,在这个江水映照的缠绵之夜,一点一点地,退去麻木,恢复知觉。

一切的语言都是多余,一切的理智都失去了意义,尹汀弯腰,抱起何嘉怡朝卧室走去。

修长的身体盖住了她的柔情蜜意,胸腔里一股热流在猛烈地撞击着自己,他将何嘉怡搂在怀里,朝她的双唇贪婪地吸吮,何嘉怡一声喘息,两人唇齿相抵,彼此的气息紧紧纠缠在了一起:"何嘉怡……"尹汀捧起何嘉怡的脸,眼里全是火焰,一旦陷入,再无退路。

温热的吻融化了所有的思念,所有的冰凉,落在了彼此光滑炙热的身体上,落在了两颗不再徘徊彷徨的心上。

"汀哥,我要你。"何嘉怡仰头去感受尹汀的气息,她要将他融化在自己的身体里,她要在这一刻最完整地拥有彼此。

何嘉怡醒来的时候,已经快中午了,活动一下四肢,确定自己还能动,满身的痛感从四肢蔓延开来,集中在某一处。

她艰难地转身,看到身旁沉睡的男人,俊朗风逸,温文尔雅,肌肉勾勒出的身线匀称矫健,胸口那道已经淡去的伤疤,给他增添了几分冷峻和深沉。这样一个男人是自己从18岁开始就一直等待的梦中人,自己这一生最宝贵的真情必须由他来留下印迹。

想起昨晚的恩爱,何嘉怡眉眼之间有些伤感,在这场孤注一掷的持久战中,自己从一开始就选择了最难的一号木,用尽了全力,倾其所有,最终的结局却只能是无奈分离。

忍着被撕裂之后的痛,她掀开被子小心翼翼地下了床,准备去卫生

第十一章　情定上海

间梳理一下自己。刚刚站到床边，突然就被翻身而起的尹汀一把拽回了床上。尹汀低声道："何嘉怡……你……对不起，我没想到……"

长期高压的工作和黑白颠倒的作息让尹汀的睡眠一直很浅，何嘉怡刚刚一动，他就醒了，在她起身下床的那一刻，尹汀看见了床上的血迹，条件反射一跃而起，伸手就抓住了她。

尹汀完全没有想到会是这样的情况，昨晚喝了酒太冲动，居然没有发现……还对她那样粗鲁恣意，她连一句提示都没有，任他疯狂占有。

尹汀的脑子有点短路，从认识何嘉怡的第一天开始，她的率真、大方，让尹汀觉得她真诚坦荡，却从来没有想过她竟然是这样的纤尘不染，倾其所有。

看着尹汀眼里的震惊，何嘉怡明白过来，调皮地笑了笑："原来你以为我久经沙场，身经百战？"她抬起头，认真看着尹汀，满眼的深情："我若没有一颗皎亮剔透的心，当初哪里敢去博你长命无绝的情。"

尹汀再一次把何嘉怡搂进了怀里，心里有些痛，他使劲地收紧了双臂，温柔的吻如雨点密集。

他知道自己内心尘封的角落，有一些无法挽回的亏欠在随时吞噬着自己，让他整整一年都做不到释怀。见证了那场毁灭，了悟人生的终局都在无常之间。安全感的缺失，让他不愿再去背负感情里太重的责任。

何嘉怡对自己的深情他一直都懂，也在被她逐渐融化。如果这只是一场平常邂逅中的男欢女爱，他尚且还能游刃有余，物质的馈赠就可以平衡感情里的天平，就像这一次他为何嘉怡准备的那份隆重的生日礼物。

可此时面对何嘉怡如此纯洁无瑕的爱情，他反而不知道该怎么办了。

"何嘉怡，给我一些时间……"愧疚中掺杂着冲动，尹汀缠绵的吻越来越急。

"什么？"

尹汀这一次温柔的挺进，让何嘉怡沉浸在痛并渴望的呻吟里，直到两个人彻底精疲力尽，尹汀才放开何嘉怡，伸手在床头的抽屉里拿出一个信

封:"何嘉怡,生日快乐。"

何嘉怡接过,靠在尹汀怀里,好奇地打开,是一辆红色宝马的提车单。

她一个打挺坐了起来,不可思议地看着尹汀:"为什么要送我这么贵重的礼物?"

"你不要拒绝我,你了了你的梦想,也满足一下我的心愿。"尹汀温柔地将何嘉怡抱得更紧,"我知道这个生日对你来说意义重大,谢谢你何嘉怡,你的感情我都懂,只是有些事情我还没办法放下,给我一些时间吧……我会经常去成都,有车方便很多,你可以开车带我去任何地方。"

何嘉怡抬头看着尹汀,这是世界上最动听的声音,没有承诺,却全是诚意。她的眼泪滚滚而下:"你确定你会经常去成都?你确定我们不会分手?"

尹汀点点头:"给我一些时间,我舍不得放手。"

2001年12月,中国加入世界贸易组织,承诺允许外国证券公司在中国设立合营公司。合营公司可以从事A股的承销、B股、H股、政府和公司债券的承销和交易,并且可以设立基金。这个消息让国际金融界彻底沸腾。中国的证券市场起步晚,但它的发展速度和前景都让全世界惊讶,现在从政府到企业都将按照市场经济的国际化规范模式运行,在这样的大环境下,更加要依靠国际金融服务。熟悉资本市场运作规律的各家投行,绝不会错失良机,从纽约到北京、从伦敦到上海都开始了一场没有硝烟的战争,大家比资源、比资本、比速度、比反应。尹汀作为KPT投资银行执行董事,肩上的责任和担子越来越重。

2002年,新一轮货币霸权之争即将爆发。尹汀作为美元区一员干将,KPT投资银行随时都在召回各片区高层,参与研讨公司战略。

尹汀确实很忙,前所未有的忙,也许,他在用忙碌的工作给自己一些缓冲的时间,在他的心里有一处太过幽深的伤痛需要用时间去抚平。

第十二章　成都芭比

景立歌城楼下是芭比和MIX，成都当年最火的两家慢摇吧，2003年一开业就压倒传统迪厅，火速占据成都夜生活的半壁江山。

晚上10点，心情沉重的官悦拉起浑浑噩噩、沉浸在回忆里的何嘉怡买单走人，必须给两个人换个地方，嗨起来，才能忘了伤痛。

爱情里最大的不幸，就是他成了你的必需，而你，却只是他的甲乙丙丁。

两个人挤进人头攒动的芭比慢摇吧，找到服务员，给了100元的小费，等了半天才被安排在了一个角落的小圆桌边上。何嘉怡散开长发，挤进了舞池，在动感的音乐声中，扭成了一束闪电。

官悦还没来得及点喝的，就有人送上了半打百加得冰锐，回头一看，是旁边三个潮男送的，只好点头示谢，收下。酒吧里最常见的把妹手法，不收反而矫情。三个潮男举杯，大家互相表示一下，扯着嗓子废话几句，累得慌，继续各扭各的。

何嘉怡扭了半天，风一样回到桌边，拿起酒就干，看到官悦旁边的三个潮男，以为是官悦碰到的朋友，也没多问，端起酒杯一一敬过。

美女一来，三个潮男按捺不住了，开始扯着嗓子大声套近乎，一杯接一杯碰得很高兴。本来今天就是来借酒浇愁的，何嘉怡喝得潇洒豪迈，官

悦留了几分警惕,得看着她点。

11点,是芭比的一个小高潮,音乐响起,人声鼎沸,何嘉怡又摆着双手挤进舞池,全身心投入。旁边一起喝酒的其中一个潮男跟了过去,站在她旁边一起跳舞。靠在桌子边,官悦也喝着小酒,摇头晃脑地看着他们。

音乐声渐渐柔和下来,两个人摇摆着走过来,何嘉怡拍官悦一下,说她去上厕所。官悦点头继续晃着,却在一扭头的瞬间用余光瞟到了跟何嘉怡一起跳舞的潮男尾随而去。她想了一想,觉得不对劲,有些不放心,便跟了上去。

芭比的卫生间在酒吧背后的巷子里面,排成一排的小格子,男女共用,经常有喝多了酒欲火难耐的男女挤在里面半天不出来,外面的人站成一排等着,心知肚明。

官悦从芭比的后门出去的时候,正好看见刚刚那个潮男把走路歪歪扭扭的何嘉怡推进了卫生间,锁上了门,接着是何嘉怡的一声惊呼,然后她就被捂住了嘴巴。

背后的汗毛竖立,官悦知道今天遇到浑水摸鱼的人了。喊人来不及,等把事情说清楚什么都晚了。她顾不了那么多,冲上去,用尽全力朝门上踢去!

声音巨大,门都快被踢烂了,里面的人受了惊吓,何嘉怡趁机挣脱冲了出来,惊魂未定地退后两步,看了看周围,水池旁边有个烟灰缸,随手拿在手上朝着醉眼蒙眬探头出来的潮男就是一顿猛拍,边拍边哭:"让你欺负老子,让你耍流氓!"本来就憋屈了一晚的何嘉怡这下彻底爆发了,连同委屈一起发泄了出来。

官悦怕出事,等何嘉怡出了恶气便拉起她飞奔出了巷子,跳上银都小学门口的出租车,一阵大喊:"快走!快走!快走!"

两个人靠在后座,全身瘫软。

何嘉怡擦掉眼泪,上气不接下气,拿起手机拨打尹汀的电话却无法接通,愣了愣,让司机把车直接开到凯宾斯基酒店。官悦没有阻拦,这个时

第十二章　成都芭比

候她最需要的只有尹汀，伤感了一个晚上的何嘉怡根本舍不得责怪尹汀一句，即使这个男人对小洋芋表现出了超越朋友的在意，即使这个男人身上有太多她至今都不知道的谜。

她冲到前台，满脸期待地让服务员帮她查查杨旭退房了没有，得到的答复是"客人下午已经退房离开"。落寞和失望全部写在了脸上，带着所有的委屈，何嘉怡坐在前台旁边的沙发上，两眼无光，任由眼泪滚淌。

酒店门口有很多的银杏树，到了冬天，满树的金黄，晚上的冷风一吹，银杏叶飘飘洒洒落在路的两旁。官悦搂着何嘉怡走出酒店大门的时候，迎风抬头，有点悲凉。

女人要的不过是一个可以随时依靠的肩膀，一个能随时找到的爱人……最平常的恋爱，在何嘉怡这里却似乎很难。

冷风四起，寒冬已至，官悦裹紧了外套。被人欺负的夜晚，何嘉怡找不到尹汀，官悦没有等到赵文涛的短信。整整7个小时的时差里，被隔开的，除了时空，还有感情。

回家的路有些冷清，官悦以为自己习惯了忙碌，习惯了每天不停地应酬，习惯了不管任何时候停下来，赵文涛都会在原地等候。直到此刻和伤情的何嘉怡一起，被孤独冲击在寂寥的夜里，官悦才发现原来白天的喧嚣过后，自己是如此渴望赵文涛能陪伴左右。

第十三章　HT集团总部

青城山下场打球之后的第二周,官悦接到张泰的电话,让她去一趟办公室。

官悦想了想,便答应了,走一步看一步,这样的项目值得公对公地去学习。她和助手小陈身着一身职业装,带着一套公司的资料便去了。

HT集团总部建于20世纪90年代中期,占地宽阔,大气但不奢华,3栋写字楼呈扇形排开。张泰的办公室在右边那栋的四楼,是一间很大的套房,外面是会客室,里面是办公的地方。

秘书带着官悦和小陈进了会客室,独自进去通报。官悦坐在外面的沙发上能看见张泰在埋头写着什么,张泰听到秘书汇报后"嗯"了一声,头也没抬地继续伏案。

喝茶,看报纸,看着张泰摆谱,官悦当乙方当惯了,对于甲方这种故意给下马威的高姿态已经见惯不怪。况且,他是目前成都最牛的甲方,能在HT集团的项目里分一杯羹的施工单位,将来整个公司形象都会上好几个台阶。

两个人交换着把《成都商报》的娱乐版报缝都看完了的时候,张泰端着茶杯,边吹茶叶边走了出来:"哟,官总今天还带了美女过来。"他关注的重点永远是美女。

第十三章 HT集团总部

"张总好,这是我的助手小陈,今天带她一起过来。"官悦笑着和助手小陈一起起身。

"张总好!"小陈不喜欢说话,但是兢兢业业,属于埋头苦干型,打扮一下还是个知性中带点刻板的美女。

"好,好,小陈好,多大了?哪个学校的?"张泰在旁边的单人沙发上坐下。

"23岁,农大。"小陈没一句废话,声音比较粗犷。

"农大,哦,雅安,你是雅安人吗?学的什么?"

"什邡人,学园林。"小陈仍旧面无表情。

"你在官总那里主要做什么?"

"什么都做。"

"哦……"

聊天聊得有点索然无味,官悦看了看小陈,"把我们带的资料给张总看看。"

"放在那里吧,你让刘秘书带你去招标办公室报名拿招标文件。"张泰有点无趣,挥挥手打发走了这个漂亮但木讷的小陈。

"张总,那我就一起去了,谢谢你。"官悦站起来,有事说事,没事了想早点撤退。

"官总是不是该关心一下我对项目的统筹和规划呢?"张泰慢悠悠地端起桌上的茶杯,一副领导架势。

官悦心里了然,他开了口自己还执意要走的话今天就算白来了。在巨大的利益诱惑面前,所有人都会选择铤而走险,况且现在这种情况不算险,这是在办公室。官悦朝小陈点点头,示意她先去报名,自己重新坐回沙发。

"张总太费心了,HT集团这两年那么多的建设项目都要亲自过问、参与规划,你实在是辛苦,担子太重。"

"是啊,董事长是掌握大方向的,管理上的事情都是我在操心,在很

多业务上他还没我熟悉，上上下下都要我来安排，管得多麻烦也多，一天到晚都有人来谈业务，一般人我见都不见，也就是官总你能来我办公室递资料。"

这几句话一说出来，就暴露了他的水平。官悦心想，张狂自大没有分寸，为人臣，可以得意但不能忘形，有人给你这个平台你才是张总，没有人给你这个平台，你再骄傲，估计也"总"不起来。

"谢谢张总的关照，HT集团这两年的发展突飞猛进，各地的基地建设搞得轰轰烈烈，张总是股肱之臣，功不可没，到处都能看到你的心血，我们也想参与到这项大建设里面来，做一些小小的贡献，还请张总能在同等条件下优先考虑我们。"有求于他，这就是把柄。

"在施工单位里面像官总这么年轻漂亮的美女，我真没见过，你要是成天待在工地上，我看我的施工进度都要受影响。"飞钳之术大家都懂，现在飞是飞起来了，就看谁能钳住谁。在这一点上，张泰占了绝对的优势。

张泰顿了顿，朝官悦靠了过去："我很欢迎官总来做贡献，只是……"说这话的同时张总假装不经意地把手放在了官悦的腿上，慢慢摩挲，缓缓朝上游走："要看先从哪里开始贡献了。"

官悦皱了皱眉头站了起来，端起桌上张总的茶杯，转身走到饮水机面前，帮他加满了水："张总，我一个已婚妇女，除了能栽点树、铺点草坪以外，其他的贡献还真没资源去做，让张总失望了。"

"漂亮大方就是你最大的资源。"张泰站起来，朝饮水机走过来，把手搭在官悦的肩上。

"张总一天这么忙，心火还这么旺，要注意身体啊。"官悦转身离开，把茶杯放在张总手上，迅速走到茶几的另外一边。

"我身体好得很，每次都还有一小杯的产量。"

官悦起先没明白他的意思，什么一小杯的产量？后来看他堆着满脸的淫笑比了个手势，才恍然大悟，忍着恶心起了一身鸡皮疙瘩。

第十三章 HT集团总部

"你不信的话……"张泰毫不顾忌地朝官悦的手臂抓去,"我们可以试试。"

官悦往旁边一闪,躲开,大声喊了一句:"张总,请自重!"

"官总,你在不在?"最尴尬的时候小陈粗犷的声音从外面传来,官悦如获大赦。来之前她给小陈交代过的,要跟自己寸步不离,小陈刚刚出去的时候估计是看出来张总不怀好意,办完了事没在楼下傻等,知道去看看老板安不安全。

"在,在,快进来!"官悦迅速从茶几那头绕到门口。

小陈把门推开,伸了个头进来,还是那副面无表情的样子:"拿招标文件要交费,我没带钱。"

官悦抓起自己的包站到小陈旁边,一脸鄙视地看着张泰,谁也想不到,堂堂HT集团总部,上千人同时办公的大楼里面,一人之下、千人之上的财务公司老总,在跟一个施工单位的已婚妇女围着茶几玩绕圈圈的游戏。

"谢谢张总向我展示了HT集团的企业文化,果然不同凡响。我先回去把自己的内功练好再来参与正常投标,中不中没关系,就当是在积累经验。"官悦狠狠地说完,拉起小陈转身下楼,背上的汗水直流……

第十四章　那年那月

坐上车，官悦半天没说话，小陈识趣，认真开着车也没多问。

官悦强忍着眼泪拿起电话，打给了赵文涛。

成都的中午是伦敦当地时间5点，赵文涛很久才接电话，明显是因为半夜被叫醒显得很不耐烦，他以为官悦又喝多了："你没看时间吗？"

官悦愣了愣，这才看了看表："那……你睡吧。"

挂断电话的官悦，心中五味杂陈，赵文涛说话虽然一直都是这么简短，可言语中从来都是带着亲近和幽默，绝不会像现在这样冰冷得有些陌生。

那时候的赵文涛对她，百依百顺。

那时候的赵文涛在置信房产的售楼部认识了官悦，带着父母看了几次房子，他们便和官悦聊起家常。

官悦在销售部的业绩一直名列前茅，这一点跟她情商高有很大的关系，聊着聊着，赵文涛的整体情况也被官悦了解得一清二楚。

赵文涛每次都是在旁边看着官悦，听他们聊，从来不打岔，也从来不催着走，直到整个售楼部的姐妹们都看出了赵文涛眼神中对官悦有另一层意思。

官悦同一个宿舍的姐妹老胡第一个告诉官悦："姑娘，你长长心吧，

第十四章 那年那月

天赐的良缘已经到了。"

官悦认真点点头："我也这么觉得。"

男有情女有空，没有什么比这种情况更适合开始了。

官悦和老胡正憧憬着美好未来，公司又有一项活动砸到了她们两个人的头上。

作为公司的储备人才，官悦和老胡因为长期业绩突出，有幸被公司选为重点培养对象，获得带薪去川大回炉再造、攻读MBA课程的荣誉奖励。

老胡拉着官悦："如果我没有记错的话，赵文涛的父亲就是这个大学的一把手。"

官悦笑笑，拍着老胡的肩膀认真承诺："刚才开会不是说了嘛，能不能考进学校去，还是要靠我们自己，这件事情你可以不用操心了。"

官悦开始行动，频繁地骚扰赵文涛："赵文涛，一起吃个饭吧？"

"吃，我请你。"

"愉快，那就吃点好的吧。"

一到轮休，官悦就开始组局："赵文涛，旷个工呗？"

"有啥安排？"

"三缺一，来我们宿舍打麻将。"

"行，什么规矩？"

"随缘随缘，看着输点就行。"

那段时间官悦经常会生个小病："赵文涛，我感冒了，不舒服。"

"有药吗？"

"没有。"

"那我送过去。"

一帮人隔三岔五约着泡吧，官悦点支烟："赵文涛，你这个是什么烟？抽着挺纯。"

"芙蓉王。"

"嗯，这包给我了。"

"我再给你拿一条。"

眼看着就要入学考试了。

"赵文涛,我想再去学校深造深造。"

"正好,我爸他们学校的MBA马上要开始招生了,我帮你问问。"

"别问了,直接帮我报了吧,还有老胡也想去。"

"我给你们找些复习资料。"

"你直接帮我们两个复习吧?"

"也好,也好。"

认识官悦半年,赵文涛付出了所有的时间、所有的人脉资源和所有麻将桌上的零用钱。半年后,单位有一个派驻英国的升职机会,赵文涛是最佳人选。

赵文涛在学校找到已经开始上课的官悦:"我可能会去英国。"

"什么时候?"

"三个月后。"

"啥时候回来?"

"说不清楚,看发展。"

"我也想去。"

"我在那里,你随时都可以去。"

"那我陪你去吧。"

"好……啊。"

"那……你娶了我呗?"

"……好……啊!"

……

三个月之后的12月,成都子云亭,一场隆重的婚礼正在举行,置信房产售楼部的同事们全体出席,老胡给官悦当了伴娘。

又是三个月之后,赵文涛出发去了英国。

官悦,却没有同行……

第十四章 那年那月

车开到人民南路立交,再往前就是官悦的办公室,官悦让小陈先回去按照招标文件做标书,自己想一个人走一走。

秋天的人民南路,杏叶飘落,从南到北一路蔓延,将这座城市的主干道点缀成了一片金黄。

官悦停了下来,看着车来车往,在这座熟悉的城市中,突然有一种深深的无力感正在吞噬着坚强的她。

两年来,她硬撑着以女强人的姿态在男人堆里艰难前行,以为自己长袖善舞、八面玲珑,以为自己有勇有谋、所向披靡。结果,在遇到强权压制时,在面对赤裸裸的潜规则时,在无人倾诉委屈时,却是这样的不堪一击,这样的无能为力。

看着亮晃晃的太阳,有些刺眼。

她拿出手机编辑短信:"我好难受。"

"什么情况?"赵文涛秒回。

十字路口,官悦看着手机愣了一下,没有指望赵文涛会搭理自己,他却秒回了信息。

官悦傻笑了起来,却突然有种想流泪的冲动。赵文涛平时再怎么对自己有意见,再怎么不想搭理自己,可在关键的时候,自己低头示弱的时候,赵文涛还是那个赵文涛。

官悦自己非常清楚,两年来之所以有底气不停地拿下工程,是因为有赵文涛的援助;之所以能坚持简简单单地做工程,也是因为有赵文涛的支持。

赵文涛虽然从来都没有给过官悦什么特别的浪漫情调,但是给了官悦所有的积蓄和安全感。

"我好累,你圣诞回来吧。"此时的官悦特别脆弱。

"你到底怎么了?"

"工作开展得好难,处处都是坑。"

短信发过去，这次赵文涛又没回复，只要不是官悦遇到了什么危险，这种自找的烦恼赵文涛已经听够了，无能为力也不想再重复。

"回来陪陪我吧，我需要个肩膀靠一靠。"官悦又发去一条短信，所有的讨好、耍赖都没有真诚的示弱管用。

"圣诞有事回不去。"

"那就新年？"

"跟朋友约好了去日本。"

"我也要去。"

手机沉默着，赵文涛没有回复。

官悦再发去一条："你订的哪天的票？我马上订机票，我要去京都，我要去岚山，带我去！"

过了很久，久到官悦握着手机的手都被风吹冷了，正打算告诉赵文涛"那就算了"。

赵文涛却回复了官悦："机票我给你订。"

亮晃晃的阳光穿透了人民南路上的银杏树，洒在了身上，斑斑点点，一地的温暖。穿过仁和春天百货门口的斑马线，官悦在人群中低头傻笑。她加快步伐赶去办公室，标书是要抓紧做的，而生活中的阳光，总是需要自己去一点点珍惜。

第十五章　新加坡遇见

　　2003年12月，何嘉怡的生日，也是她跟尹汀确定关系一周年。何嘉怡不知道尹汀还记不记得这个特殊的日子，不知道他是不是还在为了小洋芋的事情生气，她忐忑地等待着，给远在纽约的他写了很多的信，从不抱怨，唯有思念。

　　每年圣诞放假之前，都是尹汀最忙的时候，一年的总结，一年的收获，都在这一个月之内。成都一别，两个月在没日没夜的加班中度过，他偶尔会在凌晨曼哈顿的灯光中发去一个简单的问候，却实在没那么多的时间给何嘉怡回复一封情深意长的邮件。

　　只是离得越远，何嘉怡在字里行间却越是能感受到尹汀心中的温暖。

　　寒冷的12月，新阵地的球友们组织了一场新加坡周边民丹岛高尔夫旅行，官悦二话不说就给自己和何嘉怡都报了名。请何嘉怡出去散散心，官悦觉得这是自己该为何嘉怡做的事情。

　　成都的冬天，阴雨绵绵。

　　飞机降落在新加坡樟宜机场的时候，四川盆地特有的潮湿已经被马来半岛南端的气候甩开了一个冬天，恰到好处地驱散了一些浸到骨子里的湿冷和何嘉怡心里的郁结。

　　一年了，她还是看不透尹汀的心，触摸不到他埋在心底的那些过往，

她努力地说服自己给他时间让他慢慢做出选择。

女人的心思都是大同小异,可能最初仅仅是想走近,真走近了,又有谁能不渴望婚姻?

从新加坡到民丹岛,大约一个小时的路程,日出的时候,船刚好到了码头,阳光穿云破雾,形成了一束束彩色的光线,打在每个人的脸上。仰头深深呼吸,海边带点潮湿味道的晨风中,那些郁郁不乐的情绪,都可以被海风吹散。

新阵地的球友们准备在Ria Bintan Golf Club①连打三场,这个十八洞的球场有一半的球道建在海边,海面点缀在起伏的球道旁,崎岖中又有波澜,绿茵碧浪结合得非常完美。

大家的目的是要来挑战一下最著名的九号洞,发球台和果岭之间隔着太平洋的壮阔景致。面对大海,一号木挥出去,小白球高速飞行在海面上,波涛惊起,飞鸟长鸣……

球场的会所里面,官悦和何嘉怡换好衣服出来,站在出发台旁边等着球童去开球车。旁边的高尔夫专卖店里面,一个正在低头选球的身影引起了官悦的注意。

走近了仔细一看,官悦瞪着眼睛捂着嘴,防止自己尖叫出来,轻轻走过去,跳起来拍了一下那个人的肩膀:"关哥!这里都能碰上?!"

这位关哥就是官悦一直觉得跟吴董事长有些相像的富豪朋友,40岁出头,微胖,脸上全是洞悉世事的睿智和幽默。

吴董事长是全国知名的企业家,关哥却是个隐市的大家,掌控着百亿的资产却没有担任任何职务,名片拿出来,从来都是三个字:关海云。他是经济学博士,对儒、释、道等文化有广泛涉猎,身边常有高人指点。早年为了生计行走江湖,对江湖八大门都有了解,有关海云在的地方,全场掌声肯定一阵接一阵。官悦经常能从他嘴里听到那些江湖秘籍——"英耀篇""军马篇""扎飞篇""阿宝篇"等各种精彩段子。

---

① Ria Bintan Golf Club:民丹岛乐雅高尔夫俱乐部。

第十五章 新加坡遇见

官悦是在一次跟朋友吃饭的时候偶然认识关海云的,那时候官悦身上散发的事业女性的大气和她在各种饭局中表现出来的高情商,吸引到了关海云。

之后,每次关海云组织的饭局都会邀请官悦,要去下场打球,关海云也是让官悦组局。而官悦在生意上有任何拿捏不准的地方也喜欢请教关海云,关海云倒是乐于指点、乐于帮忙,连官悦在纽约上学的弟弟都得到了关海云的关照。

关海云一年四季游走在世界各地,以游为主,收购项目为辅,官悦在新加坡这个国际金融贸易中心碰到他,既在情理之中,但也实属巧合。

慢腾腾地转过身,还是那副闲云野鹤的样子,关海云温和的笑容一如既往,挑着半边眉毛看着官悦:"官悦?"他语速不紧不慢,"你可以哦!我好不容易找了个地方清闲,这都能被你碰到。"

"关哥,我运气太好了啊!余总!"官悦朝关海云背后的人挥了挥手,老余是关海云的助手,军人出身,身材高大挺拔,随时都是言笑晏晏,在部队时是某特战团副团长,转业后放弃了地方公安局副局长的职务,坚定地追随关海云至今,已有十来年光景。平时不管关海云走到哪里,都会带着老余在身边打点一切事宜。官悦认识关海云多久,跟老余就有多久的交情。

老朋友们异国相见,都忍不住笑出了声:"关哥,你的气场实在是太强了,走到哪里都能把我们吸引到哪里,今天我们必须牢牢捆绑在一个组打球了,快来,我给你们介绍我的朋友。"

关海云摇了摇头,轻松地笑着:"你也是会找地方。"

余总看到官悦,眼睛更是笑得眯成了一条缝:"官总,碰到你今天就热闹了。"

"余总,你和关哥出门必须有我们这样的美女服务。"

官悦边说边拉着慢吞吞的关海云走到出发台旁边一脸惊讶的何嘉怡面前,边笑边说:"何嘉怡,给你介绍这位传说中的大人物关哥,'关二哥'的关,不是我这个'官',这位是关哥的助手余总。"官悦转身给关

海云和余总介绍，"这是我的好朋友何嘉怡，GA银行的行花！"

"关哥好，余总好。"何嘉怡带着诧异，但笑得很端庄，看着面前这位派头十足、气度不凡的关海云愣了愣，恍然大悟，"哦……想起来了，官悦经常说起您的传奇故事，今天居然能见到本人，我的运气太好了！"

关海云温和地笑着，向何嘉怡点头问好。老余在一旁礼貌地招呼何嘉怡。

官悦抓着何嘉怡，还在激动中："今天碰到关哥是我们俩的运气，必须抓着他跟他一组了，我打电话跟其他人说一下，我们先开球，哈哈哈，今天简直太好玩了！"

"官悦、小何，欢迎你们来拼组。"关海云哈哈笑着，边说边带着余总向门口的球车走去，等官悦安排好了一起开球。

官悦立刻跟同行的大部队请了假，拉着关海云上了球车，老余则带着何嘉怡一个车，四个人在官悦愉快的高歌中朝发球台开去。

因为下场的人多，发球台安排他们这一组从七号洞开球。

下了球车踏上草地，蓝天白云下一片开阔，心情随之飞扬。

何嘉怡最小，她先开球，这两天她状态不太好，球开得绵绵无力有点失常，耸耸肩不好意思地笑笑，撇着嘴走开了。

轮到官悦发球，因为心情大好，她挥着一号木朝着海面呼啸而去，铿锵有力，落点很好，大家一起鼓掌叫好。

轮到关海云开球，拿起他那套镀金的HONMA杆子，边走边说："你这是吃了枪药吗？嗯，开得好！"

关海云的一号木从来不试挥，叮的一声，漂亮的转腰发力，二百七十码左右，大家大叫着要他让两杆，关海云从容大度，手一挥："让！"

老余开着车先去落点位置，其他人走在养护极好的球道上，两边是起伏的坡岭，前面是辽阔的海面，植被茂密，郁郁葱葱。四个半小时的飞机，从成都灰暗的沉闷中穿越到了海风轻拂的民丹岛球场，阳光正好。官悦放下心里所有牵绊，尽享这难得的休闲时刻。

第十五章　新加坡遇见

除了何嘉怡。

大家边走边聊，官悦喜笑颜开，关海云却看出了何嘉怡的情绪不佳，转头问道："小何这是怎么啦？是兴致不高，还是球杆不好用？"

突然被点名，何嘉怡愣了一下，不好意思地看着官悦，不知道怎么回答。

官悦接过话："关哥，你是高人，你猜猜她怎么了？"

关海云察言观色很厉害，看了看何嘉怡："我看小何面相中爱情宫略灰，应该是恋爱不顺。"

轻飘飘的一句，让两个女人对视了一眼。

何嘉怡笑着扶额点头，高人面前，不用端着："关哥是位高人，让您见笑了。真不是杆子不好用，确实是人不好用，几年了都还没有掌握正确的使用方法。"

官悦赶紧就事论事："关哥，再一次服了你，所以说今天是运气好遇到你这位高人，快指点一下我们何嘉怡吧。"既然何嘉怡没有回避这个问题，关海云又是一个大人物，官悦也就准备从这里打开大家的话匣子，朝何嘉怡笑笑："你不介意我描述一下吧？"

"你展开了说。"何嘉怡大方表示。

"嗯，关哥，我们的何小姐前几年遇到一个投行男，把握不住，很是焦虑。投行男工作太忙，是美国KPT投资银行的执行董事，基本没有时间恋爱的，让我们的何小姐非常苦闷，完全不知道该用什么方法来继续。"说到投资银行，官悦话锋一转，"关哥，做金融的我也见了不少，但是像她家投行男那么神秘、那么有气质的，我还真没见过。你说他们美国投资银行确实要比国内的商业银行洋气些吗？我还在想，等哪天见到了你再请教你区别在哪里，只有关哥你能把专业性超强的东西精简成最动听的《故事汇》了，你看今天好巧，咱们把情感问题和专业知识一起综合分析了吧。"

关海云点点头说问得好，笑了笑，没有故作谦虚："小何就是银行

的,这个应该很清楚吧?"

"关哥,我可说不清楚,我不仅自己似懂非懂,还把官悦说晕了,请关哥今天一起集中指点吧。"何嘉怡知道分寸,在关哥这样的人物面前虚心听讲准没错。

七号洞是五杆洞,三个人一起走到关海云的球前停下来,让他先攻果岭。关海云一个漂亮随意的挥杆,击球点相当精准,又直又远,刚好落在果岭前面的球道上,两边是环绕果岭的沙坑,方向只要有一点偏差就要下沙坑。

打完这杆,关海云把球杆递给球童,开始答疑解惑:"美女们要听,我就先来聊一下投资银行。"关海云接过球童递上的水喝了一口,说道:"现在比较多的解释是,一筐烂苹果,不做任何包装只能卖5元,买的人比较缺钱也不会买得高兴,这种处理方式可能是商业银行的做法。但是,如果把它做一些处理,比如将腐烂部分切掉,做成拼盘,或许能高高兴兴卖50元;如果再加点'生物碱'之类的,可能会卖到100元,而且很受各个层次的人的欢迎。这就是投资银行的业务。"关海云顿了顿,继续说道,"但是这样说太简单了,我从另外一个角度来给你们聊。官悦,你要是有1000万,我能帮你变成1个亿,怎么样?"

"关哥,我一直在等这一天,你说怎么办,我马上去实施!"官悦拉着关哥的衣服扯了扯,"就是把别人的9000万变成你的。"

"好!我找关哥借。"官悦调侃着。

"借钱就不是投资银行了,是让别人来投资,把别人的钱变成纸,最重要的是有了这些纸,别人还不会找你还钱。"

"确实太洋气了,就这么简单?怎么变?口诀是啥?"官悦喜笑颜开,关海云一来,整个格局都被打开了,已经不是单纯的度假散心了。

关海云接着说:"也不算洋气,投资银行要是只做到这里,那是要挨打的,也不会有谁真的来把钱变成纸,洋气的在后头。就是要把这些纸弄得可以卖成钱,而且要让人相信并实现。"基于大家的理解能力,关海云

第十五章　新加坡遇见

尽量通俗地讲解，慢慢推进："先要让人看得到纸比钱还能赚钱，这样，自然就会有大量的人来接着买。然后还要把那些人忽悠好，让他们只知道高高兴兴去买纸，而永远不会纠缠着来找你说还钱。最后，不管那些人是赚得盆满钵满，还是亏得惨绝人寰，结局是疯了还是跳了，都跟你没什么关系了。"看到官悦似懂非懂的样子，关海云开始总结，"说直接点就是，央行负责把纸变成钱，做的是货币发行业务，但不好玩，一国只有一个；商业银行把别人的钱放在自己这里再借出去，前后都得近期还，是债权关系，玩的是资金性业务；投资银行帮企业把别人的钱变成自己的本，基本不还，或者近期不还，玩的是资本性业务。"

关海云说完，何嘉怡在一旁看着官悦："关哥总结得太好了，几个重点一下就讲清晰了。"

一般的人喜欢把问题往复杂里讲，旁边的人越是听不懂，越显得自己水平高，关海云这个人最擅长把看似复杂又高深的问题总结得简单直接。

"懂了懂了，投资银行就是玩股票的嘛，何嘉怡你之前也说对了，只是说得没关哥这么清楚。"官悦朝何嘉怡眨眨眼。

"是的，证券公司就是最典型的投资银行，但是如果只是这个，中国遍地都是证券公司，可能你们就不觉得它有多洋气了。"关海云兴致正浓。

"请关哥继续阐述它的洋气。"官悦和何嘉怡球都不打了，围到关海云身边，何嘉怡反应快，帮他拿了切杆，官悦赶紧把球车上的水打开，递给关海云。

关海云不紧不慢，接过水喝了一口，再接过何嘉怡递过去的切杆，将果岭下面的球一杆切到了果岭上的洞口边，力度拿捏得相当合适，球的落点超好，基本没有滚动。

何嘉怡又递上推杆，关海云接过，自己蹲下看线看坡度，试挥一下后一个推送，小白球咚的一声干净利落地进了洞。

七号洞，关海云三上一推，低于标准杆一杆，成功"抓鸟"。大家一阵掌声，旗开得胜。

关海云此时心情大好,等着官悦和何嘉怡退回去把球挥上了果岭推进了洞,才一起朝八号洞走去,边走边说:"小何那个美国KPT投资银行的精英男朋友确实要洋气得多,因为美国投资银行是世界上最先进、最洋气,规模最大,最能把简单问题整复杂、复杂问题整出钱的机构。他们能把金融产品和衍生品做得外行根本搞不懂,内行基本搞不清,就算你有幸搞懂了,也会高高兴兴地跟着他的节奏去疯癫!"

官悦赶紧跟关海云握手感慨:"关哥,你说的不仅仅是投资银行,你说的正好也是何姑娘的情况,她基本就是进了男朋友的迷魂阵,男朋友整复杂问题的功力只用了一成在她身上,她就已经招架不住了。"

"官悦,好好听关哥讲理论!"何嘉怡瞪官悦一眼。

三个人走到了八号洞,站在发球台上,前面是一览无遗的辽阔海面。

一号木挥出去,天地间,观沧海,见自在。

关海云看着远方确定球的落点,满意地点点头,说道:"龙门阵要摆,球也是要打的。"

"我觉得球都可以不打了,关哥戏说投资银行超级好听。"何嘉怡的心情好了很多。

"何嘉怡,你是不是该摆几桌感谢我让你认识关哥?"官悦笑着问何嘉怡。

"摆!打完球回去请关哥赏脸跟我们一起吃饭。"

"可以可以,话说得好听,龙门阵我都会多摆点。"坦坦荡荡接受大家的崇拜和表扬,一向都是关海云的风格。

关海云继续慢慢讲解:"美国的投资银行历史悠久,分分合合,经久不衰,一浪高过一浪,帮助美元成美金,更助美国成了霸主。高盛、美林、摩根士丹利、雷曼兄弟和贝尔斯登是美国的五大投资银行,它们除了做股票、证券业务,还有很多其他业务,比如债券、企业重组并购、项目融资、风险投资、资产及基金管理、对冲工具、金融创新等。"关海云停下来测了测距离,接着说,"200多年前在美国,美元都没有的时候,烂苹

第十五章 新加坡遇见

果都拼不出一盘，只是给了大家一个还钱的梦想，就靠典型的投资银行业务——大陆票据获得了争战资本，赢得了独立战争，建立了美国，接着再发行美元换回大陆票据，最终，让梦想照进现实，美元诞生。"

"太好听了！关哥，带盆子没？我想丢一把硬币进去。"官悦拍着手问关海云。

"对不起，我只收美金。"关海云很配合。

"关哥，我回去要跟我们行长提出意见，必须定期请专家来给我们培训，不然走出来这样不知道、那样不知道，丢不起人啊！"何嘉怡作为一名大银行的职员，她觉得自己简直愧对这份工作。无知者无畏，都不知道自己当初哪里来的自信和勇气，敢去追求尹汀这样的男人。

"关哥，人家200多年前就靠投资银行兴邦立国，我们中国在干吗呢？"官悦的求知欲空前高涨。

打高尔夫最忌分心，关海云被官悦和何嘉怡围着不停地说话还能频频打出好球，这份心态无人能及。在又一个漂亮的挥杆之后，关海云接着回答："中国在300多年前，明朝的崇祯皇帝时期，就是因为没有人懂得以国家信用负债的业务，只知道一味残酷地苛捐杂税，结果流民造反的事件越来越多，而一无所有的美利坚托拉斯帝国主义则靠世界首单投资银行业务成功开张。"

"这些龙门阵格局实在是太大了嘛，听得我都觉得自己那些小情绪不值一提，我都快要胸怀天下了。关哥你绝对是治愈系的！"何嘉怡心情好转，直接鼓掌。

关海云讲得很受用，开始帮何嘉怡梳理："小何，你那个男朋友确实是优质男，他还知道谈恋爱，已经相当不错了。你们不了解美国的投资银行，不知道他们的工作压力有多大、工作节奏有多快。进入投资银行，一天工作20个小时都是常态。即使是这样，也有无数的年轻人挤破了头想进入这一行业。每年暑假，摩根士丹利暑期项目提供的分析师和助理岗位都会收到大约10万份申请，录取率不到2%。在高强度的工作压力之下，投

资银行的人员流动性也很高，平均六年一次大换血，很多人一夜之间失业，还有很多人因为压力太大造成睡眠障碍，最终导致抑郁症或者选择轻生，更多的则是让自己沉迷酗酒、赌博、性，从而得到放松。这个行业内大部分人的神经都绷得太紧，没有良好的心态平衡自己的人，可能随时都会崩溃。再加上他们长年从事着巨大的金额交易，对财富追求有一种异于常人的执着，很多在华尔街工作的人会患一种钱瘾症，挣再多的钱都没有安全感，他们一旦离开这个行业，就再也找不到生活中任何乐趣了。"关海云认真地讲述着投资银行从业人员不为人知的一面，也认真地帮何嘉怡分析着感情格局："所以小何，你对你的男朋友要多一些理解和关怀，他在最激烈的战场上搏智商、拼实力，这个战场的血腥和残酷非常人可以理解，名利成败往往就在一瞬间，他们的时间都是按分钟来规划的。对于他这样的精英，你只有随心，顺其自然。"

"随心，顺其自然……"一番话让何嘉怡心里五味杂陈。

关海云的话，再明白不过。活在当下。

这是何嘉怡第一次这么全面、清晰地了解尹汀的工作。从认识到现在，她的大部分精力都用来沉迷尹汀的风度翩翩和解不开的谜团里，每一次匆忙的相聚，都要抓紧一切时间缠绵，聚少离多的日子大家都有意避免谈及工作。像他这样沉稳内敛的人，再大的压力都是选择自己消化，不会表露在旁人面前。今天关海云的一席话，才真正让何嘉怡知道，她对尹汀的了解，完全就是冰山一角，尹汀的工作跟自己这种舒适得只想谈情说爱的环境比起来，完全是两个不同的世界。

和尹汀有缘相遇，已经是匪夷所思，能走多远，前路一片茫然。况且他的身边还有另外一段感情存在，他们在同一片战场上互相扶持，他们的世界里有太多的共同点，何嘉怡从来不敢问，她没有一点自信，她怕极了有一天尹汀会离开自己。

她深深地叹了一口气，如果遇到的只是一个银行的同事，那么她想怎么把握都可以，但是，她遇到的是尹汀这样一个长年在残酷的金融界里厮杀的投资银行精英。如果一切早已注定,何嘉怡只有安慰自己遇到尹汀已是幸运,能爱的时候就好好放手去爱,毕竟他是自己从年少时就渴望的梦想。

突然间,何嘉怡非常想念尹汀,这个背负着太多压力、太多过往,需要时间来做出选择的男人,此时此刻,在哪里?

八号洞的果岭,何嘉怡推了六杆才进。

球车带着一行人冲下一段陡坡,拐了一个大弯,名震高尔夫球界的九号洞,豁然出现在了所有人面前。官悦和何嘉怡一阵恍惚,此情此景,美得让人目眩。

九号洞的发球台直接建在了海边的悬崖上,高出海平面20多米,一片翠绿下面,惊涛拍岸。清澈透亮的海水被深深浅浅的珊瑚礁划分成了不同的绿色,阳光穿过树林洒在海面上,金波荡漾。

站在发球台上俯视对面的果岭,层层叠叠的绿融合在了一起,曼妙地延伸到了海里,遗世孤立,不忍惊醒。

这时,关海云的电话响起,几句简短的对话之后,他转身看着官悦和何嘉怡说:"有朋友提前到了,我得过去,你们要不要跟我一起去吃饭?"

"要!"官悦和何嘉怡异口同声。

第十六章　游艇重逢

一行人跟着关海云出了球场，他的宾利已经等在门口，带着大家驶向码头。大家站在海边，迎风远望，看着一艘漂亮的游艇缓缓朝他们驶来……

官悦没坐过游艇，何嘉怡也没坐过，看着一艘差不多20米长、两层楼高的庞然大物朝她们靠近时，官悦拉着何嘉怡的手，尽量控制着目瞪口呆的面部表情，叹气道："出门让你带相机你怎么就忘了呢？这么高端的旅行我强烈需要显摆。"

何嘉怡看着游艇，幽怨地说："我感觉我已经不适合在银行上班了，见的世面太大。"

关海云背着手，看着她们，含笑道："船上有相机，有泳衣，你们可以随便显、慢慢摆。"

这时候，官悦看到了从游艇里面走出来的三个人，两男一女，眼睛仔细一看，愣住了，她一把抓住关海云的手臂："关……哥，船上那三个人是你朋友？"

关哥不解地看着她们："什么情况？前面那个是杨总，从美国过来找我说事情的。他后面那两位我不认识。"

"后面那个身穿白T恤的帅哥，就是何姑娘心心念念的投行男！"

第十六章 游艇重逢

官悦仰着头，觉得自己已经快要气血不足了。抬头看天，她坚信有一种能量和规则在左右着人与人之间的各种关系，中国人把它称为缘分。

这一刻，他们都被缘分左右。

一向泰山压顶面不改色的关海云这下被逗笑了，边摇头边说："有意思，今天确实热闹了。"

何嘉怡像凝固了一样，一动不动。

这时，站在船上的人也看到了他们："官悦……嗨……官悦……你怎么在这里？何嘉怡，你有完没完，追得这么紧！"

一身蓝白条纹休闲裙的小洋芋扶着船，使劲挥舞着帽子朝她俩大声喊话，然后转身向她旁边的杨总指着前面，激动得又说又跳。

官悦没力气回话，挥了挥手，扶额眩晕。

何嘉怡没理她，目光穿过小洋芋，咬着嘴唇使劲克制着自己的激动，跟同样面带惊讶的尹汀两两相望，四目缠绕……

游艇靠岸，关海云带着大家上船，站在最前面的是关海云说的杨总。这位杨总50多岁，戴副眼镜，斯文儒雅，迎上来，笑着跟关海云握手，用不太标准的普通话招呼道："关先生好潇洒，你太会找地方了，谢谢你派船来接我们。"

"你们远道而来是客，这是我应该做的，我在美国也很麻烦你。这次不打球，我们出海转转。"关海云很热情，跟杨总握手寒暄。"我可是随时盼着你来美国麻烦我！"杨总大笑着拉着关海云的手使劲握了握，"关先生，我来给你介绍一下。"杨总将眉飞色舞的小洋芋叫到身边，"这是我女儿杨旭，在洛杉矶读书，最近都在国内玩，非要跟着我过来。"在杨总给关海云介绍小洋芋的时候，官悦和何嘉怡迅速对了一下眼神，怪不得这三位会同时出现。

关海云向小洋芋点头，欢迎她的到来，小洋芋这个时候表现得倒是乖巧，毕恭毕敬地问候关海云。介绍完杨旭，杨总给关海云介绍尹汀："这位是我以前在纽约工作时的同事尹汀，刚刚升任KPT投资银行的执行董事，

我正好休假,就邀请他一起过来了。"杨总转头,"尹汀,这位就是大名鼎鼎的关先生了。"

"关先生,您好!"尹汀很恭敬,不卑不亢。

小洋芋飞快地给官悦和何嘉怡眨了眨眼,站在尹汀旁边笑容可掬。这种场合,她居然克制住了平时搂着官悦勾肩搭背的动作,显得落落大方。而尹汀,从船停好的那一刻就已经收回了惊讶的目光,换上了文雅的笑容,看到官悦,点点头,微笑里带着一些歉意。

官悦估计尹汀是从小洋芋那里知道了上次跟HT集团吴董事长吃饭打球的前因后果,那天在凯宾斯基酒店用那样的态度对自己和何嘉怡,他现在有些歉意是正常的。

官悦回以一个灿烂的笑容,点点头,小事一件。

"你们好,欢迎欢迎!这是我的朋友官悦和小何。"关海云礼貌地给杨总一行介绍官悦和何嘉怡后,再侧身对着尹汀说道,"听说你们认识,那就不用再介绍了吧?"关海云轻笑着,看了一眼官悦和何嘉怡。

杨总站在一旁热情地问候官悦和何嘉怡:"没想到两位是关先生的朋友,刚刚小旭在船上认出你们就跟我介绍了半天,说她在成都全是你们在照顾她。真是不好意思,太麻烦你们了!"

官悦跟杨总握手,说着客套话,也欢迎他随时去成都。

旁边的何嘉怡此刻满脸通红地愣在那里看着尹汀,刚才还在球场讨论着投行男的生存环境,心中满是相思之情,没想到一个小时之后,两人就以这样的方式面对面站在了一起。

如梦如幻。

内心的激动让她微微地颤抖着,万万没有想到,这几个人之间还有如此奇妙的牵连,这是她梦寐以求的,她跟尹汀之间,太需要这种牵连。

"是的,关先生,我跟官总是在三亚打球认识的,何嘉怡……是我女朋友。"尹汀含笑,认真回答关海云。

"我今天是未见其人,先闻其型,不错不错,有缘千里来相聚。"关

第十六章 游艇重逢

海云看着面前的几个人,神情愉悦。

"让关先生见笑了。"尹汀微微低头。

他说完走到官悦和何嘉怡身边,没有去看听到"女朋友"三个字瞬间僵化的何嘉怡,对着官悦诚恳地说道:"官总,那天的事情不好意思。"

"没关系,是我考虑不周。"官悦回答。这种时候,装也要装得大度一点。

尹汀抱歉地笑笑,没再多说。稳重的男人应该是这种风格,即使自己错了,也是点到为止,不多做解释,大气从容。这种有底气的洒脱和不啰唆,官悦倒是挺欣赏。

此时的何嘉怡含情脉脉,这是第一次,尹汀用"女朋友"这个称呼介绍何嘉怡,而且当着所有新老朋友的面。

"我打你电话打不通,原来你来这里了。"尹汀低声说道,男人在亏欠女人的时候,连眼神里都能装满温柔。

"我……一直在想,你放假了会在哪里,我给你发了好多邮件……你说你是感受到了我强烈的呼唤,还是我感动了天地让我碰到你?"

看着何嘉怡眼里快要溢出来的柔情,官悦只有摇头,是谁那天泪流满面,唱歌要唱20遍,喝了酒还要暴打小流氓……女人在爱的人面前就是一个谎言,骗了自己,也骗着对方。

这个时候,周围所有人对她来说都是空气。

尹汀抿嘴一笑,这么多人在,他轻声说:"你感动的是我。"

一句话,对何嘉怡来说完全够了,其他什么都不重要。这么多天,何嘉怡心里所有的阴霾瞬间烟消云散。"官悦!"小洋芋迫不及待地扑上来,把手搭在官悦的肩膀上,"你好厉害,居然认识我爸一说起来就赞不绝口的关先生!"

官悦笑着点点头,这姑娘有时候还是不傻,知道一句话两边都夸,官悦抬起小洋芋的手臂无奈地说道:"我跟关哥也是偶遇的,最近我们几个的磁场肯定在发生强力吸引。"

　　一群人寒暄的寒暄，感慨的感慨，激动的激动，一片欢腾声中关海云带着大家朝游艇最上面一层走去。他边走边对老余说："老余，可以开船了，再开两瓶香槟上来，今天各路朋友聚在这里，值得庆贺。官悦，下面船舱里面有相机，你们随便用。"

　　关海云今天心情好，兴致挺高，转头向小洋芋父亲说："杨总，等一下就看你能不能钓两条石斑鱼上来当午饭了。"

　　"没问题，石斑鱼、龙虾都交给我了，你们等着吃就行了。"

　　官悦发现小洋芋真像她爸，只是没随她爸的内敛和稳重。

　　杨总年过半百，以前在KPT投资银行一路拼搏，做到董事总经理，是个资深投资银行精英，最近几年因为年龄大了不想再那么拼命，离开纽约回到洛杉矶和家人在一起，做起了基金管理、投资移民、资产管理方面的业务。在美国经朋友介绍认识了关海云，一直在争取做关海云美国投资收购项目的代理。这次来新加坡拜访关海云，是想再进一步落实关海云在美国收购项目的代理业务，并想请关海云给予他一些在中国设立代表处的帮助。

　　各种因缘一线牵，在错综复杂的时空里面，命运将有着相同磁场的人牵引到了一起。

　　游艇缓缓离开码头，朝大海深处开去。蓝得没有一点杂质的天空映衬着白色的船，海风将每个人的头发吹乱，在这个没有冬天的港湾里，一切的巧合，都显得浪漫而又温婉。

　　砰的一声，香槟喷出老远。随着气泡咽下的冰凉，音乐响起，众人一阵欢呼，小洋芋尖叫着在甲板上又跳又闹，官悦配合着她的扭动摇头晃脑，杨总看着女儿的眼里满是溺爱。

　　关海云举杯，笑得很开怀："我们为今天的欢聚干杯，大家高兴，该玩的玩，该爱的爱！"

　　掌声响起，所有人一起感谢关海云的盛情款待。

　　官悦转头，看向紧紧挨在一起的尹汀和何嘉怡，心生羡慕，形单影只

第十六章 游艇重逢

的落寞不经意间涌出眼底。

此时的伦敦听说已是大雪纷飞。

面前的两个人不管经历了多少波折，不管他们将来结局如何，最起码在此时此刻的良辰美景中他们是彼此拥有的。

还好，还有两周就是新年，日本之行，近在咫尺。

海风吹拂，游艇掀起的海浪长长地拖在船尾，每个人都兴致昂扬。

杨总首先起身，举杯，叫尹汀过去一起敬关海云："关先生，尹汀这小伙子不错，我当年在KPT投资银行的时候就跟他很投缘，他非常上进。近年来他对中国传统文化很上心，前些年经历了一些不幸的事情。"杨总说到这里顿了顿，看了看尹汀和何嘉怡："那些事情对他内心刺激很大，近期一直在参禅问道。在美国的时候，我就经常跟他聊起关先生在这方面有极高的造诣，机缘巧合，如果能得到关先生的指点，那就是他的福报了。"杨总找了一个很好的主题来展开今天的话题，像这样的聚会，即使是专门来谈业务的，也必须要从愉快的话题开始，并且还要从主人最感兴趣的说起。

"关先生，久闻您的大名，感谢杨总的引荐今天能跟您一聚，还请关先生有空的时候多多指点。"尹汀说话言辞恳切，毫无阿谀。

很多美国投资银行的精英，对外交往一向都是把自己武装得深不可测，很少有尹汀这样虚心恭敬又不失诚恳的高层人士。

"谢谢二位的厚爱，指点说不上，尹先生对传统文化感兴趣，我们倒是可以好好交流交流。"

关海云的谦虚点到为止，他对尹汀的印象很不错，比较有眼缘，自视甚高是现在年轻人的通病，像尹汀这样有学识的精英能端正心态，一心向学的，不多。

"又有好听的龙门阵了，刚才在球场听得好好的，被你们的电话打断，这下能接起来，关哥讲得太好听了！"何嘉怡看着尹汀，说话的时候眼里全是爱意。

　　小洋芋旋风似的扭着过来,一屁股坐在了尹汀和何嘉怡中间,大大咧咧地说:"我也要听,关先生刚才跟你们聊的什么?"

　　"我们刚才在球场上请教关哥投资银行有多么洋气,关哥给我们讲到一无所有的美利坚托拉斯帝国靠世界首单业务成功开张。"官悦对历史很感兴趣,却从未把中美历史对照过,她连忙问道:"关哥,那美国独立战争那些年,中国是什么情况呢?"

　　"当着杨总他们几位从国外回来的精英高手,我就不班门弄斧了吧。"关海云谦虚了一下,是想把主场让给客人。

　　杨总推了推眼镜,思考了一下然后认真地说道:"关先生,形而上为之道,形而下为之器,我们能讲的主要还在形而下这个层面,而关先生虽早就藏器于身,动而有获,但又总是能从形而上的层面来看问题,今天机会难得,我们都想学习一下。"

　　"就是,我爸虽然去了美国这么多年,但讲话还是文绉绉的,连我都好难听懂,我也想听你们说的好听的龙门阵。"除了在麻将桌上,小洋芋难得这么好学。

　　"嗯,你们喜欢听,我就接着讲。"关海云对优秀的中国传统文化有很深的了解,又在美国学习工作多年,中学西学造诣都很深,"我若讲得不妥,还请指正。"关海云既不卖关子,又表达了对年长的杨总的尊重,更给足了杨总在晚辈面前的面子。

　　关海云开始慢慢道来,一张嘴就全是故事:"美国独立战争时期,人民受苦受难,穷得叮当响。而那个时候中国正处于乾隆盛世,光是国库用不完的存银就有大约8000万两。钱用不完,造反的也平定完了,乾隆那时候除了反复下江南外,还带头给自己拍了个很响的马屁,评了个古今第一大奖'十全武功'来奖励自己。"

　　关海云一开口,马上引来一阵欢笑,这种戏说严肃话题的龙门阵他摆得最是得心应手,走遍世界各地都是这种风格,粉丝一大堆。小洋芋这种在美国长大的"香蕉人"更是耳目一新,她嗖的一下就从何嘉怡和尹汀中间跑到了关海云身边规规矩矩地坐着听下文。

关海云边说边不忘招呼大家吃水果:"前面我之所以要把美国独立前130多年的明朝'破产散伙'拿来讲,是因为美国独立前后的这130多年对中国来说很有趣。美国独立前130多年的明朝只知道搜刮民脂。而美国独立后135年,清朝又因同样的原因被整垮散伙了!清王朝康乾盛世即使再牛,存银再多,没有好的金融体系,当时更没有像杨总、小尹你们这样的精英,存银无法转化成社会力量和国家力量,也仅仅是一堆无用的金属而已。"

关海云缓缓道来,杨总和尹汀频频点头。他顿了顿,继续说:"当年一无所有的美国,没有分文存钱,有的只有负债,却因为负债而建国,更因负债而强大。200多年来,它长期做着把纸变成钱、把纸变成金,再把金变成纸的游戏。先让本国人民,再让世界人民高高兴兴地接受美丽的绿纸美金,再把这个钱变成另外一种不是钱的纸证券,并乐此不疲地让它24小时不间断地在多个交易所进行买卖。民众参与,机构参与,国家参与,然后就是美国负债越来越多,国家却越来越强大。经过这种反反复复的游戏,美国只要有投资银行,就没打算还钱,现在不还,将来不还,永远不还。"

众人一阵哄笑认可。

关海云说:"当然了,在这些过程中,都有一个价值创造的问题,就是最好参与者都能赚钱。有时候事情没有想象得好,也肯定是有亏损的,只不过没赚到钱的,最好不找用你钱的企业和用你钱的国家。

"这些央行、商业银行做不到,也不好做,这就是投资银行的买卖。

"可见,存钱的不如借钱的,借钱的不如让你投资的。因为存钱只能说明你今天有钱,借钱则说明我不仅今天有钱,还有力量和智慧让明天更有钱,而且有信用还会给你更多的钱,为什么更多呢?因为除了本钱还有利息。投资的人更牛,好像也更大方,他不仅让投资的人相信他今天有钱,明天更有钱,还会把更多的钱分享给你,因此,你就会高高兴兴地把

钱给他,他把用钱变成的纸股票给你,现在连纸股票都没有了,就是一个电子符号,你就高高兴兴地持有股票去自娱自乐,乐此不疲地交易买卖。不论是宠辱不惊赚赔无意,还是潮起潮落云卷云舒,基本不用再还钱给你了。

"上升到国家层面,就证明你有好的制度与运行机制,让个人、企业、国家更有钱,并有国家力量的捍卫在里面。

"而所有这些,都顺应着一个道,中学说天之道,损有余而补不足;人之道,损不足以奉有余。西学说尊重人的生命权、自由权和追求幸福之权。"

关海云说到这里便停了下来,看看身边一个个听得聚精会神的朋友,哈哈一笑,举起酒杯邀请大家一起碰杯:"你们不能就听我一个人说,大家都要畅所欲言。"

"啊,就没有啦?"官悦和何嘉怡还没回过神。

这时杨总起身,举着酒杯佩服不已:"关先生,你的大局观的确厉害,能从时空、历史、中西学与现实这些角度出发,寥寥数语就把复杂问题说得这么明白,佩服佩服!"

尹汀微笑点头:"关先生,我一向自认为有学识,往往把问题看得很深入,却不能做到浅出,也从未像你这样从大格局阐述问题,确实是只缘身在此山中……其实,大道至简。"

关海云一番纵横四海的言论,在机缘巧合的今天,在太平洋波涛起伏的海面上,给尹汀的心里投下了一颗石子,掀起了更大的涟漪。这个时候,他其实还没有意识到,关海云在他今后的道路中,将扮演一个贵人的角色,为他后半生的精神世界搭建了追寻大道的桥梁。

小洋芋坐在旁边,一脸崇拜地看着关海云,表达得更加直接:"关先生,知识确实是财富,你知道这么多东西,所以你赚了那么多钱。"

"关哥这才讲了冰山一角,你就遭不住啦?"官悦朝小洋芋笑笑。

"下次我再去成都就不要给我安排那些让人堕落的活动了,带我找关

第十六章 游艇重逢

先生多学习、多聊天就挺好,你们太庸俗了。"小洋芋的感慨引得大家一阵大笑,除了关海云,在座的都知道她上了麻将桌后忘我的精神。

何嘉怡看官悦一眼,用尹汀听不见的声音问官悦:"我们回成都了还能说上话不?"

"难!"官悦肯定地回答。

关海云谢谢大家的肯定和夸奖。官悦佩服他的定力,一副你们夸你们的,我还是我的样子。

"关先生,我决定了,研究生去读金融!"这个时候小洋芋已经不知道尹汀是谁了,关海云,这个有着雄才大略的男人让她特别好奇。

杨总摇了摇头,无奈地笑笑:"我和尹汀引导她学金融她说什么都不学,这下被关先生的学识折服了吧?学好了金融,你的眼界和平台就不是一般人可以比肩的了,即使不去投资银行,在很多行业都可以发挥很好的。"杨总举杯,邀请大家一起敬关海云。

"江湖无死水,微澜有谁知?待到浪涛时,已是东逝水。"关海云兴致一来吟诗一首,"杨总、尹先生,祝愿你们在投资银行这个高风险领域乘风破浪、高歌猛进!"

"好境界!"尹汀迎着海风,有些感慨,"乘风破浪、高歌猛进的关键在于有没有利器,有没有一艘好船。今天要感谢关先生载我们一程,您学识渊博,令我受益匪浅,敬关先生!"

尹汀在关海云欣赏的眼神中仰头干掉酒,有点相见恨晚、惺惺相惜的感觉。

这时,老余在楼下一阵大呼小叫,他居然抢了杨总的风头,钓起了一只大龙虾,所有人都站了起来,关海云大笑着,带着大家一起下楼去看。

小洋芋跟在关海云后面,屁颠儿屁颠儿地一起下楼,连官悦都不管了。知识,不仅仅是财富,还是强力胶。

这个年龄的女孩子正是需要为自己树立偶像的阶段,对关海云,小洋芋是绝对的崇拜;对尹汀,更多的是一种好东西要霸占着不能分享。

最美的年龄,无拘无束就是真性情。

浩瀚的海面上,偶尔有海鸟掠过,太阳慢慢西斜,不再炙热。一伙人在关海云的带领下,钓鱼的钓鱼,备料的备料,说好的午餐,在一番经天纬地的谈论中,拖到了晚上。有知识的人不饿,有美色的人不饿,空有一番感慨和落寞的官悦,突然好饿。

官悦从船舱里找出相机,东拍西拍,绕了一圈将镜头对准两个边钓鱼边布局的男人:"关先生在美国方面的业务你看如何安排,我们唯关先生马首是瞻,全力配合。"一番愉快的交谈之后氛围融洽,杨总把话题引向了正题。

"杨总放心,这件事我已经研究决定了,具体事宜由余总接手,跟着办理相关文书。"关海云拿着鱼竿,盯着海面,微微一笑,"杨总经历华尔街的大风大浪之后依然雄心勃勃,独闯天下,能进能退,精神实在可嘉,这点我要向你学习。"望向蔚蓝的海面,关海云眼里天高云淡。

官悦拿着相机,按下快门,捕捉下这一幕。

船舱里的尹汀帮着何嘉怡将冰箱里的食物一一摆上餐桌,游艇里面,应有尽有,宽敞的客厅带两间漂亮的卧室。一对璧人被官悦用镜头锁定在画面之中。听到快门的声音,何嘉怡抬头两眼放光,拉过尹汀靠在一起:"来,今天是个特殊的日子,给我和我的男朋友多拍几张,拍漂亮点、恩爱点!"

尹汀在一旁温柔地搂着何嘉怡,在官悦按下快门的一瞬间说:"生日快乐,何嘉怡。"

第十七章　她叫苏槿

余晖未散，天空呈现出澄澈的深蓝，金光从海平面上溢出来，把海的尽头晕染成了火红，串烧着，不放过一片堆积的云海。

十里霞光晚风翩，惊艳了人间。

海风起时，波涛涌动，官悦晕船晕得一塌糊涂，关海云让余总掉转船头开足马力，一行人很快回到了关海云安排好的别墅酒店。大家一致感谢，小洋芋更是冲进院子就往泳池里面跳。关海云大手一挥，各自回房休整，明天睡够了再说。

何嘉怡低着头，不声不响，很自觉地跟在尹汀身后进了别墅的院子，关门的时候，朝官悦眨了眨眼。

酒店的别墅区，每一栋都有独立的泳池紧临海边，从房间看出去，海面上有流霞半挂着，点缀成了一幅油画。

何嘉怡进了房间，拉着尹汀站在落地窗边，遥望着逐渐变成了深紫色的天空和漫天隐约的星辰，满脸陶醉地靠在尹汀的肩上："这样的日子跟你在一起，太完美了。"

尹汀轻轻地将何嘉怡揽进了怀里，一起看向远方，嘴角难掩笑意："如果没在这里碰到你，我这几天也会飞成都的，平时陪你太少，这样的日子对我们来说都很重要。"

两个人依偎在一起,心离得很近。

良久,尹汀低沉的声音在她耳边响起:"想不想去海里?"

何嘉怡转过头,一脸的欢喜:"换衣服去!"

傍晚的海水,温暖而又平静,微弱的海浪打在礁石上,声声柔软。尹汀牵着何嘉怡的手,慢慢走到齐腰的海水里,双脚陷进海底的细沙中,浪花一波一波微微地漾起。天上是新月朦胧,身边相爱的人,十指相扣。

何嘉怡扶着尹汀的肩膀,在水里兴奋得跳上跳下,尹汀叫她小心,她不听,直接爬到了他的背上,一阵尖叫。尹汀被她逗得玩性大起,弯腰,一个侧身,将她滑到胸前,横抱起,直接扔到了海里。

何嘉怡水性很好,大笑着落水,不急着站起来,直接一个漂亮的翻身,潜入水下,朝尹汀游去。

天色昏暗,尹汀借着房间里透出的灯光防着她的偷袭,一个没注意,何嘉怡已经像条鱼一样游到了他的腿边,在他的双腿周围穿梭着,想扯他的沙滩裤却没扯下来。

浮动时,何嘉怡的一头长发飘在后背,身体起伏摆动,穿着比基尼的曲线更显凹凸有致。

她自顾自地在水里玩着,完全没有意识到自己的姿态已经让水面上的这个男人难以自持。当她再一次潜过尹汀腿边,两只大手从上而下,抓住了她纤细的腰身,一把把她捞出了水面,搂在结实的胸前。有些滚烫的气息在两人之间荡漾起来:"看来你是不想好好游泳了。"

尹汀微微笑着,声音低沉温润,星空下这个永远燃烧着熊熊火焰的姑娘,是自己将她变得如此妩媚。每次看到她,总是会情不自禁地被她感染。体内最原始的渴望,随着她的闪耀而跳跃着,有时他觉得她太过炙热,烤得自己有些受不了;有时,却又在繁忙的工作中,出差的飞机上,一个人吃饭的傍晚,凌晨华尔街加班的晚上,突然间,很想她。

"我还能再憋几圈的,直到把你的裤子扯下来为止,让你不懂得怜香惜玉!"何嘉怡甩了甩满脸的海水,将头发往后拢了拢,胳膊环在尹汀的

第十七章 她叫苏槿

脖子上,一双闪亮的眼睛漆黑明亮。

"这点小事不劳你亲自动手。"尹汀握着何嘉怡的腰将她往上一提,借助海水的浮力轻轻松松就把她抱了起来,用一种暧昧的姿势将何嘉怡挂在了自己的身上,慢慢往身后的圆形岩石上靠去。

何嘉怡一副很温顺的姿态将脸靠在尹汀的肩上,满足地嗅着他脖子上的味道,双腿夹着他的腰,眯着眼靠在他的颈窝里,喃喃说道:"你在这里能待几天?我们天天这样在海里看晚霞、看星星,好吗?我不想你离开,舍不得你走。"何嘉怡情不自禁吻着尹汀的脖子,"你带我去喝田鸡粥吧,还要吃螃蟹,你还记得吗?你在新加坡给我寄过明信片。"

此时何嘉怡的眼里其实已经泛起了水雾,聚少离多的日子,她有多少孤独只有她自己知道。她不敢抱怨,怕吓跑了这个男人;她不敢奢望,因为她至今都不知道自己在尹汀心里到底是一种什么样的存在。她甚至不敢问,短暂的相聚,经不起这样沉重的话题。未来是什么样的,她往最美、最期待的方向幻想过,但是她从来不说。

他的未来里,她不知道有没有自己。

尹汀退到了礁石边,背靠在上面,有了支撑,抱着何嘉怡更是轻松,扭头,吻着她的耳朵,用略带鼻音的声音边吻边说:"我争取多待两天,带你去新加坡转转。"尹汀紧紧地抱着她,"以后的假期,慢慢带你去每个给你寄过明信片的地方……嗯……今晚,除了看星星,我们还有更重要的事情可以去尝试。"

"以后",这是一个多么让人期待和遐想的词语……何嘉怡眼里波光闪烁,使劲搂着尹汀,将脸埋进他的颈窝。尹汀有力的双手将何嘉怡搂在怀里,他脖子上的味道散发着令人难以抗拒的气息,何嘉怡的耳边,是他温柔的厮磨和亲吻。海水有节奏地拍打着她的后背,一阵阵,将她推送着,享受着这一刻的亲密。吻着尹汀的锁骨,何嘉怡的脑子里已经浑浑噩噩,周围的一切如梦如幻,体内有一股暖流,旋转着。

深夜的月光,寂寥明亮。

何嘉怡舍不得睡，跟尹汀在一起的每分每秒对她来说都很珍贵。每一次见面之前，她都要期盼很多天；终于见面了，却又习惯性地在温存间隙里，不停地害怕即将说出口的再见。

那种缠绵后的转身，揪心扯肺的痛，会持续好几天。随后，又是下一轮没有期限的等待陪着自己咀嚼思念……

爱一个人不累，爱一个无法相守的人，很累。

欢爱之后，尹汀的呼吸声很均匀，何嘉怡呆呆地看着他的脸，不想睡，怕把他吵醒，轻手轻脚地下了床，披上睡袍推开卧室的门，面前，一片月光辉映，海面波光粼粼。

客厅里有酒店赠送的红酒，何嘉怡找到杯子时随手带上了纸笔，走出房间，泳池边的躺椅上，正好，把思念写在纸上。

月夜很静，在海面上流淌着层层银光。

从"9·11"之后开始的无数个晚上，何嘉怡常常从梦里醒来无法入睡，每当这时，会起来给尹汀写信。寄情于笔尖，已是一种习惯。

今晚，他就在身旁，可思念却还是一如既往，借着客厅里的亮光，写下自己的心情。

汀哥：

民丹岛的夜里

大海退去蔚蓝

眼前的月光一片安然

这个时候

你在梦里携谁同游

我在你的身旁

将闲愁酿成一壶独饮的酒

浩瀚的星空

照得透心里的那些妄动

第十七章 她叫苏槿

卸掉阳光下的彩虹

心里有种舍不得你转身的痛

凌晨时分,开一瓶酒

饮一杯欢喜,斟一杯忧愁

仰头时

能看到星座在银河里执着地相守

……

"怎么不请我喝一杯?"

不知道什么时候,尹汀起来斜靠在门上,何嘉怡一转头,他站在月光中,裸露着上身穿一条竖条纹的睡裤,手里拿着一个空酒杯,一副慵懒的样子,嘴角挂着浅笑,是那种温存之后最亲近的笑容。

银色的光洒在他的脸上,有些看不清他眼神里流转而过的依恋。何嘉怡愣愣地看着他移不开目光,忘了回答。尹汀挑着眉毛看何嘉怡,朝她走去。

"怎么起来了,没有我在你身边睡不踏实吗?"何嘉怡往沙滩椅旁边挪了挪,收起手里的信笺,拍拍椅背让尹汀在她身边躺下,"我经常半夜醒了就起来给你写信。"

她接过尹汀手上的空酒杯,倒上红酒递给他。"今天给我写了什么?"尹汀在何嘉怡身边舒服地躺下,"你给我写的每一封信我都会认真地看好几遍,一个人的时候,读你的信很温暖。"

尹汀接过红酒,顺手将何嘉怡揽进了怀里,摸着她的一头长发。夜深人静的时候,人与人之间总是会变得很亲近,月光美酒,适合谈心,适合厮守。靠在尹汀的肩膀上,何嘉怡无比满足:"写我现在的心情,等分开的时候再给你。"何嘉怡侧身在尹汀的锁骨处使劲地闻着他的味道,"我们每一次的相聚,从认识到现在的所有点点滴滴,我都写给你。将来老了,你看着这些信,就会想起有一个叫何嘉怡的人在很多很多个晚上一字

一句地把你写进了心里。"

看向远处的海面，尹汀眼里有淡淡的忧愁，她憧憬的未来的场景里，并没有把他们设计在一起。

尹汀低头，吻向她的额头，这一刻他被深深地感动。

这样的夜色，两个人紧紧地靠在一起，喃喃细语中总是容易滋生出温情。离别，就在不远的前方，下一次的温存，隔着未知的时间。

此时此刻的何嘉怡，不想浪费今夜。

一夜的欢愉，依偎在彼此的身旁。尹汀对她有一种连自己都没有发觉的欲罢不能，轻抚过她的长发，疲惫却又眷恋。吻了吻此刻依偎在怀里温顺的女人，尹汀明白，再多刻意的逃避最终都会在宿命面前变得徒劳，无法否认，何嘉怡已经深深地住在了自己的心里："你给我的每一封信我都珍藏得很好，那是我见过最美好的情书。"

"最美？你收到过很多情书做比较吧？"女人的警觉性天生敏锐，每一个字眼都可以深挖。尹汀的过去对她来说是一个谜，她小心翼翼地触碰着，忐忑而又渴望，今晚她特别想知道他酒醉时都会念到的那个名字，他们之间到底有着怎样的故事。

"汀哥，能给我聊聊吗？你的故事。"尹汀没有回答，将何嘉怡搂在怀里，长长的一阵沉默，空气中刚刚还在流转的旖旎渐渐有些稀薄。心里那个努力尘封的地方，被面前这个火辣的女人毫不掩饰地触碰着。

十年前，有那样一个姑娘，同样爱在睡不着的夜里给他写信。她不会像何嘉怡那样，写下他们思念时的点点滴滴；也不会像何嘉怡那样，用尽一切美丽忧伤的词汇来表达千里之外的相思。

她的信里，是查尔斯·威廉·艾略特的哈佛经典，是众多诺贝尔奖得主发表的哈佛精神，是图书馆里某一篇论文的思考，是关于人生、关于价值体系的激烈探讨……在异国求学的那些岁月里，在那些以实现远大抱负为梦想的日子里，他们一起学习，一起成长，一起在不同的学校共同攻读经济学。

第十七章 她叫苏槿

他们拼尽全力一起站在了华尔街的国旗下，激动得紧紧相拥，一起碾压过无数的精英脱颖而出，走进了世贸中心的办公室，一起在KPT集团87楼的灯火通明里整夜加班，一起俯瞰整个曼哈顿，渴望着能一路携手走向事业的顶端……

"汀哥。"

何嘉怡的吻打断了回忆，他转头看向她。

遇到何嘉怡之前的岁月，他都在跟另一个理智的姑娘携手拼搏。他们顺理成章地走在一起，天经地义地彼此照应，没有太多的爱欲沸腾，没有热烈的缠绵悱恻，一切都是围绕着工作和事业在进行。

他们之间，有着共同的奋斗目标，想要在自己最鼎盛的时期有所作为，就得舍弃很多平常情侣的小情小调。为了能在曼哈顿立足，他们没有时间浪漫；为了从分析师做到助理，他们连睡觉都觉得是在浪费时间；为了坐稳位置，他们就得拼尽全力去面对华尔街最残酷的竞争。

那些年，她不甘于人后，他在投资银行初露锋芒，她便咬紧牙关迎头赶上；他做得兢兢业业，她则步步为营，他们把最好的青春都铺在了爬上塔尖的路上，把最多的心思用在了项目的设计开发上，把满腹的智慧用在了华尔街尔虞我诈的商战上。他们没有精力经营所谓的爱情，在他们的认知里，成功就是一切的动力……

两个人因为北京、纽约天各一方，后来的日子渐行渐远，除了工作几乎没有其他交流。

直到2001年9月11日的清晨。

何嘉怡动了动身体，侧身面对着尹汀，看着他脸上雕刻般的寂寥，低下头小声说："汀哥，不想说就不说吧，我只是很好奇你的过去，可能是对自己的不自信……女人都希望成为对方感情里最重要的那部分。"

何嘉怡的热情渐渐平息，女人的爱，就是为了让自己在对方心里无可替代。

就在她以为尹汀不会继续这个话题的时候，突然听到他长长地叹了一

口气，声音有些沙哑："她叫苏槿，是我的同事……也是女朋友。"

这是尹汀第一次向她提起这个名字。何嘉怡屏住呼吸绷紧了身体，苏槿，那个让他在醉酒时一直挂念着的名字，那个让他在梦里都会乞求着她不要走的名字。

何嘉怡清楚地记得，成都凯宾斯基酒店的那一晚，他呼唤这个名字时，整个房间都弥漫着浓浓的悲凉。

"她已经不在了，'9·11'当天……遇难。"

何嘉怡整个人都愣住了，全身冰凉，大脑一片空白，有十几秒的时间完全停止了思考，愣愣地瞪着尹汀说不出话。

那个刻在尹汀梦里的苏槿，那个刻在何嘉怡心里几年，一直以她为情敌的苏槿，那个最怕尹汀会为了她而放弃自己的苏槿，那个她觉得和尹汀才是同一个世界，让自己一直自卑着的苏槿！他说，她不在了。他说，她在"9·11"当天遇难了。

两年来，尹汀所有的痛苦，所有的逃避，所有的谜团……原来竟是这样……

原来，都是源于这样一个残酷的事实。

震惊之后随之而来的是一阵刺痛和惭愧，所有她对尹汀的猜忌、抱怨、不理解，所有她对苏槿的嫉妒、假想、浓浓的醋意，此时此刻全部堵在心里，搅得自己翻江倒海："汀哥，对不起，怎么会这样……"大颗的眼泪滚滚而下，自己口口声声说着深爱他，却全然不知他一个人这两年背负了这样一种刻骨的伤痛，自己却从未为他做过什么。

尹汀尽量保持着声音的平缓，却还是能听出他心里的痛苦："她从哈佛毕业，跟我一起进了KPT集团，那些年我们都拼得很辛苦，生活中排满了工作，几乎没有自己的生活。"

尹汀干掉杯子里的红酒，再给自己满上，一饮而尽。两年了，他从来不曾提起苏槿。原本一切可以避免的，却因为自己，她在最好的年华遭遇不幸。她把所有的青春都用在了通往梦想的路上，她没有好好享受过生活

第十七章 她叫苏槿

的惬意，没有时间跟他一起看遍世界的风景，没有来得及等到两个人功成名就之后，过上属于自己的生活。

两年来，他一心向佛，他需要一种精神的支撑、内心的引导，让自己从佛学的角度去参悟因果轮回，让自己走出灾难和自责带来的绝望和后遗症，重新面对还要继续的生活。

今夜，何嘉怡无意地撕开了他回忆的伤疤，他不想再继续逃避了，她有权利知道他这些年的经历。渐渐恢复的伤口，不可能永远不被触碰，他必须尝试着用平常心来回望他们曾经一起走过的路……

"那两年我在北京她在纽约，各忙各的，沟通越来越少。那天原计划是她送我去机场飞北京，结果因为工作上的事我们发生了一些争吵。她赌气直接去了办公室……"尹汀咬着嘴唇，跟内心的撕裂做着艰难的对抗，"从飞机撞上世贸大厦，到她绝望地放弃逃生，这一个多小时里，她经历了人世间最可怕的噩梦，后来她努力地逃到了48楼，以为可以重见天日，可是，新一轮的爆炸把所有的退路都堵死了，她被大火困在了中间……"

尹汀的声音越来越无法保持平稳，他不得不停下来，深吸一口气，何嘉怡流着眼泪递给他一杯酒，他一饮而尽，他在尝试着回忆，尝试着面对："她在最后的时间一直在给我打电话，那时，我却在跟你通话中。直到我在机场看到新闻后，才疯了一样赶往曼哈顿，我没有……我没有想到世贸大厦会坍塌，没有想到她会遇到爆炸，我一直抱着一线希望，她那么年轻，那么有生命力，不应该……她在生命的最后几分钟，给我发了短信……"

尹汀的手心全是汗水，何嘉怡紧紧地握住他的手，等他稍作调整："她说她的周围全是尸体，全是大火……她走不出去，脚上的鞋已经开始融化……她说她不想被烧死……她说，如果能选择，她不想再进入投资银行，不想再这么疯狂地工作，她说她不该因为工作跟我渐行渐远……她说……她很爱我……"

何嘉怡的眼泪再一次涌出，尹汀已经无法完整地说完一句话，她被他眼里溢出的哀痛吓到，不由自主地把他拥到怀里，紧紧地拥着，给他所有

的安慰和温暖。此时此刻，这个男人，正在经历着这一生最不愿诉说的痛苦："她选择了从48楼跳下去……"

尹汀任由何嘉怡抱着，将头埋到她的颈窝，身体微微地颤抖，再是金戈铁马经历商战的铁血男人，在生离死别面前，依然会脆弱得不堪一击……

"她原本是要送我去机场的……她原本是可以避开那场灾难的，都怪我，我不该跟她吵架……"铺天盖地的自责席卷着尹汀，让他痛不欲生，"我在离曼哈顿不远的地方，亲眼看到了世贸大厦的坍塌……苏槿……随着世贸大厦，永远地离开了这个世界……尸骨未存……我无法……无法让她入土为安……"

何嘉怡再也控制不住自己，抱着尹汀泣不成声："汀哥……对不起，对不起！这么久以来我都不知道你承受了这么多的痛苦……对不起，我不知道苏槿是用这样的方式离开你的。汀哥，对不起，我什么都不能为你做，让你一个人面对那么多的痛苦和遗憾……"

尹汀抬起头，看着远方，眼里一片苍凉……平复了很久很久的情绪，慢慢地，嘴角才扬起一个悲凉的笑容，幽幽说道："佛教里将我们所处的三千大世界称为娑婆世界，娑婆即遗憾，在这个世界里，处处都是遗憾……世间苦，她已远离，希望她在另外一个世界里，能修得圆满……"

第十八章　西藏自救

　　灾难过后，逝者已矣，留给生者的考验，才刚刚开始。

　　纽约大学医院停尸房内，华人警察伍雅倡已经连续工作了快一个月。从世贸大厦废墟里面发现的死难者遗体依旧源源不断地送到他面前。他负责协助法医将支离破碎的遗体进行清洗消毒、分类编号，然后做DNA鉴定。浓烈刺鼻的腐烂味道，让每个人最大限度地承受着被死亡包围的压迫感，几乎接近崩溃的边缘。

　　同样接近崩溃边缘的，还有每天守在停尸房外面，已经蓬头垢面、满目冰霜的尹汀。除了守候，他已经是行尸走肉。世贸大厦坍塌，埋葬了苏槿，埋葬了整整200个熟悉的朋友和同事。

　　无一生还。

　　当天早上，他们还在为了工作的事情争吵，没想到，就这样一个平常的转身，再回首，已是阴阳相隔。

　　眼睁睁地看着直插云霄的世贸大厦轰然倒塌，绝望、恐惧、无助、撕心裂肺的痛，随着震耳欲聋的轰鸣声扑面而来……等到世界停止战栗，一切归于平静之后，他失去了所有的理智，冲进了废墟，像困兽一样咆哮，直到被坍塌的建材砸伤。等他被救醒过来时，只剩自己一人独活，回头再也没有苏槿忙碌的身影，再也，握不住她的手……

他说不出话，睡不着觉，神情恍惚，唯一支撑他的，就是同是华人的伍雅倡，他能在堆积如山的尸骨中筛查出苏槿的遗体，哪怕是一根指骨，也是尹汀所有的寄托。

一周过去，十天过去，一个月过去。

曼哈顿半空中的硝烟已经在千万人的苦难中慢慢散尽，他苦苦期盼的希望却没有一点消息。直到伍雅倡告诉他尸骨鉴定的工作结束了，一瞬间，他心里那一点点薄弱的支撑，也彻底坍塌。

他没有勇气去面对真相，一闭眼，满脑子都是苏槿在灾难中一跃而下时的绝望。每天夜里，他都能看见苏槿的背影在世贸大厦的废墟中深深哀吟，无助地徘徊，像是在求救，又像是在呼唤尹汀。他整夜不敢闭眼，不敢面对苏槿，整夜地头痛，痛到大汗淋漓，痛不欲生。

空气中绝望的气息，让每个人都透不过气，灾难中幸存下来的人们，开始纷纷逃离纽约。尹汀挣扎着回到洛杉矶，那里有他的母亲。

他需要一个远离曼哈顿的空间，将自己严实地包裹起来，用酒精麻痹所有的感官，让自己沉醉在一个没有现实的世界里面，不想醒来，不愿面对。尹汀的母亲束手无策，能盼到他平平安安地回到亲人身边，已是祖上福泽庇佑，她只有虔诚地礼佛祈福，为灾难中逝去的人们能魂归故里，为困在悲痛中每天酗酒昏睡、不省人事的尹汀能重新面对生活。

这个时候，住在隔壁的小洋芋和她的父亲每天都会去陪着尹汀，小洋芋的喋喋不休，给那个沉闷的秋天送去了一股清新的风。她不管尹汀是清醒还是酒醉，只要她冲进尹汀的家门，就会让这个处处都笼罩着悲痛的家庭气氛得到暂时的舒缓，她对着一直醉酒的尹汀不停地说话，说她的同学买了款新包，爸爸却不给她买；说她找到了一家好吃的川菜馆，想带他去试试；说她喜欢的口红一直断货，要他去纽约的时候买给她；说她妈妈把她好不容易买到的限量版T恤给洗坏了她很生气……尹汀醉着的时候不说话，一杯接一杯地喝，偶尔不醉的时候也不说话，听着小洋芋喋喋不休，眼里一片血红。

第十八章 西藏自救

小洋芋的父亲杨总是个虔诚的佛教徒,前几年从KPT集团辞职。华尔街的血雨腥风能把人推向荣耀的顶端,更能让人迷失心性,在世俗的繁华中找不到心灵的皈依,让自己在内心的狂躁和不安中失去真我的方向。杨总拼搏半生,功成名就之后毅然选择了急流勇退,年过半百的他,更需要的是平静的愉悦和一切身心终将安定的精神生活。

看着尹汀的沉沦,只有杨总知道,该如何去拯救他。

11月的西藏,晴空万里,站在雪域高原上极目四望,亘古的雪山,辽阔的草原,仿佛来到了这个时空中的另一个世界。这里有着无数的神山圣湖,有着永恒的力量。

杨总带着尹汀来到拉萨,开启了一趟寻找生命真相的旅程,希望困在灾难悲痛中的他,能找到拯救自己的出口。

踏上这片土地的第二天,他们前往大昭寺。一路上,阳光洒在朱红色斑驳的老墙上,沧桑而又厚重。尹汀像游魂一般跟在杨总身后,人流中目光呆滞,面目悲凉,依旧不言不语。他们的身旁,不停地有人双手合十,高举过头顶,谦卑、虔诚地一边磕着长头,一边亲吻着身下这片神圣的土地,坚定而又恭敬。

面前的大昭寺气势恢宏,经悠悠千载屹立于世,受佛力加持庇护。梵宇光芒指引着众生向善,万丈金色穿透云雾驱散世间疾苦。在晨光中,大昭寺巍峨宏伟,坦然接受着善信的瞻仰拜谒,俯视芸芸众生、红尘百态,诚感必应。1300多年来,这里钟磬和鸣,佛光普照,一直护佑着十方信众。

艳阳下的墙角,有很多摇着转经筒的老阿妈,她们念念有词,目光清亮明澈,有种洗净沧桑的平和,让人感到温暖。在她们的世界里,今生的善念已在经筒的转动中为来世的圆满修得了莫大的福报。

杨总辞职之后,曾数次来到这里,尽管整个八廓街小贩叫卖,人声鼎沸,但只要一站在阳光下的广场上,就会有一种发自内心的安宁自在。这样的体会,使他心有所依,他希望尹汀能放下痛苦,去感受、去参悟,最终得到解脱。

走进大昭寺,阵阵诵经声传来,有时清远喃喃,有时抑扬顿挫,如天籁缭绕宇内,让人顿觉五蕴皆空、六根清净。

尹汀循声而去,闭目聆听,好像进入了灵山胜境,只需一个刹那,就能真真切切地感受到佛祖无形而宏大的慈悲。初觉明心见性,尤有慈云覆盖,法雨浇注,润泽了心灵,徐减了悲痛。连每天不间断的头痛也在那一时得到缓解,一切尘世的声音渐渐远离,脑子里一片安宁。

尹汀仰头,匍匐跪拜,在双手合十之际,便已泪流满面,两个月以来积压在心口的所有伤痛,在那一刻,找到了出口,一路倾泻……所有的苦难,都在佛祖慈悲的凝视下,被一一抚摸,温暖而又祥和,像婴儿在母亲怀中的安宁感油然而生。他能深深地感受到,自己终于找到了身心的依靠。闭上疲惫的双眼,心已不再流浪。

执念中的悲戚,灾难中的数千个亡灵,葬身废墟中的苏槿,此时一一划过脑海,在尹汀身心合一的虔诚跪拜中,祈求着佛祖能将他们一一度化,祈求着佛祖护佑他们早得解脱,祈求着佛祖能为他们照亮回家的路途……

尹汀久久不愿起身,这一刻,他心有所依,一种喷薄而出的力量将他笼罩在了前所未有的空灵之中。他坚信,佛能度一切厄运;他更坚信,佛祖能指引苏槿安放灵魂。

大昭寺里,排列着380个转经筒。尹汀走出大殿,恍如隔世,站在千年古寺的红墙之下,一一抚摸着见证了无数轮回沉浮的经筒,感受着指尖触摸时划过的一世世生离,一世世死别,一世世悲欢,一世世离合……生死流转,聚散离合,皆是轮回。

从拉萨飞往加德满都的飞机停在特里布万国际机场,杨总带着尹汀飞越喜马拉雅,飞越白雪皑皑,当杜巴广场飘来阵阵的风铃声时,他们站在了尼泊尔的晨光之中。尹汀,终于成功戒酒,终于开始自救。

此行他们要去的内观禅修中心就在加德满都的一处山谷里,沿着山体顺势建造的院落随处可见从世界各地前去禅修的人。杨总为自己和尹汀报

第十八章 西藏自救

了10天的内观课程。

10天的课程结束后,走出内观中心,杨总站在院子里看着尹汀,那一刻,尹汀的眼中没有了被苦难捆绑的挣扎,没有了对世事厌恶的逃避。这个男人,已经在用精进的感念和觉悟,慢慢开始试着平静地走出困境……

从尼泊尔回到北京,尹汀第一次打开手机,一瞬间,成百上千条短信一涌而出,每一条都只有不断重复的两个字:回话,回话,回话,回话,回话,回话……

他在自己的世界里为了苏槿苦苦挣扎的时候,有一个人在她的世界里为他心急如焚。红尘俗世,因缘际会,总有那么多的因果,牵引着众生在佛前许下心愿,愿将几世的修为,换作今生回眸处,心甘情愿地负累……

尹汀愣了半天,拨通电话,声音沙哑而又遥远:"何嘉怡,我是尹汀。"

……

清晨的民丹岛,朝霞翻涌,千姿百态的云在海平面上绽放成了夺目的光影。

在阳光驱散晨雾后,何嘉怡和尹汀之间的关系发生了一些微妙的变化。

一夜的倾谈,那是他最真实的一面。亲手剖开自己的心,放到了何嘉怡的手里。面前的女人等了自己6年,珍惜眼前人,不要让太多的当下变成遗憾。

曙光初照时,隔着泳池中映出的万缕金光,可以看到天边云层的千里璀璨。太阳终于甩开了海平面上的最后一点牵连,红成了最鲜艳的圆。

阳光下,两个人依偎着,看一场比烟花还要绚丽的日出,历一场比朝霞还要灿烂的爱慕。靠在尹汀的肩上,何嘉怡从前堵在心里的种种失落和计较,在这样一种悲痛欲绝的经历面前,已经不值一提。

两颗心,从未像现在这样靠得如此之近。

阳光和煦的12月,新加坡满城的热带树种是这座城市最漂亮的风景,乌节路两边枝叶茂盛的青龙木更是在鳞次栉比的奢华景象中摇曳着它和这

座城市之间最悠久的牵连。空气中，海风吹过，闻到的只有橱窗里飘出的诱惑。

尹汀和杨总一大早就去了关海云的办公室商谈美国项目的事情，三个女人相约乌节路。小洋芋带着官悦和何嘉怡推开了一家家专卖店的门，一头扎进品牌堆里，一件又一件地换着衣服让官悦帮她挑选。何嘉怡心里有事，对买衣服没兴趣，拉着官悦坐在休息区等小洋芋尽兴。

"这件我喜欢，都说我穿白色最好看。你们觉得好看吗？唉……拉链够不着。"

"衣服好看，穿你身上……"何嘉怡瞟了一眼小洋芋比较谦虚的胸围，撇撇嘴，"委屈了点。"她一边打击着小洋芋，一边起身，还是帮小洋芋把拉链拉了上去。"内心阴暗的人肯定看不到别人的美丽，我真替你可惜，"小洋芋陶醉在镜子里自己婀娜的身姿中，耸耸肩，"更可惜了汀哥。"

"你还是先可惜你自己吧。穿得这么性感，要配得起世界的精彩，回去多交点男朋友。"何嘉怡坐回官悦身边，跷着二郎腿，慢腾腾地鼓励着小洋芋要放眼世界。

"官悦，我有好多事情要跟你说。"何嘉怡满脸感慨，懒洋洋地靠在官悦身上。

"不要用你的甜蜜刺激我的孤单。"官悦狠狠地说道。

"剧情不是你想的那样，也不是我想的那样，我这几年的纠结不安都太可笑了，成天患得患失，成天自怨自艾。"

"剧情是哪样？我原谅你的自怨自艾了，说吧。"

用小洋芋换了三套衣服的时间，何嘉怡把这两年来尹汀发生的事情统统告诉了官悦。"这是我近几年来听得最悲壮的爱情故事，何嘉怡，幸好你坚定不移地等到了他。"官悦一阵唏嘘，"'有情有义'这四个字，他也算担得起了，怪不得他对小洋芋这么紧张。"官悦看了一眼正在选衣服的小洋芋，感慨着这世间的因果关系。

第十八章 西藏自救

"这两年他过得真心艰难,苏槿在的时候,他虽然跟我只是非常一般的朋友关系,但是感情的倾斜他自己是知道的,苏槿遭遇不幸的时候他在给我打电话,错过了她最后的表白,这些都是让他后来无法面对我的原因,苏槿无法入土为安一直是他心里的痛。他这些年受的煎熬太多了,无论是工作上还是情感上,精神差点就崩溃了,幸好小洋芋的父亲一路帮他抚平了伤痛,这样的情分他都是要回报给小洋芋的——除了爱情,他留给了我。"何嘉怡的眼里有些泛红,深吸一口气调整了一下自己,"从现在开始,我要用我所有的时间来补偿他了,我要陪着他,最起码能让他少想一些过去的痛苦,我想照顾好他。"

"你想嫁给他。"官悦握着何嘉怡的手,被她感动。

"对,我要嫁给他,给他一个家。"

圣诞节前夕的乌节路上,一派新年气象。

三个女人一直逛到关海云打来电话让大家集合吃饭,他告诉官悦,尹汀已经带着司机前去接应。

商场门口,远远地看见尹汀站在路边,人头攒动的乌节路上,映入何嘉怡眼帘的,只有那个挺拔的身影。浓眉如墨,眼如繁星。何嘉怡拎着袋子朝他飞奔了过去,尹汀转身,微笑,接过了她手里的东西。

夕阳的余晖中,两个人相视一笑,眼神交会时,掩不住的缱绻旖旎,无限美好。

第十九章　请君入瓮

　　2003年的圣诞节对于何嘉怡来说是一个全新的开始。对于官悦来说，愉快的新加坡之旅，很快结束在了助手小陈打来的电话之中。

　　HT集团新厂区的绿化项目，官悦的公司按照正规程序投标，在众多的施工单位中，综合评分进入前三，投得HT集团绿化项目的D标段。

　　甲方通知，一周之内缴纳30万元的履约保证金后，两个月之内进场施工。

　　官悦心情复杂，不得不跟关海云、杨总一行告别，约好了春节在成都团圆之后，提前收拾行李，飞回成都做准备工作。

　　飞机一进入四川盆地，天空灰暗，官悦的心里更是乌云密布、忐忑不安。一想起要在HT集团张总的管辖范围内进行长期的往来和周旋，官悦就有一种深深的焦虑感。说不清楚的烦躁让人隐隐觉得事情没有那么简单，那么多有实力、有关系的竞标单位，张泰这样的人怎么可能让自己轻易中标？在没有让他达成所愿的情况下，他这是想干什么？

　　只有走一步看一步了。

　　做工程这个行业，项目大部分是垫资多、收款难，像HT集团这样有实力的知名企业，资金雄厚，项目本身又很有代表性，不管从哪一方面来考虑，都是名利双收，多少人在这一行里咬牙熬着，就是在等这样的机会，

第十九章 请君入瓮

没有谁舍得放弃。就像官悦，现在明明知道前方危机四伏，却还是觉得机会难得。

新年来临，普天同庆。这个时候却是官悦一年中最怕的日子，为了年底收款顺利，各个施工单位的甲方不管请得动还是请不动，都得挨着赔上笑脸一一请遍。人能到的，免不得又是一场大酒；请不到的，心意一个都不能少。一天三顿饭中，官悦连早茶都在约人，经常是中午的酒还没醒，晚上的饭局又开始了。浑浑噩噩，官悦一个人撑着，已经有些力不从心，也早已把跟赵文涛约好的日本之行忘得一干二净。

回到成都，官悦第一件事就是四处相约在建项目的甲方，争取在最短的时间内收回一些工程欠款，好为HT集团的工程凑够保证金。

一场接一场的饭局、一场接一场的酒局下来，官悦苦不堪言，急火攻心加上酒后受寒，终于导致抵抗力下降引起发烧咳嗽，住进了医院。

第三天，赵文涛从伦敦直接飞回了成都。

官悦输完液正准备出去，一拉病房的门就看到了站在门口准备推门的赵文涛。

"啊！"官悦大叫一声，"你怎么回来了？"

风尘仆仆的赵文涛拉着拉杆箱瞪了官悦一眼："你要去哪里？你不是病得不轻吗？"

摸着已经退烧的头，官悦靠在门上："人都烧糊涂了，今天刚好点，准备出去说点事情。"

"说什么说，回去躺着，疯了你！"赵文涛声音高了几度。

官悦愣在门边，看着赵文涛，心里其实感动得不轻，看这架势一定是自己的妈妈跟赵文涛说了她生病的事情，赵文涛才放弃了去日本度假赶回了成都。官悦眼睛红了，嘴上却还硬撑着："躺了几天，人都躺得不好了，我饿了，我要去吃点东西，陪我去！"

在外面八面玲珑、说话滴水不漏的官悦，只要一跟赵文涛在一起，完全就是另外一个人，赖皮、不着调、不讲道理，就像此刻，明明应该是

她向赵文涛服软,想陪赵文涛去吃东西的,结果一开口,就是一副"我饿了,你该照顾我"的姿态。按赵文涛的话说,全是给惯的,还不知好歹。

赵文涛面无表情,把拉杆箱往病房里一放,看了官悦一眼,径直走出了病房。

医院旁边的大海湾是成都最老的粤菜馆,宵夜、早茶都很有名,两个人坐下来,赵文涛习惯性地顺手拿了几样菜,居然样样都是官悦爱吃的点心。官悦大大咧咧地拿起就吃,吃饱了,擦了擦嘴又恢复了一副凄风苦雨的表情:"赵文涛,我生病住院都不敢跟你说,这段时间到处收钱到处堵甲方,我都要苦死了!"

赵文涛吃着东西没看官悦,官悦继续说:"你可以啊,回来也不跟我说一声,你当我是空气啊?你不是直飞日本吗?哦,对了,是我妈告诉你我生病了你才回来的吧?还有,我真的是准备这几天把钱收了就直接飞日本的,真的真的!"官悦胡乱地说着,不管赵文涛听没听明白。

赵文涛还是没说话。

官悦接着说:"我跟你说,这次HT集团有个大项目,我投标又投中了,要先交30万元的保证金……"

"我没有钱再给你,"冷冷地,带着一些不耐烦,赵文涛开口打断了官悦,"我之前帮你借的那些钱,也麻烦你连本带利尽快还上。"赵文涛再也不想听官悦满口的项目、满口的钱,每次见面、打电话都是这两个主题,他已经厌烦了官悦这种无止境的"血洗"。

"我真没有打算让你再拿钱,我这不是天天都趴酒桌上在收钱吗?赵文涛,咱们家这两年可有钱了,只是钱还没收回来……还没收回来这不又遇到一个全体人民都想挤进去的大企业、大工程吗?所以,又把我给难住了……我真的没打算再让你拿钱的……"

说着说着,官悦颓废地趴在了桌上,居然哭了起来,泣不成声,把赵文涛给吓了一跳,赶紧看了看周围,瞪着眼,推了推官悦:"喂,你干吗!你注意一点,这是在餐厅!"

第十九章 请君入瓮

"我注意个屁!我注意……"官悦照旧趴桌上哭得稀里哗啦,"我跟自己老公诉苦我怎么了……赵文涛,你都不知道我有多累……我只差早饭都在喝酒了……我知道你投了太多钱在我这里……还有那么多朋友的钱……我心里着急啊,赵文涛……你看我一天喝酒都喝胖了……虚胖……"官悦一把鼻涕一把泪擦在桌布上,抬头看了一眼赵文涛,又继续哭诉:"赵文涛,我知道你开始讨厌我了……我知道你都不想理我了……我知道你在生我的气,但是……你看我这么大好的青春,这么漂亮的一个女人,没有靠着你在家吃吃喝喝到处乱买,自己……自己一个人这么辛苦地在打拼……天天防火、防盗、防潜规则……我太不容易了……"

赵文涛哪里见过官悦这副架势,从最初的面无表情坐视不理,到慢慢地如坐针毡,再到手忙脚乱,最后,就快招架不住,就快忍不住告诉官悦他年终又拿了一笔丰厚的奖金。他定了定神,没让自己冲动,给官悦放了一沓纸在面前,让她好好把鼻涕擦干净。赵文涛扶着额头,叹了口气:"好好的日子不过,你要折腾成这样,我都不知道你到底在找什么存在感,官总当着就那么舒服吗?"

"舒服,"官悦果断回答,却又马上耷拉下了头,"舒服是舒服,可我这不是已经骑虎难下了吗?"

"官悦!"赵文涛坐直了看着官悦,语重心长,"江湖险恶,像你这样凭着一股憨劲横冲直撞是不行的,你没有自己的核心竞争力,没有过硬的关系网,现在做得热闹是运气好,遇到了一些机会,可是你有没有想过,像HT集团这样的企业,不知道有多少人在盯着,每一个重要位置上的人都有自己的一队人马,头都望掉了在等着这样的项目,你觉得你凭什么有这样的运气,说拿就能拿到?"赵文涛一针见血,停了停,叹了一口气:"官悦,你有你喜欢的事情,我也有我热爱的事业,我是没有办法回来帮你的。给你的那些钱咱们慢慢去收,好歹是没有亏损,退一万步讲,即使是收不回来了,就当是买了一份人生阅历,你也不要太着急。但是官悦,你确定你要把自己搞得这么辛苦,要在这个行业继续走下去吗?"伦

敦一别到现在,一年多的时间,这是赵文涛跟官悦说话说得最多的一次。

官悦红着眼睛,抽泣着愣愣地看着赵文涛:"赵文涛,你到底有多少钱?投进去了那么多钱,你居然舍得拿来买人生阅历?"

……

赵文涛被官悦完全不在一个点上的对话弄得半天没反应过来,最后抿着嘴唇点点头,站起来准备走人,实在是不想再聊下去了。

官悦马上跳了起来,拉着赵文涛:"这不好好说着吗?你走什么走,真是的,能不能好好聊聊天啊,都这么久没见面了。"

赵文涛看着窗外的人民南路,实在是不想搭理官悦,到底是谁没有好好聊天?

官悦给赵文涛倒了杯茶:"我告诉你我真实的想法,我真的是想把HT集团的这个项目做了,也真的是想把这个项目做完就不做工程了。我跟你说,你知道吧,我其实都快得抑郁症了,幸好我认识的那个关哥经常开导我,我跟你说过的,他还带我去见了一位高人,一位大师。云波大师可不好见,可不得了了,说我将来会生一个女儿,特别好。云波大师给我开了好多中药,我正在认真地调理着,不然前段时间喝酒喝得例假都不正常了,我怕我迟早给喝废了。"

赵文涛慢慢地转过头,狠狠地盯着官悦:"你少跟我东拉西扯,我也告诉你我真实的想法,你要是喝废了不能生孩子了,咱们两个只有分道扬镳!"

"你好狠!"

"你可以试试看。"

"我不试。你知道咱们的新家在哪里吗?"

"不知道。"

"我带你去看看,主卧室的床我都还没买,最近真的太缺钱了。"

"那你睡在哪里?"

"客房啊,买了张床垫将就用着。"

第十九章　请君入瓮

"那先去逛逛家具城。"

"先把这些点心打包回去吧,晚上在家里吃。"

"也行。"

"下午你开咱家新车送我,我还约了人吃饭,我真的要收点钱回来,那边等着开工。"

"推了推了,你的保证金我先借给你。"

……

正如赵文涛说的,遇到官悦是他的噩梦,是醒了之后一闭眼接着睡,情节都还能接上的一场噩梦。

2004年的元旦,赵文涛在成都照顾了官悦几天,日本也没有去成就直接回了伦敦。而官悦,最终还是没有听赵文涛的意见放弃HT集团的工程,一门心思为项目开工做着准备。

离开成都的时候,赵文涛非常生气。而官悦觉得一个人忙活了几年,即使要退出这一行也要退得体体面面,HT集团的项目算是自己短短几年工程生涯的一个漂亮总结,即使将来不做了,同行之间说起来,也要好听一些。

官悦这样的年龄,正是盲目看重面子的时候,而这一次的盲目,她自己也没有想到,最终,成了噩梦。

第二十章　游戏规则

成都的抚琴路上，开了一整条街的特色餐厅和娱乐休闲场所，从二环路口往一环路方向望过去，密密麻麻的霓虹灯招牌照得整条街灯火璀璨。

在这条街上，有一家叫圣淘沙的茶楼。楼上楼下2000多平方米，浓郁的英国宫廷风，装潢高档，让人眼花缭乱。在成都的生活方式中，约在茶楼里面边打牌边说工作是特色之一。而能在圣淘沙边打麻将边说工作，则是凸显气质的一件事情。官悦是这里的常客。

HT集团的项目，官悦最终还是顺利开工。

赵文涛在过完新年离开成都之前，给官悦留下了一张银行卡，也给官悦留下了一年的期限，要么生孩子，要么离婚。

整个HT集团的绿化项目，分成了四个标段，各标段之间有很多需要相互沟通的细节。A标段的李总召集官悦和其他三个标段的负责人开会，约在了圣淘沙。

李总和另一个标段的胡总进入这行比较早，有实力、有经验，工地上的很多事情官悦经常要请教他们，几个标段的现场调整，一般是他们拿主意。

包间里面的会议桌是一张自动麻将机。

牌桌上，坐在官悦上家的美女叫肖莉，她们彼此间很熟悉，但是私人

第二十章 游戏规则

交情很一般。肖莉也在新阵地打球,比官悦大几岁,二十七八岁的样子,人长得妩媚,每次去新阵地都会拿不同款式的LV包。只要她在球场,基本满场都是她大声跟别人讨论高尔夫技巧的专业术语,看得出,她是个很张扬的人。官悦不太喜欢这样的风格,一直都敬而远之。但是她有她的套路和办法,生意做得还算不错。

官悦很早就知道肖莉也是做绿化的,没想到这次HT集团的项目会一起中标,而且两个标段是紧挨着的。更没想到的是,她和张泰的关系处得非常之好,每个月的进度款都给她第一个签字、第一个拨款。

李总组织的这场牌局,肖莉一坐上去就杀气腾腾横扫三家,不留一点余地。一次次做着清一色的时候,一张浓妆艳抹的脸上尽是毫不掩饰的得意。成都麻将的"血战到底",是一家一家的和牌下场,没和牌的继续厮杀坚持到最后。牌桌上的肖莉再一次一把杠上花推倒后,把头伸向了官悦:"我就知道你要杠这张,刚刚换了,就叫你送来了,对的,就按这个套路打。"

"肖总,山高水远,风水轮流,做人要留余地。"官悦怒火中烧,瞪了肖莉一眼。只要有肖莉在场,官悦肯定会输钱,这一次也没有例外。

"我狠,狠得过你?喊你把手上的银杏让点出来你让了吗?自己用不完还霸占资源。"肖莉把牌啪的一声扣在了桌上,反瞪回去。

官悦看出来了,肖莉今天就是来找不痛快的。

2004年,成都好几个大型的市政项目差不多同一时期开工,作为成都最有特色、最受欢迎的大型乔木银杏的价格,在三四个月之间被炒起来40%左右,特别是直径30厘米的银杏需求量最大,被各个施工单位一抢而空。官悦运气好,2003年年底的时候刚好订了一批屯在了苗圃。HT集团的项目中标后,施工图上甲方要求的大型乔木,正好就是直径30厘米的银杏。其他几个标段都在这个时候到处找人抓货,成本一下就提高很多。肖莉和官悦跟供货商也很熟,打听到官悦手上有多余的银杏,天天在工地上对官悦软硬兼施。

其实官悦也不是不愿意出手,她觉得稍微抬点价格,分肖莉一些也是顺水人情,更何况她和张总关系好,总有用得着的地方。只是肖莉成天一副刻薄张扬的样子,官悦实在看不惯,成心在这个事情上刁难她。

"你是长得比我漂亮还是腰板比我硬,我凭什么要让给你?喊你把吊车调过来我先用一下,你不是也找这样那样的理由说不行吗?"官悦一边摸牌一边慢条斯理地说。

与肖莉的标段紧挨着,两边的项目经理经常要调用对方的一些设备,有时候肖莉一到现场就要没事找事故意阻拦一下。

"两个美女,冷静冷静,今天以娱乐为主,大家这么有缘在一起做工程,和气生财嘛。"李总出来打圆场。

胡总也赶紧接话:"今天请两位美女出来就是要跟你们商量一下,我们这几家绿化施工单位还是要一起跟甲方反映一下现在的市场行情,直径30厘米的货现在涨了那么多,看看能不能申请设计变更。"胡总就事论事。这件事情对官悦来说没多大影响,她不着急。

官悦调侃着肖莉:"肖总出马肯定没问题,张总一句话的事情。"

肖莉瞟了面前的三个人一眼,一脸的鄙视,阴阳怪气地说:"各个标段变更,凭自己的本事,找张总,你们以为有那么简单?"

肖莉说完,大家一片沉默。确实,张总这个人太不简单,位高权重,深不可测。要想在他手下行自己的方便,不拿出看家本领,面都不让你见。

开工前后,张泰让肖莉约过官悦两次,都被官悦推了,见张泰,官悦一想起来就头皮发麻。张泰的为人处事官悦太清楚,多一事不如少一事,尽量不要引起他过多的关注。

从目前的形势来看,大不了就是张泰把自己这个标段的款项审得严一点,拨款慢一点,官悦暂时还能挺住,能挺一天是一天吧。

只是,官悦想得太过于简单。

4月,项目进展顺利,完成了室外道路、土方回填。

5月,大型乔木进场,土建装饰工程、道路面层铺装、景观墙搭建、水景基础施工都陆续展开。

在肖莉到处调货、到处找人的时候，官悦最终在保证自己利润的情况下运了一批银杏给她、李总和胡总，多结善缘总没错。听说肖莉在官悦那里分到银杏后，不知道用了什么方法，让自己那个标段的乔木设计方案修改了一次，银杏数量多了一倍，肖莉赚得盆满钵满。

在这件事情上，肖莉也没跟官悦多客气，只是豪迈地对官悦说："算我欠你个人情。"

项目进行到6月一切顺利，张泰那边竟然风平浪静。

8月20日，官悦和肖莉的标段提前10天完成合同约定内容，于完工之后第二周向甲方提交了竣工验收申请。

肖莉的标段顺利通过验收，小范围整改。而官悦这边，当验收结果以书面回执单的形式递到她手上的时候，她才知道问题的严重性。表面上风平浪静的背后，其实都是在等待最后验收的这一步。

在别人的地盘上，想收拾她简直易如反掌。轻而易举中标，施工过程异常顺利，一切都超出了预想。到了现在这个地步，现金垫进去了几百万元，场面铺得那么大，这个时候来收拾人，可比放在之前的任何一个环节都要来得狠、来得猛。

要么俯首称臣，要么被无情整改。

甲方提出需要整改的问题：

第一项，石材铺贴勾缝不美观，宽度不一致，要求返工。

第二项，堆坡造型方面，坡线不流畅，影响排水，要求调整优化。

第三项，乔木规格与合同清单约定不一致。

扫了一眼回执单，官悦就知道好日子到头了。甲方提出要整改的每一项，她都有当时监理的签字确认，并且还有分部分项工程验收表。况且，她跟肖莉的标段紧紧相连，所有施工标准都一样。自己标段出现的问题，在肖莉的标段上都不是问题。问题出在了哪里，官悦一清二楚；找哪个能解决问题，官悦也一清二楚。

拨通张泰的电话，果然，对方一阵了然于心、恭候已久的笑声："官总，大忙人啊，还想得起来给我打电话，有什么事情需要我效劳的尽管说。"

"不好意思，张总，你太忙了，平时真不好打扰你。我在HT集团的绿化工程做完了，现在验收遇到一些问题，跟对方协商都没有结果，我想找你反映一下情况。"官悦语气很平静，事到如今有什么办法？被人牵着鼻子调戏的感觉相当不好，可是，只有面对面才能找得到解决办法。张泰这次没有摆姿态，一口答应，他说他5点30分下班，让官悦6点去他的办公室一趟。

官悦答应了。

她带着助手小陈一路堵车堵到HT集团总部大楼的时候，已是6点15分了。路上，官悦给张泰打了几次电话，想改成请他在外面吃饭，他都没接电话。

整个办公楼除了保安，其他员工都已经下班了，四楼的走廊上空空荡荡，上次来时见过的张泰秘书也不在。拐了一个弯，尽头就是张泰的办公室，官悦走过去准备敲门，却发现门是虚掩着的。推开一个门缝，把头伸进去看了看，外面的会客室没有人，里面那间办公室的门是紧闭着的，不敢随便进去，她边缩头边摸电话，心想还是先打个电话稳妥些。官悦正准备关门的时候，突然看见一个熟悉的LV包放在会客室的沙发上，那是肖莉的包，今天早上在项目上开现场会的时候，她拿的就是这个包。

肖莉在这里！

官悦愣在门口，小陈在后面拍了拍她，她转身示意让小陈别发出声音。这时，里面的办公室传出男人故意压低了的嗓音："乖，还是你聪明，这种简单直接的方法我最喜欢，你看你的标段多顺利。"

窸窸窣窣的衣服摩擦声夹杂着喘着粗气的呻吟声同时响起："啊！轻点……尾款给我结快点，嗯……三亚的招标……"

一个女人娇喘的声音传出来，熟悉得不能再熟悉："嗯……放心，三亚那边我已经打过招呼了，乖，你太懂事了……"

咚的一声，有人倒在了里面的办公桌上，一阵乱七八糟的响声，一个貌似笔筒的物体一阵滚动，掉到了地上，噼里啪啦地乱响。

官悦的脑袋有一半伸在门缝里面，她连忙轻手轻脚地退出来，拉上门，拉着努力往里面看的小陈快速下楼。转身时，从包里掉了什么出来她都没来得及看，一阵风似的冲了下去。

回去的路上，张泰的电话打了过来，官悦没敢接。过了一会儿，肖莉打来电话，响了很多次官悦才接起来，肖莉若无其事地说："官总，你的验收回执单掉在张总办公室门口了。"

"啊！"这个事情有点乱，官悦心理素质确实没肖莉好，一时间不知道该说什么。

"我现在一个人，在玉林路的华兴煎蛋面门口等你，过来拿。"没等官悦回答，肖莉就挂断了电话。

官悦摇摇头，相当不理解，肖莉怎么就这么淡定地坐在了华兴煎蛋面的门口。

等到官悦坐在肖莉对面的时候，肖莉已经叫了一桌子冷啖杯和半打啤酒。肖莉点了根烟，看着官悦，有点不自在，自嘲地笑笑，让官悦坐："他说他约了你6点去他办公室，正好我也在，不好意思。"肖莉边说边干了一杯啤酒，顿了顿，转头看向玉林路晚上的一派烟火气息："他是故意的，想让你知道去找他办事的正确方式。"

官悦瞪大了眼睛看着肖莉："我靠！这是明摆着的要挟……"

肖莉哼了一声，一脸的不可思议："你这是第一天出来做工程吗？你以为你笑得甜点工程就能顺利验收啦？你也不看甲方是谁。"

官悦无言以对，肖莉说的是实话，她的标段第一个验收过关。杨总、胡总是男人，有他们自己的方式，现在就剩自己这一家，验收不了就拨不到款，如果协调不好，甲方非要官悦整改的话，这个项目会让官悦亏得一败涂地。

　　官悦无可奈何地灌了一大口啤酒,接过肖莉递过来的烟,深吸一口:"在我莫名其妙中标的时候,我就知道事情没那么简单,但是那么大的工程摆在面前,是个人都会铤而走险,现在发现棘手才知道已经被别人拴死了。"

　　刚刚开始做这行的时候,关海云就跟官悦说过,女人出来做生意,想得通,皮带松,事情就很简单;反之,必定会很难。有些甲方,你可以玩暧昧、玩周旋,但是这招最多管一年,一年之后,如果没有实际行动,就会被甲方淘汰,要不,看透吃透,随波逐流,名利双收……只是,最初心里宝贵的平静和简单的喜乐,就再也找不回来了。

　　官悦不知道肖莉是如何走出第一步的,也不知道她心里还留有多少当初对生活的美好向往。看向她的时候,官悦没有鄙夷,没有同情,只有无可奈何的叹息。

　　每个人的承受力不同,选择也截然不同。

　　"公司要运营,那么多人要养,吃惯了'廊桥''银杏',逛惯了'仁和''美美',一年到头不管有没有业务,一大笔费用都摆在那里,不进则退。我不想刚刚开了几天奔驰又回去开奥拓,丢不起那人。"肖莉自嘲地笑笑,鲜艳的口红却掩饰不了一脸的疲惫,"谁他妈说有钱不能买到快乐,不能买到人心?那些说买不到的,都是因为钱没有花到位罢了。女人,自己有资本才能挑个不错的男人嫁,我要维持我的现状,我需要钱给我安全感。"肖莉狠狠地眯了一下眼睛,"HT集团在三亚的项目比成都的还大,我们这四家都在邀请范围之内,到时候我们一起走,你被邀请了想不想投都得去走个过场,我反正是势在必得……"说起三亚的工程,肖莉眼里又闪烁起了光芒,"其实,有时候想通了,也就是一人出样东西,搭个伙而已。"

　　挑着桌上的面,肖莉没有吃,一根一根地玩着,充满欲望的眼神中,已经有了一些沧桑。

　　官悦平时跟肖莉见面,不是忙着挤对对方,就是在一起说工作。肖莉

第二十章　游戏规则

虽然是个很作的人，但也是一个心里透亮的人，从来不会无事伤春悲秋。今天是官悦第一次听到肖莉这些发自肺腑的感慨，句句都很实在，只是每个人追求的未来不同而已。

官悦苦笑了一下："我已经嫁了人了，老公还不错，我想做完这个项目就收工，回家生儿育女去。"

"我没有游说你的意思，我们两个不是一路人，虽然算不上多好的朋友，但同是女人，都不容易，你帮过我我记在心里的。我约你出来，是要让你心里有个底，自己先想想应对的办法，他刚才打你电话你没接，就让我转告你事情要办很简单，下班后去他办公室……穿裙子去。"

"穿裙子？"官悦喝了一口啤酒，满脸疑惑地望着肖莉。

"穿裙子，挂空挡。"肖莉说完，起身走人，留官悦一个人坐在玉林路街边的冷啖杯摊子上，被一口啤酒呛得满脸通红，咳嗽不止。

反复思量了两天之后，官悦还是去了中国会所，去找蒋总，是她目前能想到的唯一办法，请蒋总帮她在吴董事长那里争取十分钟面谈的时间。

好在官悦之前跟吴董事长有过一两次愉快的接触，也好在有蒋总出面帮忙，抛开这样的私人关系，如果是公对公的话，以官悦施工单位负责人的身份，是无论如何都见不到堂堂HT集团董事长的，也正因为有这一两次的接触，可以作为官悦最后的一点点底气。

中国会所的大堂休息区，吴董事长在蒋总的陪同下认真听完了官悦简短的汇报。官悦将自己在HT集团项目中的施工情况简单地归纳总结了一下，尽量表达得简明扼要，甚至没有提到张泰半个字。不诉苦、不指责、不抱怨，出来做生意，没有一点承受能力和应对的头脑，就没有资格参与社会竞争。

在关海云那样的高人身边耳濡目染那么多年，如何在大人物面前说话，官悦心里是有数的。其实，当蒋总向吴董事长说明官悦想见他一面时，吴董事长就已经知道了官悦的目的。将大家都心知肚明的事有分寸地点到即止，这是官悦在关海云那里学到的技巧。

果然，吴董事长听完后只问了官悦一个关键问题："官悦，你的每一项进度验收表上都有工程监理的验收签字吗？"

"董事长，都有的，从投标到施工都是严格按照规范操作的，所有工程质量都经得起检验。"官悦信心十足地回答。

"好，明白了。"吴董事长站起来，伸出手礼貌地跟官悦握了握手，"感谢你来参与我们HT集团的建设，你们付出了努力和劳动，就该有回报和收获。接下来我们的监察组会跟你联系，你放心，所有和HT集团合作的单位的利益都是会得到保护的。"

当目送吴董事长的车开出了会所大门之后，官悦才转身，拉着蒋总毫不掩饰地表达自己的感激之情："蒋总，让我怎么感谢你，你这是救我于水火啊！"

"别这么客气，我也没帮到什么，是你把工作做好了摆在那里的。"蒋总温和地笑笑，都是在职场打拼的女人，知道其中不易。

"幸好有你，我才能这么快地见到吴董事长，幸好有吴董事长主持公道，更幸好上次打球的时候你提醒了我吴董事长对企业形象的重视，蒋总，没有你和吴董事长的支持，我这次真的是会受到重创，你知道……"关键时候，官悦还是打住了，有些话不能说透，有些委屈必须自己承受。

"你自己要小心，也不能放松警惕，赚钱要紧，保护自己更要紧，这次你来找了董事长，其他人估计很快就会知道，你要想好怎么应对。"不用官悦明说，蒋总也知道官悦将会面对什么样的困难，面对谁的刁难，自己能帮的也就只有这些，其他的需要官悦自己衡量取舍。

这个社会，阴暗面一直都存在，如何规避、如何远离，关键在于自己。

官悦拉着蒋总的手，点点头，如何控制欲望是每个人一生都在进修的课，官悦是时候认真考虑取舍了。只是她没有想到，来找吴董事长的这一步，最后给自己带来了那么严重的后果。

中国会所就在中海名城旁边，走路回去的路上，官悦陷入了沉思：这几年来的所谓创业、所谓拼搏，到底给自己带来了什么收获，又给自己带来了多少失落。跟肖莉的目标明确、勇往直前比起来,或许,自己的性格真的不适合在生意场上周旋。

一路走着,她情不自禁地拨通了赵文涛的电话,就着夜里的晚风,官悦幽幽说道:"赵文涛,回国吧。"

电话那头的赵文涛在吃午饭,边吃边含混地说道:"在你没还清欠款之前,我是不会回去的。"

官悦苦笑了一下,这些年真是难为赵文涛了:"等把HT集团的钱顺利收回来了,该还的钱还完我就不想做工程了,你回来我们商量做点其他的事情,两个人在一起好好过日子吧。"

赵文涛沉默了片刻,官悦难得这么正常地跟自己说话,不能随便搭腔:"你那边是晚上,一般晚上人比较脆弱,你赶紧回去睡一觉,如果明天白天你还是这个想法,我再认真考虑。"随时都被官悦坑的赵文涛,这几年在官悦的折磨下已经学会了不马上表态。在他的世界里,一切都很简单,官悦的事他不可能不管,这是一个男人最起码的责任,但是当超出自己的能力范围之外,他只有选择避而不谈。

很多事情,赵文涛确实无能为力,比如保护官悦,比如官悦发生危险的时候,无法在她的身边。

HT集团的企业周刊,在8月底的时候刊登了董事长吴建国在当月高管例会上的发言稿,主题是"欲望的尺度":任何事物本来都有正反两面,欲望也是。合于道,欲望即是理想;薄于德,欲望便是贪念。欲望有宽度,法律是阈值……

HT集团综合办公室在会后将吴董事长的这一期发言稿打印成了学习文件,发送到了每一个办公室,要求员工认真学习,领会会议精神。

那一期的高管例会后,吴董事长照例单独约谈每一位高管。据说,财务公司总经理张泰从董事长办公室出来的时候,脸色非常难看。

第二十一章　安游中计

　　三亚安游的乡间小路两边,有密密麻麻的成片椰林和连绵果田。傍晚的空气里有海边的咸湿味,8月底的盛夏炎热,按下车窗,有一阵阵海风扑面而来。奔驰商务车上,老余轻车熟路,带着官悦和一车人从亚龙湾出发,紧跟着前面的两辆车。

　　官悦这一次受邀来三亚参加HT集团项目的招投标会议,心里很不踏实。出发之前,她给关海云打了电话,简单地说了一下自己现在的情况,成都的项目不太乐观,在张泰的刁难下,验收缓慢。她不准备去找张泰,在没找到两全的解决办法之前,想先缓一缓,反正不能让别人为所欲为,牵着鼻子走。而三亚的项目,HT集团邀请了现在成都项目的所有施工单位来投标,她打定主意不再做他们的工程,但是这次的过场还是要走一下,不然后面的接洽会更难。这么久以来,她一直没敢去找张泰,连饭都没请过他一顿,还通过蒋总去见了吴董事长,非常不给张泰面子。像张泰这么狂妄的一个人,她觉得,这件事情没那么简单。

　　关海云当时在北京分公司开会,略作思考,回道:"我让老余从北京飞三亚去找你,他在那边很熟,有战友。"一颗定心丸,这才让官悦带着旅游的心情,踏上了去三亚的飞机。

　　就在官悦到达三亚的第二天,两个拖油瓶出现在了酒店。"官悦,我

第二十一章 安游中计

一个人是伺候不了这位大小姐的，成都的桑拿天根本出不了门，她说让我带着她来投靠你。"何嘉怡一副吃定了官悦的样子，带着从日本玩完绕道去成都洗脚、吃火锅、打麻将的小洋芋，两个人此时正以"大"字形横在官悦的床上。

最近半年，HT集团的项目太忙，官悦已经很久没见过何嘉怡了，等她周末偶尔有空找何嘉怡的时候，何嘉怡不是在北京就是在上海，跟着她的如意郎君满天飞着，幸福得意指数节节高升，让人很是看不顺眼。好不容易有天早上在单元门口碰到了何嘉怡，她一副风风火火的样子，说是要去给尹汀买豆浆油条。何嘉怡看到官悦跳着拥抱了一下就跑了，跑出去不远又跑回来一把拉着官悦，说她美国的签证下来了，过段时间就跟尹汀飞去洛杉矶见他的家人，说完在官悦脸上狂亲两口又飞奔而去。

官悦摸着脸看着那个飞奔的背影笑了笑，心想，看来这是好事将近。何嘉怡，这家伙终于要和尹汀修成正果了，下一步得马上告诉关海云，去美国参加婚礼得有他的照拂和全程安排。她去美国还可以看看已经考去纽约学习的弟弟官山。官悦站在单元门口喜滋滋地畅想了半天，觉得该为何嘉怡准备一份大礼了。

"官悦，我说了我暑假要去成都看你和关先生的，居然不等我。不过三亚更好，最起码有风，成都待了一天我就受不了了。"小洋芋更是一副欠了她的样子，两眼放光，"走吧，收拾一下，带我们出去吃海鲜吧。"

对于小洋芋的突然袭击，官悦一点都不感到意外，从放暑假开始，她就没在洛杉矶待过一天，跟着一群同学，去了迪拜又去了日本，隔三岔五地打电话追问官悦的行程，说她即将来中国，让大家做好开启夜生活、"血战到底"的准备。

官悦没想到她们会直接空降到三亚。

"我是来工作的，你们两个自便。"

"不可能！"两个无赖异口同声。

"今晚有人代表甲方请我们几家做绿化的施工单位吃饭，你们两个就

在酒店自己解决晚餐。"官悦认真说道。

上午所有人一直在现场开会,中午回酒店的路上,官悦、肖莉、杨总和胡总一辆车,肖莉说张泰安排了他三亚的朋友晚上接待他们一行。

据说张泰这个朋友是北京人,在三亚拿了很多项目,包括HT集团的大量土建和设备供应,有点一手遮天、横行海南的意思。官悦想推了,乱七八糟的人她没兴趣认识,能躲则躲。李总和胡总却盛情相邀,说:"对方打着张总的牌子,请的是我们四家绿化施工单位,出来了我们就是一个团队,统一行动热闹些。"官悦想了想,反正张泰不在三亚,有余总陪着,同去的又都是那么熟的人,吃个饭再撤退也没什么。

安游镇旁边是个军区,老余的战友就在那里,镇上有好几家吃海鲜和猪肚的餐厅,味道很不错。官悦以前跟关海云来三亚打球的时候,老余的战友就请他们吃过几次。没想到今晚的宴请方安排的餐厅,就在安游镇上。

也幸好,就在安游镇上。

何嘉怡和小洋芋不是外人,她们也从来没把自己当成外人,官悦不带她们去无所谓,她们肯定会自己跟上的,这一点完全不用担心。"余总,你开车怎么开得这么好?坐你的车我一点都不……"小洋芋一路都在跟老余没话找话,避开官悦嫌弃自己的眼神。

"余哥是什么人?特战团副团长,身手了得,演谍战片都没问题。"何嘉怡不看官悦,跟小洋芋站成了一队。

"余总,你会丛林生存吗?你会开飞机吗?"小洋芋接上话题。

"余总,抽烟,我要把你照顾好,你完全可以不理这两个人。"官悦拿了车上的烟给老余递过去,"堂堂余总,给三个女的开车护驾,还这么多废话,真是有点不好意思。"

老余接过烟,没点,一边专心地开着车,一边笑嘻嘻地说:"飞机不会开,火箭我倒是可以试试。"

"真的?余总你简直就是007!"小洋芋崇拜地睁大了眼睛。

第二十一章 安游中计

这下连何嘉怡都忍不住了，翻着白眼，跟官悦一起把头转开，看着窗外。

官悦和肖莉他们的车一前一后，跟着来接待他们的人进了安游镇，七拐八拐地开到餐厅门口停下。

下了车，官悦先给大家介绍了老余、何嘉怡和小洋芋，李总、胡总热情地跟老余握手、打招呼。肖莉扫了两个明显比自己漂亮的美女一眼，出于长期的社交习惯，她把她的LV限量款包挎在了另一只手腕上，高姿态地点了点头，转身朝门口走去。

何嘉怡和小洋芋相视一眼，同时扯了扯嘴角，对肖莉很是不屑。

官悦四处望了望，完全分不清东南西北，这家不是以前他们去过的地方。

餐厅没有名字，是个农家大院，四层楼高的房子，带一个很大的庭院，院子的楼梯边停了一辆跑车。如果不是院子门口两排巨大的鱼缸养着各种海鲜，根本看不出这是家餐厅。整座楼看上去和周围的房子没什么区别，可是进了门才发现，里面别有洞天，装修得非常豪华，一看就知道是专门用来做私人接待的地方。大家刚进院门，迎面走来一群人，最前面的男人又高又胖，一脸的横肉，笑起来眼睛眯成一条缝，一口地道的京腔，跟大家一一握手，手上戴着金链子、金戒指，一块硕大的劳力士金表闪闪发光，一看就很猥琐张狂。

"欢迎成都的朋友，我代表张总在三亚接待大家，谢谢大家今天赏脸。"接待的男人说话的时候一双眯着的眼睛使劲地在几个女人身上来回地扫视。

李总和胡总走在最前面，负责跟他寒暄，随便介绍了同行的一群人。

肖莉站在一旁抱怨着："这地方真不好找，人都绕晕了。"

"肖总辛苦了，这里是我们集团专门接待贵宾的地方，因为离渔港近，装修了这么一个院子出来当餐厅，好让各地的朋友们一到三亚就能吃到最新鲜的海鲜。大家是张总的客人，就是我老周的朋友，来来来，上楼

坐,大家随意。"姓周的胖子赔着笑脸边说边带大家往一楼大厅里走,转身的时候,油光满面的脸上汗水直流,又肥又大的花衬衫胸前汗迹斑斑。

小洋芋四处张望,跳着要去看鱼缸里的各种海鱼,官悦一把拉住她,用严厉的眼神看着她:"好好跟着我,不要乱说话,不要到处跑!"说完忧心忡忡地看了一眼老余,心里有种莫名其妙的烦躁,感觉很不好。

老余还是一副笃定的样子,朝官悦笑着点点头,往里面走去。

二楼的大包间里面,一进门就是一张20个人座的大圆桌,豪华气派,桌上已经摆满了酒水佳肴。姓周的胖子一阵张罗,安排大家坐了下来,让服务员给每个人倒茶上酒。

刚一入座,周胖子就看着肖莉,一脸谄媚:"肖总,来,先喝点茶。张总交代了要照顾好你,在三亚这几天,要人要车,随时说话。"

肖莉的脸上有些不自在,她没想到这个周胖子这么口无遮拦,他这么一表态,很明显让所有人都知道了她和张总的关系。肖莉端起茶杯喝了口茶,没有看周胖子:"那倒不用,我们待不了几天。"

周胖子哈哈一笑说:"随时做好服务。"一双眯着的眼睛朝官悦看过去,"这位就是官总吧?美女美女,连你的朋友们都是大美女,哈哈!今天我要陪你多喝点,到了三亚就是要玩尽兴。"周胖子看向官悦的眼神里,明显少了看肖莉时的恭敬,贼眉鼠眼,除了虚伪就是皮笑肉不笑的不怀好意。

官悦微笑着说自己酒量不好时,感觉后背上有一阵莫名的寒意。

周胖子继续打探,看着余总:"这位兄弟,你是……"

"官总的朋友。"余总微笑着,简洁明了,一身军人的正气和长年在关海云身边历练出来的厚重沉着,举手投足间透着凛然之气。

"欢迎欢迎!你太辛苦了,一个人带三个美女,忙不过来就招呼兄弟一声!来,我们喝个大的认识一下,你们几个等一下要跟这位兄弟喝好!"周胖子给他的手下递了个眼神,对着老余仰头喝下一大杯白酒,满脸的诡异。

第二十一章　安游中计

老余端起杯子，淡定且铿锵有力地说出一个字："好。"没有过多的客套，举杯干了手里的酒。如果不是为了陪官悦，这些人，这样的场面，根本入不了老余的眼。

周胖子开始招呼大家动筷子、端酒杯，整个包间就热闹开了。一屋子的人除了官悦一行，全是这个周胖子的各路兄弟，负责陪酒，负责一个接一个地发言。几个人很默契地开始了相互吹捧，整个路数看得出来在各种场所已经演练了无数次了，主题基本围绕周总是如何威武神勇、如何呼风唤雨的。

饭局在这样的氛围中开始了拼酒，包间里碰杯声、哄闹声、奉承声、赞叹声一片。

大半个小时过去后，李总、胡总菜没吃两口，人就已经晕晕乎乎，满口阿谀，听到旁边的人吹捧周胖子如此神通广大，貌似有点激动了，频频迎合。周胖子乐得继续海侃他的北京关系，继续用各种五花八门的可合作项目来迷惑这两个明显已经很激动的老板。

肖莉坐在官悦身边，姿态端得不低。有人敬酒，起来喝上一小口，没有人劝她，也没有人敢非要她喝。而被人围追堵截不喝不行的，只有官悦和老余几个人，此时官悦的身旁就排了四个人要跟老余和她挨着喝满杯。老余的酒量官悦知道，三斤不倒，非要拼酒，这几个人基本就是下酒菜。可是这样的饭局没有道理也没有心情跟这些人这样喝酒，官悦和老余一边推托，一边不得不意思一下。

这个时候，官悦心里完全明白了，今晚这个局基本就是冲着她来的，张泰的这个朋友周胖子想代表张泰把她怎么样，暂时还不知道，但是她已经看出来了，他们想先把老余放倒后再来收拾自己。

何嘉怡在官悦旁边，也看出了一些端倪，碰了碰官悦，低头说："你啥时候惹到这些人了？"

"喊你们不要来，你们非要来，把小洋芋看好，等下悄悄去老余包里把车钥匙拿上，喝几杯之后，你找个机会先带她出去，在车上等我们。"

官悦有些着急了,主要是担心何嘉怡和小洋芋的安全。

其实,官悦把形势看得还不够透彻,想走,已经不是那么容易了。

就在他们进到大厅的时候,身后已经有人悄悄地关上了院门。

官悦跟何嘉怡话还没说完,刚才坐着的另外四个男人就已经围了上来,要跟三位美女好好喝一喝。小洋芋一直埋头吃菜,这种对她来说热闹又摸不清真假的场面还真是很新鲜,这些人胡吹海侃那些商场上的事她也觉得很好听。看到几个人过来敬酒,她从满桌子的各类海鲜中抬起头来,二话不说,端起酒杯笑眯眯地准备喝。

官悦起身,挡了她的酒杯,递了一个冰冻椰子给她:"喝这个。"

"你们不是说吃海鲜要喝白酒的吗?"小洋芋看着满屋子的人拼酒拼得热闹,自己也想喝两杯。

"喝这个!"官悦皱眉瞪着她,脸上没有一丝笑容。

"官总别这样,来我们这里就是要吃好喝好,小美女喜欢喝就让她喝呗。"

耳边各种声音此起彼伏地响起,全是劝酒的,三个人围着官悦和何嘉怡,一个人专门对付小洋芋,各种好话绝不牙酸、毫不吝啬。

小洋芋从来没见过这样劝酒的阵仗,抵不住各种赞美,在官悦、何嘉怡无法抽身的情况下,几分钟就被劝了两杯白酒下肚。

推推搡搡间,官悦要躲酒又要盯着小洋芋,好在何嘉怡跟自己有高度的默契,兵来将挡、水来土掩,酒桌上那些劝酒的话她要说起来也绝不逊色。

在何嘉怡和官悦"干一个大杯你们就得先下去三个满杯"的劝酒中,这几个男人渐渐有点招架不住了。小洋芋经不住各种猛夸,眼看就要喝下第四杯白酒的时候,官悦有点着急了,想挤出去,却又被几个人拉着不放,非得看着她把杯子里面的酒干了才行。熊熊烈火已经开始燃烧,官悦咬着嘴唇正准备发飙。这时,一直被周胖子拖着的肖莉走了过去,端着酒杯,拍了拍一直色眯眯缠着小洋芋劝酒的男人,让他跟自己喝几杯。官悦

第二十一章 安游中计

松了一口气，透过人群，朝她感激地点点头。

一片喝酒划拳的喧嚣声中，一瓶又一瓶的白酒被打开，倒满，又干掉……

眼前的人影重重叠叠，耳边是忽远忽近的碰杯声，官悦觉得有人在拉她，让她继续；觉得老余给她端来白水，问她有没有事；觉得有人在使劲地叫她，拍她的脸让她保持清醒。她努力地睁开眼，想看清是谁在自己肩上拍了一下，想看清是谁把手机和包包塞到了自己的手里……

头很重，开始痛，官悦隐隐觉得这酒不对，自己有多大酒量她很清楚，在这种情况下绝不可能喝太多，怎么会这么晕、这么难受？她很想趴下，又害怕一旦醉倒后果不堪设想。不知道过了有多久，耳边的声音渐渐在消失，她又使劲咬了一下自己的嘴唇，头晕脑涨地抬起头，没有看到老余，没有看到何嘉怡，没有看到小洋芋，没有看到肖莉，负责劝酒的那七八个人也不见了，只有胡总和李总在自己对面已经双双趴下，不省人事。

官悦艰难地站起来，扶着椅子往外走，她得出去看看她们在哪里，刚走到门口，眼前一阵眩晕，周胖子肥硕的身影出现在眼前。他看见走路不稳的官悦，上去一把就搂住了她，嬉皮笑脸地凑到官悦面前，满嘴的烟味、酒味、口臭近在咫尺："官美女，这是怎么啦？才喝了这么点就不行了？来，我扶你去旁边房间睡一下，你放心，我会陪着你的。"

一阵令人作呕的感觉涌上心头，人一下就清醒了很多，官悦一把推开周胖子："让开……你最好不要惹我！我的朋友们呢？"

"哎哟，好大的口气！你的两个姐妹想不辞而别，被我的兄弟们请回来了，现在正在楼上包间里面，估计睡了吧，你不要担心。余总不胜酒力，说要去卫生间吐，我也让几个兄弟去照顾他了，来吧，我抱你过去休息一下。"

一股汗臭味再次朝官悦扑去，酒被吓醒了大半，脑子里面迅速地消化着他说的话。

老余不担心，特战团副团长的身手，那些人根本不是他的对手，何嘉

怡和小洋芋拿了车钥匙没走成，这是最可怕的。而眼前，这个胖子该怎么办？大声呼救？周围估计都是他们的人。找武器？对，往后退，后面有空酒瓶……

官悦边想边退，刚走了两步脚下一空，就被周胖子抱了起来。她尖叫一声，用尽全身力气朝他拳打脚踢，这个时候她满心悔恨，为什么不听赵文涛的劝非要来蹚这浑水？这下好了，掉坑里了，还要连累何嘉怡和小洋芋。官悦顾不得翻江倒海的悔恨和头晕，握紧拳头，使劲朝周胖子的眼睛挥过去，他往后一仰，拳头打在了脸上。

周胖子估计痛得不轻，快走两步，把官悦狠狠地往沙发上一丢，甩手就是一巴掌："妈的，大爷本来打算好好伺候你的，你还来劲了！好好好，像你这种不知好歹的婆娘，要来狠的是吧？老子今天就让你知道啥叫狠！"

官悦的头嗡的一声，眼冒金星，嘴角有种被撕裂的感觉钻心地痛，她挣扎着坐起来，伸手抓起茶几上的水晶烟灰缸，手还没挥下去，就听到周胖子一声惨叫。转头一看，老余像天降的神兵出现在了官悦面前，将周胖子反手抓着跪在地上，一个潇洒的手刀一挥而下，周胖子哼都没哼一声就瘫软在了地上。

"余总！"官悦的声音颤抖。

"你没事吧？"老余毫发无损。

"我没事，何嘉怡和小洋芋没跑出去，快，我们去找！"

"在四楼！"

老余风一样地朝门口跑去，官悦爬起来，跌跌撞撞地跟在后面。

刚冲出房间门，就听见咚的一声巨响，什么东西从楼上掉了下去，掉在了院子里的车顶上。

"啊……"两个女人凄厉的尖叫声惊悚地响起。

同时，院子的大门被人撞开，一群人拿着武器冲了进来。

第二十二章　真实噩梦

天又黑了下来，浑浑噩噩中，想强迫自己眯一下，哪怕是五分钟。

40多个小时前发生的事情，官悦幻想着能在重新睁开眼睛的时候，像噩梦般烟消云散、不复存在。而此时此刻，心里铺天盖地的恐慌、悔恨、无措、亏欠，都应该是梦醒后可以消散的虚惊。

可是，杂乱狂躁的情绪在脑袋里不停地翻滚，吞噬着睡意。

这一切，全是真实的梦魇。

官悦想咆哮，甚至想冲回三亚去砍人。

指甲掐进了肉里，有血渗了出来却不痛。何嘉怡在官悦旁边坐着，眼睛一眨不眨，满脸泪痕，抓着官悦不放的那只手，冰得吓人。

走廊另一头的椅子上，尹汀双眼通红，陪着目光呆滞已经哭不出声的杨总夫人，沉默地坐着。从见面到现在，他除了确认何嘉怡确实没有受伤以外，自始至终，一言不发。

何嘉怡远远地看着他，不忍上前。杨总夫人情绪不稳定，刚刚一番声嘶力竭地呵斥怒骂后，坚决不让官悦和何嘉怡出现在医院里，尹汀安抚了很久她才平静下来。

官悦必须守在这里，何嘉怡也必须守在这里。这个时候，任何解释都显得苍白而又牵强。

何嘉怡只能远远地看着尹汀,把所有的恐惧和悔恨掺杂在眼泪里,一声不吭地缩在官悦的身边,等待着手术室里能带出一切平安的消息。门口的椅子上,杨总保持着一个姿势,双目微闭,手握念珠,不吃不喝,虔诚地轻声念诵着《药师琉璃光如来本愿功德经》,一遍又一遍,已经整整6个小时了,不停不歇。

官悦尝试着,默念六字箴言,试图让自己心无杂念地去虔诚祈福,可心口一阵阵的钝痛袭来时,扰得人心神难安。她站起来,脚麻得差点摔倒,老余扶了她一把,把烟和火机递给了她。

官悦点点头,说不出话,她怕她一开口,眼泪就止不住了。

看见官悦要出去,何嘉怡站起来扶着她,哀哀戚戚地摇头。

官悦知道她无法单独面对尹汀,无法单独面对小洋芋的父母,她知道何嘉怡比自己更加害怕。

何嘉怡被小洋芋缠着一起去三亚找官悦的时候,尹汀在纽约飞北京的飞机上,无法取得联系。她和小洋芋一起欢快地跳上官悦的车时,忘了尹汀说过不要让小洋芋参加官悦的任何商务活动,包括饭局。

谁也想不到事情会发展成这样。他们都天真地以为,那就是走个过场的宴请。

何嘉怡拍拍官悦的手,扶着她一瘸一拐地朝医院门口走去,官悦确实需要出去点一支烟,漫长的等待折磨着每一个人。接下来要面对的是什么样的宣判,他们谁也不知道。

昏黄的路灯下,北京的气压低得有些闷人,坐在医院门口的花台边连续猛抽了一阵烟,官悦心里的狂乱才渐渐平息。那些想起就脊背发凉的画面,不受控制地席卷而来。

从官悦的尿液检测中氯胺酮呈阳性的结果来看,安游的那天晚上,官悦跟周胖子手下喝的某一杯酒里是被悄悄下了药的。

去的时候,官悦只想到了他们会为难她,最多让她喝多了难堪。她完全没有想到那其实是一场有预谋的陷害。更没想到的是,周胖子本不姓

第二十二章 真实噩梦

周,他姓张,是HT集团张泰的堂哥,他通过张泰拿下了HT集团大量的工程和设备供应项目,为了避嫌,对外他都是自称姓周。而事发的那天晚上,他的堂弟张泰一开始就躲在了四楼的包间里,等待着手下逐个突破,先把官悦周围的人拿下,再把官悦放翻了之后送到四楼去任他消遣。张泰的报复赤裸而又阴险,他对官悦一直以来的自命清高,对官悦敢直接去董事长那里告状的行为,恨之入骨。

官悦在喝醉之前,让何嘉怡直接去老余包里拿车钥匙,然后带着小洋芋开车先走,本意是让她们少被灌酒。可官悦没想到,这样的撤退方案,反而害苦了小洋芋。当时的现场一片混乱,何嘉怡趁机带着小洋芋一前一后出了包间,随后,老余也借着不胜酒力说要去外面的卫生间缓解一下,周胖子的三个手下搀扶着他坚决要陪着去,老余其实是想制服这三个酒囊饭袋,配合着"跟跟跄跄"地走了出去。

四个人进了卫生间,门一锁,三个手下还没反应过来,就已经被老余以最快的速度放倒在了地上。收拾好了这头,老余火速跑回大厅,正好看到周胖子甩向官悦的那一巴掌。

而何嘉怡和小洋芋还没走到院子里,就被一直围着他们的那几个人给堵住,一句废话没有,两人直接被捂住嘴扛到了四楼。何嘉怡被其中的两个人关在了一个包间,准备好好娱乐一下。而小洋芋,则被丢进了正等着"菜"下锅的张泰房间里。阴差阳错地,这场陷害本该是由官悦去经历的。

官悦无法想象她们两个当时的绝望和恐惧,也无法想象两个体重都不到100斤的女人在那个时候做出的挣扎和抗拒有多么无力。几个发了情的男人自以为周胖子能在整个中国为他们撑腰,并相信今天被放翻的女人都能让他们为所欲为。在这样的狂妄心理下,这些人的肆无忌惮和不顾一切,对女人来说,绝对是毁灭性的打击……

夜晚的三亚,星光零落,月光清冷地洒在这个充满了邪恶的四层楼里面。院墙外,有摩托车的声音忽远忽近,回荡在没有人会在意的院子四周。最关键的时刻,有一个纤细的身影摸摸索索着前进,冲进了一楼黑灯

瞎火的厨房，找了一把西瓜刀握在手上，深深地吸了一口气，慌慌张张地往四楼跑去。

此时的何嘉怡，已经衣衫凌乱，被按倒在沙发上正奋力嘶吼着反抗。惊恐无助中，一直被这群人视若上宾保护着的肖莉，撒泼般地握着西瓜刀冲进了包间，连骂带威胁，不得已时还大吼着端出了她是张泰情人的架子，一副连周胖子都要敬她三分的姿态，镇住了那两个已经喝多了的猥琐男人，在最关键的时刻，保护了何嘉怡。而她所谓的情人张泰，从头到尾就是这场灾难的主谋。张泰原本是要报复官悦的目中无人和在吴董事长那里的告状才精心设计了这场饭局，但是他没想到先被送上门来的，是有过几面之缘的大美女小洋芋，他决定先办了小洋芋再让周胖子去解决官悦。

对于肖莉来说，幸好她当时保持清醒解救了何嘉怡，在后来的调查中有何嘉怡为她做证。否则，连官悦都会怀疑，那晚的陷害是不是有她的参与。毕竟是她约的官悦去赴周胖子的宴请，而她也是那晚唯一一个受到保护的人。

在后来的调查中证实，肖莉是在发现那四个男人尾随何嘉怡和小洋芋出门时，觉得情况不对，拍了拍当时已经开始眩晕的官悦，说了一句"保持清醒"，把手机塞到了官悦手里之后，便追了出去。

肖莉非常清楚当时的情况，万一出了事，自己肯定难逃罪责，她唯一能做的，就是拼了命地去救下一个算一个。在面对丧尽天良的罪恶时，她有她坚守的底线和内心的忌惮。

何嘉怡跟着豁出去了的肖莉，不顾一切地冲出了包间。

两个人刚刚走出房门，就看到走廊的另一头，丧心病狂的张泰捂着鼻子，满手是血，追着披头散发的小洋芋从房间里冲出来，同时也看到小洋芋被隔壁包间里冲出来的两个男人抓住，推推搡搡和奋力挣扎间，那两个喝多了的男人拽着疯了一样的小洋芋用力一甩，就那么一瞬间，小洋芋从阳台上翻了出去。

一切发生得那么快，快得仅仅眨了下眼，像天上的一道闪电，一闪而过。

第二十二章 真实噩梦

咚的一声,人直接掉在了楼下停着的那辆跑车顶上……凄厉的尖叫声惊悚地响起。官悦和老余冲出二楼包间大门。

时间,凝固在了那一刻……

天旋地转的几秒钟之后,巨大的惊恐和绝望袭来,令人仓皇失措。

官悦瞪大了眼睛,全身瘫软,像有什么东西堵在了心口,必须大口大口地使劲呼吸着,想喊,却发不出任何声音。

楼下人影晃动,老余的朋友带着一群人冲进院子,有人冲上了四楼控制住了上面的人,有人从官悦身边跑过,冲进房间抓住了张泰,有人在一个一个地踢开包间门清查里面的情况,有人在现场实施抢救……所有的画面就像无声的电影在官悦面前放映着,再大的声音,都被脑子炸开后的轰鸣声掩盖。

腿是软的,迈不出一步,身体像筛糠一样发抖。老余拽着官悦,踉踉跄跄地冲下一楼,不敢走近跑车,不敢去看小洋芋是死是活,一身冷汗不停地往外冒,牙齿抖得完全不受控制,官悦只能死死地盯着老余,盼着他能给自己一个答案。老余脸色煞白地朝小洋芋走过去时,官悦机械地转过了身体。

车顶上的小洋芋,保持着摔下来时的身形,扭曲着,头朝下趴在上面。暗红色的血浆从满头的长发中缓缓地涌出来,随着头发一点一点地流过车窗玻璃,形成了无数条暗红的线条,蜿蜒流动,再一点一点地滴在地上,汇成了一摊,刺得人眼睛生痛……

那是小洋芋,是刚才还在抢着喝酒的小洋芋,那么鲜活可爱的一个姑娘,旺盛的活力没人能及。她正处在最美的年龄,有大把的青春可以挥霍,她刚刚在酒桌上还说要从何嘉怡手里抢回尹汀,还说她要去关海云的公司里实习,还说今年圣诞节要在洛杉矶等官悦、何嘉怡,带着她们去玩。

而现在,她却趴在车顶上一动不动。

夜风吹过,裹挟着浓浓的血腥味,官悦喉咙里又涩又苦,有一种狰狞的痛在蔓延。

她不能就这样死了……小洋芋,不能就这样死了……

官悦喃喃自语着:"我答应回去就陪你打'血战到底'的,我说了明天还要带你下场打球,连去蜈支洲的船都已经联系好了……你必须起来,必须起来……"

老余摇官悦的时候,她猛地抖了一下,眼神飘忽不定,看着老余的嘴巴一张一合,却听不清他说的话。老余说小洋芋还有呼吸和心跳,救护车马上就到,现在还不能动她。

官悦迟钝地分析着他的意思,想问问他小洋芋是不是不会死了。可是,酒里的药让她连舌头都开始迟钝了起来,看着眼前的老余渐渐地模糊,终于,在分辨出身后搂着自己歇斯底里哭的人是何嘉怡时,晕倒在了她的怀里。

小洋芋没有死,跑车的顶篷救了她一命,却也让她接下来尝尽了苦难……

三亚到北京的救援,关海云动用了一切关系让所有人以最快的速度到达了北京,以最快的速度住进了他联系好的医院。他找到了最好的医生,给小洋芋尽快实施手术。

小洋芋头上和身上的外伤都不是太大的问题,肋骨、手腕等多处部位的骨折也都好解决,唯一严重的,是腰椎手术。

漫长的8个小时有如一个冬天那么难熬,在官悦和何嘉怡默默地靠在一起互相安慰了无数次之后,手术室的门终于打开了。一群人齐刷刷地站起来,小洋芋躺在病床上,脸上没有一丝血色,被护士推出来,紧紧地闭着眼睛,眉头轻皱,嘴唇白得跟盖在她身上的床单一样,整个人虚弱而又单薄,头上缠满了白色的纱布,满头长发已经不见踪影,输着液的手露在被子外面,苍白得像瓷器。

所有人用期盼的眼神望向医生。医生的回复,无奈并惋惜:"伤者的腰椎体爆裂性骨折伴有脊髓挫伤,其中有一小块碎骨片压迫相应阶段脊椎神经,导致伤者下肢麻痹。在手术中,我们将压迫的骨片取出减压,做了椎弓根螺钉内固定手术。虽然手术很成功,但是由于脊髓的挫伤、缺血,恢复起来是相当困难的。术后伤者下肢无痛感，肌力减低，温觉、运动能力都会比较差。目前国内此类损伤完全修复的概率非常低，将来下肢能恢复到哪种程度，还是个未知数。"

现场有几秒钟的沉寂无声，静得连周围几个人的呼吸声都能听见。小洋芋的母亲呆在原地，一个喘气没接上，晕了过去。

杨总和尹汀大声叫着她，慌乱中合力将她抱起，放在椅子上平躺着。一直努力保持着镇定的杨总，此时扭过头去，已是老泪纵横，悲痛欲绝。

护士把小洋芋朝病房推去，尹汀起身跟了上去，经过何嘉怡的身边，停了一下，张了张嘴，却什么也没说出来。然后带着满脸的疲惫，颓然地朝病房的方向走了过去。官悦呆呆地望着他的背影，看到他一向直挺的肩膀，重重地沉了下去。

何嘉怡转过身，趴在官悦的肩上，大滴大滴的眼泪无声地落下，浸进了官悦的衣领，一片冰凉中两个人的身体在不停地颤抖。老余站在背后，拍了拍官悦，发出长长的一声叹息，无言以对，他已尽了全力。

站在医院走廊的白炽灯下，官悦无力地抬起头，灯光亮得有点刺眼，四周有一团一团的黑色光影越来越近，一层一层的，把自己晃得看不清方向；一层一层的，把自己裹得就快喘不过气了。

从现在开始，官悦和何嘉怡都将活在无尽的愧疚之中。

北京的9月，冷得好像就要入冬了……

第二十三章　云波大师

　　夜色漫长而深沉，落地窗外的北京城车水马龙。国贸桥上的车里，浸满了官悦和何嘉怡无助的悲伤。
　　关海云在北京办公楼的会客室中，有股安神的沉香飘浮，丝丝缕缕，若有若无。
　　心，依旧空荡。
　　从里面的办公室走出来，关海云看了一眼憔悴不堪的两个人，接过何嘉怡泡好的金骏眉，喝了一口，开口说道："我已经派人去藏地接云波大师了，他老人家这两天会到。你们也不要太过自责，人生一世，祸福自有定数，人在，什么都好。"
　　关海云口中的云波大师，是一位隐世高人，80多岁高龄，行走世间，来去如风，无所羁绊；顺应大道，随处清修，随处行善。
　　一次云游时，云波大师在四川结识了关海云，从此一路指点至今，亲自教授，两人亦师亦友。
　　最重要的是，云波大师医术高明，常年云游四海、悬壶济世，度一切有缘之人，度一切可度之人。
　　几年前官悦得关海云引荐，认识了云波大师，经常得到云波大师指点，多年来一直受益其中。

第二十三章 云波大师

三亚的不幸发生后,官悦和何嘉怡悔恨不已、满心愧疚,只有抱着试一试的心态去求关海云,看能不能请云波大师出山。在医生宣布小洋芋恢复如常的概率小之又小后,唯有云波大师能给小洋芋一线希望……

麻药劲过后的小洋芋,伤口的剧痛折磨得她生不如死,气若游丝,病床上的她连呻吟都不敢大声,任何一种轻微的抖动,都会让她痛得全身颤抖,汗流浃背。

几天几夜,尹汀一直陪伴在小洋芋身边,他从医生那里得知,像小洋芋这种因骨头断裂导致的疼痛,是任何止痛针都无法完全缓解的,能做的只有陪着她,让她多一点勇气。在尹汀的心里,小洋芋全家都是他的亲人。如今小洋芋阴差阳错地受此劫难,他会毫不犹豫地承担一切。

尹汀寸步不离地照顾虚弱的小洋芋。何嘉怡默默地坐在病房外面的客厅里,除了这些,她只能默不作声。

小洋芋对尹汀的依赖大过了对父母的需要。当她再一次疼得战栗的时候,她只有抓着尹汀的手,大滴大滴的眼泪从眼角淌下:"叫医生……止痛针……"

尹汀扶着小洋芋的肩膀不让她乱动,眉头紧锁:"小旭,忍一忍,刚刚才打了没多久,止痛针不能打得太频繁。"

"叫医生,我要止痛针……"小洋芋闭着眼睛,声音越来越小。

"小旭,我陪你说说话,这次我说你听,咱们转移一下注意力。"尹汀起身拿了纸巾擦去小洋芋头上的汗水,"我那时候在洛杉矶也是从早到晚一直听你聊天,我当时也不想说话,但是你说的我都在听,听着听着就能忘了痛。你看你当时那么小都能帮到我,现在你要让我有点成就感,让我帮着你一起扛过去。"

"你帮不了我的,我痛……"

"相信我们,关先生亲自为你请来了他的朋友云波大师,很快就到,云波大师医术精湛,相信我们,你马上就会好起来的。"能让关海云推崇

备至的人，尹汀知道是所有人目前唯一的希望。紧紧握着小洋芋冰凉的手，尹汀勉强挤出一丝笑容，"上次在新加坡，你不是怪我没陪你逛街吗？等你好了我们去纽约逛街，我陪着你，想买什么买什么。"

"我要打吗啡，求求你……"

"小旭，别动，听话。"小洋芋的声音里，有着明显的颤抖，尹汀低下头不忍心看到小洋芋痛到扭曲的面容。

何嘉怡在客厅里坐立不安，不敢靠近，不敢去面对小洋芋……

杨总和小洋芋的母亲此时推门进来，几天下来两人憔悴不堪，尹汀让他们回酒店休息。两个人看着唯一的女儿遭受如此巨大的伤害，痛不欲生却又无力分担，甚至不敢告诉小洋芋她将要面对的是什么样的后半生，只能一遍一遍地为女儿诵经祈福，一遍一遍地背着女儿流眼泪。

听到小洋芋痛苦的哀求声，杨夫人一进门就流下了眼泪，杨总朝何嘉怡点点头，眼眶发红。好在有尹汀陪在她的身边，看着放下一切工作、比他们还要尽心照顾女儿的尹汀，杨总夫妇的内心还是有一丝欣慰。只是苦了夹在中间的何嘉怡，她何尝不知道杨总夫妇眼神中那缕无奈的依靠。

小洋芋术后的第三天，云波大师到达北京。一身白色唐装，白眉白须，精神矍铄，步履矫健地到达医院。官悦一行紧跟其后，多日来心里的煎熬和恐慌，在见到云波大师的那一刻起，就很快被一种祥和空灵的感动所代替。

医院里，关海云在前面带路，推开VIP病房的大门时，杨总、尹汀同时抬头起身，愣了一愣，待反应过来后，激动得快步迎了上去。

杨总牵着妻子，快步从套间走出来，在离大师几步之遥的距离外，双手合十："云波大师……"

官悦拉着何嘉怡站到了旁边。云波大师微笑颔首，满目慈悲地看着面前的夫妻二人，眼中是穿越时光的通透睿智。片刻，他才缓缓点头道："杨先生，你是行善之人，诸多功德之下，必有福报，我尽我所能。请！"

说完，云波大师走向病床，在尹汀拉开的椅子上坐下，看着满脸煞白、痛苦呻吟的小洋芋，将手放在小洋芋的手腕上，闭目把脉。片刻之后，云波大师伸出食指和中指，看似随意地在小洋芋的各处穴位上轻轻按压。不到一分钟的时间，刚刚还被疼痛折磨的小洋芋在众人关怀的目光下，居然缓缓舒展开了眉头，不再呻吟，青白的脸上逐渐有了一丝血色……

云波大师起身，走到外面的客厅，拿起关海云早已准备好的纸笔，写下一剂药方交给了杨总："上面的药材，要请关先生在指定的地点采购，一天两次服用，可止痛，也可帮助她日后恢复。小姑娘现在的情况还需静养，稍等几日我再为她进一步疗伤。"

杨总眼含热泪，对着云波大师和关海云千恩万谢，双手接过药方。

小洋芋的母亲走出套间，关上房门，和杨总一起虔诚叩谢："谢谢云波大师，谢谢关先生！"杨夫人顿了顿，稳定了一下情绪，颤抖着声音说："云波大师，求求您一定要帮帮我的女儿，她才22岁，医生说她将来……"话没说完，已是泪流满面。

云波大师笑容慈爱，缓缓说道："小姑娘福报很大，虽遇此劫难，但与关先生结缘，只要坚持服药，少则一年，多则两年，就会有明显起色。二位不必太过悲伤，现在重要的是让病人自己有强烈的恢复意识，积极配合康复治疗，否则，旁人也无计可施。"

云波大师说得非常明白，要有强烈的恢复意识，积极配合康复治疗。小洋芋现在的情况，最重要的其实是她自己要有求生求治的欲望，如果她自己不配合，一切都是妄言。

在所有人绝望的时候，云波大师的到来和诊断给了大家强大的力量和明确的方向，让大家看到了一线希望。

除了小洋芋本人。

刚刚醒来的那两天，她被剧痛折磨，并没有意识到身体其他部位的问题。几天之后，在云波大师开出药方的调理下，小洋芋原先身体的剧痛已经渐渐消失，随之而来的，却是她的歇斯底里。她这才发现，自己腰部以下，几乎没有了知觉。

所有人的劝导她都听不进去。官悦和何嘉怡的话,她无动于衷;父母声泪俱下的苦苦哀求,她置若罔闻;尹汀悉心开导,终日陪伴,她熟视无睹。她拒绝治疗,拒绝服药,除了相信自己没有知觉以外,不相信其他人所说的一切,不相信在她痛到昏迷的时候,关海云请来了云波大师为她治疗……她陷入了无声的抗拒,开始放弃自己。

22岁,青春洋溢的小洋芋,终究没有勇气面对这样的打击,终究无法接受在朝气蓬勃的年龄遭受这场巨大的变故。

她一天天地沉沦,所有人都无能为力。

好不容易等到了跟云波大师相约治疗的时间,杨总和尹汀推着小洋芋的床到病房的外间。小洋芋躺在那里,两眼紧闭,咬着嘴唇一声不吭,关海云陪着云波大师从门外走了进来,步伐沉稳,走到沙发旁坐下,并没有因为小洋芋的无视而显出丝毫不悦,招呼着屋子里所有人围坐在一起,平和、慈爱地看着小洋芋,用洪亮浑厚的声音说道:"小丫头,我知道你难受,过不了自己心里那关。"云波大师就像一个长辈那样和蔼可亲,看了看房间里的所有人,微笑着说:"其实,浮世人生,活的不过是一场经历,世间万物,造化功劫,也全在自己的一念之间。世事不论好坏,由缘而生,由缘而灭。能不能把握机缘,创造奇迹,全在于自己。"

此时的每一个人,都期盼着大师的点化能唤起小洋芋面对生活的勇气,云波大师接过关海云亲自沏好的功夫茶,喝了一口,气定神闲地说:"医生对你的治疗和观察,都是基于经验和仪器观察到的物质现象来判断你的伤情和走势,但宇宙间人类的眼睛看不见、仪器监测不到的东西是非常多的,在物理学上称之为暗物质。"

云波大师顿了顿,略作思忖,尽量用大家都能听懂的话继续说道:"我认为,你是能站起来的,但是,你自己要有信心,要用信心来输入善的信号。用善的信号,与自然界的暗物质形成的场,一起来产生对你身体有利的共振。这样你的身体才会好起来,这也是量子力学研究的问题,用你信念里的量子对身体产生善的引导,你要相信这样的力量是非常磅礴和神奇的。"云波大师说到这里,看着因为好奇而睁开了眼睛,正在打量自己的小洋芋,慈爱地笑了笑,"宇宙之中最强大的力量都是来源于很细微的地方,比如原子核的力量,它是很强大的,这种强大的力量就是来源于原子核里面的中子、质子、夸克这些微粒子的力量。这些东西我们用肉眼都是看不见的,但是宇宙的形成和运行根源,都是它们。所以,意念事实上就是微粒子组成的一种场,好的意念一定会给身体好的诱导,这不是封建迷信,这是现代科学。"

"这不是封建迷信,这是现代科学。"

病房里鸦雀无声,云波大师掷地有声、包罗世间万象的一番话在所有人的心里凿开了一条通道。每个人,都在尽力用有限的智慧去感悟这片广阔无疆的博大领域。

官悦看了一眼众人,关海云的脸上是淡淡的笑容,一边点头,一边思索;杨总蹙眉,凝神思考,对云波大师更加信任和崇敬;尹汀聚精会神,频频点头,认真参悟其中的玄妙;何嘉怡瞪大了眼睛,看向官悦,也看到了希望;而小洋芋,此时微微抬头,收起了她的倔强和对抗,看着面前白眉白须的云波大师,满脸的不可思议……

这样一位她从来没有相信过会让她站起来的老人,用这一番充满智慧和玄妙的言谈,让她第一次清晰地感受到了老人周身传递出来的气场,那是一种磁场和能量。

云波大师含笑望向众人,目光所及之处,祥和慈悲:"在座的各位都是行善积德之人,抱有善念就是接通光明最好的频道,希望你们持之以恒。"云波大师转头看着小洋芋,"小丫头,我说的这些你认可吗?"

小洋芋依旧沉默,但是眼神清亮,朝着云波大师点了点头。"那么,你能用坚定的恢复意念接受并配合我对你的治疗吗?"云波大师的笑容带着温暖的能量。

这时的小洋芋,带有一些肯定地点了点头。

在座的各位如释重负:"小尹、杨总,你们推着小旭去旁边的休息

室,让云波大师稍作准备,继续治疗。"关海云站起来,笑容轻松地安排各项事宜。

这一天,直至天黑,在场的所有人一边听大师授业,一边陪伴着小洋芋,那是一场认知的盛宴,也是一场见证中医神奇伟大的知识盛宴。

整个治疗过程中,小洋芋咬紧了嘴唇忍耐着疼痛没有再吭过一声,紧紧抓着尹汀的手,无声而坚定的信念,所有人都能深刻感受到。

夜已经深了,关海云起身,带着恭敬感恩的一行人,派人将云波大师送去休息。回到病房,众人意犹未尽,小洋芋虽然有点虚弱,但却是这么多天来从未有过的精神抖擞。大家都不愿散场,在对云波大师的推崇感恩中,关海云这才说起了大师辉煌而又离奇的身世。

1922年,云波大师出生在一个医学世家,从小练功习医,很受家族看重,18岁便就读于清华大学生物系。抗日战争爆发后,当年激情昂扬的云波大师跟随学校迁转到了昆明,成为西南联合大学的一员。那时的大师,一心报国,虽然热爱医学,但他深感物理学会更有利于民族振兴、国家进步,遂转读物理。

当年的西南联合大学,校训是"刚毅坚卓"。这两点在云波大师身上体现到了极致。

1942年,在远征军入缅作战抗击日寇的大潮中,云波大师与西南联合大学委员会委员、清华大学校长梅贻琦之子梅祖彦一起,成为当时800多名投笔从戎的学生中的一员,一腔热血,参加了远征军。刚入伍时,云波大师利用特长,成为新编三十八师孙立人麾下一名战地卫生兵,参加了著名的仁安羌援英作战。

之后,远征军第一次入缅作战失利,云波大师跟随新三十八师退入印度,在兰姆伽训练营受训整编,进入密支那战地医院。

1945年,在攻克腊戍战役中,战地医院被日军轰炸,云波大师身受重伤,昏迷中,他被当时急需转移的战友误以为牺牲而未遭掩埋,流落荒野。

第二十三章　云波大师

吉人自有天相，因为从小习武，有家传功夫护体，三天之后，云波大师被当地上山采药的僧人所救，虽然醒来时暂时失去了记忆，完全回忆不起自己的身世，但是也正因为这样的机缘，云波大师才能一心跟随高僧潜心修行，在高僧的指点下，参破生死，悟透人世。

待到大师逐渐康复，回忆起当时的作战情况和部队战友时，辗转打听，才知道国民党已败退大陆，固守台湾。那时，正值云南省龙云主席率部起义。

一切旧事，已是物是人非。他想去寻找部队，已不再有任何可能。

岁月辗转，后来，云波大师云游到了四川，在峨眉山偶然结识了玄机道长，两人志趣相投，相谈甚欢，云波大师在道教领域得玄机道长倾力相授，造诣颇深。

从那时开始，云波大师精进修炼，修得天眼通、法眼通，最终实现了佛眼通，能观千里之外的事物因果，能接收前世今生以及未来的信息。

此后，云波大师隐姓埋名，开始了务农行医的生涯，普度众生，修炼自我。在贫穷中，以助人得逍遥；在尘世中，以度人求圆满。

云波大师跳出三界看人间，自在五行养智慧，克己复礼，止于至善。

窗外风声阵阵，室内一片唏嘘，当关海云感慨万千地讲完大师这段不为人知的过往时，众人穿过枪林弹雨，穿过血肉横飞的修罗战场，看到了动荡的岁月中，一个智者一生跌宕、参悟世事、修行度人的坚定和信念。

何其有幸，能遇云波大师。

关海云喝了两杯茶，放下手里把玩着的茶杯，看向满脸感动的小洋芋，带着关怀说道："你要好好配合，早日康复，这样才对得起自己、对得起父母，才不辜负云波大师专程从千里之外而来的点化。"

小洋芋一直握着官悦的手有些微微的颤抖，两行热泪，最终还是没有忍住。她看向父亲，看向尹汀，咬着嘴唇克制着自己，最后朝关海云点点头，颤声说道："谢谢……你们所有人……"

小洋芋，在这样的年龄，遭遇这样的重创，她是不幸的。但在这样的

　　重创之下，有云波大师，有关海云，有父母，有尹汀在身边倾力相助、悉心指点，这样的善缘和机遇，并不是每个人都能有缘修到。对未来，大家抱着善念，拭目以待。

　　那一夜，官悦和何嘉怡看着小洋芋入睡后才离开，杨总和尹汀在关海云的办公室里聊到了很晚。在那之后，尹汀对关海云推崇备至，他在关海云和云波大师的指点下，最终没有卷进几年后那场来势汹汹的金融风暴之中……

第二十四章　吴董事长

　　HT集团的吴董事长是周末早上到达北京的,他跟尹汀约好了去医院看望小洋芋。

　　吴董事长一路上都在详细询问小洋芋的病情和后期的治疗方案,尹汀一一回答。

　　吴董事长进了病房,何嘉怡和官悦陪着小洋芋。看到吴董事长进来,两个人礼貌地站了起来和吴董事长打招呼。小洋芋躺在床上,看到吴董事长进门,脸上的表情一僵,看了看尹汀,才微微点了点头。

　　吴董事长看看大家,点头问候,顿了顿,快步走到病床边,看着虚弱的小洋芋,眉头紧锁,神色凝重:"小杨,让你受苦了,都怪我……"官悦搬了椅子,吴董事长坐在病床边,沉重地说道:"张泰这样一个色胆包天、利欲熏心之徒,是我发现晚了、处理晚了,才让你遭受如此巨大的伤害,让我痛心疾首,十分自责!让一个坏人在我们集团受到如此重用,还在集团外横行跋扈多年,我作为他的上级,实在是负有不可推卸的领导责任。我今天来看望你,首先要向你表达深深的歉意和诚挚的自我检讨,同时向你致以深切的慰问,还想借此机会,听取医生、家属和朋友的意见,为下一步的治疗和身心康复制订科学方案,我们将竭尽全力,为你的治疗和康复做好保障。"

　　吴董事长不愧为一个管理数千人大型企业的老成干练的企业家，短短的一席话，在开门见山地表明了他的态度和对坏人的憎恨的同时，又诚恳地表达了他的深深歉意和实质性关切，一下就让大家原本的满腔怨气消除了许多。

　　尹汀这些日子一直强压着心里的愤怒，要求严惩之类的强烈言辞在吴董事长这样恳切的态度下也不准备提起了，他点点头，接着吴董事长的话说道："没想到吴董事长态度鲜明，一点也不袒护坏人，而且胸怀宽广，主动担责，自检养痈成患之过。同时您还牵挂着小旭的治疗和康复方案，既让我们放心，又使我们感动。当然，我们在关心小旭治疗和康复的同时，也关注着对张泰的刑事处罚。"

　　尹汀的话掷地有声，立场鲜明，旁边的何嘉怡和官悦同时向他投去了赞许的目光。

　　尹汀接着说："我也知道，我们中国特色社会主义法系与英美法系的法律渊源有一些区别，在司法实践中，虽然强调'以事实为根据，以法律为准绳'，但地方党政和企业的重视程度、态度，对能否从重从快对犯罪嫌疑人予以严惩也非常重要。我们期望相关方面能态度鲜明地维护正义，打击犯罪。在守护程序文明的同时，能使这次的犯罪嫌疑人罪有应得，受到实质性的刑事处罚。"

　　吴董事长点头道："天网恢恢，疏而不漏。请大家放心，我们肯定积极配合司法机关，一查到底，严惩不贷。此次张泰犯罪事实清楚，情节恶劣，影响很大，民愤极大，必会受到严惩。我们已在第一时间免去了他的全部职务，目前他已被公安机关拘留，我们将会全力配合调查，并将他滥用职权的情况提交公安机关调查取证。"吴董事长语气坚定中带着愤慨，说完这番话后微微低头，难掩愧疚之情，张泰作为自己一手培养提拔的干部，这么多年给予他极大的信任，原本以为是为自己培养了优秀的左膀右臂，没承想他把自己罪恶的一面隐藏得那么深，在自己眼皮底下做了那么多见不得人的事。作为企业的领导人，在感到愧疚的同时，还有一种被辜负、被欺骗的悲凉涌上心头。

吴董事长的一席话，让在座的每一个人都得到了安慰，尹汀叹着气点点头，官悦和何嘉怡更是红了眼圈，一直垂眼沉默着的小洋芋也终于抬起头看向了吴董事长。

看着眼前虚弱的杨旭，吴董事长万分内疚，带着一些沮丧继续说道："只是我们无论怎样处罚他，都难以弥补你这样一个年轻的生命受到的严重伤害，这是让我感到无比痛心的地方。我最遗憾的事情就是自己没有能力和办法更好地为你和大家减轻些许痛苦，但我还是要满怀期望地对你说，在面对无常世事和一个罪犯所作之恶的痛苦时，除了要全面配合治疗外，内心一定不要退缩，更不能再陷入更坏的心灵陷阱之中。因为人们内心的恐惧，往往比真正的危险巨大得多。因此，我希望小杨能以一颗坚强的心，跨过生命中的这道坎，不是用身体的力量，而是以生命中的正气，坚定地朝着康复的目标迈进！"

房间里，有片刻的沉默，小洋芋转过头，默默无语地看着窗外一片片从树上飘落的枯叶，眼睛渐渐泛红。吴董事长说得很对，内心的恐惧，往往比真正的危险巨大得多，拿什么样的勇敢坚强之心来面对未来，这是对自己最大的考验。

吴董事长言语间流露出来的柔情，让每一个人都感受到了他的真诚，更让尹汀看到了吴董事长超越常人的高尚修为。尹汀说道："感谢吴董事长，我代表小旭的家人感谢您在这件事上做出的努力，更感谢您的一身正气给了我们希望。"

"谢谢董事长！"一番话听下来，官悦很动容，感慨道，"您的一身正气曾经也给了我很大的希望，让我在工作中坚持了正确的方向，我特别感谢您。这次的事情对杨旭的精神和身体伤害都非常大，但是有董事长主持公道，我们相信恶人定会受到惩罚。"

"再一次感谢你们的信任，也让我更加重视自己身上的责任。企业的正气是让企业平安驶向远方的保障，我有责任和义务维护关系着无数家庭

的企业,更有责任和义务维护好这份正气……谢谢大家!"

看着这位叱咤商界的风云人物,官悦想起第一次见吴董事长时他说过的话:

"我将家国梦想视为己任,天下有我,我就有了匹夫之责,无论世事如何艰难,我都得让企业运行良好,这是我的社会责任。一个企业家的肩上,是常人无法想象的负荷。一个有正义感、有家国情怀的企业家,更应有使命担当。一般人,难以望其项背。"

遇到张泰这样的蛀虫,他们对企业造成的损伤无法估量。吴董事长必须用满身正气,带动着整个企业砥砺前行。

第二十五章　只能放手

2004年,虽然受到"非典"的影响,但中国经济依然持续增长。当年的中国企业都在想方设法扩大产能,增加市场占有率,进入国际资本市场,增强资本实力。这一年,HT集团的海外金融项目在尹汀的推动下,按照国际水准,通过规范管理,取得了傲人的成绩。除此之外,尹汀在担任执行董事期间,相继帮助很多中国大型企业进入了美国的资本市场。

尹汀并没有完全按照西方经济学和金融理论来判断中国的经济走势,在总部2004年年初的决策会上,他力排众议,坚定地推动大中华区的业务发展,反对总部要求转投欧洲的决策。在他的努力下,他所负责的区域,成为KPT投资银行的中流砥柱……

然而,2004年10月中旬,KPT投资银行执行董事尹汀,将一纸报告直递总部,放弃了大好的发展机会,毫无征兆地选择了辞职,离开了KPT投资银行,离开了华尔街,离开了这个承载着他当年无数梦想的大舞台,毅然选择了陪同重病在身的小洋芋回到美国,接受进一步的康复治疗,陪她恢复信心和希望。

苏槿离开他之后,尹汀感到世事无常,生命瞬间消失的残酷事实对他的触动非常之大。在杨总陪着他走过西藏、走过尼泊尔的自我救赎旅程之后,他对生命的认识、对生活的感悟都在不断提升。

慈航普度，度有缘之人。

人在一生当中，最有缘的，最该首先度化的，非亲人莫属……

两个月之后的12月16日是何嘉怡的生日。

成都机场路，中国会所的雪茄吧，那是何嘉怡和尹汀相遇的地方。晚上7点，官悦在家接到蒋总的电话，很久没联系，蒋总的声音依旧那么温柔："官总，你好，小何在我这里，你能过来一趟吗？她喝得有点多了。"

"蒋总，我马上到。"官悦放下电话，穿上外套就下了楼。

中国会所门口，蒋总一身黑色职业套装，精致淡雅的妆容，柔美而干练，站在会所门口，见到官悦，微笑中百感交集，握着官悦的手，拍了拍："去看看她吧，出了这样的事情，我真不知道该说些什么。"

官悦心情沉重，点了点头，这么大的事情，蒋总肯定是知道的。

穿过会所金碧辉煌的大厅，穿过典雅的歌剧院，站在被装点一新的雪茄吧门口，蒋总指了指里面。豪华宽敞的雪茄吧被层层叠叠堆积的鲜花装点得唯美浪漫。大厅中间，只放了一张餐桌、两把餐椅，桌上烛光摇曳，花团锦簇，整个房间布置得如梦如幻。何嘉怡一个人，穿着一身黑色礼服，长长的头发做了漂亮的波浪造型，身姿妙曼地坐在花丛中，脸上微微泛红，背影更显婀娜。

官悦站在门口，被眼前的场面惊住了："这是……"

蒋总微微一笑，解释道："这是三个月前尹博士就付款预订了的，他给我打电话，说是为小何生日准备的。这几天我想提醒他我们都按照要求准备好了，可是电话打不通，我只有征求小何的意见，她说她过来。从中午到现在她一直在这里。"

满屋的鲜花和散发的芬芳，随之而来的亏欠和内疚之情让官悦的内心五味杂陈："谢谢蒋总，我们几个总是这么麻烦你，都怪我……尹汀……他来不了了。"

蒋总握了握官悦的手，轻叹一声："朋友之间不说麻烦，我都听说了，怎么能怪你，你也没有料到张泰会这么丧心病狂……真是难为你们几个了,杨小姐那么可爱的一个姑娘。吴董事长在亲自跟进这件事情。你快去劝劝嘉怡吧。"

蒋总也算是何嘉怡和尹汀的见证人,从他们在中国会所重逢的那一天起,她就看着他们一路走到今天,对何嘉怡和官悦,她一向都很照拂。

蒋总转头,看了看何嘉怡,声音里带着怜惜:"在这个地方,有他们太多的回忆,我认识小何的第一天,她就说她喜欢尹博士,想成为他喜欢的人,这几年,每次她来中国会所我都能看到她的改变,真心希望他们今后能走到一起……"

官悦点点头,说:"这些年她为了这段感情付出了太多的努力。我……是我让她这么痛苦的……我会陪着她的,蒋总放心。"官悦扭过头,藏好眼里的泪。

送走蒋总,官悦走到何嘉怡对面坐下,今晚的何嘉怡很漂亮。

拿过酒瓶,官悦给自己倒了一杯红酒,看着伏在桌上的何嘉怡,举起酒杯碰了碰她:"生日快乐,姑娘,今天又老了一岁。"

何嘉怡抬起头,两眼通红,看到面前的官悦后嘴角上扬,显露出一个凄凉的笑容,没有说话,端起面前的酒杯,一饮而尽。

这样的何嘉怡让人看了很心疼。"这么大的场面,喝酒也不叫我。"官悦强打精神拍了拍何嘉怡的脸。

何嘉怡嗓音沙哑,看向官悦:"你吓了我一跳,我其实一直在等人。"

官悦苦涩地点了点头:"我知道……"

低头撑在桌上,何嘉怡没有再去看官悦眼中的痛惜:"带相机了没?今天这里实在是太漂亮了。"

"我去找蒋总安排。"官悦站了起来。

"别走,陪我喝几杯。"何嘉怡拉着官悦的手,声音有点颤抖,拿起酒瓶为两个人满上,目光迷离,"4年前的今天,我一不小心就走进了这个房间,那个时候,他就坐在那边的沙发上,被一群人围着,讲弗里德曼,讲哈耶克,讲科斯……"官悦的到来,让何嘉怡有了一些依靠,心里

的痛无处诉说，思念浓到需要一个出口："你知道吗？官悦，从18岁开始我就一直在等他，我从来没想过我会再次遇到他，可是我就是这么幸运，我知道眼前那个男人，就是我这辈子该等的人，我居然又见到了他。他被一群人围着，我一直看着他，可他根本不认识我……我挪不开目光……那天下午，那么多人坐在这里……我觉得我是天下最幸运的人……这么多年了，他一直是我的梦想……我那么迷恋……那么爱……爱他的帅气，爱他的博学，爱他会打扮，爱他对苏槿、对小洋芋的有情有义，爱他经历了那么多，终于肯解开心结，终于可以好好爱我了……"

何嘉怡仰头又干掉一杯。官悦没说话，静静地听着，静静地心痛，她能做的，就是陪着何嘉怡。就像在北京的那一个多月，她们其实都懂对方心里的恐惧，却又不敢宣泄。那些天她们也是这样，陪伴在彼此的身边，煎熬着、沉默着、自责着、愧疚着……坐在何嘉怡对面，官悦看着她迷离的眼神中掺杂着苦涩和无奈。

何嘉怡对小洋芋的愧疚，对爱情的无力，对未来的恐惧，全都在这几瓶酒里了……之前在北京的日子，尹汀大部分时间在医院陪着小洋芋，无暇顾及何嘉怡，他用他的方式去报恩、去偿还，替他自己，也替何嘉怡和官悦。

此时的何嘉怡，有太多的痛苦需要倾诉："这一年，我们真的很幸福，他对我很好，带我去了很多地方。他说他喜欢工作的时候一抬头就能看到我；他说他出差的时候会把我的信带在身上；他说他对我的整夜纠缠毫无抵抗力；他说今年圣诞节带我去洛杉矶，去曼哈顿，去中央公园，去那些他生活过的地方……"

爱情里那些美好的时光，幸福的时候是雨露，不幸的时候就是罂粟，让人沉迷其中，成瘾成殇。过去那些倾其所爱堆积起来的点点滴滴，终究还是让何嘉怡在今天满屋繁华的孤独中陷入了惆怅。烛光摇曳，满屋的花香奢靡而又香甜。

"这几年，每年的今天，他不管在哪里，都会为我准备礼物。2001

第二十五章 只能放手

年的生日在'9·11'之后,我找不到他,但那时候我就知道,我对这个男人已经无法自拔了,那年的生日老天保佑我终于找回了他……2002年的生日,我们在上海,情定香格里拉,他终于接受了我的感情……2003年的生日,我们一起在新加坡,他告诉了我他的一切,为我买了一份大额保险……官悦你猜猜,如果没有三亚的事情,他今天预订了这里,装扮得这么漂亮,是要送我什么?"

官悦干了杯里的红酒,在眼泪没有掉下来之前。

这半年来,何嘉怡除了满天飞着追随她的爱情,在成都的日子,没日没夜地都在补习英语,去三亚之前,她说她的签证已经下来了,她说她要去洛杉矶见尹汀的家人。她说,官悦的礼服,有人买了。

如果没有三亚的灾难,如果没有这么多的无常,今晚中国会所的雪茄吧里,这个他们彼此相遇、缘定一生的地方,此时应该是宾朋满座,应该是尹汀几个月前就计划好的,在生日当天,给何嘉怡的求婚仪式……

何嘉怡的眼泪,又流了出来。在一字一句的哽咽中,官悦才知道,那天在北京机场大家跟小洋芋拥抱惜别,彼此各奔东西时,故意避开对方眼神的两个人,看似镇定,其实在沉默的转身之间,心里隔了整整一个北京城的冬天,苍茫一片。

离开北京之前,尹汀就已经办好了手续,联系好了美国的医院。同一天,官悦、何嘉怡飞回成都。尹汀和杨总夫妇带着云波大师给小洋芋的中药和调理方案,回纽约接受康复治疗。

分别之前,尹汀在北京的家里,何嘉怡用了整个下午做好了四菜一汤。天色渐渐暗沉,房间里没有开灯。餐桌上,尹汀坐在对面,眼里暮色笼罩,寂静深邃。他们谁也没有动筷子,静静地坐着,任时光流淌。

菜已经凉了,她端起桌上的菜走进厨房。

微波炉叮的一声,才让她停止了愣神。她端出菜,一转身,尹汀不知道什么时候站在了她的身后。尹汀看着她,眼眸幽深,多日来的疲惫让他脸上的轮廓更加分明,消瘦的身形让何嘉怡心里一阵难受。黑暗中,两个

人都没有说话。

她低下头,往外走,他侧身,一只手牵住了她的手腕,慢慢地,把她拉进了怀里……

这一方天地,从来都是她的痴迷。

温热的气息,熟悉而又宽阔的怀抱,一个多月了,居然生出了些淡淡的疏离感。满身疲惫,他将头埋在她的肩颈之间,很累很轻的声音伴随着叹息:"对不起……"

千言万语,已经多余。丝丝缕缕的因果,错综复杂的命运,所有人,都已经无法改变现实,也无力再说些什么了。

何嘉怡强忍着不让声音颤抖,轻轻地把热好的菜放在一边。这一个多月,这个男人经历的煎熬要比自己多太多,一边是对他有恩的小洋芋一家人,另一边是已经融入彼此心里,生根、发芽的爱情。世事波折,难如人意。前路未知,他的肩上已经承载了太多。

那就好好疼惜他,不要再去给他增加负担。

何嘉怡深深地闻了闻他身上的味道,拍了拍他弯下的背脊:"吃点东西吧,我守着你,好好休息一天,你瘦了好多。"

尹汀没有动,头靠在何嘉怡的肩上,只听得见低沉的声音:"别动,让我抱着你。"

下一秒,从他手臂上传来的力量,将何嘉怡紧紧地贴在了他的胸口。除了心跳,只剩说不出口的忧伤。

抱紧彼此,在还能拥抱的时候。

她努力地挤出一丝笑容,让声音听起来没那么悲伤:"回美国了……要好好吃饭,不要熬夜。"

"嗯。"浓浓的鼻音里有很多沉重的东西。

"这么帅的男人,太瘦了不好看,我会很心痛。"

"嗯。"

"安心照顾小洋芋……要相信云波大师……"

第二十五章 只能放手

"嗯。"

"不要担心我,我会好好过日子的……等小洋芋能站起来了……我去看你们。"

……

寂静的沉默后,有一片温热的湿意,浸透了何嘉怡的衣领。震惊的同时,心口很痛,这份汹涌的眷恋和无奈,她都能懂。

窗外的霓虹灯照了进来,阳台的门半敞着,有冷风吹起。何嘉怡再用些力气,将他抱得更紧。

从今往后,她将退出他的生命;从今往后,他们相爱却无法相守。

夜晚的北京,有些冰凉。通往冬天的路上,曼哈顿的雪花会不会已经开始飘落?而中央公园的红叶,又会是什么模样……

中国会所的雪茄吧里,官悦仰起头看着天花板上昂贵的水晶灯,流光溢彩。在何嘉怡喃喃自语般的回忆里,全是那些不会在尹汀面前表露的伤心,字字句句,一朝一夕。

在这个城中权贵云集、演尽人间浮华的地方,何嘉怡遇见了尹汀。从此,困于情,困于心,也是在这个今夜繁花似锦、细说了4年辗转的地方,她伏在官悦对面的餐桌上,此刻,言无声,泪如雨。纵然情深,奈何缘浅。

从那天开始,他们之间便非常默契地,谁也没有再提起过关于将来的话题。未来的路,好与不好,只凭天意。而他们,已经各自做好了准备。

除此以外,没有选择。

成都的冬天,没有京城那样的北风呼啸。官悦搀扶着何嘉怡走出了尹汀为她打造的梦幻城堡,坐到了车上。车子缓缓开出中国会所的时候,巨大的音乐喷泉在广场上骤然响起,何嘉怡愣了一下,坐直了身体向后望去,夜晚的中国会所熠熠生辉。

官悦听到何嘉怡半醉半醒地说:"当年的何嘉怡就是在这样的灯火中跟他重逢;今后的何嘉怡,我不会让她在这里沉寂。"

第二十六章　京都安放

赵文涛是所有人中最后一个知道发生了这么大事情的人，等他风风火火地从伦敦飞回成都的时候，官悦已经一个人去了日本。

"没有听你的劝告弄成现在这样，我都不知道该怎么跟你说。让我一个人静一静吧，我需要时间调整自己。"看着手机上官悦发来的短信，成都的新年，赵文涛过得索然无味。

在京都岚山的大雪纷飞中，大觉寺的大泽池边，官悦一个人站了很久，水汽弥漫，淡墨轻岚，雪花落在头上、肩上、脸上，一片一片，不冷也不凉。

官悦一年前跟赵文涛约好了要来京都，连攻略都做得详细而周全，但此时，她只想一个人待着，照着赵文涛做好的攻略，每天一个人行走在岚山的寺庙之间，不说话，不工作，不面对，不解释。

在一幅幅水墨丹青的诗画中，忘了自己，忘了当下。

嵯峨野的雪，一层一层，山色空蒙，只剩下一片素白。远处的大堰川灰蒙蒙地淌过天龙寺，淌过渡月桥。风吹过竹林的翠绿，呜呜咽咽，有些孤单。

从北京回到成都，协助张泰案件的调查取证，将公司的工程事务委托给小陈，在何嘉怡的生日过后，官悦这才有了时间面对自己。面对一直都

第二十六章 京都安放

不敢直视的自责和挫败，一向意气风发的官总越来越沮丧，越来越消沉。

成都的天空一到冬季就阴雨连绵，又湿又冷。何嘉怡彻底把自己关了起来，谁也不见，独自疗伤。

关海云忙着世界各地的投资运营，对官悦的事情已经尽了最大努力，对官悦的情绪，他也无能为力。

小洋芋回到纽约，在尹汀的陪伴下开始了异常艰辛的康复治疗，其中的不易，官悦从尹汀邮件中的只言片语能捕捉得到，除了心痛，她连多问几句的勇气都没有。

官悦的世界，突然就安静了下来，安静得每天只能不间断地重复着懊悔和自责。走到现在，所有不可挽回的局面都是因为自己的不自量力。一切的根源都来自贪婪。对HT集团项目的贪念，对事情的预见、分析不足，对名利的追求让自己丧失了正确的判断力，对赵文涛一针见血的忠告充耳不闻，不当回事。

因为她的一念之差，造成了三个悲剧——小洋芋的幸福，何嘉怡的爱情，自己的自责。突然之间，好像全世界都在看自己的笑话。官悦能做的，只有逃离，找一个安静的地方，放逐自己。

京都岚山的民宿是赵文涛攻略里面的那家，窗外就是岚山，纷纷扬扬的一场雪之后，世界清冽而又单一。

官悦一个人住下，也不知道要住到哪天。每天沿着桂川走去天龙寺，在天龙寺的庭院里一坐就是半天，满园梅花的淡香和雪花的清凉混合在一起，让人心生宁静。有时漫无目的，穿过竹林隧道，穿过野宫神社，在住满本地居民的小径上胡乱一拐，又走进清凉寺参拜佛像，或在念佛寺成千上万尊佛像前驻足冥想……

风雪飘飞的清晨，官悦偶然走到祇王寺门口，不经意跨过古朴的竹门，眼前一亮，古树参天，禅音缭绕。她随性地坐在长满了百年苔藓的庭院里，耳边安静得没有一点声音，只剩自己的呼吸。背后的草庵中摆了一排排的小桌椅，桌上是可以供游客抄写的经文范本和笔墨，官悦走过去，

便无法再移步。

　　此后的很多天,这里成了官悦安放自己的渡口。抄写经文,忏悔过往。远离喧嚣,宁静中最容易听见内心真正的声音。

　　在这个年龄,官悦想要的太多,却没有与之匹配的能力和智慧。从一个小城市里面走出来,对出人头地有太深的执念,步子跨得太大,忘了自己的基础并不牢固。在大公司工作了几年并没有进入管理层去学习和思考,有了绝佳的机会去读MBA,却一心只想建立人脉维护各种关系;成立了自己的公司,却成天疲于各种应酬,忽视了专业学习和团队管理;天赐良缘遇到了赵文涛,也被自己所谓的追求事业而长年忽视。有了这一次的挫败,她还不知道该如何去面对赵文涛。

　　这条路,该怎么继续走下去?想起那些催款和追债的痛苦,官悦心生厌倦。最近这些日子,白天恍惚,晚上必须要靠安眠药才能入睡。中医说,这是气血两亏,消耗自己太多,需静养。云波大师说,这是思虑太重,欲望太多,需放下。

　　祗王寺内的古树在浓密的青苔上留下光影。

　　窗外,满园静谧。

　　转过头,身边的案几上,不知道什么时候放了一页书法作品,字迹平和畅达,刚健质朴,仔细一看,写的是"健康的肉体,明快的思考力,丰富的精神生活,宁静的时间,独立的书斋,想看的书籍。"

　　简单几行字,官悦好像突然间看到了自己内心渴望的东西,愣在案几前,反复琢磨。

　　"被我入木三分的书法惊呆了吗?"熟悉的声音在身后响起。官悦猛一转身,坐在后面一排的案几旁,沾沾自喜地正在欣赏自己杰作的那个人,正是赵文涛。

　　有那么几秒钟的惊愕和不知所措,官悦趴在案几上摇头微笑。这一路的每一个景点,都是去年赵文涛做好的攻略,躲得再深再远,能找到自己的,也就只有他了。还好,他还会来找自己。

第二十六章 京都安放

"别装鸵鸟！认真看看这几个字！"赵文涛带着一贯淡淡的表情说。

"大智若愚，言简意赅，直戳内心。是你的风格。"官悦低头趴在案几上，不敢看赵文涛。"所以说你不好好读书没文化呢，天天在这祇王寺里待着，都不知道这几句话是这里的住持高冈智照尼一生最希望得到的东西。"赵文涛站起来走到官悦身边坐下，将手抱在胸前，看着前面的佛龛，"这位住持年轻时是京都红极一时的艺伎，12岁被自己的亲生父亲卖给歌舞伎演员当妾，14岁被转卖给了富田屋当舞伎，后来命运坎坷，颠沛流离，几次婚姻都不幸，38岁在奈良出家，两年后来到了这里，用后半生所有时间写稿挣钱打理祇王寺。"

"就完了？再讲点。"

"还想了解更多，自己去买她的自传看，懒得讲了。"

"你来京都多久了？"

"好几天了，住你隔壁观察你是不是想不开要剃度出家。"

"你真稳得住，我这不正在带发修行吗？"官悦低着头，声音有些低落。

"麻烦你换个地方带发修行好不好，伦敦飞北京、飞成都再飞东京转京都，你知不知道很麻烦的？"

"我心里很难受，已经很抑郁了，不想回去。"官悦垂头丧气。

"你的抑郁是因为你以为自己很厉害，结果却没有自己以为的那么厉害，所以你感到挫败了，无法再扮演过去为自己打造的角色，感觉到了人生撕裂的痛苦。"

"你学哲学的？"官悦朝赵文涛投去崇拜的眼神。

"我学人生的，找个地方多看些有用的书，道理明白得多了，人就不会困惑了。"

"我妈派你来拯救我的？"

"你妈派我来叫你回去过年的。"

"我不想待在成都，太压抑了。"官悦撑在案几上唉声叹气。

"那就跟我去伦敦,我的假期快结束了,不想我失业就赶紧回去收拾行李。"

"伦敦有没有像祇王寺这样的地方?"官悦仰头,看着赵文涛,所有内心的彷徨,在赵文涛淡淡的不经意中得到了释放。

"你在伦敦待了几天?你以为伦敦只有丽兹的下午茶,只有满街的奢侈品?"赵文涛抄着手,斜着眼看官悦,"过去的都已经翻篇了,再自责都补救不了,你现在能做的就是静下心来认真学习,不要再犯以前的错误,重新规划将来的职业路线,重新找到丰富的精神生活,这样你才有帮助你朋友恢复的资格,不要再泡在酒里了。"赵文涛敲了敲刚刚写给官悦的几行字,"伦敦的乡村可以让你找到这些。"

官悦捂着脸,自嘲地笑了笑。没想到最了解自己的,还是这个结婚4年、在一起的时间不超过半年的赵文涛。

她打开两个手指,从指缝中看着赵文涛:"你还隐藏了几成智慧?"

赵文涛摇摇头,站起来往门外走去:"我订了南禅寺门口的瓢亭,你去不去吃?"

"去。"

第二十七章　纽约等待

一觉醒来，飞机已经开始缓缓降落，摘掉眼罩，官悦和何嘉怡搓了搓脸让自己清醒一点。打开遮光板，不经意地看了眼窗外，手突然就停在了空中。一种让人窒息的美毫无准备地映入眼帘，连呼吸都有些停滞。机身下，是高楼林立、喧嚣热闹的城市。何嘉怡迷糊着凑到官悦的身旁，耳边传来她的一声惊呼："纽约，我们到了！在2005年的8月！"

凌晨时分，肯尼迪机场熙熙攘攘，官悦和何嘉怡在人群中不停地东张西望，看不够新世界里的每一幅景象。站在留着小辫的犹太人身后排队时，有种恍如隔世的感觉。浓浓的咖啡香味从身旁飘来，置身于各种口音的英文语境中，两人懵懂而兴奋。

美国，闻起来确实很不同。

官悦的弟弟官山，带着关海云的司机，在美国的天空下，给了官悦一个大大的拥抱。坐上宽敞的劳斯莱斯幻影，车窗上映出的是这座城市真实的霓虹和灯影，光彩夺目，让人舍不得移开视线片刻。

车开过皇后区，远远地看到了帝国大厦和布鲁克林大桥。

何嘉怡默不作声，沉浸在自己的思绪中。此刻的官悦如果说是震惊的话，那么何嘉怡则应该正处于忧郁之中。这一路，都是尹汀的轨迹，都是她与他隔着的万水千山。

前排的官山一路激动，喋喋不休，跟官悦和何嘉怡的失神形成了鲜明的对比。

官山在关海云的公司实习完后留了下来工作，这次官悦送何嘉怡过来，理所当然，该他俯首帖耳。

几年不见，小伙子又高又壮，酷爱摄影的他对纽约的每一个角落都了如指掌。见到官悦之后情绪激动，唠叨着纽约的种种，说了半天才说到了正题上："姐，你在纽约这些天，我已经把所有活动都安排好了，你们只管跟着我，好好吃喝玩乐就行。"

"这是你应该做的。"官悦笑着翻了他一个白眼。

"姐，何嘉怡的学校就在我的学校旁边，等你们休息好了，我们先从那里开始，往周边移动。"

"何嘉怡是你叫的吗？叫姐！"从飞机上下来就没怎么开口的何嘉怡，此时在官悦旁边慢悠悠地说了一句。

官悦含笑看她一眼，何嘉怡消瘦的脸上已经没有了婴儿肥，长期睡眠不足造成的黑眼圈配上拼命苦读瘦得有点削尖的下巴，整个人看起来比以前老了许多。这个一年前整个世界里只有尹汀、只专注于爱情的小女人，现在从头到脚都有着爆发之后的冲击力，着实让官悦有点大跌眼镜。

三个月前，当她收到纽约大学斯特恩商学院的录取邮件时，第一件事就是打电话给正在伦敦的官悦。那时候的官悦跟着赵文涛在伦敦修身养性，已经不准备在江湖上继续拼杀了，遣散了办公室人员，将大部分善后、收款的事情委托给了助手小陈，安安心心沉淀自己。接到何嘉怡电话的时候，官悦正在伦敦的语言培训班里学习英语，听着电话那头的何嘉怡抽泣了半天，才说出一句整话："官悦，陪我去纽约吧。"

那个时候，官悦才明白，那天她在中国会所那句"何嘉怡不会就此沉寂"的话里，原来是有着这样坚决的含义；去年在她的生日之后，她毅然辞职说要改变自己，原来是痛下了这么大的决心。她不惜一切代价，把自己熬得面目全非，只为了踏上美国这片土地。

第二十七章 纽约等待

一封录取通知书，是她这一年来破釜沉舟、自虐苦读的所有回报和肯定。

官悦万万没有想到，她成功了。当时的官悦愣在教室外面，热泪两行。这是一个发了狠的何嘉怡，一个全新的、官悦完全陌生的何嘉怡，她说她不会沉寂，在尹汀带着小洋芋转身之后，她说她会改变自己。

官山跟何嘉怡的拌嘴打断了官悦的思绪："在纽约有你求着我的时候，不要那么转嘛，小何同学。"官山虽然比何嘉怡小，但要让他叫姐，绝对不可能。

"那你就耐心地等着我求你吧，认真等。"何嘉怡边说边扭过头，再次看向了这座城市的光影，不知道在想些什么。

"没有能把她难倒的事情，官山，我劝你早点死心。"官悦遗憾地对官山说道。

现在的何嘉怡，所有人都刮目相看。一个意志坚定、目标明确，并且孑然一身的女人，她想做成的事情，已经没有人能阻挡得了。

劳斯莱斯幻影一路行驶在纽约凌晨灯火辉煌的街头。很快，车开过著名的布鲁克林大桥，进入了曼哈顿中城。时代广场旁边42街和第十大道交会处的豪华公寓Mima大厦是何嘉怡在纽约入住的地方。

车停在了公寓门口，一行人下了车，保安接过了司机手上的行李，官山潇洒地给了两美元的小费，回头看官悦盯着自己，不好意思地笑笑："姐，我给你们准备了零钱，从今天开始，你们要习惯给小费，这里是美国，有偿服务。"

"要不要我也给你两美元？"

分别几年，官山已经从说话都会脸红的高中生，变成了有着曼哈顿下城烙印的潮男。这个在官悦面前大方给着小费，要带自己玩转纽约的小青年，官悦怎么看怎么不习惯。

酒店公寓的大厅，8米高的空间，素雅精致的装修，与墙面色调一致的巨大抽象画让整个空间显得更具艺术感。坐在大厅皮质精良的沙发上，

脚下的地毯柔软而厚实，一股酒店专用的熏香若有若无地萦绕在四周，一切都是官悦喜欢的大气和舒适。和何嘉怡靠在沙发上，环顾四周，官悦满眼的新奇，何嘉怡却沉默不语，有种黯然划过眼底。

55楼的707室，官山刷卡开门后，退到一旁，官悦上前一步放眼四周，还没进门便捂住了嘴。

房间里有着整面落地玻璃，可以看到纽约的无敌夜景……城市的灯火，密密麻麻地点亮在整个纽约的夜空，霓虹闪烁的时代广场近在咫尺，标志性建筑帝国大厦遥遥相对，哈德逊河宽阔静谧地守候在一旁，河面上是古老的布鲁克林大桥和曼哈顿大桥与时光共同流淌，远处，新泽西隔岸相望……

走进房间，趴在落地玻璃上，面前的夜景让人停止了一切思考，官悦忍不住感慨："这才是我在电影里见过的纽约。"

何嘉怡眉头轻蹙走过去，默默地立在官悦身旁，盯着窗外的夜景，愣了半天，伸手摸出了烟点上后猛吸了几口，才慢慢说道："等我开学了你再走，陪我适应一下。"

官悦回头，看见了她满眼的落寞，点点头："你放心，这样的生活，我也需要深度体验。"

人生的每一步你只管认真去走，未来总会等待勤奋努力的人去遇见、去收获。

何嘉怡从璀璨的灯火中抽离开视线，才想起来该看看整个公寓的环境。这是一套一室一厅的公寓，差不多80平方米。灰色的墙纸，橡木地板，开放式厨房，全白色系的厨房设备，客厅里是原木偏咖啡色系的家具。咖啡色的皮沙发混搭着一组米色布艺，典型的现代美式风格，素雅大气。落地窗的旁边，是做工精良的书桌和椅子，淡淡的奢侈，让人很舒服。从房间的每一个角度望出去，都能欣赏到这个世界上最能让人沉迷的万千繁华。

官山把一件件行李搬进房间整理好后，看着官悦无比满意的表情说道:"姐,这是曼哈顿最好的公寓之一,出门走几分钟就是地铁,坐6站就能到华盛顿广场,穿过广场就是何嘉怡的学校,非常方便。我上学那会儿最羡慕的就是住在这里的同学了,命太好!"官山边说边看了何嘉怡一眼,"你们的朋友是什么人啊?这个规格也太豪华了。"

"不关你的事!你只管继续羡慕她,她命好。"

傻笑着的官山摸摸头发,继续说:"这栋公寓里面的配置都是顶级的,我同学带我来过,6楼有一个恒温泳池,楼顶还有私人酒吧和花园餐厅,风景菜品都是一流的,这两天有空我们上去吃饭。"

"这样的房子租金多少钱?"这是官悦最关心的问题。

"这么大面积的,一个月5000美金左右,一年一付,没有短租。"

官悦瞪大眼睛,朝何嘉怡吐舌头,这样的规格她可舍不得花钱体验。

何嘉怡脸上没什么表情,沉默着从厨房里拿了几瓶水走出来,递给官悦和官山,自己拧开一瓶,边喝边朝卧室走去,官悦随后跟上。

卧室跟客厅一样,是暖色系,高靠背的软包床,质感极好的纯色床上用品,一看就有往上躺的冲动。落地窗边,一张舒服的咖啡色皮质躺椅配一盏黑色落地灯,冷淡而内敛,躺在那里有种躺在曼哈顿夜空之上的感觉。拿一本书,泡一壶茶,就是一幅可以定格的奢华画面。

靠墙的位置,是一排整体衣柜,何嘉怡走到衣柜前,盯着柜门,一口接着一口地喝水,眉眼深沉。

官悦看着她,有点奇怪,把手伸到她眼前挥了挥:"你干吗?用意念开门?"

何嘉怡将水放在窗边的小茶几上,看着官悦,深深地叹了口气,将手轻轻地放在衣柜门上,慢慢地往一边推开。随着她的移动,衣柜门缓缓打开,官悦顿时瞪大了眼睛——衣柜塞满了衣服,从春装到冬装,从衬衣到羽绒服,从浅到深,排列得整整齐齐……

一时间,官悦竟说不出话来。

何嘉怡抬起头,盯着眼前的一幕,眼眶慢慢泛红。

从左到右,她一件一件地摸过,小心翼翼。

官悦站在她的身后,一眼望去。满衣柜衣服,全是她平时常穿的牌子和喜欢的风格,最下面一层,是各种款式的鞋,目测一下,起码有30双。

到底,官悦还是忍不住发出了感叹:"何嘉怡……你的命……真的是很好。"

"从一进门开始,我就闻到了空气中有他的味道,走进这间卧室,我就知道会是这样。"

这是他们之间,最无言的表达。所有的静默,都是为了等待,无法言说更无法割舍。当官悦告诉尹汀她会送何嘉怡来美国时,她就知道,尹汀会安排好一切。

"他就在洛杉矶,为什么不让他来?见一面也好。"

吸了吸鼻子,何嘉怡关上衣柜门,转身走向客厅:"冰箱里应该有他买好的红酒,反正睡不着,我们喝两杯吧。"

繁华隔岸相望,两情咫尺天涯。

在曼哈顿灯火耀眼的夜空下,55楼707室里,官山在厨房忙进忙出地为两个大姐大做着消夜,官悦和何嘉怡对坐在靠着落地玻璃窗的书桌两端,一瓶酒,两杯感伤。

何嘉怡端起杯子,浅尝一口:"我已经很久没有喝酒了,从去年你陪我过了生日之后。"

"去年那顿酒的后劲太大了,喝完了居然把你憋出了这么大个动静。"官悦斜着眼瞟她。去年的生日之后,何嘉怡所有的动静和其中的不易都没跟她说过,自己只是偶尔接到一个通知性的电话:"我辞职了,我闭关了,我考托福了。"

"那个时候,如果我不那样逼自己,不投入拼命的状态,我肯定会垮掉,肯定会疯。那你今天就不是送我来纽约了,而是直接送我进精神病医院。"

"我确实没想到你有这么大的狠劲。"

第二十七章 纽约等待

"不是我狠,而是我舍不得让他失望。"说起尹汀,何嘉怡的眼里柔情流转,"其实我很感激他,他带给我的,不仅仅是爱情和物质生活,最重要的,是眼界和动力。"

何嘉怡摸了支烟出来,拿在手上把玩着,继续说道:"认识他之前,我以为我很不错,川大毕业,成绩优秀,工作条件优越,在成都日子过得又很滋润,基本没什么压力。跟他在一起之后我才明白,我和他之间隔着的,除了纽约到成都的上万公里以外,还有悬殊的学识和阅历。"

很久很久没有听何嘉怡说心里话了,官悦专注地看着她,她烟瘾大了很多,这一年的拼命苦读,可见她承受了巨大的压力。看着这个一年之间长大了很多很多的姑娘,在这座陌生的城市里,恍惚间,官悦竟然觉得何嘉怡有些陌生。

"别用这样的眼光看我,经历过去年那样的事情,当时的抓狂和痛苦,差点让我一蹶不振。幸好,在我快要绝望的时候,他给了我最温暖的拯救。"何嘉怡看向窗外的夜空,点燃了烟仰头吐出了烟雾,"他在中国会所为我安排的一切,让我明白了其实他很爱我、很珍惜我,让我突然觉得,我何嘉怡何德何能,凭什么让那么优秀的他对我如此真心相待……我舍不得毁了他爱着的何嘉怡,我舍不得让他失望,我想拼尽全力挤进他的世界,我想努力攀上他的高度去看懂他的内心,我想了解他的成长经历,想体会他这么多年来一个人在曼哈顿打拼的艰辛……"

何嘉怡的声音有些哽咽,咬着嘴唇忍了又忍,平静下来之后,淡淡地说道:"你看到了,他为我安排的这一切,他哪里舍得让我受苦,他给我最好的一切,让我放手去实现梦想……即使我们最终有缘无分,我也想成为那个最懂他的人。"

此时,官悦心里有一阵阵的刺痛:"对不起,都是因为我,让你们如今这么煎熬……"

"别这么说,这都是命,谁都不怪,我们现在都好好的,这就是最大的福报。我要感谢你,感谢关哥和云波大师,你们给了我很大的勇气,也是

云波大师指点了我,我才有这样的决心来实现以前想都不敢想的梦想。"

"你做这些都是为了离他更近,那你为什么不见他呢?"

"来到他的世界是我的梦想。"燃尽了的烟头差一点烫到了何嘉怡,她摁灭了烟头吹了吹手,"好几年前,我第一次去北京找他,在他工作的国贸楼下坐了一下午,那时候我就想,如果有机会我一定要做像他那样的人,从那个时候开始我就在为今天做准备了。我憋了整整一年,把自己熬成现在这个样子,才将半只脚跨进商学院,才走出第一步,将来能不能读完,能不能拿到学位还是个未知数。"看着窗外的夜景,何嘉怡有些失神,沉默了片刻继续说道:"这两年学业繁重,每学期5门功课要过,投资、统计、微积分、金融产品、线性代数,我根本不知道自己有没有这个能力,现在趁着这股劲还在,我必须咬牙拼命。我不敢见他,我不敢让自己有任何一点点分心,我不能一来了纽约就忘了初衷,也不想一事无成成为他的负担……"

望着窗外这座她深爱着的男人留下了无数痕迹的城市,何嘉怡向往而又神伤。官悦听到她的声音越来越小:"我怕见了他,就再也不愿放他走了……可是,小洋芋又怎么办呢?他欠她的,我欠他们的……我知道他很矛盾,我和他都在尽全力克制着这份冲动,我们都怕让对方为难和失望。"

最好的爱情,不仅仅是朝朝暮暮、相濡以沫,而是无论相隔多远,仍旧心心相印、惺惺相惜……

官山端着一锅冒菜,大呼小叫着从厨房出来。

满屋子的香味让这个很久没有吃到正宗川味的小伙子兴奋不已:"这个朋友对你们太好了,冰箱里连成都的火锅底料都给你们备好了。快快快,一起过过嘴瘾!"

官悦和何嘉怡对望一眼,何嘉怡伤感地笑了一笑,一切尽在不言中。再苦涩的岁月,都抵不过"把你放在心上"。

白天的曼哈顿退去了夜晚缤纷的闪耀后,厚重而又时尚。融入各种肤色的人群中,血液里沸腾着的,是对这个新世界的渴望。

第二十七章 纽约等待

何嘉怡到达纽约后的第一站,毫无疑问,是世贸中心。

那是让她差一点就和尹汀阴阳相隔的地方,那里有尹汀工作奋斗多年的足迹,也是他和苏槿回忆定格的地方。4年前的那一天,灾难降临,生命的最后一刻,她打不通他的电话,只留下一条短信,她告诉他如果时光可以倒流,她愿放下一切功名与他相守……如今,苏槿长眠此地;如今,一切只剩下了回忆。

官山一路上兴致勃勃,带着官悦和何嘉怡走路前往时报大厦地铁站,一路上,不停地哼唱着法兰克·辛纳屈的经典歌曲。

9月的纽约,云淡风轻,天空蔚蓝,他们在时报大厦楼下的街边咖啡厅点了三杯拿铁,人来人往的广场周围,是曼哈顿最喧嚣的繁华。站在路边看着过往人群,每个人的脸上都是面无表情的匆忙,每个人的肩上都是令人喘不过气的压力……在曼哈顿寻找梦想的路上,有多少人能看到希望?

杂乱陈旧的地铁站里,有正在演奏着的乐队,有衣衫褴褛呆坐一角的流浪汉。官悦看了何嘉怡一眼,她也在捕捉着周围的街景,目光相遇时,浅浅一笑,自嘲道:"这就是我要生活的地方,从现在开始,一切都要靠我自己了,留下还是被淘汰,我其实也很紧张。"

官悦牵起她的手使劲握了一握,另一只手搭在官山的肩上对她说:"这个人都能在这里如鱼得水,你何嘉怡甩他五条街完全不是问题。"

官山一脸不屑扭开了头。

半小时之后,三个人到达世贸中心站,一路无话。出了站,远远就能看见世贸废墟。走在前面的何嘉怡突然停住了脚步,站在离世贸中心不到300米的街边,愣住,不再往前:"我们就在对面的咖啡厅坐坐吧,我突然……不知道该怎么面对她。"

世贸中心对面的星巴克里,官悦和官山坐在一旁,安静地陪着闭目诵经的何嘉怡,一直陪着她,用这样的方式,去祭奠长眠于此的一位故人。

当初从电视里看到的那场灾难,如今,在前方的废墟里,一切已经归

于平静,世贸中心周围的大街上,人影依旧,车来车往。

当日的一幕一幕,在云波大师教授给何嘉怡的《往生咒》中慢慢重现,决绝的苏槿在漫天烟火中跳下,哀号的尹汀眼睁睁看着大楼坍塌,满街的警报,慌乱的人群,铺天盖地飘散着的纸屑,以及一个个放弃生命从高空中坠落的影子……

人世间,生死转瞬。

凡所有相,皆是虚妄。若见诸相非相,即见如来。

不知不觉间,官悦两眼湿润,仰头不语,转身看着窗外,当下,现世安稳。苏槿,愿你早入轮回,得度为安。何嘉怡,愿你梦想成真,得偿所愿……

在纽约的一周,官悦和何嘉怡跟着官山,从摄影师的视角去看这座城市的风景。他除了工作之外的所有时间,基本在约片拍摄,为各种杂志和时尚派对拍大片。有他在,官悦和何嘉怡在纽约的生活只能是马不停蹄。

何嘉怡开学的头一天,官山从同学那里搞来了三辆自行车,带着官悦和何嘉怡穿梭在满是电影情节的曼哈顿中城,再一路往北,前往中央公园。

从公寓出来,路过广场,骑行在这座城市的中心枢纽第五大道上,一路大牌云集,洛克菲勒中心赫然矗立,159面彩旗迎风飘扬,金光闪闪的普罗米修斯浮光耀眼,呼应着这条街上千万种纸醉金迷的味道。官山在前面骑骑停停,不停地捕捉拍下官悦和何嘉怡面对繁华街景时的各种表情。好不容易拐进了旁边的街区,骑上了麦迪逊大道,路过传说中的中央车站、林肯中心,再往前,就是哥伦布广场和中央公园的入口了。

穿梭在这座城市里,快门不停,快乐不歇。

公园大道上,跟着路边慢悠悠的马车继续向北。远远地,看到了在电影里见过的华尔道夫酒店标志性的大门。

官悦停下车,招呼那两个人,大声道:"华尔道夫!传说中的华尔道夫!"

官山满脸敬佩,脱口而出:"姐,你在伦敦真是没白上语言学校,居然一下就认出了华尔道夫酒店,你的水平完全不需要我陪你去洛杉矶了。"

官山知道官悦的英文一向很差,但是,他不该这么直白。他再一次成功地得罪了他姐。

"我决定了……"看着他,官悦眯了一下眼睛,满眼杀气。

官山愣了一下:"姐,你别动,以酒店为背景,我给你们拍几张街拍照片。"意识到了危机,他赶紧拿起相机转移话题。

"官山,晚了,已经不是拍几张照片就能解决的问题了。"何嘉怡停在路边,一只脚踏在自行车上,同情地看向官山。

"姐,要不我们进去看看,拍点里面的照片。"官山识趣,赶紧转移话题。

"看看?你觉得我长得像游客吗?"对于喜欢奢华酒店的官悦来说,去酒店比去中央公园更有吸引力,她幸灾乐祸地看了看官山,"今天的晚饭就在华尔道夫吃了,你请。"

"这里应该有法餐吧?官山,快去问问,有就提前预订,幸好今天没穿运动服。"何嘉怡悠闲地轻靠在自行车上,拿出粉饼和口红很配合地补了补妆。

官山看了官悦一眼,又看了何嘉怡一眼,觉得两人都惹不起,只有点着头,带大家去找地方停自行车。

三个人尽量保持淡定,但走进华尔道夫酒店充满厚重历史感的大厅时,淡淡的幽香飘来,多少还是让人有点忍不住东张西望。

大厅正中央的地面上,是那幅著名的《生命之轮》,抬头,天花板上金色图案光芒四射,两吨重的塔式座钟古老华贵,成为整个大厅最闪耀的焦点。旁边的照片墙上,全是各国元首政要、世界级名人下榻时照的照片。每走一步,都有一幕幕历史场景重现。

著名的银色走廊上,巨型水晶灯连成一排高悬在屋顶,黑白大理石地面配着通顶的落地玻璃窗。走上去,几个人身上的气质便有些不协调了。

官山带着大家穿过银色走廊,找到一间餐厅:"我朋友在这间餐厅上

班,随时来都可以,不需要预约。"

活跃在纽约时尚圈的官山说起哪里都有他的朋友时脸上有掩不住的沾沾自喜,他忍不住想要炫耀:"前不久第54届世界名媛舞会就是在这里举行的,我是唯一一个到场的华人摄影师。那天,全世界的名媛都在这里展示风采,回去给你们看我拍的照片。"

"官山,你的相机呢?"何嘉怡站在银色走廊的穹顶下拉着官悦停下来。

"干吗?"

"两个成都市的名媛都在这里,给你个面子,随便拍。"

官山被饯住了,这次没敢再乱接话了:"那是那是,两个大姐岂止是给我面子,完全就是给我脸上贴金,太荣幸了!"

遇到何嘉怡,官山身上的优越感屡屡受挫,官悦同情地朝他眨了眨眼睛,让他赶紧去找他的朋友来优先安排晚饭的位子。

何嘉怡带着官悦在餐厅坐下,招手叫来服务员,淡定从容,口语娴熟,点了两杯冰水,举手投足间,尽显自信端庄。官悦看着她,强忍着没把羡慕升级成嫉妒。

来纽约已经一周,何嘉怡马上就要开学了,而官悦将飞往洛杉矶,去看望恢复中的小洋芋和照顾小洋芋的尹汀。

"有什么要我带给他的没?"

"有。"

何嘉怡从包里摸出一个信封递给官悦,官悦接过看了看,向她确定:"不用封?"

"没事,你随便看,我的心情都在里面了,让你在飞机上打发时间。"

"够意思,那今晚你修改一下再交给我。"

"为啥?"

"增加一些激情戏细节,适合我长途飞行。"

"流氓!"

"作为回报,这个给你。"官悦从包里摸出一张银行卡递给何嘉怡,"从HT集团收回来的利润,我分成了三份,你、我、小洋芋。不要说其他废话,收下就行。这钱是你们该得的,收下它能让我好过一点。它最起码能让你不要为了生计去打工,认真完成学业。"

何嘉怡看着官悦,淡淡的没有任何表情,片刻之后,伸手接过,说一个字:"好。"

官悦朝她笑笑,朋友之间,贵在一个"懂"字。对于官悦而言,除了这样的方式,她实在找不到其他办法能疏通心里淤堵了很久的亏欠。

松了一口气,官悦拍着何嘉怡故作感慨:"从此以后你就是跟尹汀同一个阶层的精英了,前后左右都是各种董事长。我回去后努力挣钱,争取在茵梦湖开两个最大的包间等你衣锦还乡。"

分别之际,淡淡的不舍已经有些显露,这次一别,成都和曼哈顿,神仙树和商学院,便是两个少有交集的世界。何嘉怡的生活将进入一个全新的、官悦无法涉足的领域。

适当的羡慕,是朋友之间最好的鼓励。

何嘉怡咬着嘴唇,端起桌上的水杯敬官悦:"就这样决定了,我要点两个技师,男的,一个捏头,一个捏脚。"

"点三个,还有一个捏胸。"

"滚!"

第二十八章 相聚洛杉矶

5个小时的飞行，飞机抵达洛杉矶国际机场，阳光耀眼，棕榈摇曳。

机场出口处，尹汀上身着浅蓝色棉麻衬衣，配的白色长裤，面带浅浅微笑站在那里，放眼望去，很衬加州宜人的气候。

快一年不见，他依然清瘦俊秀。气宇不凡的他站在人群中朝官悦挥手，让人一眼认出。走到面前，尹汀接过官悦手上的推车："官总，一路辛苦了。"

"不辛苦，尹总，好久不见。"

跟尹汀认识这几年，中间有那么多共同的朋友，在经历了去年的意外后，他并没有因此跟官悦疏远。在他带着小洋芋回到美国之后，他依然和官悦保持着联系，他告诉官悦有关小洋芋的治疗情况，官悦告诉他何嘉怡生活得怎么样。

官悦很感激他。再次见面，很亲切。

"尹总，这是我弟弟官山。官山，这位是尹博士。"

"尹博士你好。"官山规规矩矩地跟尹汀打招呼。

"叫我汀哥就好，我是你姐的朋友，不用客气。"尹汀友好地拍了拍官山。

卸下了华尔街精英男的武装之后，现在的尹汀，眉宇间多了一份轻快。

第二十八章　相聚洛杉矶

"杨旭在家等你们，本来要带她来的，但是她的康复医生临时改了时间。"

"没关系，让她折腾，我才过意不去。"小洋芋这一年经常会在网上跟官悦闲聊，能听得出来，一切都在向着好的方向发展。否则，官悦还真没有勇气来洛杉矶见她。

"知道你要来，她天天都在念叨，好久没见她这么高兴了。"

尹汀推着行李车带着官悦和官山往停车场走去。正午的烈日很刺眼，天空蓝得没有一片浮云。在这样的炙热中，听到小洋芋的消息，想起一年前临别时她眼里的彷徨和强忍着的眼泪，官悦的心里还是有一丝疼痛在慢慢地蔓延。

她转过身，跟官山再次交代，见了小洋芋一定要注意说话的分寸。

官山点点头，难得懂事地说："别紧张，我们要把小洋芋当成正常人，大家都要自然些。"

官悦看他一眼，赞许的目光刚投去一半，就被他的下一个问题给堵了回来："汀哥这么有曼哈顿精英范儿，何嘉怡也认识他吗？"

微风下，官悦长长地叹了口气："少年，缘分是天地间一种最奇妙的磁场……欢迎你，进入我的磁场。"

小洋芋和尹汀的家在洛杉矶东北边的帕萨迪纳。这是一座有着100多年历史的漂亮老城，因为加州理工大学的威名和众多知名博物馆的点缀，整座城市透着浓浓的学术氛围和悠闲的生活气息。

多年前杨总从KPT投资银行辞职后，带着家人选择了这个远离阴霾、永远充满阳光的城市。人到中年，家人的陪伴和精神上的自由大于一切。参禅悟道，成了杨总生活的重心。

小洋芋出事之后，杨总结识了云波大师，更是相信一切善因都会修得善果。在云波大师的点化之下，杨总坚定地投身到慈善事业中，并且说服尹汀成为他公司的股东，一切事务交由尹汀打理，自己长年远走西藏、尼泊尔等地行善悟道，为小洋芋积福祈愿，广结善缘。

而尹汀，这一年成功地争取到了为关海云在美国做金融衍生品的业务，用他十几年投资银行的人脉和经验，在关海云的指导下，管理着十位数的庞大资金。一年下来，成绩赫赫，很受关海云器重。

一路上，尹汀聊起这一年的种种变迁，聊起了小洋芋的变化。小洋芋从最开始的消极沉闷勉强配合治疗，到现在积极主动接受各种康复训练，并不是一个简单的过程。这里面凝聚了太多家人和尹汀的开导、鼓励、悉心照料。经过最初几个月的病情反复后，小洋芋终于还是慢慢地有了希望和信心。

平时跟她在网上的聊天中，官悦也能感受到她的坚持，并努力地适应新的生活。只是，官悦没有想到，尹汀说这一年来小洋芋居然从头到尾都在拒绝他的照顾和陪伴，所有人都以为她会离不开尹汀，她却用她的沉默和倔强做出拒绝。

这种微妙的拒绝，尹汀明白，官悦明白。

官悦知道，小洋芋在一层层地熬过痛苦后，也逐渐明白了一些事情。

当初在纽约的进一步治疗结束，回到帕萨迪纳不久，她便慢慢地不再要尹汀为她换药，不再要尹汀进她的房间，不再要尹汀背她上车，也不再要尹汀陪她做定期的检查和康复训练……一切悄无声息，却不容商量。

刚开始，大家都以为小洋芋不愿意让尹汀看到她的狼狈和失落，可只有尹汀知道，这个他一直当成孩子的小姑娘，已经长大了。

小洋芋在用拒绝的方式保护着自己的感情，她不要尹汀成为她的习惯和依赖。这个崇拜了尹汀10年的小姑娘，这个成天跟何嘉怡过不去、口口声声说要抢回尹汀的小姑娘，在受到最残酷的伤害之后，懂得了用最后一点力量，不让自己一无所有。

她可以接受轮椅，可以接受用人的陪护，可以接受常人难以忍受的康复治疗中的痛苦，可以在一次一次的失败后哭着趴在地上挪动自己，可以咬破了嘴唇反复训练每一个简单的动作，甚至可以接受陌生人的帮助和同情……唯独，不接受尹汀的照顾。

第二十八章 相聚洛杉矶

商务车行驶在洛杉矶阳光刺眼的高速路上，车上有股浓浓的中药味道，车厢里的座椅是专门为小洋芋改造过的，为了方便她坐轮椅。

握着方向盘的尹汀，声音缓慢低沉，一直看着前方，官悦看不见他眼里的情绪。

他的爱，在纽约；他的责任，在洛杉矶。

一年的时间发生了太多的改变，每个人都在命运的轨道里执着地做着自己，每个人都在因缘的规律里等待着自己的果报，看不清，却能感觉得到。

听到尹汀说起这一切，官悦突然才发现，那个不谙世事、风风火火的小洋芋，其实，她从来都不曾了解。

生死之劫，能让人涅槃重生。

小洋芋不愿接受任何带着施舍形式的感情。她好不容易才勇敢地接受和面对身体的残缺，她知道尹汀的心只会在何嘉怡那里。一旦不受控制地让一个人成为自己的习惯，终有一天，心会比身体更残缺；终有一天，自己将会一无所有。这是小洋芋保护自己的唯一办法……

车停在两栋地中海风格的别墅门前，左边是小洋芋的家，右边紧挨着的是尹汀的家。门前的花园，繁花似锦，各种混搭种植的植物长得茂密奔放。官悦取下墨镜，擦掉眼角的泪痕，跟在尹汀身后跨进左边那栋别墅的门厅。

纯美式装修的大房子，深棕色胡桃木地板，纯白色的墙面和家具，咖啡色的沙发配饰，舒适中透着大气。开放式的厨房里飘出一股药香。巨大的白色落地窗外，是加州湛蓝的天空，后院里，有阵阵笑声传了进来。

尹汀放下官悦的行李，带着官山、官悦走到落地窗前，隔着窗户看着院子里的一幕。

花园右边的泳池里，一年不见的小洋芋此时正被康复医生托举着，在水里吃力地做着一系列的动作。泳池边上的太阳伞下，小洋芋的妈妈和另外一个打扮干净、气质优雅的女士正在为小洋芋刚刚完成的动作鼓掌喝彩。

"那是我母亲,"尹汀看着泳池里满脸是水的小洋芋,嘴角的笑容更深了些,"杨旭最近很不错,医生给她换成了水上康复治疗,她很喜欢,果然还是个孩子,平时她更愿意让我母亲陪着她。"

官悦点点头,自责而又惭愧:"幸好有你和你的家人……只是我……什么都不能为她做。"

"如果她在中国,我相信你会比我做得多。"

一句"对不起"还没说出口,泳池边便传来一阵惊呼。官悦转头一看,小洋芋正被医生托出水面,满脸通红地趴在漂浮物上剧烈咳嗽,医生在一旁帮她拍背,不知道在说着什么,应该是不小心呛了水。杨夫人和尹汀的母亲紧张得站了起来。小洋芋咳了好一阵才平复了呼吸,一边朝他们摆手,一边笑着继续跟医生点头交流,调整好要领又继续下一次的练习。

官悦站在客厅边上,透过玻璃窗,看到下午的阳光洒在小洋芋的脸上,层层水珠下,那份曾经骄横、清澈的笑容里已经多了几分沉着。

眼泪,在这一刻完全不受控制地一涌而出,满脸冰凉。虽然早已有了心理准备,可官悦在面对这一幕的时候,还是心痛得咬紧了嘴唇。

旁边的官山递给官悦纸巾:"姐,别这样,等会儿她看到你哭过会难受的。"

"这已经是最轻松的了,以前的训练比现在苦得多。"尹汀的声音里有着同样的疼惜。

这仅仅是小洋芋一个最简单的康复练习项目,以前的种种艰辛不易,以后的种种前路未知……该拿什么样的补偿来救赎这份噬心的悔恨?官悦心痛得掩面而泣。

是怎样的因,铸就了这么悲痛的命运。加州灿烂的阳光下,她本该拥有阳光的生活。这一切,都是因自己而起,却阴差阳错让小洋芋背负了终生的阴影。

一切都已经无法回头,只能反复坚定心中的希望。

擦干眼泪,官悦、官山跟着尹汀走进阳光下的花园里,迎面是一片开得无比艳丽的三角梅，只要有一点阳光，它们就能铺天盖地地怒放。

三个人站在泳池边上的时候，小洋芋正在医生的带领下，戴着呼吸器，手牵着手潜在泳池的另一头，全身放松后，两个人自在地漂浮在水面上。

时过境迁，杨夫人不计前嫌，也不再视官悦为罪魁祸首。看到官悦到来，她张开双臂，双眼湿润，带着一些无奈和伤感的笑容拥抱了官悦。

尹汀礼貌地将官悦和官山介绍给他的母亲，双方握手问好后，官悦便蹲在泳池边，等着小洋芋抬头。虽然已尽全力控制着自己的情绪，可就在小洋芋被医生托出水面，隔着眼镜愣愣地看着官悦的时候，一瞬间，官悦的视线还是再次模糊。官悦展开双手，声音忍不住地哽咽："是你上来拥抱我？还是我下去拥抱你？"

两秒钟之后，一声肺活量十足的尖叫声在花园里响起。在泳池里朝着官悦挥着手的那个姑娘，瞬间就回到了最初认识她时的模样，张牙舞爪，没心没肺，戴着呼吸器也能看见她笑得花枝乱颤。

"你就在那里别动，看我看我，我能游到你的面前！"水里的小洋芋看到官悦后激动得大喊大叫，扶着泳池里的漂浮物，扭来扭去地向官悦挥着手，同时转头对着她的医生用英语说了些什么，医生笑着点头，对她竖起了大拇指，转身坐在了泳池边上。

跃跃欲试的小洋芋，此时的身上，有种明媚耀眼的生命力。她说："我能游到你面前。"

短短20米，她用一种自信的表情，看着官悦和尹汀。

官悦努力堆出鼓励的笑容，向她勾勾手指头："放马过来，让我看看你有多厉害。"

清澈蔚蓝的水里，小洋芋漂浮在水面，上身轻快地滑动着向官悦慢慢游来，官悦强忍着，尽量不去看她拖在身后没有动静的下半身，心里的苦涩在剧烈翻滚。

游了一段距离，小洋芋好像想起了什么，停下来扶着漂浮物取下了脸上的呼吸器。可能是手没有抓稳，官悦觉得自己眨了一下眼睛的工夫，小

洋芋就突然沉了下去。

扑通一声水响，官悦被溅了一脸的水，看着一直蹲在自己身旁穿着短裤拖鞋的官山身形矫健的两个划水后，就已经站在了齐胸的泳池里托起了呛水的小洋芋。

周围的人一阵惊呼，尹汀站得稍远，穿着衬衫、长裤跟小洋芋的医生几乎同一时间跳下了水。

小洋芋在官山怀里一边咳嗽一边挣扎，抓住漂浮物趴在上面喘了两口气，转身一把推开了官山，伸手挂在游到她身边的尹汀身上，瞪着面前的官山劈头盖脸地大声吼道："你谁啊？有病啊！"

刚刚还因为英雄救美后一脸得意的官山，被小洋芋吼得愣了愣神，站在水里莫名其妙地看着对面气势汹汹的人，反应了几秒钟，才毫不客气地吼了回去："你才有病！我好心跳下来拉你，吼什么吼！"

"官山，好好说话！"事情发生得太快，官悦也没搞明白，只有喝止脸红脖子粗的官山。

"我以为你手滑沉下去了。你干吗？吓着大家了。"尹汀全身湿透，小心翼翼地抱起小洋芋朝官悦走过去，声音里有些责备，眼里却是掩饰不住的关怀。

"是他把我吓得呛水了好不好！"小洋芋扭头，不理尹汀。

尹汀让小洋芋在官悦身边坐稳了，自己转过身，拉官山上来。

官悦转身接过杨夫人一边念叨一边递过来的浴巾，给小洋芋披在身上："没事吧？吓我一跳！他是我弟，还没来得及给你介绍。"

旁边尹汀的母亲帮小洋芋取下泳帽，递给每个人一条毛巾擦脸。

"你们一个个大惊小怪的干吗？我就是想取了呼吸器潜水游过来，结果被这个人吓了一跳。"小洋芋仰起头，瞪了擦着头发的官山一眼，转头搂着官悦，"好了好了，让我和官悦亲热一下。"

尹汀挑着眉毛无奈地瞪了小洋芋一眼，带着官山、医生、杨夫人和他的母亲离开了泳池。

第二十八章 相聚洛杉矶

官山擦着头发，边走边回头，嘴里还在叽叽咕咕地朝小洋芋骂着什么，惹得小洋芋捡起泳池边的鹅卵石朝他扔了过去。小洋芋转头对着官悦大叫："官悦！你什么时候有个神经病弟弟的？"

被她的抓狂逗笑，官悦拍拍她的脸："他在纽约上学，是个摄影师，专门送我过来看你的。别生气了，他知道我心疼你，看你沉下去了比我还着急，条件反射跳下去捞你。"

官悦起身蹲在小洋芋身后，用毛巾帮她擦干齐耳短发，手拂过头顶，一年前的那道伤疤在头发的遮盖下依然很明显。官悦的手顿了顿，有些颤抖。

"怪不得，搞摄影的都是神经病！"小洋芋愤愤不平。

"要不要我抱你进去换衣服？"官悦小心翼翼地试探着问。

"不用，你抱不动我，等下让阿姨来抱。"小洋芋回答得不遮不掩，拉着官悦的手，让官悦坐在她的身边，"看到你好高兴，何嘉怡为什么不来看我？"

"她很想来，也很想你……只是刚刚开学，她需要适应一下。"

何嘉怡需要适应新的生活，更需要适应他们三个现在的状况，在她默默承受着离别之苦的时候，她并不知道小洋芋已经蜕变到根本不需要这份退让出来的感情。

"白眼狼！还是你对我最好。"

官悦端过旁边茶几上的水递给小洋芋："谁敢对你不好，不想混了？"

"对我好就不准急着走，多玩几天陪我，他们都无聊死了，成天叨叨叨，我要带你去好多好玩的地方。"

官悦低下头，无法表达此时的愧疚："如果可以，我真的想留下来照顾你，小旭……"

话还没说完，就被小洋芋湿漉漉的拥抱打断了，听到她语气坚定地在官悦耳边说道："不准说对不起！你说着不累我听着都累。"

……

黄昏时分,有风吹过。官悦仰起头不让眼泪往下流,抱紧了小洋芋。

帕萨迪纳白天的炙热渐渐消退之后,傍晚的天空落日熔金,层层叠叠的红色铺洒在蓝得很幽深的天幕上,衬出棕榈树高大的剪影。远方山岚寂静,小院繁花盛放。

因为官悦和官山的到来,这一天,杨夫人和尹汀的母亲忙了一下午。丰盛的接风宴上,小洋芋太高兴,无视所有人的反对干掉了半杯红酒,在嬉笑中,又喝了半杯红酒。如果不是尹汀发现了小洋芋有些愣神,赶紧收起了酒瓶,估计最多半小时她就会直接睡过去。

晕晕乎乎的状态下,小洋芋霸道地说:"官悦,你让官山给我道歉!"

"官山,给小旭道歉。"官悦朝官山眨了下眼睛。既然小洋芋高兴,大家就要让她更高兴。

"想多了吧你们!"一开席官山就代表官悦敬了所有人一杯,现在也是血气方刚,"我奋不顾身、二话不说就跳了下去,你们到底知不知道什么叫侠肝义胆,什么叫舍命相救啊?还有,杨旭,以后管我叫山哥!"

官山的心里没有官悦和尹汀那么多的愧疚和怜惜,他对小洋芋的态度很自然、很正常,看到小洋芋开始借着酒劲胡搅蛮缠,他不吃这一套,要耍赖,他也会。

"山哥?你还山鸡哥呢!"小洋芋不屑地瞟了官山一眼,不依不饶,"这是我家,我说了算!你就要道歉!谁让你害我呛水的?谁同意你跳下我家泳池的?"

官山瞪着小洋芋,像看神经病一样,摇了摇头转头喊尹汀:"汀哥,走,我们去你家喝,彻底没法玩了。"

"你不负责把她安抚好,我也不敢走。"尹汀挑着眉毛耸耸肩,很同情地看着官山。

"不准走!谁同意你走的?要走也可以,给压惊费。"一听官山想跑,小洋芋的声音高了八度。

"你大学学碰瓷的吧?"官山睁大眼睛看着面前这个借酒发疯的姑

第二十八章 相聚洛杉矶

娘。"不道歉也可以，陪我划拳，输了的，任对方摆布。"小洋芋的可爱就在于她经常把自己带到坑里，跟一个在成都吃串串、吃冷啖杯长大的男孩子拼划拳，官悦摇摇头，心想这下谁也救不了她了。

官山一副"你确定"的眼神，押着脖子看着小洋芋："我觉得你真的是冰雪聪明，这个办法太好了！这样，我也有不对的地方，不该那么义气耿直、鲁莽冲撞，为了表示我的歉意，我教你划重庆拳如何？让你三盘，输了的，任对方摆布。"

"要不你先让我三盘？"尹汀似笑非笑地盯着官山，护着小洋芋。

"关你们什么事啊！"小洋芋急了，好久没遇到这么好玩的事了，正合她的意，"我跟他单挑，你们该干吗干吗去！"

一桌子的人，看到小洋芋这么高兴，都是满眼含笑。这一年多来的担惊受怕、战战兢兢，两家人确实已经很久没有这么轻松愉快过了。为了让小洋芋玩得尽兴，杨夫人带着尹汀的母亲去外面散步，将战场留给年轻人，好放开了玩。

"汀哥，你都是老江湖了，这种场面不适合你出手。"

几杯酒下肚，大家都放得很开，官山嬉皮笑脸地对着尹汀眨了眨眼，继续给小洋芋下套："我负责先把你教会，包赢。"

"好！"小洋芋十分干脆。

"来，先教你口诀和手势，要用四川话，你会不会？"

"会一点点。"

"索财要财，弟兄要好！"官山用成都话吼了起来。

"索财要财，弟兄要好！"小洋芋放开嗓子跟着吼起来。

"大声点，吐词要抑扬顿挫！"官山的声音更大。

"少废话，继续！"

小洋芋学得相当投入，可大部分的口诀她根本搞不懂是什么意思，一遍一遍地问官山，又被官山忽悠得一愣一愣的。官悦和尹汀在一旁扶着额头笑了半天，两个活宝，实在处于同一个频道。

"让他们玩吧,我们出去坐坐。"尹汀站起来看着官悦,朝花园指指。

"你们慢慢玩,我出去抽支烟。"官悦点点头,站起来跟上尹汀,边走边对小洋芋说。

小洋芋头都没转一下,继续划拳,根本没空理官悦和尹汀。

推开花园的门,一股花香弥散在月光下,虫鸣四起,夜色微凉。尹汀走到泳池边,站在洒了一地的月光中,穿着简单的白色圆领修身T恤,配一条休闲的白色棉麻长裤,清爽干净。他皱着眉头低头点烟,在月光下很有画面感。

"你居然抽芙蓉王!他乡遇故知啊!"接过尹汀递过来的烟,官悦和他一起站在泳池边,点燃,吸了一口,很过瘾。

"何嘉怡说过你喜欢抽这个。"尹汀很自然地提起。

"其实是我家赵文涛喜欢,我拿他的抽惯了。"

"很少听你说起你老公。"

"主要是没机会说他,他在伦敦,刚刚被我说服准备回国了,先去北京过渡一下,下次你去北京咱们约着聚聚。"跟尹汀认识几年,这是官悦第一次跟他单独相处,得找点话题来聊,"他是生在北京、长在北京的山西人,又在北邮上的学,说不定你们在北京有共同的朋友。"

尹汀点点头,吐出的烟雾挡住了他眼里的笑意:"很有可能,那得认识一下,喝一杯。"

"张泰的判决下来了,你知道吗?"官悦换了话题。

"知道,HT集团的人告诉我了,判得很重。吴董事长这是铁了心要清理门户。"

"他罪有应得,吴董事长也知道不下重手无法平众怒,你有的是办法挖出张泰的其他问题。"

"我想过用我的力量让他付出代价。"尹汀猛吸了一口烟,望着泳池中的灯光,"要感谢云波大师的开解,让我放下很多心结。"

第二十八章 相聚洛杉矶

"后来你还见过云波大师？"

"从北京离开的时候关哥让我一起送云波大师回成都，那一次得到他老人家不少的指点，受益很深。"

官悦点点头："认识云波大师是我们的大福报。你最近还回国吗？"

"我最近会去……纽约。"说起纽约，尹汀有些迟疑。

"见何嘉怡？"

"工作，有些投资项目需要跟进。只有站在华尔街的旋涡中，才能辨清方向。明年的工作重心在纽约，估计会很忙。"

官悦问道："你去了……见何嘉怡吗？"

打火机的声音在夜色里显得特别清脆，尹汀又点了一支烟默默地抽着，有那么一会儿，月色寂静，眼眸深沉。

"她还好吗？"

"表面上挺好的，新的生活和学习让她很投入。她说都是受你的影响，很感谢你给她的一切……心底里，我想不会有多好，她对你的感情你知道的。"

官悦从衣兜里摸出何嘉怡的信递给尹汀："她给你的信，写了一晚上，没睡。"

尹汀抬头，眼里有一闪而过的光芒，却又很快转头。他接过信，捏在手上沉默了很久，装进了兜里："不能给她想要的结果之前，我不应该去打扰她。"

"既然小旭很清楚自己和你的感情，你在为难什么？"

尹汀有些沉重地说："让她知道她不是一个人在面对漫长的康复过程，跟我心里有谁其实没有太大的关系。像她那么简单的姑娘，一个人承担不了太多的负重，尽管她努力做得很好。"尹汀转头，看着屋里坐在轮椅上跟官山划拳的小洋芋，神色坚定。"她会恢复的，这一年已经越来越好，她的康复情况让所有医生惊叹，都说是奇迹。我会陪着她直到她能有自己的生活。"

走到茶几边,他摁灭了手上的烟,一声轻微的叹息随风而过:"纠缠的因果要有一个出路,云波大师说,这个出路,即是慈悲。她渡她的劫,我护她的法,只求心安。"

一念慈悲,但求心安。

官悦看着眼前的尹汀,被他的话触动。虽说劫难皆是造化,但幸好,人间尚有信仰的力量。

"磨难时见己身,方得见众生,己身苦,才能悟众生皆苦。"官悦和尹汀异口同声地缓缓说出云波大师常对他们说起的箴言,彼此对视,了然一笑:"但求我们明心见性,无忧无惧。希望我们几个,各有所安。"

官悦话还没说完,房间里传来小洋芋大呼小叫忘乎所以的声音,估计是输了,又在耍赖。官悦忍不住笑了起来,看着尹汀:"你对小旭而言,确实只能是哥哥,你根本无法跟上她的频道。"

看着玩得那么开心的小洋芋,尹汀满脸欣慰,温和地说道:"我想何嘉怡也能明白,只是,我无法给她任何承诺,也没有资格要求她什么,只能随缘。好在她到了另一个阶段,不管将来怎样,我会一直照顾她。"

"你就不怕时间久了她身边会出现其他人?"

"怕!因为爱她,所以害怕。"

尹汀把手插进休闲裤的口袋里,抬头望着月亮的方向,良久,眼里的情绪渐渐复杂,嗓音低沉地缓缓说道:"苏槿因为我不在了,以后,我生无可恋,如果不是杨总和小旭,我已经毁了。从尼泊尔回到北京后,何嘉怡去北京找我,那年的北京很冷,她来的那天下了很大的雪,人是冷的,心也是冷的。她下了飞机,从机场里面冲出来的时候,我才知道自己的心还可以跳动。"这是第一次尹汀在官悦面前如此真实地表述他的感情,嗓音里是经年累月沉淀出来的爱意,让人动容。静静地,听他继续说着那个打动他的何嘉怡。

"她说她一直在找我,如果再找不到,她就在全世界登寻人启事。她说等我哪天不痛了,只要回头,她肯定在离我最近的地方等我……那两年

第二十八章 相聚洛杉矶

我过得很艰辛,她陪我去了很多寺庙,见了很多高僧,每次我为苏槿诵经超度的时候,她都在我旁边等我……5年了,我已经习惯了她等我,已经习惯了一个电话她就能提前在任何城市的机场出口等着我。"尹汀在他的回忆里重温过往。官悦知道,何嘉怡这些年跟着他飞了很多地方,那是他们最恩爱的时光。他背对着官悦,很久没有说话,安静地坐在太阳伞下,官悦没有打断他的回忆。片刻之后,尹汀转身,走到窗台下拿了两瓶可乐拧开,递了一瓶给官悦:"她这么努力地考到了纽约,我明白她是选了一个离我最近又不让我为难的地方在等待……只是这一次,我不知道什么时候能转身。其实我很没把握,下次回头,还能不能一眼就看到她。"

官悦没有说话,拿手上的可乐跟他碰了碰,各自沉默。

10月晚来,飞花点翠。月影被摇曳的棕榈树扯得有些斑驳,院子里花开花谢,若有若无的芬芳在空气中飘散。这样的夜晚,宁静祥和,本该是何嘉怡和尹汀曾经勾画过的梦想,本该是那年圣诞节他们计划中的画面。

官悦想起她在飞机上看到那封何嘉怡写给尹汀的信,字里行间,是浓到化不开的深情。飞行途中,官悦几次湿了双眼:

凌晨4点,突然就醒了,习惯性地推算着你那边是几点时,才想起来我已经来到了你的时区。

日出日落,我们终于可以在同一个时区中醒来,在同一片月光下入梦。

我再无睡意,伸手摸到床边的睡袍,熟悉的绒面柔软得跟北京家里的那件一模一样。我喷了你偶尔会用的杰尼亚香水,裹在里面,只想闭上双眼。

客厅的书桌旁是窗外炫目得有点奢侈的夜景,是你送我的礼物之一,弥足珍贵。只是少了你,与我相拥天际,遥望星辰。

这么多年了,展开信纸,我还是喜欢一笔一画写下想你时的点点滴滴,像今夜这般。

纽约的生活,我正在适应,正与你曾经描述过的一幕一幕重合着。陌

生中渗透着丝丝缕缕的熟悉。茫然，却很亲切。

因为一个人，我爱上了这座城。

在上海金茂大厦的顶楼，我们曾相拥远眺外滩的灯火，你说你会陪我同游最灿烂的夜色。此时，窗外的夜色映在落地窗上，喧嚣和落寞间，有点不真实的错觉。

凌晨4点，纽约无眠，我亦无眠。

曼哈顿的生活，你给了我一个太高的起点，我享受着美景豪宅，心里却是从来没有过的不安和忐忑。未来的生活，我要付出多少努力才不会显得有落差？

万一有一天，你不再守候在我身旁。

楼顶的俱乐部我去了两次，点一杯你喜欢的长岛冰茶，秋风中遥望哈德逊河的辽阔，口齿间，是我吻你时缠绵的余味。

从公寓出去，沿着42街，在布莱恩特公园里面喝一杯咖啡，黄昏的余晖让人多了些神伤，驻足凝望这一幕时光，那时的你，或许也是这样匆匆忙忙。公园旁边是你爱去的图书馆，拾级而上，穿过你曾走进的门廊，抚摸那扇斑驳铜门上你留下的指间印象。

你说过，这里冬天会有溜冰场，我一直忘了告诉你，我小时候学过花样滑冰，好多年了，我一直等待着能在漫天飘飞的雪花中为你翩翩起舞。

从学校出来时，穿过华盛顿广场的拱门，驻足观望，阳光下的喷泉把水雾印成了彩虹悬在半空。华尔街，它隔着马路就在我的前方，满街的国旗迎风飘扬，那是无数人用欲望铺垫出的战场，那是你曾经拼搏的地方。

中央公园，我还是去了，还没到最深的秋天，四野翠绿，秋叶未红。

人来人往时，阳光穿过林荫大道树叶的间隙落在脸上，满地，都是摇曳的金黄。

这里繁花盛景，落日流年，唯独，没有我最熟悉的身影。

我买了徕卡相机，官山教我摄影，用summilux[①]的镜头，在纽约街上，

---

① summilux：在现今徕卡生产的镜头中，只要光圈值为1.4的镜头，便会取名summilux。

捕捉人群中那些似曾相识的身影。他用旁轴和noctliux①镜头,教会了我如何去烘托这般霓虹下你给我的万千精彩、灯火辉煌。

我穿梭于黄昏的灯影中,在回家的路上,用快门按下的画面向你诉说此时心中的彷徨。

无数次地幻想,某一个瞬间,你会突然出现在我的镜头前。

街对面,三千繁华中,浅笑,凝望,如春风荡漾。

一阵笑声夹杂着大叫,让官悦回神张望。

房间里,小洋芋滑动着轮椅拉着官山不让他走:"你个癞皮狗,你说了赢了让我摆布的!快点,趴地上,把我背到花园里去!"

官山边笑边拉着被小洋芋扯住的衣服:"我说你是不是下午呛水的时候不小心呛进了脑壳?"

"你才是脑壳进水了,瓜娃子!我不管,趴地上!"

小洋芋的四川话听着实在别扭,官山听不下去了:"我求求你,要不你说英语算了。你前面输了三十几盘我都没跟你计较,就是让你一周之内请我吃遍洛杉矶的米其林餐厅而已。"

"你这个骗子!而已?你知不知道有多贵?你也配?凭什么?"

"凭你要我给你拍水下写真,你以为谁都能拍好吗?你知不知道在华尔道夫酒店举办的54届世界名媛舞会,我是唯一一个华人摄影师?"

"你不得了了,你捧个奖来给我看看?不管,过来趴下!"

……

官悦和尹汀站在花园里看着这一幕,笑得很无奈,两个正常人都有点受不了这两个活宝了。两人怕官山手上没轻重,不小心摔了小洋芋,赶紧去劝架。

走到门口,官悦才想起来刚才准备对尹汀说的话:"我回成都后让赵文涛也回去,这些年我们分开得太久了,两个人的感情再是情深似海,也

---

① noctliux:徕卡公司所制作的最大的光圈镜头。

经不住太远的距离。我也怕哪天转身,没有人在背后等我,更怕以后的日子一个人寂寞不好过。"

尹汀转头,愣了愣,朝官悦点点头。

第二十九章　拉斯维加斯

　　与拉斯维加斯有关的故事，那些在这片热土上上演过的精彩，在打开车窗探头张望的时候，通通近在咫尺、触手可及。

　　空气中，有干燥的尘土味道，更有迷醉的荷尔蒙气息，配着车上被小洋芋调到刺耳的摇滚乐，一车人在摇头晃脑中呼应着拉斯维加斯撩人的蠢蠢欲动和热浪滚滚。

　　凯撒皇宫酒店恢宏豪华的大厅里，人头攒动。官悦推着轮椅上的小洋芋穿梭在人群中，紧紧跟上走在前面的尹汀和官山。

　　前台办理入住的人排成了"Z"字形，小洋芋坐在轮椅上，很不耐烦："怎么选了个周末过来，这么多人。"

　　"汀哥，"小洋芋大喊一声，"我不想排队。"

　　走在前面的尹汀转身，看着她，笑了笑点点头。

　　官山瞪了一眼小洋芋，嘀咕了句"毛病"。

　　"汀哥，给我和官悦安排套房，让你旁边那个去睡车上。"

　　小洋芋和官山，有他们在，旅途肯定会很愉快。也正是为了让小洋芋更加愉快，尹汀这一趟来拉斯维加斯出差，顺便带了他们三个来花天酒地。

　　尹汀带着大家直接进入贵宾通道，不到半小时，官悦和小洋芋就已经躺在了凯撒皇宫酒店行政套房的超级大床上，望着天花板上的镜子大呼舒服。

小洋芋在床上兴奋地滚来滚去,滚了好几个圈才到官悦身边:"晚上汀哥约了他的投资人吃饭,我们就不去了,我带你和官山去看表演吧。"

"投资人?关哥?"官悦以为关海云也来了拉斯维加斯。

"什么哟,他现在做基金,有大量的投资人把钱投在他那里,他来选择投资方向,关哥是最大的一个。"小洋芋很老练地跟官悦说起尹汀的工作,"其他还有很多投资人,这次他约了很关键的几个来这里,说服他们同意新的投资方向,听我爸说这些投资人最近闹得厉害,汀哥的压力非常大。"

官悦点点头,坐起来靠在巨大的靠枕上:"看得出来,最近他明显瘦了一圈,来之前好几天没看见他,尹伯母说他经常在办公室一待就是几天几夜。"

"每一个基金经理都是这样的,高付出高回报。我爸以前也是这样,我妈说当初他再不带着我们离开曼哈顿,日子都快过不下去了,我更是常年见不着我爸。"

"那你还不对你汀哥好点,他这么辛苦,还要随时照顾你。"

小洋芋挪了挪身体,找了个舒服的位置躺好:"你们一个个的,怎么都这样!我知道你们的意思,真把我当个废人啊?想把谁塞给我就把谁塞给我。"

"我可没有,"官悦撑起来,使劲捏了捏小洋芋的脸,"我可懂你了,知道你是大姑娘了,有自己的主见。你知不知道我有多佩服你、多崇拜你。"

"真的假的?你怎么崇拜我的?快表达一下,让我也了解一下自己有多厉害。"

"小旭,真心话,我觉得你太厉害了,这样的伤害,换了我、换了任何人,绝对没有你这么好的心态。"

"你说我怎么就这么厉害呢?我都快崇拜我自己了。"小洋芋嬉皮笑脸地把脸凑到官悦的面前,眨了眨眼睛。

第二十九章 拉斯维加斯

"你骨子里的傲气、坚忍，让你这么厉害的吧。人在遇到困难的时候，都会潜意识地去寻找依靠和保护，所以，当初所有人都认为尹汀是你最好的依靠，是能一辈子保护你的人。不要怪我们，毕竟，你那时候看起来太让人担心了。"

"我明白，"小洋芋坐起来靠在官悦身上，难得深沉地叹了一口气，懒懒地说道，"官悦，你知道我从小到大都喜欢汀哥、崇拜汀哥，我就觉得长大了一定要嫁给汀哥这样的男人，即使他和何嘉怡在一起，我也觉得汀哥是我的。"小洋芋摸了摸自己的腿，自嘲地笑了笑，"直到我成了现在这样。也直到，我看到他一天比一天话少，除了照顾我就是没日没夜地工作，除了工作，就是在堆满何嘉怡信件的办公桌面前，一坐一整天。"

说起尹汀，小洋芋难掩言语中的心痛，也可能是想掩盖心里的脆弱，她很快换了方向："从小到大，我妈对我说得最多的就是要我做自己，学会制造快乐，不依赖别人施舍的幸福，不画地为牢，不困住自己。爱情这东西，我不太懂，我交往过的男朋友都是好玩就玩，不好玩了就分手，我从来不会为谁伤心。可是，在一次偷看了汀哥桌上的信之后，我第一次觉得心很痛，那是一种前所未有的沉重……官悦，我现在这样，汀哥是不会不管我的，他对我很好，非常好，但是他不快乐。而我想，让他快乐的唯一办法，就是我快点恢复，让他放心去过自己的生活。"

"官悦，你怎么了？在听我说话没？"官悦盯着小洋芋，不可思议地看着她，不知道该说些什么，被她一阵摇晃。

"小旭……我觉得我对你的了解太少了，你是一个大智若愚的人。"

"你这是在夸我？你确定你是在夸我？没说我蠢？"

"是在夸你，"官悦拿过一个靠垫放在小洋芋背后，扶她靠在床头，坐在她的对面，相当认真地看着她，"我不仅仅是夸你，我是很惊讶你有这样的智慧，看清了生活中的很多东西，不仅看得明白，还能让自己在清醒的认识中选择适合自己的方式，让自己快乐地面对生活。你这样的境界，我做不到，我很佩服你。"

"好吧,那我就相信了。"小洋芋非常受用地陶醉着,还没等官悦从感慨中抽离,又突然坐了起来,"你说晚上要不要去看一场脱衣舞表演来庆祝一下我被你崇拜呢?"

官悦无奈地瞟她一眼:"太生猛了,我受不住。"

"放心放心,这里的猛男俱乐部我找得到。"

"小洋芋!你翅膀长硬了你!"

拉斯维加斯的夜晚,在一阵阵跑车和哈雷的轰鸣声中开始耀眼,拥挤到有些缭乱的霓虹灯完全占据了官悦的脑海,她站在酒店热闹的大门口东张西望,街上移动的宣传车上全是各种秀场的广告,热辣撩人。夜色下,所有疯狂都被衬托得合情合理、恰到好处。

尹汀有事,为官悦他们三个预约好了晚上太阳马戏团的表演和坐直升机看夜景的活动,还租好了一辆加长林肯停在了酒店门口任大家使用。官山推着身着盛装的小洋芋,手拿着相机,出门就是一阵乱拍。三个人在小洋芋的带领下走在熙熙攘攘的长街上,去看著名的百乐宫音乐喷泉。

"官山,你是第一次来吧?有啥想看想玩的就问我,我心情好的话可以考虑带你去。"小洋芋经常来拉斯维加斯度假,这时候该她显摆。

"真想玩点好玩的我就不会问你了。"官山忙着东张西望看风景,没空跟小洋芋斗嘴。

"那你跟我说说你最想玩点什么?我给你介绍。"没能体现自己的主人翁优势,小洋芋很不过瘾。

"哥的胃口说了你也不懂,我找汀哥带我去。"

"你不会是想找几个男的玩吧?就你这小体格?"

推着小洋芋的官山停下来,走到小洋芋面前把手抄在胸口,皱眉瞪着她:"哥喜欢和男的玩都能被你看出来,你简直太聪明了。我这小体格到底怎么样,要不你试试?"

看见官山面色不善,小洋芋坐在轮椅上一副保持警惕的样子到处找官悦,她这下知道玩笑是不能乱开的了,特别是质疑男人实力的玩笑。她赶

第二十九章　拉斯维加斯

紧大叫着把到处拍照的官悦叫回到身边，嬉皮笑脸地继续调侃官山："可以可以，我给你约猛男，要几个？我观摩，当评委打分。"

"你们两个是长大了吧，当着家长也敢放肆了？"这两个口无遮拦的家伙，再斗下去官悦真要拿手机出来了。

两个人一脸的不屑，朝官悦翻了个白眼："我们也是成年人！"

"还管不了你们了！有本事约一个给我看看！"

直到官山抱着小洋芋坐上了直升机，从高空俯瞰霓虹闪耀的拉斯维加斯夜景时，小洋芋还在念念不忘地追问官山到底是什么口味非要汀哥带他去玩。官山故意不理她，认真地指导官悦该怎么拍直升机下面的无敌夜景。小洋芋问得不耐烦，伸过手粗鲁地掐了官山一把，官山大叫一声，把开直升机的机长都吓得连带着机身剧烈晃动了一下。

官悦被吓得不轻，强忍着晕机引起的反胃，一边给机长道歉一边分别挥了两个巴掌过去。

官山压住怒火，摸了摸被小洋芋掐得疼痛的大腿，无可奈何并诡异地笑了笑，斜眼看着小洋芋："我说，你是不是看上山哥我了，这么在乎我的口味？是就明说，不要动手动脚，惹火了我动起手来就不是掐大腿了。"

"我还真就看上你了！过来，让我再掐两把高兴一下。我就想看看你火起来是个什么样子！"

小洋芋怒气冲冲，把官山戗得不轻。官山只有仰头叹气，转身趴在官悦肩膀上大喊世风日下。官悦没再理这两个活宝，他们已经是成年人了，怎么让自己开心，怎么保护自己不受伤害，都不必太过操心。在这么美丽的夜色下，唯一应该做的就是不停地按下快门，以此表达自己对这座城市的狂热。

午夜1点，三个人才意犹未尽地回到酒店。通往电梯间的走廊旁是酒店的赌场和酒吧，各种赌博机发出的声音和叫好声此起彼伏，烟雾缭绕下，一个个高挑妖娆的美女穿梭其中，觥筹交错的情景构建出了凯撒皇宫酒店最有特色的一道风景。

　　一身正装的尹汀一个人坐在酒吧靠窗户的位置,一瓶酒,一包烟,一份寂寥。官悦让官山先送小洋芋回房间,她绕过去拐进酒吧,准备讨杯夜色中的烈酒。

　　官悦走到尹汀身旁,站了几秒钟,他都没有发现官悦,不知道在想什么。官悦只好敲了敲桌子:"我在纽约的时候,何嘉怡带我去公寓楼上的酒吧喝的就是这种酒。有我的没?"

　　尹汀微愣,笑着起身,帮官悦拉椅子:"我还以为你们都睡了,快坐,这么晚才回来,去哪里了?"

　　"谢谢你的安排,太奢侈了,一晚上看了好多节目,大开眼界,还被小旭带去看了脱衣舞表演。"

　　"我就知道她会带你们去。"尹汀笑笑,递给官悦一杯酒,问道,"累不累?要不要我陪你去外面玩两把,试试手气?"

　　"算了,一向没什么好手气,还是喝两杯稳当些……我不会影响你吧?"

　　"我正在等人来影响,没想到是你。正好,陪我喝两杯。"

　　在拉斯维加斯喧嚣的夜色里,不流连到凌晨未免有些浪费。而流连在这样的夜色间,却还被浓浓一层孤独笼罩的人里面,尹汀,是最显眼的一个。

　　官悦跟尹汀碰杯:"你这么忙还给我们安排这么多节目,太辛苦你了。"

　　"我所有的辛苦,都是为了让身边的人享受美好的生活。"

　　"很感谢,这些人里面包括我。"

　　"很感谢你让我在乎的人都那么快乐。"

　　相视大笑中,两人一饮而尽。

　　洋酒的味道,其实官悦很不习惯,只是在这样的夜里,有朋友、有话题、有感慨,就不能没有酒。

　　"一直在你们身边看着你和关哥叱咤江湖,最近你又那么忙,你们在做

第二十九章 拉斯维加斯

什么项目？如果不嫌烦就聊聊，我学习一下。"官悦放下酒杯，看着尹汀。

"都是些枯燥乏味的债券投资和金融衍生品项目，你有兴趣听我就有兴趣说。"

"今晚有兴趣，想听听你做的事情，让我感受一下顶级投行男的工作内容，也是完成受人之托打听你目前状况的任务，也许与人分享能缓解你的压力，算是共赢。"官悦很认真地做好了把酒夜谈的架势，也确实很好奇尹汀在忙些什么。

"背后有人关心、等待，就是最大的安慰，谢谢你的受人之托。"尹汀的笑容里面泛起了一些感动。

男人在商海竞技、江湖争雄，会壮志凌云，会豪情满怀，也会凄凉孤独、无助脆弱。那些掩盖在内心深处又无处诉说的压力，在相隔两地的夜里，需要被人鼓励，倾吐而出："你对房地产行业熟悉吗？"尹汀递给官悦一支烟，自己再点上一支。

"熟，我做工程之前在四川最大的房地产公司——置信房产上班，做销售。你改行做房地产了？"

"我做投资，为我的投资人选择利益最大的债券投资。"尹汀招手叫来服务员，为官悦点了些吃的。

"美国房地产市场目前的状况你听说没？"

"听关哥提起过，很火。"

"不仅仅是火，目前的楼市是一场集体的狂欢，也可能会是一场集体的殉葬。"

官悦啊了一声，没想到今晚的话题开篇就这么尖锐，稳了稳神，想了个还算贴切的问题："你准备在这场狂欢里面扮演什么角色呢？参与还是观望？"

"我准备跟这群狂欢的人对赌，赌他们在这场游戏中以失败告终。"

官悦往酒杯里倒满了酒，抿了一口："故事听起来很宏大，有点不好消化，你还是用我听得懂的语言给我解释一下吧，我不说话，听你说。"

　　尹汀往后靠了靠，让自己坐得更舒服些，开始了他的讲述："照顾小旭的阿姨还有关哥的司机，你都见过他们的，他们的收入你大概也知道，但你不知道的是，他们手上各有5套以上的房产，还包括别墅。"

　　官悦张大了嘴巴，忍着没问问题，听尹汀说。

　　"最近一两年来，像他们这样低收入的人群，购买多套房屋的事情越来越多，像现在在这周围，可能随便找一个服务生来问，他都会告诉你他有3套房子。你做过房产，不难明白其中的原因。"

　　官悦吸了口气，试着问道："房价持续上涨，反复贷款，反复买房？"

　　尹汀点点头，继续说："这些被经纪人忽悠得疯狂贷款买房的人，大部分人并不知道手上的贷款是浮动利率，经纪人故意让他们忽略这一点。一部分投机者觉得房子在2007年贷款利率调高之前肯定会不断涨价，可以高价转手卖出。前两年贷款利率是5％，到了2007年就会飙升到11％，也就是说，他们会在购房两年后承担难以支付的大额月供。这个时候，低收入人群就会出现断供的现象。一旦断供，房屋就会被拍卖，市场上的房屋供给变大，价格就会下跌。当房价跌到低于供房者供楼的价格，变成负资产时，即便是本来正常还贷的供房者也会毁约停止月供，这些房子又被收走、拍卖，增加房屋供给，形成恶性循环，最终，狂欢结束。"

　　"银行在干吗？为什么会贷款给低收入人群，还帮助偿还能力差的人贷款呢？"

　　"银行通过房贷赚得盆满钵满，但房屋和优质贷款人的数量是有限的，因此，它们想出了办法将一些劣质贷款人的贷款，也就是次级贷款，打包做成其他名目复杂的金融产品，并在打包过程中虚置信用评级，卖到华尔街，供不应求。它们不满足于既有的放贷业务和利润规模增长，想尽各种办法提高自有资金的使用效率，增加杠杆，将各种贷款变成产品，然后基于这些贷款开发出各种债券，将债券卖给普通消费者，以此来收回资金进一步放贷。这种信贷资产的证券化本身没有问题，问题的关键是，为了获得更多贷款，开发更多债券，得到更多利润，金融机构制造了更

第二十九章 拉斯维加斯

多、更复杂的相关金融衍生品，并将风险控制的标准降得越来越低，最后将钱借给那些没有偿还能力的人。在这个过程中，当本来住不起房的人都能买房时，人们就认为房地产市场的需求大大增加了，美国经济繁荣了，于是，泡沫就产生了。房价上升，大家更加有恃无恐，因为就算次贷申请人还不上钱，房子也可以拿来抵债。伴随着房地产泡沫和各种有意无意的风险忽视，那些被认为是最精明谨慎的华尔街投资银行、评级机构和参与的金融机构，为了利益，会将次贷泡沫越做越大，而这个泡沫不断地强化自身，让身处其中的人欲罢不能。今年还没到12月，整个市场的次贷就达到了6250亿美元，其中有5070亿美元进入了抵押贷款债券。单单一年的时间出现价值5000亿美元的以次级抵押贷款为基础的债券，而次级贷款在利率上升的时候也呈现了繁荣的局面，这是完全没有道理的。"说完这一番话，尹汀拿起桌上的酒一饮而尽，紧紧拧在一起的眉头让他看起来更加的深沉和忧郁。

官悦默默地消化着自己能听懂的部分，片刻之后，才开口问道："像你这样在这场全民狂欢中保持冷静，一直在默默观察分析着的旁观者多吗？"

"不多，非常少。"

"包括关哥吗？"

"关哥是在我意识到这个问题之后，第一个跟我讨论这场危机的人。"

官悦点点头，在这场群体狂欢中，他们果然预见到了市场的不理性和疯狂，对于常识和规律的坚守，是他们远离这场泡沫和危机的关键。就像关海云常说的"知行合一，独立思考，坚守价值和信念"。

"那么，你们准备做些什么？"

"人类的欲望驱动着一切，却唯独忽视了那些最基本的常识，太多没有还款能力的借款人得到了借款，华尔街的金融机构承担了几十倍的杠杆，虚拟金融的规模是全球GDP的十几倍，金融衍生品复杂到没有人能理解，几乎所有次级贷款池里所包含的具体内容基本无人知晓，房地产市场

和证券市场被过高估值，所有人都选择了集体麻醉。我要做的，就是以极少数人之力，对赌整个房地产市场，对赌整个华尔街。"

如果说尹汀前面的专业讲述官悦无法听懂全部，那么，他最后说的这两句，她能保证自己听懂了，尹汀说他要对赌整个房地产市场，他要对赌整个华尔街。以官悦的经历和知识面，她还无法掂量出这句话实际产生的价值，但是，她能听出这句话的重量。以极少数人之力，跟全世界最精明谨慎、掌握大半个世界财富的华尔街，玩一场对赌的游戏……

满身的鸡皮疙瘩退去之后，官悦吸口气调整一下有点颤抖的声音，在大脑被刺激得一阵紊乱时，勉强理清了一个最能捋得清的问题问尹汀："我掂量不出这件事的规模，但是，我要替何嘉怡问一句，最坏的结果，会是什么？"

"最坏的结果，就是我一无所有，离开金融界。"尹汀看着官悦，说得毫无波澜，冷静沉着。

"站在一个女人的角度来想问题，只要你人好好的，就什么都好。"

"我现在只能从技术层面理性地分析市场，而无法定论输赢，所以，这也是我不能去找何嘉怡的原因，我要做一件连我自己都不知道能不能承受后果的事情，我不能连累她。赢了，我希望我能照顾她一辈子；输了，就是我自己一个人的事情。"

官悦低下头，眼眶有些发红。所谓的爱情，所谓的担当，所谓的男人气概，已经被他用最后这两句话诠释得淋漓尽致了。一生与共，需要的不仅仅是爱情，还有经济实力。

"你和关哥，具体会怎么做？"

"我现在管理着十位数的资金，关哥和我的看法一样，支持我做空，但我还有不少的投资人，他们觉得我疯了，威胁我要撤回投资。所以这次来拉斯维加斯，我就是约了其中几个投资人，用数据分析来说服他们，但是效果不理想，我慢慢再来做工作吧。接下来的时间，我会去纽约找那些大的投资银行购买一种叫'信用违约互换'的产品。一旦房贷违约，投资

第二十九章　拉斯维加斯

者将违约的风险'互换'给出售该产品的银行，这种做法，相当于给手头的金融产品买了份保险。比如说我下注100万元房价会跌，银行下注房价会涨，双方签订合同，如果房价跌到50万元时，银行就要向我赔偿2000万元，而我在房价没有下跌到我指定的情况时，我每月要向银行支付10万元的保费。这也是我的那些投资者坚决不同意做空的原因，他们一致认为，房价绝对不可能下跌。"

"如果他们坚持不同意怎么办？"

"投资人的资金按照合同在我的公司是要锁定一段时间的。我尽量拿出更多的数据说服他们，但是我不会耗费太多的时间在这上面，一旦断供潮出现，各大投资银行反应过来之后，那时候再想下注就没有机会了。这场豪赌，两年后就会见分晓。"

"也就是说，你在这两年内要支付大额的保费，要承担所有人声讨你的压力？"

"是的。"尹汀扭头，看着酒吧外面的赌场，那里激烈火爆，人间百态，有人赌红了眼睛，有人癫狂迷乱。而自己，也即将出场。他的赌局，将会比这里更加热闹。

松了松脖子上藏蓝色的领带，尹汀站起来，走到窗边，将手插到西裤的口袋里，看着对面赌桌上的厮杀，背影挺拔，嗓音疲惫："无心无常的货币金融引起了无数人的贪婪和迷茫，引发的危机和战争又让多少国与民殇。过去人们付出的惨痛代价，并没有阻止今天正在进行的癫狂。大部分的人已经在这场金融狂欢中迷失本性，乐此不疲地进行逻辑自毁、理性自毁、信用自毁乃至人性自毁。把自己的欲望以美妙的外相强加给别人，金融产品层出不穷，手段繁复扭曲……但是，事实上，无论这场盛宴多么绚丽辉煌，当一切欣欣向荣的表象由于过度房贷而崩溃坍塌时，又有几人能置身事外？到了那个时候，将会有千万人流离失所、无家可归，沦为无业游民……这将是一个国家的灾难，一个时代的悲哀。"

浓郁的感伤与乐队欢快的演奏格格不入。官悦不懂尹汀的专业，却能

理解他心里此时的翻腾。在这场赌局中有人收获，就会有人买单，每一次的金融危机里，最终受害的，都是那些最普通的纳税人。

"我能为你做些什么吗？"在这样的境况下，官悦接不上话，只能表达她的关怀。

"能。"尹汀转身坐下，有些自嘲地笑了笑，轻叹了口气，"帮我多照顾何嘉怡和小旭，除了我，她们最需要你。小旭现在不愿意跟以前的朋友和同学再联系，这次你和官山过来，是她这一年多来状态最好的时期，谢谢你们……而何嘉怡，她学的专业最有可能让她将来进入投资行业，这一点，是我不太愿意的。"

"为什么？"官悦没想到他会不支持何嘉怡的选择，"进入投资行业，像你一样成为金融界精英，过上如此令人羡慕的生活，是所有考上商学院学生的梦想。何嘉怡拼了命考去纽约，也是为了进入这个领域，跟你能有更多的共同语言，更能看懂你的世界。"

"对，我希望的也只是她能更多地看懂我的世界就行了，不需要置身其中，从分析员做起，被榨干后再耗到心力交瘁。当然，前提是我能赌赢，能财务自由。如果我输了，就是最好的先例，让她不要涉足投资这一领域。这一行，虽精彩但不会快乐。在华尔街，不顾一切地追求财富最大化是一种习惯性行为，没有几个人能在这种刀锋上行走的日子里保存好心中的阳光和对生活的热爱，你看杨总选择的路就该知道了。这是一个能把欲望无限放大，最终让人迷失、上瘾的地方。时间久了，生活中再无其他乐趣可言，如果再没有像杨总那样强大的平衡能力急流勇退，一般的人很容易抑郁。我在这个行业十几年，看得太多，收获了财富，也疲惫不堪。我希望我的家人能有一份平和的心态，过一种快乐的生活。"

尹汀的一番剖析让官悦沉默。外人看来如此光鲜的一份职业，在他眼中竟是这样的艰辛。想想杨总的选择和他的经历，官悦大概能体会到他们这些年的心路历程。眼前这个在华尔街打拼十几年、手上管理着十位数资金的男人，攀越巅峰之后，最大的心愿竟是和家人在一起，平和快乐地

第二十九章 拉斯维加斯

生活。

内心平淡,一切皆安。

其实,这也是赵文涛对官悦的期望。

"要我怎么劝她?她现在接触到的人对她的影响应该更大。"

"你的背后是关哥和云波大师,他们对你心性上的点拨,是我和何嘉怡都需要的,她多跟你们在一起,看待这个世界的视角就会不同。我能让她不为生活所困,却无法让她不困于心。所以,请你多照应她。"

官悦点点头,沉默了下来,消化着尹汀这一晚上给自己说的话,有一种刚刚在直升机上俯瞰整个拉斯维加斯的感觉。高度、宽度与常人的视角不再一样。一种悲壮的感怀被猛烈地撞击着,伸出手,祝他所向披靡。

凌晨3点的酒吧里人声鼎沸,一桌桌豪赌下注的客人不停地进进出出,用酒精麻痹自己,用美钞点燃激情。酒店的整个大厅并没有因为进入凌晨时分而冷清,拉斯维加斯的繁华和精彩在夜里光芒四射。但明天一早,不知道有多少人满载而归,也不知道有多少人会一无所有。

跟尹汀喝完这杯酒之后,他也将披甲上阵,义无反顾地投入这个时代最汹涌的暗潮中去。前路坎坷,未来两年将狼烟四起,风云变幻。这种时候行路艰难,他却选择了一个人孤独地与整个华尔街对赌,没有退路,仅此一搏。

这一夜,只有官悦在为他祝福。

第三十章 北京规划

官悦从洛杉矶回到北京的时候已是10月中旬,此时正是京城最好的时节,丹枫迎秋,天高云淡。

赵文涛还是被官悦拿生孩子的事威逼利诱,决定回国发展,在官悦离开伦敦去美国后就正式办理了调动,现在已经在北京分公司就职了。

他知道官悦要回来,早早去了机场。

看到官悦走出来,拿着手机回短信的赵文涛立刻接过官悦手上的行李箱,扭了下头,说了两个字"快走"。

从机场到金融街的路上有点堵车,赵文涛好像很着急,一直在看手表。"你刚回来就很忙吗?"官悦很奇怪。

"忙,半小时必须到家。"

"对祖国的新生活适应得这么快?"

"相当适应!"

"你在忙什么?"

"周星驰的电影就要开始了啊。"赵文涛爱好广泛,最喜欢的是看电影,特别是喜剧,在被官悦反复压榨的这些年,他已经学会了苦中作乐,官悦一说钱他就看电影,周星驰的一部电影他可以看20遍。既然改变不了现实,还不能逃避吗?还没顾得上看的《功夫》简直对了他的胃口。

第三十章　北京规划

"那我吃什么？"官悦明显觉得话不投机，只有关心晚餐。

"楼下买点饺子呗。"

官悦转头，盯着赵文涛……

"干吗？"赵文涛警惕地看官悦一眼。

"干吗？我刚刚回来，要吃火锅，还要去按摩！"

"明天，明天，你想吃什么都可以。"

官悦张了张嘴，不知道说什么，无言以对，深吸一口气，缓了缓，望着天边渐起的晚霞，慢悠悠地说道："医生说备孕需要良好的心情，需要健康的身体。"

赵文涛一脚刹车停在了国贸门口："你说吃啥咱就吃啥。"只要官悦一拿备孕说事，赵文涛分分钟败下阵来。33岁的人了，盼子心切。赵文涛推了推眼镜："只是，空头支票可不要开多了，我年龄大了脾气不好。"

"要不，你还是回去吧，我自己去国贸逛一逛，心情也挺好的。"在赵文涛质疑的表情下，官悦也有些纳闷，从新年过后去伦敦到现在都大半年了，自己一直休养生息却怎么都没有动静，有可能是前几年喝坏了身体，也有可能是缘分未到。

"好！"赵文涛回答得极其爽快，丢下官悦，扬长而去。车开走不远，突然又停了下来，他跳下车，小跑到官悦面前塞给她一张卡，二话没说又转身小跑回到车上，飞驰而去。

官悦站在国贸门口，长叹一声："你又挽救了一场濒临破碎的婚姻。"

逛不逛国贸无所谓，官悦只想找朋友聊天吃饭，摸出手机，自然而然地打给了关海云："关哥，你在哪里？有没有空？聊个天儿！"

"昆仑饭店，没空，不聊。"电话被毫不客气地挂断。

官悦愣了愣，昆仑饭店离自己不远。她火速打了出租车，直奔昆仑饭店，心想你没空，我可以等。

大堂夹层的咖啡厅里面，官悦一进去就看到关海云和几个朋友在靠窗的沙发上认真说事情，找了个离他不远的位置坐下，让他看得见自己，忙

完了自会过来。

直到晚上10点,关海云才送走了朋友,坐到了官悦对面,用脚把趴在桌上酣睡的官悦踢醒。

"关哥。"官悦睁开眼,有气无力地喊了一声。

"你不是在美国吗?什么时候回来的?"关海云靠在沙发上,看得出很疲惫,嗓子有些沙哑,估计是说话说多了。官悦同情地看着他,刚刚听到他们还在部署这两年在美国的资产配置,说了几个小时,现在又来和官悦继续探讨人生。

"下午才到的。"

"杨旭情况怎么样?"

"很理想,一直坚持做训练,坚持用云波大师的药,精神状态好了很多。"

"那就好。"关海云点点头,靠在沙发上闭目养神。

"现在有问题的是我,我一下飞机就迫不及待地需要你指点。"官悦敲了敲桌子,生怕疲惫不堪的关海云真的睡着了。

"什么方向,说来听听。"关海云闭着眼睛,慢悠悠地说道,对官悦这个朋友,他一向都是很关照的。只要官悦找他说事,他都会认真对待。

官悦直截了当:"我这一年都在认真考虑,我还是决定不做工程了。"

关海云慢慢地睁开眼睛,看了官悦一眼,一边捏着眉心一边说:"一个女人家,早就该回去相夫教子了,让你男人去赚钱,这才是正道。"关海云早就说过像官悦这种有几分姿色的女人根本不适合做生意,要不你放得开、看得远、玩得转,就像肖莉一样,认准目标,认清社会规则,用青春换事业,自己承受着巨大压力;要不,浅尝辄止,过过当老板的瘾,转身回家,该干吗干吗。

"你男人呢?"

"把我丢在国贸,自己回去看电影了。"官悦垂头丧气。

"看起来你还不高兴?像你这种一天到处跑、不着家的女人,你男人没跟你离婚算是你运气好了。"

"关哥，好像我才是你朋友啊。"伤口上撒盐这种事最适合好朋友做。

关海云坐正了身体，鄙视着官悦："当初是你看上人家买了你们公司200平方米的房子才出手把别人拿下的吧？结了婚又不好好相夫教子，一天东跑西跑，现在你男人宁愿看电影都不看你了。我觉得你还是要好好反省一下了。"关海云很实在，语言犀利又简短。

官悦托着下巴眨着眼睛，话哽在喉咙半天不知道说什么。

"说了真话你还别不高兴了，不承认吗？我老婆要像你这样，早就喊她一边凉快去了。"

"没有不高兴，咋敢不高兴嘛！我就是专门来请教你的，我也知道，再像以前那个样子，肯定要离婚。"官悦嬉皮笑脸地笑了笑，故作洒脱地说，"虽然说离了也没什么，但是要再找个条件好、对我也好的估计也不容易。"

关海云嘿嘿一笑："你以为你国色天香，一群青年才俊在等着你吗？你离了试试看，等着骗你上床的肯定多，等着拿200平方米房子把你娶回家的，看看有没有。"关海云摇了摇头，"我还以为你行走江湖多年，已经是美貌与智慧并存，结果你也不怎么样，在这种大是大非上面，还是欠火候啊，平时云波大师的教导简直是浪费了，你居然还看不清生活的本质。"关海云经营企业是一把好手，说经论道也是一把好手，教训起人来更是一把好手。

"我这不是稍有偏差就来找你接受再教育了嘛。你继续继续，阐述生活的本质。"官悦赶紧摆正姿态。

关海云瞟了官悦一眼，淡淡地说道："跟哪个过，都是过。你能住在200平方米的房子里面，跟一个家境很好的人过上现在的生活，跟你的优秀和努力有一定的关系。"关海云对生活的深度洞悉和总结非常到位，话锋一转："但是，你要懂得惜福，懂得感恩，不要以为自己长得不错，挣了点钱就理所当然地想干吗就干吗。你男人不错，我看也是个适合当爹的

人,我劝你回去好好表现,赶紧添个闺女给我儿子当媳妇儿,不要再整天东跑西跑的了。"

关海云语重心长地说完,官悦已经瞪大了眼睛:"你……怎么知道我就是在打关小哥的这个主意?最近就是在努力调养身体准备要个孩子,这不才跑来找你帮忙的。"

关海云愣住:"你要孩子找我帮忙?你可能是找错了人吧!出门,左拐,有出租车,这个事情只有你男人帮得到你。"

"帮忙给我指个方向!大哥,你想多了!"

关海云没搭理官悦,喊来服务员签了单,站起来往外走,边走边说:"关键时候点化一下你,作为女人,有自己的事业是好事,但是家庭、子女才是一辈子最重要的底气,不要走偏了。"

官悦赶紧站起来跟在关海云后面,拉着他的衣服,哀求道:"我这不是不想做工程了嘛,又不想闲着,大哥,你收了我吧!"

关海云愣了愣,扬了扬眉毛:"收了你?一夫多妻?"

官悦阴森森地盯着关海云。

"你太看得起我了。"关海云退后一步,朝官悦拱拱手。

"关哥,我想好了,我先好好调养身体,争取尽快完成生儿育女的宏伟大业。但是,像我这种人才空闲在家又可惜了,你干脆收了我,让我去你的企业继续发光发热,你拨一个轻松点的山头给我打理,我去你那里到点吃饭,敲钟拿钱,你看如何?"官悦一口气说完在来昆仑饭店的路上想好的完美计划,一脸得意地望着关海云。

站在官悦面前,关海云背着手,抬起头望着天花板点了点头,一副刮目相看的样子看着官悦:"你确实是个胸有丘壑的人,有眼光、有抱负,不错不错……只是,不好意思,你想好了,我还没想好。"说完,转身,迅速下了楼。

第三十一章　曼哈顿生活

　　2005年的圣诞节，命运安排的剧情出现了很大的反转，让人始料不及。

　　官悦和官山离开洛杉矶之后，小洋芋就病了，是心病。无论她做什么都打不起精神，只要醒着就不停地走神发愣，觉得日子没劲，很没劲，连康复训练都能躲就躲。在又一个百无聊赖、辗转难眠的晚上，她认真给自己把了把脉，理智地梳理了自己的思路和感情，半夜起床画了个人物关系图，成功找到并确认了发病原因。病因一旦找到，对症下药就容易多了。

　　治疗的第一步，就是去纽约。

　　尹汀从10月底开始，一直在纽约，全身心投入了他新一轮的博弈中，对小洋芋无暇顾及。圣诞节前夕，小洋芋来到了纽约，第一件事是拨通了官山的电话，开门见山："我给你发了一个地址，来接我吧。"

　　"忙着呢，别添乱！"官山在曼哈顿下城的华人圈里小有名气，片约不断，接到小洋芋电话的时候正在朋友的工作室里面调试灯光。

　　"一小时以内看不到你，你就等着汀哥收拾你吧！"

　　"说得跟真的一样，你真的在纽约？"

　　"我已经在公寓大堂了，你还有59分钟。"

　　"神经病，等着！"官山一副不耐烦的样子，收起手机的时候，却

若有所思地笑了笑。刚刚他一边摆弄着灯光一边还在想,弄完了手上的事情,就开始帮小洋芋修修在她家泳池里帮她拍的水下写真,有几张已经差不多了,但自己还不是特别满意。不拿出点高水准的作品来,那个嘴欠的女人肯定不会服气。手机响起,显示小洋芋名字的时候,他还是愣了愣的,这是心灵感应吗?

一小时之后,位于上东区列克星敦大道的公寓大堂里,官山看到了坐在轮椅上、打扮得漂漂亮亮、正翘首以盼的小洋芋。看到官山出现,小洋芋一脸得意。

官山收起嘴角的笑,故作深沉地走到小洋芋面前:"你来纽约干吗?"

"找你啊!"

"这么冷的天,你不在洛杉矶晒太阳,找我干吗?"

"我说官山,你怎么这么忸怩?你是不是就等着我说我想你了,你心里才舒服啊?没必要这么装吧?"

"想我……想让我带你玩你就要讨好我呗,说点好听的让山哥心情好了才……"话还没说完,眼前一黑,一个香奈儿包包朝官山砸了过去,小洋芋自己转动轮椅往后面的电梯间移动。

官山急了,拿着小洋芋的包包,嬉皮笑脸地跑过去拦住小洋芋:"哎哎哎,听说女人生气是在乎对方哈?你这个样子到底是有多在乎我呢?"

小洋芋抬头望着官山,顿了顿,皮笑肉不笑地说:"官山,只要你有空,我有的是时间改造你,怎么样?敢不敢奉陪?"

"陪!你说咋陪就咋陪!走,我先陪你去吃好吃的。汀哥呢?"官山笑着转到小洋芋身后去推她的轮椅。对小洋芋他知道适可而止,这个姑娘简单又直接,两个人年龄差不多大,虽然一天到晚从来没正经说过话,但是在一起很愉快却是事实。

小洋芋瞪他一眼,仰了仰头:"重感冒,楼上睡着呢。我约了朋友吃饭,去叫个车我带你去Mima大厦。"

"Mima大厦?时报广场旁边?我姐也有个朋友住那里。"

第三十一章 曼哈顿生活

"你姐那个朋友,就是我约的这个朋友,蠢透了你!"

"何嘉怡?你约的何嘉怡?!你跟她很熟吗?"官山摸摸鼻子,自问自答,"哦,哦,我姐的朋友,你应该是熟的。"

"不只是我熟,你熟悉的人跟她都熟,你居然不知道这群人的关系?你也是蠢出了新高度!"

"什么关系?来,我们聊一下再走。"

"去!叫!车!"

8月到纽约,至12月圣诞节放假,这4个月何嘉怡很忙、很投入。大学毕业之后工作了几年,再回到学校,很多课程读起来都非常吃力,但路是自己选的,咬牙跟上是唯一的选择。圣诞节假期,她哪里都不去,准备在家学习。

从秋天到冬天,纽约的天气变化非常明显,一进入12月便是大雪纷飞。每天放学,何嘉怡习惯在布莱恩特公园下车,穿过公园走路回公寓。阳光好的日子,她会穿上尹汀为她精心挑选的衣服、鞋子,背着包包,约上官山在公园或者路上为她拍一组街拍照,回去后上传到她的博客上,写下一天的心情。

何嘉怡的博客地址官悦知道,尹汀也知道。

在很长一段时间内,官悦每天早上起来洗漱完做的第一件事情,就是打开何嘉怡的博客,看她的心情,看纽约的风景。何嘉怡很会打扮自己,也很会写。加上官山的摄影技术和博客的兴起,很快,她的博客点击率便直线上升。

2005年10月16日

周末在家,哪里都不想去。不到12点,又困了。手上的书掉到地上,实在没有力气去捡,靠在落地窗边的沙发上,20℃的气温,安静到只剩空调的风声。我不觉得此时还有什么事比在梦中吻你的眉眼更重要了。

不知道音响怎么会突然启动。醒来,但不想睁眼。耳边响起我在丽江

客栈里淘到的佛经，从来没有听过这样的诵唱。那是一种能将人心穿透的力量，我软磨硬泡，让老板卖给了我，来纽约时专门带了过来，它能让人忘我，陪我一路诵唱宁静。

喃喃地跟着念诵，全身无力，心却通透。眯着眼睛看看周围，刚才泡好的普洱还冒着热气放在我的面前，旁边放着的作业我才做了不到一半。

窗外的远处是蓝得融在了一起的天和海。继续斜靠在沙发上，不想破坏这样的画面，假装，你就在我的身边……

2005年12月1日

纽约下雪了，漫天飘飞的雪花，我第一次见。站在回家的十字路口，天色很暗，路灯昏黄，一片一片的白，很快盖满了旁边的树枝。

绿灯亮起的时候，竟然忘了前行，铺天盖地的伤感让我突然很想拨通你的电话，告诉你，我在下雪的黄昏，真的好想你。

熟悉的号码在梦中我都能反复背出，一遍一遍地写在纸上，刻在心里，却从来没有按下过绿色的按钮。我怕我们相对无言，我怕我会不顾一切向你飞奔而去……

还不如就这样默然相爱，寂静欢喜……

2005年12月10日

接连下了几天的雪，整个纽约都白了。中央公园里面，是另一个世界。

傍晚时分，去拍雪景，手里的相机已经无从对焦，每一处的删减都是一种遗憾。

拐进一处树林，坐在铺满积雪的桥边，看着灯光映照下的雪景，点一支烟，头上是路灯下拉成了雪帘的感伤。

霓虹里，把思念揉碎，裹上素雪，染尽了风霜……

2005年12月16日

第三十一章 曼哈顿生活

大堂服务台上巨大的一捧鲜花,一进门我就知道那是你送来的。

再繁忙的日子,你都不会忘记我的生日,尽管我多么希望推开大堂大门的一瞬间能看见你的笑脸。

在曼哈顿生活地铁已经足够,那张写着"生日快乐"的提车单让我异常渴望你的怀抱。如果我要用车,一定会是在用它去找你的路上。

可是,你在哪里呢?

我总觉得你就在我的身旁。常常在回家的路上,常常在人来人往的十字路口,突然停下脚步四处张望,总是害怕我们擦肩时,我会错过你的目光。

……

每次看何嘉怡的博客,官悦都会心痛,都会惆怅。这一切的无奈和分离都是因自己而起,何嘉怡,原本已经找到了自己想要的生活……

在得知小洋芋要去纽约找何嘉怡的时候,官悦还是把尹汀的近况和小洋芋这一年多来的变化、心态都告诉了何嘉怡。官悦觉得小洋芋去纽约是决定了要做些什么。以她的脾气,是不会让这几个人的关系这么难以捉摸的。

电话那头,何嘉怡沉默了很久很久,才木讷地说道:"小洋芋就快到了,她要吃冒菜,我去做饭了,你快睡。"

官山推着小洋芋到的时候,何嘉怡穿着围裙,给他们开了门。小洋芋看了何嘉怡一眼,面无表情地转着轮椅进了房间。

官山看看何嘉怡,又看看小洋芋:"你们俩这是熟得无声胜有声了吗?"

没人搭理他。

何嘉怡走几步跟在小洋芋的轮椅后面,伸手扶着轮椅,把她推到了落地窗边的餐桌旁,再把轮椅固定好,又帮小洋芋脱下外套放在沙发上。整个过程,小洋芋没有看何嘉怡一眼,端起餐桌上的温水自顾自地喝着,看着窗外曼哈顿最美的风景,自言自语:"地方不错,很会享受嘛。"

何嘉怡站在旁边,看着故作冷漠看风景的小洋芋,视线扫过她的双腿时,又赶紧移开了视线,转身朝官山抬抬头:"端菜去。"自己去卫生间拿了一张温热的毛巾,走到小洋芋面前递给她:"喜欢就住这里,我照顾你。"

小洋芋接过毛巾依然看着窗外:"我要汀哥在你隔壁给我租一套一模一样的。"

何嘉怡笑了笑,默不作声,帮她摆好碗筷,放好餐巾,还帮她用大碗装了一碗水在旁边,好涮涮太辣的冒菜。

官山端了菜上桌,小洋芋闻到香味装不下去了,迫不及待地转身拿起筷子,扭头才发现何嘉怡手上包了两个创可贴。

小洋芋抬头望着何嘉怡,脸上是一贯的轻蔑:"三个菜一个汤,两个创可贴,一年不见你真是长进不少。"

何嘉怡今天有点蒙,从接了官悦的电话开始,就一直恍惚着。关于尹汀的近况,关于小洋芋的状态,这些对于她来说,多少扰乱了她这几个月相对平静的生活。

"知道你要来,太激动了,手抖。"

没人接话,官山和小洋芋嘴都没闲着,认准那一锅冒菜吃得很香。何嘉怡坐在中间,有点心不在焉,看着吃得很欢实的小洋芋,心倒是很宽慰,这才是她认识的自命不凡又充满了生命力的小洋芋。她起身去厨房拿了红酒给大家满上,想为他们各自的努力干一杯。

"去给我拿瓶冰啤酒,这个不解渴。"小洋芋吃得太急,被辣得满脸通红,朝何嘉怡挥挥手。

"我要两瓶。"官山也不客气。

"没有,只有你下楼去买了。"

"请我们来吃饭啥都没得,搞什么名堂?"官山很不爽,"就知道使唤我,顺口吗?"

"少废话,让你去你就去!"小洋芋不停地用手在嘴边扇着,到处

第三十一章 曼哈顿生活

找水。

官山站起来,一边狠狠地瞪了这两个女人一眼,一边利索地到厨房去给小洋芋拿了瓶水,拧开盖子递给她。转身,抓起外套嘟嘟囔囔地下楼买啤酒去了。

小洋芋猛灌了一口矿泉水:"何嘉怡,你就没安好心,谁让你放这么多辣椒的?活该你做饭划了手贴创可贴。"

何嘉怡慢慢摇着红酒杯,淡淡地说道:"水给你倒好了放在旁边,让你涮一下再吃你不听。想对你好点你不给机会,活该。"

"用不着你对我好,刚才出门那个你觉得怎么样?挺对我胃口,我准备换方向了。"小洋芋擦了擦鼻尖上的汗水,斜眼看着何嘉怡,"但是你要搞清楚,不是我抢不赢你,是我移情别恋了。"小洋芋吸着鼻子,伸手拿过沙发上的包,翻来翻去摸出一张门禁卡和一把钥匙,对着何嘉怡晃了晃:"我今天来就是通知你这件事情的,也顺便成全一下你,汀哥现在人在纽约,这是他住的地方,卡上有地址,他生病了一个人在家。"

彼时,何嘉怡正站起来往小洋芋的碗里舀汤,听到后面那句话时,手抖了抖,把汤洒了一桌子。"喂!你疯了啊!"小洋芋用毛巾赶紧挡住往自己方向流过来的汤,大呼小叫,"你就这点出息,花痴啊你!这汤还有吗?给我汀哥带点去!还有,你这地方我征用了,没我通知你不要回来,我就不信了,我看他装傻要装到什么时候,跟我绕圈子,他还嫩了点!"

"汀哥……病了?"

短短几句话,小洋芋输出了这么多重要信息,何嘉怡愣了一下回过神,手忙脚乱地擦桌子:"你看上了官山?他知道吗?我就是看他对你挺好的……汀哥……他怎么了?"说出那两个字时,何嘉怡听见自己的心跳空了好几拍。

"他又不是纯情男,还能感觉不到我是奔着他来的纽约?我可没空跟他绕圈子,等会儿上来了我就明说,行就行,不行也得行!"

"汀哥他到底怎么了?"

明显，小洋芋急切表达的和何嘉怡急切关心的不在一个点上。

"就是重感冒而已，在家躺了两天了。现在重要的是我的事情，你到底在听没有？"

"啊，在听，你看上官山了，要把他拿下，官悦知道吗？刚才我俩还打了半天电话，怎么没听她提呢？"

"先斩后奏，跟她说了她要是给官山压力怎么办？我得观察他的第一反应，他那点小心思全都在脸上，瞒不过我的。"

"汀哥……知道吗？"

"你觉得我这点小心思能瞒得过他？"

"那他怎么说？"

"我自己的事，他管不着……何嘉怡，你是不是故意在这里磨蹭，好让我反复催你，你才好意思出门去领你的圣诞礼物，是吧？"

被一语中的的小洋芋戳破，何嘉怡的脸一下就红了，抓起桌上的钥匙和门禁卡，直接进卧室拿外套去了。

"你那几个香奈儿限量款我都没买到。"小洋芋边吃边抻长了脖子往何嘉怡的衣柜里看。

"都是你的了！"

第三十二章　第五大道

圣诞节前的曼哈顿，整座城市白雪皑皑。天黑得很早，公寓门口被装点得炫目璀璨，42街周围的街道很多行道树上都挂满了晶莹的灯带，新年团聚的气氛浓郁而欢快。

这么久以来，何嘉怡梦到过很多次和尹汀重逢的场景，梦到过很多次他带着自己走在纽约的大街小巷。她甚至在台历上画满了对钩，标记着他们从北京机场转身后每一天的逝去。

那种日复一日的期盼，熬得人有点看不到边。

没有任何心理准备，半小时前，她看着小洋芋时还在想着他此时会在哪里；半个小时之后，他们之间就只隔了几个街区的距离。幸福来得太突然了，周围的一切都变得不太真实了。

就像那些映在车窗上、在满街的圣诞灯火中飞逝而过的一幕一幕。

何嘉怡按下玻璃窗，冷风吹进来，这样能让自己镇定一些。穿过第五大道的繁华，路的尽头，便是等了5年的时光。

靠在列克星敦大道的公寓墙上，使劲地做着深呼吸，活动活动紧张得有点僵硬的手指头，何嘉怡颤颤巍巍地打开了601的房门。

这是一套有些复古的公寓，在上东区的黄金海岸社区，大名鼎鼎。拐过玄关，房间里只开了两盏壁灯，暖色的灯光让她稍微放松了一些。客

厅里陈设雅致，中间有个巨大的壁炉，火光跳跃，映照得整个房间温暖静谧。壁炉对面的深棕色沙发上，裹着一床羊毛毯子睡得很沉的那个人，连呼吸声都那么熟悉。

隔着一年零两个月的距离，隔着从成都到曼哈顿的整整一个冬季，那张半掩在毯子里的脸轮廓分明，触手可及，近得有点不可思议。

站在原地，何嘉怡挪不开脚，想再看得更清楚一些，眼前却已是一片模糊。时间如果能够定格，她想就这样看着他，再久都不够……

雪又下了起来，被阳台外面的射灯映照着，能看见鹅毛般的雪花一片片飘落而下。落地窗外，远处的圣诞霓虹灯照进了客厅的一角，无声无息。

尹汀迷迷糊糊地睁开眼睛，靠在沙发上看着窗外的飘雪出神，揉了揉太阳穴，人是晕的。一睡着，梦里全是感情的纠葛，竟让人有些伤神。从沙发上坐起来，身上还是有些酸痛，皱着眉先想想有没有耽误什么事情。打开茶几上的电脑，又是几十封未读邮件，大部分是投资人发来威胁他撤资的，不急着回。点开收藏在浏览器第一排的链接，是何嘉怡的博客地址，刷新了一下还没有更新，有些淡淡的失落。端起旁边的水杯，顿了顿，记不得是什么时候放在那里的了，居然是温水。穿上背心站起来走到落地窗前，阳台上已经铺满了积雪。这么冷的天，她是第一次在纽约过冬，肯定很不习惯。学校已经放假了，不知道她是怎么安排假期的，只有等她的博客更新。

看着窗外被白雪覆盖的霓虹灯正在走神，厨房里传来一阵轻微的响声，尹汀转身，偏头看了看墙上的钟，不到7点，心想小旭怎么这么快就回来了？

他放下水杯，朝厨房走过去："小旭，要吃什么我给你做，你别在厨房里翻了。"

一片寂静。

尹汀拐过客厅的酒柜，看到开放式厨房里站了个人在熬粥，不是小旭。何嘉怡听到声音转过身，手里拿着勺子。尹汀眯了眯眼睛，震惊中带

第三十二章　第五大道

着不解，头更晕了。

目光交缠着，时光轮转，有悲欢离合。除了心跳，尹汀感受到了她满眼的眷恋。

眼前的何嘉怡努力地对着他微笑，眼泪却已经滚滚落下。她放下勺子朝他走过去，身上白色的V领毛衣是他亲自选的那件，长长的头发很随意地扎在脑后，脸上白皙明亮，没有化妆，自然得跟北京临别时的那晚一模一样。

尹汀愣在那里，脸色有些苍白，人瘦了，轮廓更加明显，浑浑噩噩的，反应有些迟钝。何嘉怡走到他面前，伸出手去牵他，刚一触碰到他的指尖，便被他反手抓住，一把拉进了怀里，脸旁满是熟悉的气息："何嘉怡。"

两人只有用力拥抱着，才能确定这是真实的相聚。尹汀抱紧了又松开，握着她的肩膀仔细看了看，再次把她拥进了怀里。

何嘉怡两手紧扣在这个厚实挺拔的背上，叫他的名字，在他脖子上使劲地闻着属于自己的味道。尹汀温热的吻停留在她的额头，声音沙哑，有些激动："你和小旭在搞什么鬼？"

不用想都知道是杨旭给了何嘉怡钥匙。他生病在家躺着，杨旭说官山来接她，他很放心。小姑娘雀跃的心思都写在脸上，从官山离开洛杉矶的那天开始，她就有了心病，尹汀不问也不说，小姑娘大了，已经很懂事了，他只管做好她的后盾，其他的交给时间和缘分，只要她开心就好。这次她来纽约，看着她打扮了自己一下午，高高兴兴地出了门，还让自己等着礼物送货上门。但他没想到，她是去了何嘉怡那里。

怀里的"圣诞礼物"明显单薄了很多，他紧紧抱着，舍不得松开，直到她的吻落在自己的颈窝："我以为自己病得眼睛都花了，何嘉怡，真的是你。"

"这是小洋芋送我的圣诞礼物。"何嘉怡抱着尹汀，声音哽咽，"她和官山下午在我那里，她说你病了。你怎么把自己弄成这样？"

　　感冒了闻不到何嘉怡的味道，怕传染给她，只能吻她的头发，男人隐忍的思念不会轻易地表达。何嘉怡写了很多的信给尹汀，而尹汀很少回信，不是不想，而是不敢表达自己的感情。她在博客里的字字句句他都看了无数遍，她的落寞他都能懂。她生日那天他也在纽约，在她公寓对面的咖啡厅里坐了一下午，看着她从玻璃窗前走过，看着她在十字路口愣愣地发呆，看着她摸出手机又放了回去，看着她在飘雪中孤独地穿过马路，看着她站在公寓大厅里捧着鲜花的背影微微抖动……他叹息着转身，在她楼下的马路边，一直站到整栋公寓灯火通明。

　　好几次了，他在离她不远的地方，看着她走近又走远，最终只剩背影。曼哈顿的风雪迷眼，望不见前面的路。

　　对他这样一个常年奋斗在华尔街的人来说，博弈不过是一场场的豪赌，只有她，是他一生都放不下的牵挂。

　　"前两天想看看你，在华盛顿广场坐太久，冻感冒了。"

　　何嘉怡从他怀里抬起头，转过他的脸："你在哪里等我？你真的在学校门口等过我？我每天放学的路上都在东张西望，我总觉得你就在我周围，你知不知道我每天都在盼着你能突然出现在我面前？"

　　尹汀点点头，温柔的吻落在她的额头说着他明白。他长长地叹了口气："有时候太想你了，就去广场坐着等你，看到你了，心里就踏实了。"

　　情人之间，有了深爱便有了依赖。不管是工作累了，还是被投资人逼得心力交瘁，一个人低落的时候，他习惯了走路穿过华尔街再到华盛顿广场，趁她放学时在人群中默默凝望。

　　尹汀弯腰抱起挂在身上的何嘉怡，朝客厅的沙发走过去。她趴在他的肩膀上，那张日思夜想的脸，俊秀温和，轮廓挺拔，她忍不住靠上去，吻住了他的唇。

　　尹汀一顿，把脸转开："我感冒了，会传染给你的。"边说边在沙发上坐下，把何嘉怡放在腿上，抱进了怀里。一年多不见，他们终于找回彼此的怀抱，在这个冷得快要熬不下去的冬天。窗外的雪越来越密，壁炉里

第三十二章 第五大道

的火焰跳动，生出了欢喜。

何嘉怡坐直，捧着尹汀的脸："就要被你传染，就要跟你同病相怜！你把自己熬得这么辛苦却什么都不告诉我，你这么大的压力从来都不对我说，你的决定也从来不跟我商量。"两人四目相对，何嘉怡的眼泪大颗大颗地往下滴："你好的时候给我最好的，你不好了就想把我远远地丢开，你以为我是什么人？你以为我就能那么心安理得地享用着你给我的一切吗？你以为你放开了我就是对我最好的安顿吗？"她声泪俱下地说着，从默默流泪到号啕大哭。从下午在官悦那里知道了尹汀的近况和他对未来的安排之后，她就一直哽在心里，这个时候越说越气，心里的落寞悲愤倾泻而出："我认识你9年，等了你5年，我在你心里就只是一个只能同甘、不能共苦的人吗？那我凭什么值得你爱？"何嘉怡抽泣着说不下去，靠在了尹汀怀里，头埋在他的颈窝里，边擦眼泪边闷声闷气地说："姓尹的，我告诉你，你富贵也好落魄也罢，这辈子除了照顾小洋芋这一个理由，你休想再把我丢开！从现在开始，你所有的安排里面都必须有我，你所有的计划都必须跟我商量，你对我最好的安顿就是把我带在身边……你知不知道我进门看到你一个人躺在那里的时候心里有多痛……"

眼泪成行，相思成灾。

两个人，为了照顾小洋芋的情绪，一直隐忍克制到现在，害怕放不开手，干脆连面都不见。

何嘉怡哽咽着已经说不下去了，她一口咬住尹汀的嘴唇，用尽全力发泄。尹汀却把她抱得更紧，心底那份被触动到的深爱蔓延到了每一根神经。

一直以来他都知道，只要见到她，便无处可逃。这一年多来，他选择沉默，一个人消化，一个人承担，一个人在商海沉浮，一个人把未来规划得万无一失。他很累，却没有人可以诉说。

他再也舍不得放开她了。怀里的温度是他心里最依赖的归宿，就连她大哭大闹的时候都是他喜欢的样子。他帮她擦干满脸的眼泪，深深地叹一

口气，温言细语说道："何嘉怡，你值得我用所有的爱对你好……这一年我过得一点都不好……人太孤独了连抗压能力都会减弱……责任有时候是一种动力，有时候会压得人很脆弱……幸好你没有放弃我……谢谢你来纽约，让我知道你一直在这里等我……幸好你来了……"

尹汀低下头，绵长的吻，从她流着眼泪的眼角到脸颊再到唇边，轻轻落下，感受着彼此的呼吸，沉溺在久违的气息里面。温热的缠绵在两人之间散开，一点一点变甜变浓，情丝交融。

厨房里熬着的粥扑哧一声，何嘉怡狠狠吸吮了一阵才放开尹汀，擦了擦满脸的泪水，站起来吸着鼻子瞪着他："忘记熬着的粥了，我去给你端，病成这样连吃的都没有，马上放假了，冰箱也是空的，尹博士，你还真是能干。你以后再自作主张，我就真的不管你了！"

尹汀靠在沙发上，看着何嘉怡一蹦三跳去厨房抢救快煳了的粥，摸了摸被她咬得有点肿的嘴唇，笑得很宠溺："我一直在等你来管我。"他深吸一口气，靠在沙发上看看四周，一样的房间，却有了不一样的烟火气息。见不到人的时候，煎熬着；见到人了，还是煎熬。

他拿起茶几上的电话，拨通杨旭的号码，刚一接通，就是一惊一乍的声音："你怎么还有时间给我打电话？我投的那颗鱼雷走错路啦？"

"小旭，你在哪里？跟官山在一起吗？"尹汀不太放心。

"对啊，在何嘉怡这里。官山嘛……他正在让我承诺要对他负责任。"

电话那头传来官山大呼小叫的声音："小洋芋，歪曲事实可是要挨打的！"

"你挨我一个试试看，我保证让你只躺三天。"

"小旭，让官山接电话。"尹汀笑了笑，她能这样嚣张就证明她已经拿住了官山。像小洋芋这样的脾气，如果聊得不愉快，早就让官山有多远滚多远了。

"汀哥……"官山的声音有点怵。

"嗯。"尹汀拿着电话，何嘉怡端着一碗粥从厨房出来，坐在他腿上，

第三十二章　第五大道

舀了一勺吹了吹，喂到他嘴里。他边吃边问官山："你们……还好吧？"

"汀哥，我敢不好吗？"官山放低了声音，但听得出来带着笑声，"你们几个太可以了，这么复杂的人际关系，今天我才捋明白。好日子啊汀哥！你忙你的，别操心我们了，我基本上单方面同意旭总的合作方案。"

"怎么个合作方案？你说说。"尹汀嘴里含混不清，何嘉怡一勺一勺地喂他喝粥。

"旭总……正式宣布拜我为师，准备一天24小时跟我刻苦学习摄影。"话没说完就听见官山大叫一声，被旁边的小洋芋掐了一把，一边惨叫着认错一边求救，"汀哥，你快来救我！迟了兄弟今天就只有交待在这里了！幸福来得太突然了，兄弟还没做好迎接新生活的准备啊！"又是一声尖叫，官山哀号着："汀哥，快给我姐打个电话，我要是有个三长两短，让她不要怪小洋芋，我……我基本算是自愿的……"

手机被小洋芋抢了过去："你就放心地享用你的圣诞大餐吧，别担心我了，官山会把我伺候好的。我正式宣布，这个公寓我接管了，我喜欢这里，明天你们过来拿何嘉怡的东西，让她去你那里住。"

尹汀和何嘉怡笑着对视一眼，"你都这么大了，自己想好了就要认真对待，我就不啰唆了，只要你开心就好。"

"我不开心，我一点都不开心！我都不要你了，你居然一点都不失落，要不你哭一个给我听听，我会更开心的。"

"你要不要我我都是你哥，等你嫁人的时候我陪你爸一起哭。"尹汀扶额揉了揉太阳穴，有点欲言又止，"叫官山接电话，我有事跟他说。"

官山接过电话，毕恭毕敬地等着家长训话。

"官山，小旭的伤势你清楚吗？"

"上次去洛杉矶的时候我听你和我姐说过。怎么了汀哥？"

"她这一年多恢复得非常好，当年云波大师也说了，只要她配合治疗，最多两年就能站起来，不会影响将来的生活，现在看来情况非常乐观。"尹汀一片用心良苦，这是在以家长的身份跟官山对话。既然两个人

两情相悦,也不是闹着玩的,他认为很有必要认真说开,也是为了打消官山的顾虑,毕竟以小洋芋现在的情况,有勇气接受她,跟她认真面对未来的人不多。

"汀哥,你放心,我不像你和我姐,我一直就把她当成正常人对待。"官山很诚恳,难得这么严肃地说句话。

"她平时吃的药和康复注意事项我明天给你带过去。"尹汀顿了顿,挠了挠头,"嗯……她之前的伤在腰上,现在虽然好得差不多了,但是……不能有……太剧烈的运动。"

"没有运动啊,我不会让她剧烈运动的。"官山脱口而出后才反应过来尹汀说的剧烈运动是什么意思,"呃……汀哥……"

小洋芋在一旁听着也反应了过来,朝着尹汀大吼了一句"管好自己吧",就挂断了电话。

何嘉怡放下碗,捧着尹汀的脸,边笑边吻:"尹博士,家长不好当啊,你自己都还病着,也不适合剧烈运动。"

尹汀的卧室宽大简单,双人床上只有一个枕头,显得孤单冷清。何嘉怡突然有些心痛,这个男人一个人实现了很多人的理想,却在最冷的冬天蜷缩在沙发上,连病了都无人照顾。他给了她一切美好,而她最想要的,却是霸占他的枕边,每天一睁眼就能看到他的眉眼。

"家里还有枕头吗?要放两个才温暖。"何嘉怡搂着他的脖子。

"有,衣帽间里,你不在身边我不喜欢看着空荡荡的枕头,我们去拿。"

尹汀牵着何嘉怡走进衣帽间,打开衣柜的门,一排颜色深深浅浅的西装、衬衣和各种大衣整齐地挂着。何嘉怡站在门边,一件一件地摸过去,他爱的男人,从来都很懂生活,很有品位,修长结实的身形,穿什么都能驾驭。

"你的衣服太单调了,多是多,都是冷冰冰的颜色。"何嘉怡边拿枕头边看尹汀,"过几天等我把我的衣服挂满了,这里就有家的味道了。"

第三十二章　第五大道

何嘉怡转身走在前面，尹汀跟上，从后面抱住她，温柔的吻落在她的肩上："只要有你就有家的味道。"

感冒了的男人，鼻音厚重，带着一些急切的气息吻在她的脖子上，温柔撩人，惹人疼惜。何嘉怡把手上的枕头扔在床头，转身看着尹汀，两手环绕在他的腰上，仰起脸，浓情蜜意："这么好听的话能多说点吗？心都化了。快说，你有多想我？"

"何嘉怡，我很爱你。我想以后每天都有人给我放水泡澡，给我熬汤，抱着我睡觉。"

有些心酸在空气中流动，何嘉怡拉过他的手，指尖冰凉，放在脸上："一辈子。"

他点头，把她环抱在臂弯里。夜色寂静，偶尔有圣诞的彩灯扫过窗户，投进来一片昏黄，安然和煦。

他转头去看，窗外，风雪已停。

听着彼此的心跳，这个拥抱格外长久，久到她要帮他盖上被子的时候，才听他带着浓浓的鼻音低声说道："何嘉怡，纽约太冷了，我们去夏威夷吧，我想带你去度假！"

第三十三章　激情夏威夷

　　从纽约到夏威夷需要将近14个小时的飞行时间,非常漫长,何嘉怡却觉得坐飞机从来没有那么愉快过。她在头等舱睡了7个小时,尹汀躺在她的身边,她起来后坐着看了他7个小时,后来又躺在他的身边。

　　在这14个小时里面,两人没有工作,没有电话,没有邮件,没有距离,没有任何人打扰,没有无尽的等待,更没有从前在一起时刚刚见面就惧怕分离的焦虑。

　　从檀香山机场转机去夏威夷大岛,又是一个小时的飞行行程。何嘉怡无所谓,行程安排不是重点,就这样一直在路上也挺好,跟着尹汀,即使是流浪,也是去最温暖的方向。

　　何嘉怡一路都舍不得放开牵着尹汀的手,牵着他去转机,牵着他让他一只手取行李,牵着他在机场取车办手续,牵着他跟他一起走到卫生间门口。那种失而复得的心情,就像那一年"9·11"之后,她三个月没有他任何一点消息,万般煎熬终于等来他电话的那天,她疯了一样从美国大使馆狂奔去机场找他。从那一次开始,她就有了心理阴影,她随时都在恐惧着,怕他会再一次不告而别,怕自己再也找不到他。在美国的这一年,更是被一种失落和恐惧困扰着,除了等待,她不知道他在哪里,也不知道未来会是怎样。好不容易等到了形影不离的这一天,她不想再让尹汀离开自

第三十三章 激情夏威夷

己的视线。

站在卫生间门口，尹汀看着她，又看看从下飞机就没松开过的两只手，笑得很宠溺，一脸无奈地对她说："如果能憋到回酒店，我都会尽力的。"

从机场开车去酒店的一路，何嘉怡把越野车上的顶篷和音乐打开，在海风中高歌前行，长发飘散。路的两边，一边是云海相连的太平洋，浩瀚无垠，一边却是苍凉雄奇的火山遗迹，寸草不生。尹汀身穿一身亚麻衬衣配米色的棉麻休闲裤，轻车熟路地开着车，清爽洒脱的样子让何嘉怡忍不住倾身上去，在他脸上亲了又亲。海岛的阳光很刺眼，尹汀半眯着眼睛，不时转头，迎上去轻轻一吻，又快速转开。

光影流转在两个人的脸上，明明暗暗，真真切切。

半小时之后，车开进了维库鲁瓦度假村，眼前一亮，周围绿洲环绕，奇花异草层层叠叠，跟刚才路上的荒凉形成了鲜明的对比，短短30分钟，突然就跨进了另一个世界。

维库鲁瓦度假村里面有一家全世界最大的希尔顿酒店。尹汀把车交给泊车员之后，牵着橡皮糖一样的何嘉怡办好了入住手续，坐上酒店里穿梭于度假村的小火车去找他们的房间。何嘉怡激动又新奇，牵着尹汀一路问东问西："这个酒店到底有多大？去房间还要坐火车！"

"据说有25万平方米。"尹汀含笑看着她，被她的情绪感染着，轻松惬意，"这里面有3栋主楼，周围有5个世界一流的高尔夫球场，还有水族馆。等你休息好了我带你慢慢逛，活动很多。"

"这么好玩的地方，小洋芋不来简直可惜了。"何嘉怡和尹汀出发之前，反复邀请小洋芋和官山同行，结果小洋芋连考虑都没考虑一下就拒绝了。官山越到假期片约越多，走不开。而小洋芋说她要看好这个拍美女的潮男，要带他回洛杉矶见家长。

"杨总回洛杉矶了，她带官山回去见见也是应该的，难得她能这么认真对待。你要喜欢，我们可以约着他们两个再来一次。"

"真的没想到，小洋芋会跟官山在一起，缘分实在是太奇妙了。"

何嘉怡感慨万千,她非常明白,只有小洋芋好了,身边所有的人才会好起来,也只有小洋芋有了好的归宿,她和尹汀之间才会有美好的未来,"不过他们两个实在是合拍,能疯到一起去。小洋芋这一年多肯定被你这个闷葫芦给闷坏了。"

尹汀笑了笑,点点头:"我本来话就少。"

"继续保持这样的风格,只准跟我话多。"何嘉怡的眉眼里浸满了幸福,"你以前来过这里没?"

"在KPT银行的时候来开过会。"

"那好玩的你都玩过,就没有新鲜感了。"何嘉怡有点淡淡的失落,他们之间,少了太多的共同经历,认识尹汀前后近9年时间,加起来在一起的时间其实不到1年。

"那时候工作太忙,除了开会,基本在房间补觉,没怎么出门。"

"这次来你就有时间出门吗?"何嘉怡趴在小火车车窗上,看着窗外的风景,一丝坏笑挂在嘴角。

"感冒好了……不怎么想出门。"

主楼的前端,是有着无敌海景的宽大套房,推开房门,穿过客厅,一眼就能看到阳光下蓝得有点刺眼的太平洋。何嘉怡终于舍得丢开尹汀,朝阳台跑去,沐浴在海岛下午的阳光中,仰头深深呼吸着海风里青草的味道。前面,深深浅浅的各种蓝色填满了天际,楼下白色的沙滩上茂密的棕榈树摇曳在海边,满目美景。

熟悉的味道从身后环绕过来,她被揽进了他的怀抱:"一个人来,和跟你一起来感觉是完全不一样的。"

何嘉怡往后靠了靠,依偎在尹汀的怀里,看着海边冲浪的人群,深吸了一口气:"你的味道裹在海风里真的好好闻,这么多年了,这几天是我过得最踏实的日子,随时转身你都在身边,随时都能闻到你的味道。不害怕电话一响你就要去机场,不害怕一睁开眼房间里空荡荡的只有我一个人……汀哥,现在这样的画面,我等了很多年了。"

第三十三章　激情夏威夷

尹汀在何嘉怡身后搂着她，点点头，一个吻落在了她的头顶："我也等了很多年……再好的地方，一个人也品不出太多的味道，这些年因为工作去了很多的国家，都是匆匆而过。以后我们一起，从这里开始，我带你去看最漂亮的风景。"

海面的阳光渐渐西斜，不再刺眼。楼下花园里的小路两边，有酒店的工作人员在点亮火把。一路看过去，蜿蜿蜒蜒的全是火光，黄昏将至，夏威夷的风情凸显，暮色正浓。

转过身，何嘉怡靠在尹汀胸口，紧紧抱着他："带着我，不管你到哪里，都让我陪在你身边，让我陪你经历你所有的喜怒哀乐，不要再让我一个人等你了。"

深深的吻，从鼻尖到唇角。尹汀心里的亏欠在快速地铺开，对何嘉怡，他从一开始的被吸引，到后来的故意回避，再到情不自禁，那时候两个人的感情中有苏槿，他不能顾及另外的感情，一直都在挣扎着放下过往。后来小洋芋的事情，其实何嘉怡没有任何责任，却不得不承受不得已的结局，他从来都没有给过她安全感。只有她，一直坚守在原地，一直不放弃追寻他的足迹，从北京到成都，再到曼哈顿，从18岁到即将而立，从一个人风里雨里独来独往，习惯形单影只，到现在无时无刻的牵挂思念，渴望拥抱她的温柔。尹汀发现，何嘉怡用了5年的时光，已经浸到了他心里最重要的地方。

离不开她的，原来是自己。

"何嘉怡……不会了……我们都等得太久了。"抱紧缠在他脖子上的人，温热的气息，唇舌依恋舍不得分开。西沉的夕阳收敛了刺眼的光芒，将周围笼罩上一层金色的朦胧，有光照在她仰起的脸上，清澈美丽。尹汀把她放在自己的脚背上，一步一步地移动着，嗓音柔软低沉："旁边是海景浴室，我们去泡澡吧。"

何嘉怡沉迷在尹汀的味道里，这样的时候，她只想紧贴着他，纠缠到底，不管是浴室，还是床上，他们需要的，是彼此拥有。

阳台的一侧，是面对着太平洋的观景浴室，中间巨大的圆形浴缸里，水波晃动，玫瑰花瓣漂满了水面，伴着薰衣草味道的缥缈香薰，耳边放着舒缓的音乐……

落地窗外，海面的湛蓝渐渐退成了一片耀眼的金色，星夜难眠，春宵暖帐云雨无边。

刺眼的阳光一早就照进了房间，何嘉怡扭了扭被圈在一个温暖怀抱中的身体，舍不得睁开眼睛，伸手摸到尹汀的手，握在手中，这样一起醒来的清晨，她盼了很久。

半天没有动静，缓缓睁开眼睛时，正好对上了尹汀的一缕坏笑。

阳光明媚的清晨，稍一起身就能看见卧室落地窗外蔚蓝的海面，鸟语花香中，窗纱被风吹起左右摇晃。寻这样一处海岛，抛开纽约的寒冬和纷争，认真爱在每一天的潮起潮落里，这样的日子，弥足珍贵。

夏威夷的气温，常年在30℃左右，阳光充足，微风不停，非常适合打高尔夫。整个夏威夷群岛上面，有70多个高尔夫球场，世界一流的锦标赛、巡回赛球场就有好几个，更别说那些在全世界都有名的，分布在海岸边、悬崖上的无敌海景球场了。

休整了两天之后，第三天的早上，尹汀带上闹着要出门、说什么都不再休息的何嘉怡，开车去了离酒店不远的莫纳克亚高尔夫球场。

何嘉怡精神抖擞，终于可以出门看风景打球了，她从包里拿出墨镜，帮尹汀戴上："好久没跟你一起打球了，你不要太帅哈，把我迷晕了不好！"

尹汀开着车，略微低头，从墨镜的缝隙里看了一眼何嘉怡："晕了正好，直接回房间。"

"汀哥，看前面，认真开车！"何嘉怡直接不聊这个话题，现在需要的是认真投入户外运动，"我查了查周围的球场，光是尼克劳斯设计的就有好几个，听说他的设计费是100万美元一个洞，太厉害了。"

"美国三巨头之一的球员，设计球场也能做出传奇，确实很厉害。我

第三十三章 激情夏威夷

们今天去另外的球场,碰碰运气。"

"为什么要碰运气?"

尹汀笑而不语。车开到球场门口,下车,牵上何嘉怡去出发台。

夏威夷的高尔夫球场,全是自助球场,没有球童服务,租一辆球车、两套球杆,带上球道指南、毛巾和水。

莫纳克亚球场和度假村是劳伦斯·洛克菲勒于1964年修建的,世界闻名,球场从开放之日起,一直引领着世界高尔夫球场的审美和设计标准。来夏威夷,在莫纳克亚打一场球,是高尔夫爱好者必不可少的行程之一。

尹汀开着球车,在球道指南上面找到了一号洞的发球台,下车从球包里面拿出一号木递给何嘉怡:"试试看,TAYLORMADE①的球杆很轻,适合你用。"尹汀专门为何嘉怡和自己选了一套情侣装,亮蓝色条纹翻领T恤,衣领纽扣的位置滚了红色的边,配白色修身休闲裤、白色球帽,高挑般配的一起走上翠绿的球道,频频引人侧目。

"我这水平用什么都一样,倒是你,用惯了HONMA,用这里的球杆适应吗?"何嘉怡掂了掂球杆,走到草地上试挥了一下,很好用。

"打一个洞就适应了,你汀哥还能被球杆左右?"

白T发球台上,尹汀测了测风速,试挥了两杆。起杆,停顿,下杆,转腰,击球,收杆,一气呵成,动作流畅优美,节奏、力量都控制得非常到位。一号木的杆面撞击上小白球的一瞬间,发出了清脆悦耳的啸鸣声,一路呼啸着,朝二百八十码的距离笔直而去,落点精准。

第一个球就开得如此完美,旁边球车上的何嘉怡掩面而泣:"你还要不要我打球了,让你不要那么帅,你偏要耍酷,你先打着走,我要跟你分成两组。"

尹汀远眺确认白球的位置,扶了扶球帽走下发球台:"我这是给你树立一个榜样,让你有进步的方向。走吧,去红T,我看看你现在一号木能开多远。"

---

① TAYLORMADE:阿迪达斯高尔夫球品牌。

何嘉怡叹着气坐车找到红T,拿着一号木挥了又挥不敢下杆。"试挥一次就可以了,保存体力。"尹汀站在她身后几米之外指导着,"上杆不要太过了,会影响你的挥杆轨迹,下杆之前稍作停顿,这样才能控制节奏,发力的时候保持杆面在身体后方,球才不会左倾。来,试一试。"

消化了一下尹汀说的要点,何嘉怡深吸一口气,缓了缓,潇洒挥杆,叮的一声,白球笔直而去,目测应该在一百七十码左右,她高兴得一阵尖叫:"这是我第一次开球开得这么笔直。尹博士,你可以适当收点费用,不要客气哈!"

"打得不错!放心,会给你机会报答我的。"尹汀搂着跳到他背上的何嘉怡,一路小跑上了球车,继续开进果岭。

莫纳克亚球场修建在大岛著名的科纳海岸边,球场几乎覆盖在火山喷发之后的深黑色熔岩之上,葱翠的球道一路延伸到了蔚蓝的太平洋中,四周棕榈成林,白色沙坑点缀其中,在岩石嶙峋和海天一色的交相辉映中朝着太平洋挥杆击球,令人赏心悦目。

球车在蜿蜒的小路上迂回前行,穿过一片棕榈,眼前豁然开阔。

尹汀停好球车,牵着何嘉怡走向海边,站在熔岩堆积成的山崖边上,眼前,浩瀚蔚蓝,碧波拍岸;脚下,熔岩起伏,连绵一片。黑色火山岩的苍凉狂野和葱翠的草地柔美地结合在一起,毫不违和。身旁的球道呈L形,一路伸展进了海里。对面山崖的果岭上,7个沙坑围绕一圈,很大程度上增加了果岭的难度,这个三杆洞,有着极大的挑战性。

连连惊叹着的何嘉怡被这样壮丽的景致彻底征服:"汀哥,太美了,这是我见过的最漂亮的球场!"

"这就是让这个球场声名远扬的三杆洞,被称为全世界最漂亮的三杆洞。"尹汀站在风中,眺望着海面,有些感慨,"高尔夫这项运动,最吸引人的就是能挑战各种各样的球道。而三杆洞,它是一个球场里面很特殊的存在,因为距离短,又很刁钻,是让球员一杆成名最多的地方,也是让球员掉球、罚杆最多,一败涂地的地方。"尹汀边说边走向球车,拿了一

第三十三章 激情夏威夷

号木擦了擦杆头递给何嘉怡:"三杆洞它是风险与机会并存的球洞,很考验球员的心理素质,也特别能助长急功近利的欲望。打三杆洞的时候,很能磨炼一个人的心性,如果没有控制自如的技术和收放自如的心态,三杆洞就是最能摧毁球员理智的地方。"

海风中何嘉怡看向尹汀,此时的他,身上有一种浓郁的孤独感,看向远方的表情里,像是在说给何嘉怡听,又像是在说给自己听。一个喜欢随时挑战三杆洞的投资行业精英,打球的时候更多的是在挑战自己。华尔街的风险与机会,功名和溃败,跟面前刁钻的三杆洞一样,在于心态,在于意志,在于适时的取舍。

她知道她的尹汀,压力非常之大。

"汀哥,你这是在拿三杆洞虐自己。来,我陪你,这一杆出去,不是下沙就是下海,我准备拿十个球交待在这个洞了。"

走到球车跟前,选了选球杆,还是拿了一号木出来,蓝T到海对面果岭的距离是二百六十五码,她是打不过去的。这种距离对职业选手来说都是一种考验,稍有偏差前后都会落水,但是她要陪着尹汀试一试。

当年她初遇尹汀,被尹汀身上海归精英、谈吐不凡的气质迷得神魂颠倒。那时候,尹汀就是她生命中难度最大的三杆洞。站在中国会所的雪茄吧里,她毫不犹豫,用尽浑身解数选择了一号木忘情发力,不计得失……经历了这么多年的悲欢离合、世事变迁,从北京到成都到曼哈顿,再到此时此刻的夏威夷,终于,她还是得到了他最深的用情……

何嘉怡走上发球台,举起一号木,朝着果岭对了对方向,在海风中深呼吸平缓紧张情绪,不经意的一瞥,她却愣在了原地。此时远处的海面上突然多出了几块移动着的黑色礁石,何嘉怡"咦"了一声,拖着球杆走到发球台的岩石边上,取下墨镜仔细地看着海面,又转身看看尹汀。

尹汀双手插在裤子的口袋里,看着远处的海面,一脸神秘中带着如愿以偿的笑容。

这时候远处那群移动着的"礁石"突然间开始快速地移动,围成了一

个大大的圈,翻腾着,跳出了水面,一个个庞大的身躯高高跃起,重重跌下,搅得海面上的水花溅起了十几米高,一个个漂亮的尾鳍在落入水中之前,还在不停地摇摆着,无比壮观、震撼。

"天哪!汀哥!是鲸鱼,是鲸鱼!"何嘉怡尖叫着在发球台上又跳又叫,转身跳着扑到了尹汀身上,"汀哥,那么多的鲸鱼,怎么会出现在这里?这是我第一次看到鲸鱼,这么大,这么多!"

尹汀抱着何嘉怡,笑得很开心:"我刚才就说了,我们碰碰运气,没想到你运气这么好,真让你给碰到了。"

"你早就知道这里有鲸鱼?"

"好几年前来的那次我也看到过这样的场面,想让你也惊喜一下。这些座头鲸每年12月从阿拉斯加出发,穿越4800公里到这里来繁殖后代。夏威夷当地人把这些座头鲸当作他们的守护神。"

何嘉怡站在海边激动得上蹿下跳,一边朝着鲸鱼群喊话挥手,一边心不在焉地跟尹汀搭腔:"那你就是我的座头鲸了哈!你不也是带着我穿越太平洋来这里……"

"来这里干吗?"尹汀扬眉等着她说完。

"来这里等惊喜啊!"发现自己掉坑里,何嘉怡赶紧拐了个弯,"汀哥,还有什么惊喜?快快快,都可以安排上了。"

"这只是今天的助兴节目,快打球吧,下午带你去我最喜欢的地方。"尹汀看着海里那群轮番跳跃着的座头鲸,摸摸何嘉怡的头,朝球车走去。

夏威夷大岛是夏威夷群岛中面积最大的一个,比其余各岛屿面积加起来都要大。岛上有好几种地形,从干旱的荒漠到湿润的雨林,从炎热的海边到寒冷的高原。岛上还有五座火山,其中两座——基拉维厄和冒纳罗亚火山,还在持续喷出岩浆。

最震撼美丽的地方,是尹汀即将要带何嘉怡去看的这场保留节目。

从球场开车出去,上马鞍路,朝着莫纳克亚山峰的方向一路飞奔,路

第三十三章 激情夏威夷

两边是广袤的草原,山羊成群,天空湛蓝,大片的云朵触手可及。路的尽头,挂着夏威夷的特产——两道绚丽的彩虹。

何嘉怡异常兴奋,站在车上看着远处的彩虹:"双层的啊!颜色好亮,能看得这么清楚,简直就是祥瑞之兆!"

"下来吧,你坐好了才是祥瑞之兆。"尹汀把何嘉怡拉下来坐好,一只手帮她系好安全带。

"我们要去哪里?是不是要去看火山喷发?那个太刺激了,你可要保护好我!"

"过两天再带你去火山公园,我预订了直升机,只有后天的位置。那个地方开车去,下了车要走好几个小时,太累了,我背不动你。"

"你太英明了,尹博士,用这么奢侈、直接的方式心疼我,我一定要好好学习,赶快毕业,努力挣钱尽心养你,到时候你吃我的用我的也不要客气啊!"

"好,我耐心等。"尹汀瞟了何嘉怡一眼。

"我们到底要去哪里?"

"爬雪山,前几天山上下了一场大雪,带你去看雪。"

"从海边比基尼换到雪山频道,这个……反正我走不动你要背我。"

上山的路开了一个多小时,从郁郁葱葱的绿色世界渐渐开进了枯草遍地的浓雾地带,车窗外能见度非常低,路两边的白雪越来越厚,铺在黑色的火山熔岩上。尹汀开得非常小心。十多分钟之后,他放下遮光板,让何嘉怡戴上墨镜,何嘉怡莫名其妙地说:"你还不如让我找个眼罩出来戴上,直接睡了……"话还没说完,随着尹汀一个拐弯,车子冲出了浓雾,刺眼的阳光没有任何预兆地迎面而来,晃得眼前只有一片白光。何嘉怡捂着眼睛揉了好一阵才适应过来,放下手时,他们已经停在了一片云海之上。

白雪皑皑的山峰耸立在山路的一边,雪山和云海连成了一片,铺满了整个山峰之下的所有空间。6点多的太阳缓缓偏西,落日卷起了一片片的

彩霞，云海被阳光渲染成了一片金色的海洋，翻滚着，就在他们脚下。

何嘉怡瞪大了眼睛捂着因惊讶而张大的嘴推开车门，一阵冷风吹得她颤了颤，赶紧搓了搓穿着短袖T恤的手臂，站在路边，把手伸给下车走向她的尹汀："太美了，这简直就是仙境！拉好我，我真想一脚跨到云上去，我们这就算是修成正果、一步登天了吗？"

"这里的海拔才2000多米。"尹汀被逗笑，搂着在冷风中被迷花了眼睛的何嘉怡，跟她并肩站在路边看了会儿远处五光十色的云海，说"走吧"。

"先去把厚衣服穿上，前面有个游客中心，去那里休息一下，适应了高海拔才能继续往上开，再上2000多米，到了山顶估计就能看见通天的门了。"尹汀转身，带着何嘉怡绕到车后面打开后备厢，翻出两件羽绒服给自己和她穿上。

"世界那么大，你到底看过多少人间美景？"何嘉怡捏了捏尹汀的脸。

"只比你多一点点而已。"尹汀找出帽子、手套，一样一样帮何嘉怡戴好。

"你骗我爬雪山的吧？"何嘉怡踮着脚，亲了一口正在专心为自己扣扣子的尹汀，"这么晚了上到顶峰天都黑了。"

"走，上车，等的就是天黑，带你去看世界到底有多大。"发动引擎，尹汀递给何嘉怡一条围巾，"这座山叫冒纳凯阿山，海拔是近5000米，海面下还有5000多米，加在一起的高度比珠穆朗玛峰还高出了1000多米。"

何嘉怡惊讶地看着尹汀："那就是说我们现在是在全世界最高的山上？"

"可以这么说。"尹汀把车开上两边都是积雪的公路，点点头不准备再卖关子，继续给何嘉怡讲解，"这里是世界上最高的两座大山之一，也是最好的观星胜地。有11个国家在山顶建了13座天文台，其中凯克天文台就有两个世界上最大的十米级望远镜，用来追踪寻找行星，探索宇宙。"尹汀顿了顿，转头看着何嘉怡："我带你去冒纳凯阿的山顶，看全世界最美的星空。"

"汀哥！"何嘉怡脸上的表情千变万化，从说起雪山时的惊讶，到听到观星胜地时的向往，再被一句"全世界最美的星空"所震撼。一开口，声音高了八度，扑到尹汀身上抱着他的手臂不放。"汀哥，你怎么能这么浪漫？我这一天受的惊吓比这辈子加在一起都要多了，你这是在挖空心思地讨好我吗？我相当受用！"

"我最喜欢的地方，肯定是要带你来讨好你的。"尹汀开着车，窗外晚霞满天，对着搂着他肩膀的何嘉怡笑了笑，然后转头认真看着路面继续给她科普，"夏威夷位于太平洋中心，四周环海，完全没有光和工业污染。冒纳凯阿山海拔高，降雨少，又避开了只有1500米的低空云层，位于逆温层之上，每年至少有300个晴朗的夜晚，空气透明度在90%以上，再加上这里是北纬20度的低纬度，能同时看到北半球的银河和十字星座，所以这里的天文台被公认为全世界最好的观星点。我们在这个季节上来，是看冬季银河最好的时候。"

何嘉怡一脸崇拜地盯着尹汀，仰慕之情溢于言表："尹博士，你知道的东西太多了，请问你当初怎么就看上了如此孤陋寡闻的我？"

"不找个你这么孤陋寡闻的，怎么来衬托我的博学多才？"尹汀斜着眼睛看何嘉怡，朝她扬了扬眉毛。

到达游客中心的时候，太阳徐徐落入了云海之中，地平线上，一抹残红，美得大气蜿蜒，却又稍纵即逝。上山来观星的人不少，尹汀停好车，带着何嘉怡进了游客中心，刚进门就听见一名志愿者在为游客做解说："地球上的一切生命都是由原子构成的，比如碳、氢、氧、硅、磷。而原子是宇宙大爆炸和恒星湮灭后的产物，它们曾经在宇宙中游荡，在引力的作用下逐渐聚集，形成天体和物质。所以归根结底，世间万物，包括我们自己，曾经都是星辰。天文学是一门深奥的科学，它颠覆了人类对世界的认知，比如眼见为实。哈勃太空望远镜曾拍到一张图片，是老鹰星云内圆柱形的星际气体和尘埃，叫作创生之柱。而后来的研究发现，创生之

柱早在6000年前就已经消散了，由于它距离我们非常远，人类在它消散了1000年后才能观测到它被破坏时的样子。眼睛看到的东西却不存在，这听起来像是神话，所以有人说物理的尽头是数学，数学的尽头是天文学，天文学的尽头是哲学，哲学的尽头是神学。就像大岛上的居民，他们相信火山女神'pele'的存在，有些人觉得这很傻，但又有谁能证明他们是错的呢……"

"讲得不错。"尹汀拿了两杯热水，递给何嘉怡一杯，"休息一下吃点东西，我们要接着往上开。"

"很好听。你也在研究天文学吗？"何嘉怡接过水杯，喝了一口，她知道自从苏槿不在了以后，这么多年来，尹汀都在参禅悟道，他喜欢天文，或许就像那个志愿者说的，天文通往哲学，哲学通往神学。每个人都想知道我们到底是什么，从哪里来，到哪里去。

"我对一切人类无法企及的领域都抱有敬畏心。走吧，我们去离宇宙最近的地方，思考人生。"

从海拔2600米的游客中心开到近5000米的山顶，只要30分钟，气温越来越低，大雪铺路，尹汀专心致志，开得非常谨慎，一路向着山顶前进。当一座座堡垒般的天文台在天幕下慢慢出现的时候，尹汀找了一个山顶最开阔的地方停好车，关掉大灯，手放在方向盘上，看着远处还有最后一丝暮光的天边，缓缓说道："欢迎你，何嘉怡，来到世界之巅跟宇宙对话。"

暮光在缓缓散去，天空撑起一片清澈干净的宝蓝，十几座天文台的顶棚陆续启动，万物静谧的旷野中，能清晰地听见它们发出的巨大的运转之声。这些被称为"宇宙窗口"的庞然大物，在夜幕降临时，在浩瀚无际的太平洋中心，在这个遗世独立的岛屿上，用这样的方式，开始了与宇宙的对话。

车窗外广袤荒凉，除了白雪就是火山岩石，何嘉怡环顾一周："汀哥，我觉得我们好像离开地球了。"

第三十三章 激情夏威夷

"现在这里有雪,你看不到地上火山岩风化之后的赭红色地面,如果是平时,站在这里就像是站在火星上,确实有一种离开地球的感觉。"

夜空越来越暗,两个人打开天窗,放倒座椅,手牵手斜靠在车上,仰望着天空。

渐渐地,星星像变魔术一样,一颗、两颗、三颗……闪着银光争相出现在黑丝绒般的天幕之上,越来越多,越来越亮,满天都是,像一盘水晶撒在了头顶,密密麻麻,璀璨夺目。

何嘉怡挪了挪身体,靠在尹汀肩上:"我怎么突然想哭了,这么多的星星,眼睛都快装不下了,离我这么近,我能不能下车去尖叫两声?"

"这里氧气稀薄,车子外面是-16℃,我劝你还是在我身上哭算了。"

"汀哥……"

"何嘉怡,快看,银河升起来了。"一路上都比较淡定的尹汀突然提高声音打断了何嘉怡,坐直了身体。

正准备在星空下撒撒娇的何嘉怡赶紧坐起来,一抬头,便猛吸了一口冷空气,连惊叹都忘在了这直袭脑门的震惊之中。

头顶璀璨的星空中,一条瀑布般的银河呈拱桥的形态,在触手可及的眼前慢慢地从天幕后面显现出来,浩瀚磅礴,如梦如幻,伟岸壮阔地横跨了整个肉眼所能看完的天际。犹如王者降临一般,盘踞在宇宙之中,悄然无声却气势恢宏,傲世独立却揽尽群星。天幕之上,悲悯而又静默地俯视着苍穹之下的万事万物……一瞬间,天地失色,整个地球都被这庄严浩荡的一幕震撼得黯然失色。

幽深的太空,瞬间光芒万丈。银河系的各大星座闪耀凸显,气辉笼罩,星云密布。猎户座的参宿三星,天蝎座的大火星、北斗七星,南十字以及最亮的天狼星,都在各自的位置上熠熠生辉,指引着观星者一步一步去触摸银河。地面的雪山和山谷中的云海交相辉映,随着星辰铺设而下的银光蔓延到了天边,在苍茫宇宙的浩瀚无边中,辉映成了一条星光大道。

远处的云层下,是冒纳凯阿活火山喷发出的火红色岩浆,火光灼灼,

照亮了云海,激昂着穿云破雾直至天边。一束红光喷薄而上,虔诚地迎向辽阔而神圣的银河,远远望去,犹如神力打开了一道通往宇宙深处的时空隧道。

何嘉怡紧紧握着尹汀的那只手,激动得有些微微地战栗。

"这就是天外之天,这就是宇宙,这就是人类智慧根本无法看懂的存在。汀哥,这也是神存在的空间吧?它到底大到了什么程度,才能壮观成这样?"

尹汀放平了驾驶座的座椅,静静地躺在座位上,一只手牵着何嘉怡,一只手枕在脑后,仰望天空的目光穿过夜色,缥缈深邃。

何嘉怡仰望着星空,有些出神,思绪缥缈:"爱因斯坦也说过,今天的科学只能证明某种物体的存在,而不能证明某种物体不存在。"

"这两年是看了不少书,思考了不少问题哈。"尹汀温柔地笑着,搂过何嘉怡在她额头轻轻一吻,"你不提醒我都要忘了,我们何嘉怡也是商学院的高才生了。"

何嘉怡抬头,捧着尹汀的脸:"我要感谢你,为了追上你,我只有逼自己,幸好我挤到了你身边,不然怎么会看见这么精彩的世界。"吻了吻尹汀,何嘉怡带点得意的笑容,说:"我终于能站在你身边跟你并肩看世界了。"

"站着多累,躺在我身边就好。"尹汀逗着何嘉怡。星空下,朦朦胧胧,只有那双眼睛永远热情洋溢。凝视片刻,尹汀收起调侃,认真地说道:"谢谢你的执着和不离不弃,谢谢你为我做的一切,我会珍惜一辈子的。"

"汀哥。"何嘉怡把头埋进尹汀的颈窝,她喜欢在他的脖子上蹭来蹭去闻他的味道。

"嗯。"她的触碰,总是会让他心跳加快。

"我要跟你一起面对将来所有的生活,不管是照顾小洋芋,还是陪你在商场博弈,沉浮一生,我都要守在你身边。"何嘉怡坐起来,星光下神色严肃地看着他,带着一些没有商量余地的霸道,"你赢了,我们一起游走世界；你输了，我们一起找个地方粗茶淡饭，教书育人，生儿育女。我要跟你相伴到老，这一世不离不弃。"

夜空笼罩下的车厢里，星光点点落在两个人的脸上。窗外，是-16℃的寒风肆虐，天地苍茫。车内，有如同冒纳凯阿火山岩浆般喷薄而出的灼热拥吻，所到之处，冰消雪融，万物融合……

"何嘉怡，等你毕业，我们就结婚吧。"

苍穹中，星河灿烂，兀自美丽。

银河之下，云海之上，有星辰为帔，云霞为冠，有三千大千世界的星辰，在斗转星移中，因缘际会……

第三十四章　找寻精彩

2006年的元旦，官悦待在家里哪里都没去。闲来无事，打开何嘉怡的博客让赵文涛浏览。

何嘉怡的博客非常吸引眼球，不仅记载着何嘉怡在曼哈顿、在纽约大学的生活点滴，而且记载着何嘉怡5年来和尹汀的一路坎坷。何嘉怡的博客读起来感人肺腑，像一部爱情小说。其中，还穿插了纽约大街小巷的各种风景，以及官山带着她去的很多时尚派对的现场直播。重点是，她还转发了很多尹汀写的关于宏观经济形势的见解和分析的文章。

整个博客很有看点，何嘉怡漂亮高挑的外形，配上官山亲自拍摄的时尚大片，经常有意无意地让她满衣柜的一线包包和很有品位的服饰搭配频繁出镜，随便点开一篇博文，都能快速吸引读者的眼球，赢得赞叹。

在成都阴雨绵绵的下午，赵文涛坐在靠窗的罗汉床上，十分投入地看完了何嘉怡的所有博客。

他抬起头，对期待评价的官悦说："这个何嘉怡，相当可以，我估计她要红！博客点击率非常高，写的东西不啰唆，有意境，还比较励志。这一篇在夏威夷的文章，光是留言就有200多条……嗯，我觉得……"官悦以为赵文涛要说他觉得何嘉怡是个励志女青年，要官悦好好跟她学习，结果，赵文涛看着窗外绵绵不断的冬日细雨无限向往地说："你很有必要尽

第三十四章 找寻精彩

快安排一趟夏威夷旅行,就按照他们的规格和路线来走。钱,你出。"

官悦瞟了一眼沉浸在何嘉怡笔下夏威夷风景中的赵文涛:"容我好好策划一下,去肯定是要去的,但是不能自己花钱去……嗯……你家老爷子以前不是说了吗,如果我们能生个女儿,他就有大大的奖励,你去给老爷子说一下,把奖励提前兑现了行不行?旅行播种,两不耽搁。"

赵文涛关掉电脑,站起来,拿了桌子上的芙蓉王牌香烟转身朝外面房间走去,轻飘飘地说:"能不能生女儿我不知道,但是这家里哪个最不要脸,我还是清楚的。"从官悦身边经过的时候,一副看都懒得看她的样子,让官悦很恼火。

钉子碰得不轻,官悦耸耸肩把电脑转了个方向,准备上QQ等着每天这个时候都要上线跟自己汇报工作的小洋芋。自从小洋芋出手拿下官山后,每天都要向官悦打听官山的事。看着她这么当回事,官悦除了不停地警告官山要认真对待之外,也就只有顺着她,知无不言了。

官山无意的出现,不仅让小洋芋身体恢复了,还让阳光重新照亮了这群人原本灰暗的生活。

命运,总是在跌宕中朝着未知前行。

拿着鼠标习惯性地刷新页面,何嘉怡的博客突然显示有了新的更新。官悦点开它,一幅幅美到极致的夏威夷冒纳凯阿火山和星空图片展现在眼前,她张着嘴巴往下滑动,屏幕上出现了一张她和尹汀手牵手站在山顶银河下仰望星空的照片。美好而又磅礴的画面上,两个人十指相扣,面向苍穹,沐浴着千万年前的星光。虽然星空下看不清他们的表情,但那份传递给人的感动却很强烈。

今天的博客,何嘉怡只写了一句话:"许万里星辰为诺,用山盟涂了海誓的颜色,便只等白头。"

一字一句,慎重豪迈。9年的执着,苦尽甘来。

官悦被画面深深吸引,愣在电脑前,半天才反应过来发生了什么。她深深地叹了一口气,抬头远望时,两眼竟有些发酸。

何嘉怡,从成都到曼哈顿的追寻苦等,一路走来,经历了无数的心酸波折,终于在新年开始的今天,隔着重洋的电脑这端,让所有人一起见证了她的圆满。

天命不薄,终究,各有所安。

留言栏里,官悦写下:"最近胖了,礼服要穿中号,鞋子37码,切记不要太高,脚痛。"

何嘉怡在曼哈顿的华人圈里,确实是红了起来。

通过博客的传播,越来越多的人知道了纽约大学斯特恩商学院里面有一个来自成都的漂亮女生。这个漂亮女生不仅有才,而且还很有钱,住曼哈顿最好的公寓,开一辆大红色宝马跑车,文笔很好,最让人好奇的是,她有一个做资金管理公司的男朋友,对她无限地好,这个男人在她每一次上传的照片里面永远都是衣着考究,修长挺拔,引人遐想。

大家越是好奇,对她的关注度就越高;关注度越高,她的知名度就越大。

这是一个商机。

在美国,每年的暑期实习都是一场硬仗,特别是那些把目标放在四大投资银行的商学院留学生,能有一份在大公司的实习经历对将来毕业后的工作选择有着关键性的作用。而投资银行咨询是为数不多向中国留学生提供工作签证的行业,但是门槛高,竞争异常激烈。像摩根士丹利和高盛这样的投资银行,暑期项目提供的分析师和助理岗位每年都会收到大约10万份申请,但是录取率不到2%。如何成为这幸运的2%,除了GPA(平均学分绩点)之外,对留学生而言还有更重要的事情。

这里面大有学问,如简历怎么写、邮件怎么发、电话面试怎么回答、如何通过社交活动扩大关系网、约聊投资银行在职校友时如何在三分钟之内获得对方好感从而得到推荐,等等。这些经验,对于留学生来说非常宝贵,很多人找不到方向,无从下手。

何嘉怡就读的斯特恩商学院是培育华尔街投资银行精英的摇篮,也有

第三十四章 找寻精彩

很多在投资银行上班的精英边工作边继续在商学院里面深造，有些课程他们是可以跟在校生一起选修的。在这样的大环境中，她身边聚集的全是世界各地最顶尖的优秀人才，她从来都知道曼哈顿的竞争有多么残酷，想要在华尔街谋一席之地有多么不容易。

在银行工作了几年，又长期跟官悦在一起的何嘉怡，明显比其他留学生更懂得关系网的重要性。在这个圈子里，她很聪明地凭借开朗的性格和博主的小名气，逐渐为自己织起了一张不小的人脉网络。

现在的何嘉怡，过得很幸福，对她而言，最好的爱情就是眼下的样子，我知道你在哪里，我们能在每天夜晚的相守中亲密无间，有话可说，也能在日出时的转身后，各自忙碌，有事可做。她答应了尹汀不会把自己的年华埋葬在投资银行没日没夜的工作里，她来纽约的目的就是能跟尹汀一起并肩看世界。但是，这并不影响她在曼哈顿的喧嚣中去寻找自己的精彩。

看着周围的同学、校友们从入学的第一天就已经打起了十二分的精神，为假期的实习四处奔波，看着他们在纽约的冰天雪地里忐忑、迷茫地奔赴着一场又一场面试，何嘉怡觉得，她有些想法可以找人聊聊。

Mima大厦的公寓里面，官山坐在落地窗边的餐桌旁认真地听何嘉怡畅谈了两个小时的未来方向："你觉得怎么样？你来张罗活动的场地、形式，我去找人来做留学生入职的培训导师，我们做一个平台，专门为留学生提供各种活动和入职策划，再说动汀哥做我们坚强的后盾。如果有人气、有市场，我们再继续深化，把目标放到国内市场，出国留学、高端定制美国旅游、组织国内高端消费人群来纽约参加各种活动，只要有两边的资源，我们还可以做一个整合平台。"

"我觉得很不错！"官山很激动，"做活动是我的长项，纽约这边什么资源都能找来，只要汀哥能支持，再利用你博客的人气和去各大学校做推广，这件事情做起来很容易。"

"你有兴趣我们就试试看，说做就做！"

"那我做点什么好呢?"躺在沙发上吃着薯片看电影的小洋芋把空袋子扔进沙发旁边的垃圾桶,擦了擦嘴巴,很不满意地看着把她当空气的何嘉怡和官山。

两个人同时抬头,盯着小洋芋顿了两秒,异口同声地说:"你负责数钱。"

"错!"小洋芋皱了皱眉头,一脸知己难求地鄙视道,"我负责花枝招展地去数钱。"

"我同意。"官山站起来给小洋芋倒了一杯水,递给她,"你想怎么花枝招展,咱们就怎么妩媚动人。"

小洋芋使劲闭了一下眼睛,给了官山一个赞赏的眼神,转头继续追剧。

何嘉怡撇了撇嘴,走到窗边给尹汀打电话:"汀哥,下了班到Mima吃饭,我们都在这边。"

电话那头的尹汀好像是在开会,接到何嘉怡的电话简短地说好,低沉的声音里面带着旁人察觉不到的柔软。

尹汀从2005年秋天开始,便着手在抵押贷款池中寻找风险最高的债券,他的目标是找出那些作为支撑的抵押贷款池中只要遭受7%的亏损,价值就会为零的债券,然后再马不停蹄地奔走在纽约的各大投资银行之间,为这些债券购买保险。到2006年4月,他已经从11家银行里购买了8.5亿美元的信用违约掉期产品。这些卖方银行中,还没有任何一家表现出对他们要提供保险的债券有什么特别的关注,有这么一个傻子拿着大笔的钱来为次级抵押贷款购买保险,银行每年坐收大笔的保费,何乐而不为?

有人在疯狂地收割,便会有人在冷静中思考。信用违约掉期产品很快在华尔街被少数嗅觉灵敏的银行家发现了,并产生了极大的兴趣开始购买。市场一旦有了需求,开展这项业务的华尔街公司就渐渐多了起来。刚开始的几个月,尹汀每次最多只能做空500万美元,随后,在圣诞节假期结束后的某一天,他接到一家大投资银行打来的电话,问他能不能把每笔交易增加到5000万美元。这是一件非常疯狂的事情,如果他在挑选出来的

第三十四章 找寻精彩

次级抵押债券出现违约的时候能赚到1亿美元，那卖给他这个产品的公司就会亏损1亿美元。对方不是不知道，而是所有华尔街大投资银行都集体选择了相信房市会持续上涨。

尹汀必须得抓紧时间，他很清楚，一旦这些银行清醒过来了，这个千载难逢的机会便不复存在。这是一场赌注很小、赔率很大的游戏。

当他一身疲惫地出现在Mima大厦55楼707室门口的时候，已经是晚上9点了。

听到门铃声响起，何嘉怡第一个从厨房里冲了出来，拉开门，两眼发光，看着面前一身黑色正装的男人，伸着两只满是面粉的手就扑了上去："老板辛苦了！这么晚才下班。"

"手上是什么？"尹汀搂着何嘉怡，一个吻轻轻扫过她的额头，走进门放下包和外套，看了一眼在厨房里忙着的官山和小洋芋，满屋温馨，疲惫尽消。

"我们三个在包饺子，小洋芋想吃饺子了。"

"你再不回来我饿得都要吃人了。"小洋芋斜着眼睛看了一眼腻在一起的两个人，揉了一个面疙瘩朝尹汀扔了过去。尹汀眼疾手快，手一伸就把面疙瘩捏在了手上，顺手抛向旁边正在往锅里下着饺子的官山。

"接着！这个放一边，我亲自捏个面人给她下锅。"

官山伸手一把接住面团："汀哥，快来帮我弄蘸碟，太难伺候了！"

"难伺候？官山，让你掌勺你就没有强烈的荣誉感吗？"小洋芋放下手上正包着的饺子，转身看着官山，"这样的机会可不多哦。"

"这样的机会真难得，饺子要吃毛肚馅，蘸碟要用火锅底料来兑，我是弄不来了，汀哥你来表演。"官山求助地看向尹汀。

"这是什么莫名其妙的吃法？"尹汀走进厨房，准备洗手帮忙。

"要不是底料不够了，今天又是吃火锅。"何嘉怡从柜子里拿出一瓶红酒，用开瓶器打开后倒出来醒上。

"幸好你找了个成都人当男朋友……是不是有必要安排带你回趟成都

解解馋了？"尹汀边擦手边认真地想了想。

"什么时候？"三个人同时停下了手上的动作看向尹汀。

"别激动，等忙完这阵吧。"尹汀端起一碗蒜从厨房出来，走过何嘉怡身边时，压低了声音，"一直在计划找时间回去正式拜访你的父母。"

"呃……这个事情确实宜早不宜迟。"何嘉怡一脸"惊喜中带着赞同"的笑容跟在尹汀后面，坐到沙发上帮着剥蒜，"快把你的计划跟我详细说说，我才好安排我的计划。"

"争取今年年底吧，圣诞节去洛杉矶陪我家里人，春节咱们组团回成都。"尹汀深情地看了何嘉怡一眼。未来的日子他会带她一起，用最正式的方式，一起面对双方的家庭。但是，曼哈顿的硝烟已经随着这场盛宴逐渐蔓延，这个时候市场的任何波动都至关重要，更何况他还要绞尽脑汁防备投资人撤资，关键时候他不能分心。他带着歉意对何嘉怡笑了笑："没意见吧？"

"她能有什么意见？脸都快笑变形了，挖了你这么个宝藏。"小洋芋坐在轮椅上端着一大盘饺子，横眉冷眼地飘过一句话，被一只手端着菜的官山推着朝餐桌走去。

"快快快，吃饺子了。"官山吆喝着。

何嘉怡得意地笑了笑，站起来接过官山手上的菜端去餐桌。尹汀拿了剥好的蒜进了厨房，调好四个蘸碟走出来，放在已经狼吞虎咽开吃的几个人面前："慢点吃，尝尝我调的蘸碟，放了花椒油，小旭这碗加了底料的。"

"汀哥，赶紧安排，我要吃火锅，我要去成都，我想官悦、关哥！"小洋芋边吃边嚷嚷。

"官山，听明白没？小洋芋想见家长了。"何嘉怡朝官山眨了眨眼睛。

"那是必须的，等汀哥有空了，等你的计划成功了，我就带着小洋芋'衣锦还乡'。"

"什么计划？"尹汀吃着饺子抬头看向何嘉怡。

第三十四章 找寻精彩

"先吃先吃,累一天了,吃个饭还不让你轻松一点。"何嘉怡眯着眼睛讨好地笑。

"没关系,边吃边听,你们的事才是大事。"尹汀浅笑着看着面前的三个人,饺子热气腾腾,弥漫开的蒸气给房间增添了不少温度。

"快去把你的电脑拿过来给汀哥看,别影响了我数钱的速度。"小洋芋迫不及待,日复一日的康复训练枯燥又辛苦,幸好有官山陪着她,鞍前马后,尽心尽力。

"别笑我啊,汀哥。"何嘉怡站起来,拿过茶几上的电脑,点开自己的博客草稿箱,"我就是想试试看,能不能把博客粉丝转化成消费群体,这两天没事,结合身边那么多同学的现状,想搞个活动。"她调出之前写好的推广文,把电脑推到尹汀面前。

尹汀放下筷子,让何嘉怡倒几杯红酒过来,自己认真看博客里的文案。

草稿箱里,是何嘉怡拟出的各种标题:

"投资银行求职系列讲座""身处全球金融中心的我们""怀揣美国职业梦的我们"……

是否了解:

"金融行业的生存现况""如何准备投资银行求职""networking[①]的技巧和雷区""如何打造一份完美简历""来自非top10非商科金融专业的学生怎么办""如何正确进入美国金融圈""如何快速拿到暑期offer"……

何嘉怡给每个人倒好红酒,又从冰箱里拿出西班牙火腿装好盘端上桌,坐在餐桌边咬着嘴唇看着尹汀。

"你忙得过来吗?功课那么紧张。"尹汀把电脑挪开,喝了口红酒。

"不用她忙,我来张罗。"没等何嘉怡开口,官山已经表态。

"还有我啊!"小洋芋放下筷子,生怕尹汀不同意,"我又没什么

[①] networking:人际关系网。

事，最适合负责各种派对，更适合负责收钱了。喏，最下面一行，报名电话那里，留我的留我的，再把我的银行卡号写上去。"

"数十位投资银行顶尖精英在哪里？"尹汀笑着看向大家。

"这不在学校认识了不少投资银行在职的同学和校友嘛。"何嘉怡嬉皮笑脸地望着尹汀，"再说了，家里还有个大神，你们说是吧？"何嘉怡快速瞟了一眼官山和小洋芋，示意他们附和。

"你真是舍近求远，汀哥公司里那么多实战经验丰富的精英不就是最好的底气吗？"小洋芋往尹汀盘子里夹了两个饺子，"来，馅儿最多的你吃。"没等尹汀说话，接着安排工作："每场活动的压轴演讲必须由你亲自来。"

"看我博客的很多人其实是冲着你才关注我的，每次我转发你的文章都有好多人关注。"何嘉怡眼巴巴地望着尹汀，"粉丝都知道你是我背后最大的支撑，我现在的小名气都是你给的，所以，你要对我负责到底。"

三个人一副赖上尹汀的样子。

尹汀没说话，又端起红酒喝了一口，很认真地看了几秒钟，将修长的手指放在电脑上一阵连贯的操作。看着尹汀专注地打字，大家都默不作声，等待结果。这架势是在提出合理建议还是在修改方案，都不敢问。

十分钟之后，尹汀把电脑转向大家："这是支撑整场活动的顶级投资银行精英的详细资料：

Sunny，普华永道总经理；Jason，波士顿咨询公司合伙人；Warren，全美华人金融协会总裁；Tina，高盛投资银行部总裁；Jae，摩根士丹利投资银行部执行董事；Elizabeth，瑞信投资银行部业务总监；Kelly，美银美林投资银行部董事总经理；Jennifer，德意志投资银行部执行总经理；Zubin，美国国际集团风控总监……"

清一色的曼哈顿金融界大神，另外还有十位在投资银行有两年以上工作经验的分析员和项目经理。

"汀哥……"何嘉怡看着电脑，吸了一口气。

第三十四章 找寻精彩

"你做框架，我往里面装资源，你们想做就放开手做，有我在。"一句话，尹汀说得云淡风轻……

第三十五章　论道青城

　　这场活动中的压轴演讲，尹汀认真地做了准备，把方向拟定为混沌科学，从混沌科学的研究中，来分析美国目前的经济形势和房地产行业空前的盛况。在万民同庆、一片狂欢的大环境下，尹汀的这次演讲无疑是一股属于少数人的清流。

　　北京一别之后的尹汀，带着小洋芋回到美国，开始了艰苦的康复训练。照顾小洋芋之余，他将所有的时间都放在了研究混沌科学上，博览群书，翻阅资料，遍访专家，为自己寻找通往心中大道的光明方向。
　　2005年9月，小洋芋的治疗告一段落，病情得到了控制之后，关海云从北京送云波大师回成都，到青城后山稍作休整。尹汀执意相送，一路同行，一再表达对云波大师的感激之情。成都青城后山飞泉沟旁，一条青石小路在两旁葱翠竹林的掩映下，蜿蜒直通一处白墙青瓦、山泉环绕的农家小院。
　　初秋的阳光依然火辣，好在已经不见灼热。一路翻山越岭，踏进小院已是日暮时分。山林间清幽洁净的空气夹杂着一种远离凡尘的清凉扑面而来。再是一路风尘、满心疲惫，也能在这样夕阳笼罩、飞瀑流泉的天光云影中全部得以净化。

第三十五章 论道青城

一行三人，拐过门前的水潭，远远便看见有人站在院门口恭敬迎接。此处，是云波大师偶尔闭关修行，也是常与关海云坐而论道的地方。

群山环抱中，谷幽峰奇，云雾缥缈。这样一处世外桃源，一走近，便能将北京的悲情与曼哈顿的繁忙隔离成两个时空。站在竹影婆娑的院子里，与智者并肩，那时的尹汀，莫名生出了一种心有归处的平静。

古朴明亮、沉香缭绕的房间里，关海云和尹汀跟随云波大师围桌而坐，谈经论道。

轻柔的古琴声中，关海云走到茶案旁边，熟练地将桌上的茶具一字排开，烧水沏茶。尹汀沉默不语，坐在旁边。整整一个月来的心力交瘁、烦恼恐惧，此时在云波大师的醇厚气场中，渐渐消散，当下的安稳和通透正在用自己能感应到的速度慢慢滋生。

云波大师博闻强识，纵览数千年人类文化，中学为体，西学为用，经邦虽然有限，济世度人则是因缘际会行大道、尽人事，功德无量而不图回报。正是这样，他才能做到诸毒不侵，道法清明，清贫俭朴，从不追求举手可得的财富。

乐在其中，观心自在，是大师修炼的境界。

当时的尹汀，正面对小洋芋的伤痛、何嘉怡的放手；为了小洋芋的康复，一纸辞职信放弃了自己奋斗十几年才迎来的事业巅峰。

这趟送云波大师回成都，他执意同行，因为未来，一片迷茫，如何去承受变故，他不知道。

关海云沏好茶，尹汀恭敬为云波大师呈上。

云波大师点点头，缓缓说道："我近来夜观天象，发现吉星式微，凶星示现，灾星侵入心宿之内，荧火离乱，乃为不祥之兆，三五年内，世界恐怕将有大事发生，定会出现天灾人祸。目前看似繁荣的欧美和中国经济，少则三年、多则五年都将会有剧烈震荡甚至衰退，处于较长时期的下行调整，尤其是七杀、破军、贪狼三星跳跃闪烁不定，时暗时明，映照于欧亚大陆。局部战争，大约还是中东地区，较长时期内，一直战端难

免。这些天象,你们在进行全球化布局时都要多加注意。另外,与豪门权贵的交往也要慎之又慎。一切无序将会向有序演进,一切有序也孕育了新的混沌……"

尹汀蹙眉沉思,消化着云波大师传递的信息,关海云微微点头,脑子里迅速扫过区域布置。云波大师这一番推演,为他们这几年的发展走向和布局展现了一幅清晰的路线图。

云波大师继续说道:"今天聚在这里,难得你们空闲,我就从在混沌中前行的宇宙和人世间这个方向出发,来和二位分享一些我悟道的感受吧。"

关海云和尹汀正襟危坐,调整思绪听云波大师受业:"在宇宙未成之前,天地合一,阴阳未分,氤氲渺蒙,万物相混。那时,有太易、太初、太始、太素。太易者未见气也,太初者之始也,太始者形之始也,太素者质之始也。气、形、质具而未分离,这就是混沌。在混沌中,当质形已具,既生太极,太极分化,则有物混成,先天地生。宇宙便从无序到了有序。"

说到这里,云波大师话锋一转:"这些小尹可能一时还不能完全感悟,可以记下来慢慢去体会,定有收获,也可与海云交流。这里讲的是宇宙形成之前的混沌,可世间任何一件事在未形成以前都是这个混沌的样子。如今山河清明,国泰民安,但是我却要说这里边可能正孕育着飞沙走石、地震海啸。这种有序孕育无序,可能无人相信。当然,一个人工作顺利、爱情如意,看似井然有序,但其中又可能正在孕育着相反的事情。这有序中包含或孕育着的无序混沌,可能也难以让人相信。所以,很多人面对世事,自以为能够设计一个系统,输入一个有意义的初始变量,便能获得一个更有意义的结果,从而更好地把握未来。事实上,我们所处的这个宇宙,有很多事物都不是线性发展变化的,一个小小的初始涨落,有可能带来人们难以想象的,或事与愿违的,或大大向好的非线性的天翻地覆的变化。未来充满了不确定性和随机性,我所讲的这些还不是很深入。"

第三十五章　论道青城

云波大师看向一旁认真聆听的关海云："我开个头，后边海云接着讲讲你的见解，与小尹分享一二。"

简短深奥的一番话，使尹汀对云波大师的崇敬之情已多了许多。云波大师将近九十高龄还能博闻强识，通透世事，通晓多学科知识，中学西学都有扎实功底，并且能深入浅出地讲解，实在令人佩服。以前尹汀尊重大师只是觉得应该尊重这样一位能看透世事、预测未来、医病扶伤的世外高人，而从这一刻起，却是发自内心油然而生的一种敬重。

关海云微微起身点头，这位纵横四海、长袖善舞的俊才，在大师面前十分恭敬谦虚。他稍作思忖后，接着大师的话题说道："我一方面说一下我对这个问题的认识，另一方面也与尹博士做些分享。"

关海云略微停顿，接着说道："接着大师刚才所讲，在宇宙混沌前期演进过程中，从太易到太初，从太初到太始，从太始到太素，从太素到混沌，从混沌产生太极，从太极分化而产生了现实的宇宙天地。本来是一个看似无序的混沌体，为什么又会这样有序地、一步一步地发展演变成今天这样的现实、井井有条的宇宙天地呢？是什么样的一种力量在推动这种有序的演进？而几十亿年以来，又是什么样的一种力量在维持这样一个浩瀚无垠的宇宙有条不紊地运行，还有万物生长，群星璀璨？"一番分析后，关海云望了望窗外已经昏暗的暮色，一字一顿地说："这就是道的力量！所以《道德经》说道生一，一生二，二生三，三生万物。"

云波大师微微点头，关海云继续说道："对此，我主要明白了两点。一是宇宙万物包括人类显然是从混沌中产生的，从混沌中来的我们要想完全逃离混沌，是做不到的，就像因欲而生的人要想完全逃离欲望是不可能的一样。因此，我们只能在混沌中前行，而事实上宇宙几十亿年来、人类几万年以来都是在混沌中前行。这一点，东西方先哲和现在的人都不约而同地认识到了。二是我明白了道远非人们所谓的客观规律。其实，道远远高于、大于客观规律。规律是可见的，道却是无形的，这种无形不是说没有，而是存在的，只是无形，我们肉眼看不到而已。佛教中的'空'、爱

因斯坦讲的'场'应该也近似于这个无。

"我们人类今天能认识到有形之物，包括所谓的客观规律这些形而下的东西，宇宙中只有不到5%的物质，还有95%以上人类并未发现的物质，因为我们确实不知道，便只能称其为暗物质、暗能量，而道正是那种决定或安排宇宙走向、客观规律、运行机制及天量数据处理机能的能量。从这个角度讲，客观规律还只是形而下谓之器，而非形而上谓之道也。

"如何在混沌中不断前行，光有所学的科学知识还远远不够，还必须悟到或认识到事物背后无形无念的运作机制，知道、行道、合于道，以至于大道自然。儒家讲'大学之道，在明明德，在亲民，在止于至善'；佛教讲修心，观心观自在，心生一善念成光明境界，心生一恶念成黑暗境界。"

关海云看向一直安静聆听、垂目思考着的尹汀："这两点对我们立身处事，自度、度他都有一些启迪。明白这些，我想尹博士便会明白你所遇到的好事坏事的后面都有一种机制在运行，从无形到有形，生一、生二、生三、生万物。

"这就是我上次在新加坡讲的，美国早在新中国成立前就有投资银行的理念和行动，如独立战争发行的大陆票据，带来了美国200多年的发展，近100年来成就其世界霸主地位。我说这些的时候，大家可能还有一些不以为然。当然，只看到这个表象，不以为然是正常的。重要的是，美国有能产生这一理念的无形机制或道，这就难能可贵了。试想当时的清朝多么辉煌，但有这种机制吗？没有！所以没落了。就像人和猪，组成的基础物质都一样，都是以碳、氢、氧为主，这些也许是世上最廉价的东西，但为什么猪是猪、人是人呢？这不是人更厉害、更宝贵的问题，而是将碳、氢、氧组合成人的机制或道更厉害、更宝贵的问题。"

关海云一通形象的比喻，引得云波大师眼含笑意，尹汀醍醐灌顶。

关海云笑笑，接着阐述："一人、一企、一国能找到这些机制或道并顺应它，便能由弱到强、由小而大，取得成功、成长。我们在干工作时，小有所成，不是自己有多少能耐，而是顺应了这种机制。当然，一旦我们

第三十五章 论道青城

找到了宇宙这些机制或道，我们的前景就会更加光明。但宇宙中的这些无形大道或机制或数据都找到了，看似有序了，世界还会像今天这样吗？那个时候，新的混沌可能又孕育出来了。今天，美国经济繁荣，房价节节攀升，金融杠杆倾斜，多方实力声势浩大，空方则疲软无力，甚至被嘲笑。这种看似确定性强大的有序性当中，难道就没有孕育着无序的不确定性的混沌吗？这不只是美国人要研究和面对的，更是你我在未来投资业务中要十分注意的。不知这些能否帮助尹博士参透一些困惑？"

一气呵成讲到这里，关海云才停下来端起桌上的茶喝了一口。

尹汀起身，为关海云和云波大师续茶，坐下来，感慨万千："今天能听到大师和关先生论道，无上荣幸！同时也让我既惭愧又庆幸。我自认为做学问和研究也有十余载，商海弄潮中也小有些认识，但是直到今天，才在大师和关先生如此精彩高深的论道中看到了自己的片面和缺失，实在是惭愧！同时我也万分庆幸，能在这样的机缘中得二位指点，有了新的视角和高度。我在这里以茶代酒，敬大师和关先生，感谢你们的法布施。"

端起茶一饮而尽，尹汀内心清明通透，思绪起伏中有一种从未有过的澎湃。

云波大师放下茶杯，颔首微笑道："是你慧根不浅，我们都要恭喜海云，世间事，要跳出有序看有序，跳出混沌看混沌，跳出金融看金融，跳出人间看人间，跳出宇宙看宇宙。从有序中看到混沌，从混沌中看到更高层次的有序，能做到这些，你们便不会被俗事所困。如何在混沌中前行，首先，当能懂一点易学，如《周易》中说道，'易与天地准，故能弥纶天地之道。仰以观于天文，俯以察于地理，是故知幽明之故。原始反终，故知死生之说。精气为物，游魂为变，是故知鬼神之情状。与天地相似，故不违……刚柔交错，天文也；文明以止，人文也。观乎天文，以察时变；观乎人文，以化成天下'。"

云波大师大开大合，信手拈来，在那一年9月的青城山林之间，机缘所至，为关海云和尹汀指明了未来数年的发展方向："《易经》又分为

《连山》《归藏》《周易》。《连山》《归藏》今已失传，但因缘际会，我早年得师父口授《连山》要点，若有机缘再与二位分享。

"其次，现代混沌学理论经20世纪气象学家洛伦兹、数学家约克、物理学家费根鲍姆等人的研究已取得重大突破。我也只知皮毛，你们可以去看相关书籍，定有不少收获。希望你们能学科学、用科学，但不唯科学，因为我们人类所谓的科学尤其是社会科学并非永恒正确，可能仍然有较大的局限性。你们最好能看世界，察人事，观天地，悟大道……"

第三十六章　名扬纽约

曼哈顿中城83号码头上，游艇缓缓开动，汽笛长鸣时，打断了尹汀的思绪。夜风中抬头望去，纽约华灯初上，世界金融的暗流已在无声中涌动。

坐在甲板的嘉宾席上，看着邮轮缓缓行驶时，哈德逊河两边的风景浸染在天边火红的晚霞中，有些梦幻，有些唯美。

此时，黑压压的人群中响起了一阵掌声，尹汀请来的波士顿咨询公司合伙人Jason刚刚一场关于梦想的激情演讲，点燃了这次活动。

自从何嘉怡的博客推出了这次活动内容和强大的精英阵容后，官山和小洋芋的电话就没有停过。第一次做这样的活动，预先估计能有100人报名就已经非常不错了，结果没想到来了300人。之前准备租用的活动场地容纳不了这么多人，官山想了想办法，租了一艘游艇，将活动改成了夜游哈德逊河，在曼哈顿的璀璨夜景中开展这场华丽的投资银行求职讲座和networking盛宴。

5月的纽约，气温回暖，告别了刚刚过去不久的暴风雪之后，春天的气息在傍晚哈德逊河的夜风中姗姗来迟。

在曼哈顿的灯火映衬下，这座城市正散发着别致的魅力。甲板上是一个个年轻的身影，他们来自全美国最顶尖的名校、最抢手的专业。他们，

将成为最夺目的新星。

人群中,当尹汀正在搜寻那个熟悉的身影时,旁边的音箱传来了何嘉怡略略有点紧张的声音:"感谢Jason精彩的演讲,感谢你用你的经历鼓励我们,告诉我们人生是不可预测的,不要给自己设限;感谢你用你的成长告诉我们要与有野心的人为伍,用野心去超越人生的限制。"何嘉怡的声音在发言台上响起时,300双眼睛齐刷刷地看向了她,她深吸一口气,用最快的速度给尹汀投去了一个带笑的眼神,调整了一下麦克风的位置,开始她今天这场活动的讲话,"没错,纽约是个名利场,但是名利和梦想是分不开的,在这里你做你喜欢的事情,没人觉得你傻,放手一搏,真心投入,总有回响。我们被千千万万的纽约客所感染,勇敢追求,不懈努力。"何嘉怡顿了顿,刚刚将微微有点颤抖的尾音控制得很好,这样的场面,语速要掌握好,首先得用自信压场。

她昂起头,继续说道:"今天这场活动,我们邀请到了众多投资银行精英跟大家面对面,全方位沟通。他们就职于我们梦想的公司,他们会让你少走一些弯路,为大家破解求职误区,了解行业的筛选流程、面试技巧,也让我们对行业发展有更多的了解,确定自我职业规划,获得潜在实习或者工作的机会。活动中,我们要做的,就是让这些前辈记住有趣的你。不要怕,勇敢地去和比自己厉害的人在一起,终有一天,你将成为他。我们的脚下,是能帮助你梦想成真的最有希望的一片土壤。就像我……你们知道的,我在这里找回了我的梦想。"台下突然响起的掌声和笑声打断了何嘉怡的讲话,今天来参加活动的大部分人,都是她博客的网友,对何嘉怡本人,已经非常熟悉。

何嘉怡不好意思地低头笑了笑,接着说:"谢谢今天到场的朋友们,是你们陪我度过了纽约最冷的一个冬天。在春天到来的时候,我跟我的朋友和被你们叫作背影先生的Ting博士发起了这项活动,希望大家各有收获。"

"背影先生今天来了吗?"有人在台下大声问何嘉怡。

第三十六章 名扬纽约

"背影先生，你在哪里？"何嘉怡跟着人群假装找寻尹汀，"听说背影先生今天为大家准备了一场演讲，我怎么突然觉得，其实他今天来亮个相就够了。"一阵笑声中，何嘉怡看向尹汀的方向，尹汀此时也正在看着她，半空中的对视里，是只有他们自己才懂的欣赏和鼓励。

"那么，我们还是请Ting博士上台来吧，大家看你的文章已经看得足够了，想看看你今天的正装亮相。"掌声再次响起。尹汀在华尔街财经杂志上多次发表的文章是今天到场的众多金融学子关注的重点，这一场演讲，不少人期待已久。

尹汀起身，沉着中透着淡定，十几年的华尔街实战在他身上磨砺出了一份从容、自信。近年来又得高人指点，学问感悟和心性都得以突飞猛进。时隔一年多，再次回到曼哈顿时，他的身上，多了很多金融界精英没有的通透沉淀，以及对世态的了然于胸。

掌声中，被一身黑色高定正装衬托得英俊偶倪的尹汀走到了发言台上，嗓音浑厚，语速适中："未来一切皆有可能。"

在何嘉怡眼里，尹汀的声音响起的那一刻就已覆盖了哈德逊河两岸耀眼的灯火。时光倒流，9年前，在北大校园初见时的怦然心动此时此刻再次袭上心头。

尹汀那天的演讲题目是《在混沌中前行》。

他用著名未来学家阿尔文·托夫勒所说的话作为开篇，展开了美国著名气象学家洛伦兹1963年首先提出的一种探索动态系统的兼具质性思考与量化分析的崭新方法——混沌理论的精彩演讲。这一场演讲，让美国多家媒体报道转载，也让尹汀迅速名扬纽约。

"其实早在古希腊和中国的经典中，就以混沌来解答宇宙之起源，认为宇宙从混沌之初，经过漫长反复的运动，逐渐演变成有条不紊的世界。人类从蛮荒到文明，从文明到现代，长期在这个似乎井然有序的宇宙中探索前进，科学家发现了众多自然界的规律，进而人们发展了大量应用技术、制造了数以万计的现代化产品，技术革命与社会进步已让人类的生活

发生了翻天覆地的变化,人类似乎依靠这些自然科学、社会科学便能真切地掌控这个世界或至少掌握我们人类自身的行为,宇宙和人类世界都能够按照因果规律发展、变化、演进。

"然而,现实的宇宙、现实的世界,都不只是简单或复杂的数据关系,因为在宇宙和人世间,除了那些简单的确定性的运动外,还有大量的看似毫无关联的碎片,通过一系列规则或不规则运动后,会产生难以预料的惊人的随机性结果,无机的碎片也可能会有机地汇聚,世界要么在确定性系统中充斥着随机性运动,要么在随机系统中进行着不确定性涌动,其结果可能与科学分析和我们想象的并不一样,甚至大相径庭,充满了敏感性、随机性、多样性和多尺度性,是五彩缤纷还是崩塌陨落,似乎难以预见,又似乎近在眼前。这就是普遍存在于宇宙间各种各样的宏观及微观系统的混沌。万事万物,莫不混沌。人类作为宇宙中的一粒粒尘埃,看似各自在独立自由地过各自的人生,但我们都和这个宇宙一起,在混沌中无序,在无序中相似,在相似中组织,在组织中从无序到有序……我们总是在运动中混沌,在混沌中前行。"

人群中,掌声雷动。

尹汀报以淡淡的微笑之后,用混沌系统中关于对初始变量敏感性、随机性、非线性、熵增原理的最新认识,来解说了当时美国的房地产走势和金融市场将出现的波动性和不确定性。

整个演讲期间,现场300位来宾没有人说话,没有人走动,甚至没有人相互讨论。所有人,在美国房地产最火爆的这样一个特殊时期被这样一场学术性极强、论证范围极广的演讲所吸引。

这是一场美国集体狂欢中难得一见的理性的演讲,逆势而为,见解独到。

尹汀气宇轩昂,侃侃说道:"美国的房地产市场虽然很大,但其规模在整个美国经济中也仅仅是一部分,而且,房地产市场一直稳定性较好,波动性小,有规律可循。如果大家认为它的一点波动不会对美国整体经济产生太大影响,那就错了,因为金融系统本来就是一个混沌系统,其非线性和对初始值的敏感性,注定了未来可能会出现很大的不确定性。2003年出现了一个不大的看似将美国经济推向好的方向的初始变量——布什总统敦促国会通过了《美国梦首付款法案》。该法案明确,将给予那些低收入有意购房者以首付款补贴。此后布什继续敦促国会通过立法,允许联邦住房管理局开始向低收入人群发放低利率、零首付的房屋抵押贷款。在这样的背景下,其他政府部门也开始放松抵押贷款的要求。在政府的力推下,传统的信贷产品急剧萎缩,创新性的弹性信贷标准的抵押贷款则开始飙升。低收入者凭借政府的帮助实现了购房梦,但房产金融创新却在疯狂地朝着泡沫的大路上奔走,房地产金融产品层出不穷,五花八门的创新工具、手法不断翻新,杠杆率呈非线性攀升,金融体系内部滋生的不稳定性、未来的不确定性对社会经济运行的危害在所难免,金融体系在稳固和脆弱之间将剧烈摇摆,爆发金融危机的风险不断加大,随后的漫长的去杠杆化周期完全有可能将美国经济金融体系拖向混沌的边缘。就像美国著名经济学家海曼·明斯基所描述的,好日子的时候,投资者冒险多,直到过度冒险。一步一步地,投资者会达到一个临界点,其资产所产生的现金不再足以偿付他们用来获得资产所举的债务。投机性资产的损失促使放贷者收回其贷款,从而导致资产价值的崩溃。以他的名字命名的那个'明斯基时刻'必将在不久的将来来临。美国乃至世界都可能会因此而被拖累甚至拖垮,进而可能让全球经济产生剧烈震荡。房地产首付政策的调整,将触发美国整个金融体系内在的稳定性而渐次振荡,振荡的能量不断累积,当其有序和无序的摇摆冲突达到突破点时,金融危机将会像飓风一样呼啸而至,美国乃至世界金融经济将为之黯然失色。在这样一个混沌的逻辑中,我们如何在混沌中前行,就是要从这种向好的确定性的有序形势中看到其孕育的不好的随机性的无序,要更好地收住野性投机的欲望,张开理性投资的翅膀,优化资产配置结构,降低杠杆率……"

信念的力量,势不可当。它会让意志坚定的人创造出逆周期发展的

辉煌。

如何在美国看似疯狂的金融大环境中保持理智,尹汀有着自己坚定的信念。他坚信,在这种向好的有序形势中正在孕育着不好的无序性,一场即将产生的"蝴蝶效应"会毫不留情地拖垮美国的经济。在这场混乱的风暴来临前,他很早就明确了自己前行的方向。尽管这条路让他在短短两年内走得极其艰难,尽管在那场演讲结束后他名声大噪。但是当两年后那场危机席卷了整个美国,当一连串惊人的数据摆在了全世界面前,证实了他当年的推论,将他推上了金字塔顶端的时候,他却没有哪怕是一点点的喜悦。

那场灾难,8万亿美元化为乌有。

1000多万人失业,800多万人无家可归,无数昔日指点江山的银行家倾家荡产,锒铛入狱……

一场没有硝烟的战争开始后,整个美国一片狼藉。那时他有的,只是那年在拉斯维加斯跟官悦把酒夜谈时无力的悲哀。正如他当年所说,无论那场盛宴多么绚丽辉煌,当一切欣欣向荣的表象崩溃坍塌时,没有人能置身事外,无数人流离失所、无家可归,那将是一个国家的灾难,一个时代的悲哀……

人造的金融体系,已经成为一个非线性的混沌系统,对于人类社会的发展,已超越了任何一个人造系统的作用。没有任何国家、任何体系能独立于金融体系之外。没有任何一个人造体系能像金融这样,由人自造而又超越人的智慧和能力,让人难以控制和驾驭。人们处于集体狂欢的时候,并不知道一个初始变量到底会带来什么样的结果,会把这个金融世界引向濒临毁灭的边缘。

那一切,终究还是不可避免地发生了。

2006年6月,尹汀在美国应对着金融风暴前的煎熬,投资人告诉尹汀,他们已经决定对他提起诉讼。尹汀没有回应,他只是执意锁定了部分资金。剩下的,只需要耐心地等待市场给出的回应。

那些由美国的金融家们凭空虚构出来的产品,将在市场崩溃之时,给出最残酷的回应。

等待,比的是谁更能沉得住气……

这期间,何嘉怡、官山,小洋芋开始了热火朝天的创业,面向留学生的活动一场接一场,他们帮助很多留学生拿到了实习机会和工作机会。

如尹汀所愿,何嘉怡在纽约学习金融,为的是看懂金融,看懂世界高效运行的机制。

第三十七章　家有喜事

2006年7月，经过整整一年半的调养和努力，官悦终于成功怀孕。拿到检查报告的那天，赵文涛第一件事情就是向公司申请调回成都，全方位照顾官悦。

自从怀孕，官悦度日如年，无法正常工作，无法出席任何活动，在家睡觉还只能半坐着睡，躺平了马上会有孕吐反应。

整整9个月，官悦差点瘦到变形。

2007年4月，曙光将近。官山专程带着小洋芋回到了成都，陪官悦待产。

看到官悦的第一眼，小洋芋哇的一声就哭了出来："你怎么丑成了这样？"

官悦穿着睡衣，蓬头垢面，肚子上顶着一个巨蛋斜靠在沙发上，有气无力地看着轮椅上哭得稀里哗啦的小洋芋："来，你喝口茶，歇一歇就买张机票回去吧。"

"会不会说话啊！"官山瞪了瞪小洋芋，坐在官悦旁边嬉皮笑脸，"姐，你不丑，不丑！就是邋遢了点，生完孩子收拾收拾又是美女一个！"

"我不走！我是专门回来抱美女的，我要第一时间认识我侄女。对了，确定是个女儿了吧？"小洋芋把轮椅推到官悦面前，嬉皮笑脸地掀起官悦的睡衣看她的肚子。

第三十七章　家有喜事

"早就确定了。"官悦有气无力地说道。

"我们回来，一个是陪你生闺女，另一个就是去看望云波大师。"官山满脸喜悦地边说边看小洋芋，"她的腿现在完全恢复知觉了，只是还不能站起来，这次回来想找机会再请云波大师给看看。"

"等我卸了货就陪你去看望云波大师，不着急不着急，云波大师常年云游在外，一时半会儿也不知道他老人家在哪里，先在成都安心吃喝。"官悦从沙发上坐起来，牵着小洋芋的手，心里百般怜惜，"等你好了，赶紧给我闺女添个弟弟，我是不会再生了，这大半年简直要了我的命。"

"干吗要我生弟弟？给你们家传宗接代？谢了，我也要生女儿！"小洋芋摸着官悦的肚子无限羡慕。

几天后，选了一个良辰吉日，官悦由小洋芋陪着住进了华西附二院。给她做手术的是赵文涛的朋友。

赵文涛提前半年就开始做准备，找人预留了单间，从官悦认真说想要个孩子的那一天开始，赵文涛就觉得这日子每天都是彩霞满天、阳光灿烂。从官悦确定了怀孕的那一天开始，他更是每天都在深呼吸，告诉自己幸福来得太突然，一定要淡定再淡定。

他到处找朋友给他介绍最好的主刀医生，到处搜罗育儿书籍一个人认真学习。

从病房到手术室的一路上，官悦自己提着输液瓶子，一只手抱着肚子，全身发抖走在前面。赵文涛跟着，官山推着小洋芋走在旁边。

"姐，你在抖个啥？"小洋芋在旁边看着官悦脸色苍白，不停地哆嗦。

"我……不想抖……就是……停不下来……"

"你是怕挨刀吧？别怕，姐夫都安排好了，就那么一会儿的事情。"小洋芋安慰着官悦。

官悦瞪了小洋芋一眼，扭头看着一脸故作淡定的赵文涛："你说我……要是在手术台上……有个好歹……你是不是就解放了？闺女有了，

噩梦醒了,新生活在向你招手,日子……很有奔头……"

"你看你,话都说不利索了,还这么操心。"赵文涛拍拍官悦的肩膀,语重心长地说,"安心去躺着卸货,我和闺女的幸福生活都规划好了,上小学之前我要带她看遍世界各地的美景,什么夏威夷、马尔代夫,两趟两趟地去,你自己看着办,反正我是邀请了你的,你要有个好歹去不了,我只能表示很遗憾。"

"那我再考虑一下。"手术室门口,官悦点点头,转过身,朝前走了几步,背对着他们挥了挥手,一个人大步走向手术室。走了一半停了停,想回头看一眼又觉得算了,怕眼泪流下来被他们嘲笑。全新的生活足以抵挡对手术台的恐惧。

"姐,别怕,我们就在门口等你!"官山在官悦背后朝她大声喊话。

给官悦主刀的谭医生温柔又漂亮,拉着官悦的手不停地说话以分散她的注意力,官悦却抖得越来越厉害,满屋子冰凉的仪器实在是让人放松不下来,这时候官悦才开始后悔没有听医生的,试试顺产,早知道剖宫产这么吓人,还不如自己掌握主动权。

一切准备就绪,当谭医生用冰凉的手术刀在官悦肚子上拉开口子的一瞬间,官悦还是明显地感觉到一种被刀片撕开的痛。她忍不住痛得呻吟起来。可能是太紧张了,正常剂量的麻药没有完全发挥作用,谭医生见状,在官悦的输液瓶里加了一管药,瞬间就让官悦睡了过去。

等官悦醒来的时候,谭医生正在给她缝合伤口,官悦全身像是被抽干了一样,没有一点力气,说不出话,只能睁着眼睛到处看。

"手术做完了,是个女儿,很健康,6斤6两,长得像赵文涛,放心吧。"谭医生温柔的声音是那个时候最美妙的音符。

官悦笑着笑着,眼泪流了下来。

这就……正式当妈了。

被推出手术室时,官悦没看见赵文涛,也没看见小洋芋,只有官山站在门口等着,眼眶发红,满脸泪痕。

第三十七章　家有喜事

官悦虚弱地皱了皱眉，看着官山，有点搞不清状况，还没等官悦往其他方面想，官山就冲了上去，"姐！"官山拉着官悦的手，激动得有些颤抖，"姐，小洋芋站起来了！我侄女抱出来的时候，她突然就从轮椅上站了起来，走到医生面前直接抱住了孩子！"

2007年4月初的这一天中午，官悦的女儿出生。与此同时，小洋芋克服了心理障碍，站起来了！

听说她是看见官悦的女儿被抱出来的一瞬间，自然得不能再自然地就从轮椅上站起来，直接走了过去，从医生手上接过了孩子抱在怀里。等她在赵文涛和官山惊讶的眼神中反应过来自己是走过去的时候，差点没抱住孩子。

一切，都是天意。

一个月之后，官悦闺女的满月宴设在了希望路的云门锦翠，客人只有关海云和他的儿子。

关海云带着儿子走进包间，二话不说就是两个大红包，一个给官悦的闺女，一个给了小洋芋，"皆大欢喜，好事连连啊！"关海云笑声浑厚。

"关哥！"小洋芋奔向关海云就是一个大大的拥抱，虽然腿还不太利索，但是一点都不妨碍她表达热情，"你不知道我有多想你和云波大师！你告诉云波大师我好了没有？你告诉他我想去看望他没有？"

关海云笑着往后退了退，还是不太习惯小洋芋这种太西式的表达方式，"说了说了，云波大师很为你高兴，让我叮嘱你认真吃中药，他会给你介绍一个做针灸理疗的医生，再坚持一年。你要听话，好好把身体调理好，你爸和尹汀高兴得都要马上飞来成都了。"

"我爸和汀哥要去看望云波大师，他们说要找你商量，以我的名义成立一个基金，专门帮助四川的贫困儿童。"

"好，好，等云波大师云游回了成都，我们都去看望他老人家。这两年都不容易啊，尹汀应该很快就能缓过气来了，这件事情下来得认真办，还有你和官山的婚事，也该商量了。"关海云转身，看了一眼旁边憨笑着

的官山,"小伙子,好样的,有担当,小旭恢复得这么好,有你的功劳,这一年在美国创业也很有成效嘛,不错!"

"谢谢关哥肯定,照顾小旭是我应该做的,在美国这几年多亏您和汀哥支持,现在我跟何嘉怡只是刚开了个头,我们还得继续努力。"官山在关海云面前说话恭恭敬敬、端端正正。

关海云嗯了一声,笑着点点头,给儿子介绍了一圈叔叔阿姨,最后走到官悦身边,探身看了看怀里抱着的正在睡觉的孩子,皱了皱眉头,又继续看了看。

"看把你为难的!"官悦看关海云一副不知道该怎么夸赞的样子,只有先开口了,"人家这才一个多月,还没长开,再过几个月就好看了。"

"那是那是,有她妈妈一半也不得了。不急,不急!"关海云转身,叫了他身后7岁的关小哥过来,"儿子,来,你来看看,这是你官阿姨给你生的媳妇,认识一下。"

当初在北京,关海云劝官悦好好在家生儿育女的时候就说要是生个女儿就给他儿子当媳妇。今天官悦的女儿满月宴,他还真把儿子带来认亲了。

7岁的关小哥长得白白净净,单眼皮,很有家教,情商极高,走过来站在官悦面前看了官悦一眼,又看了看怀里的闺女,默默地想了想,才慢慢地说道:"官阿姨,妹妹好乖,她还这么小,我要等她长大了才定得下来喔。"说完伸出肉乎乎的小手,摸了摸官悦闺女长满了湿疹的脸。

所有人哄堂大笑,被关小哥的机智和为难逗得前仰后合。

官悦忍着笑,非常认真地说:"是是是,不急不急,官阿姨等妹妹长好看了、你长大了再麻烦你带着妹妹玩。"人家都已经这么体贴了,不能再给孩子压力,虽然官悦也很"觊觎"关小哥雄厚的身家。

"妹妹叫什么名字?"关小哥继续很给面子地跟官悦聊天。

还没等官悦回答,小洋芋就开始说话:"何嘉怡说跟她姓,叫何仙姑。我是不同意的,我觉得怎么都要有成都特色,叫何花池都比何仙姑好。"

"一边玩儿去！"官悦瞪了一眼小洋芋。

尹汀的工作进入了最关键的时期，何嘉怡无法回来陪官悦生产，就成天在网上斗嘴，各自给孩子取着她们觉得很有意义的名字。

"不要听这个洋芋阿姨的。"官悦对着懂事的关小哥说，"妹妹的大名要等云波大师定，取好了我告诉你。"

"好。"关小哥点点头，很懂事地坐在一边。

"大家就坐吧。"官悦把闺女交给保姆，招呼大家坐下开席。

"这当妈了就是不一样，人都要稳重些了。"关海云让大家都坐下。

"又稳又重，长了20斤！"官悦表示很无奈。

"还想重出江湖吗？"关海云很实在，直接问重点。

"江湖不去了，只想去你高新区最牛的办公楼上面的独立办公室。"官悦更实在。

现在的官悦，保持着平和的心态，因为有了闺女，人生即将开始一个全新的篇章。安心做一个好妈妈，把一切都交给赵文涛，感觉也很不错。

关海云啃完一只招牌鸡脚，擦了擦手，说道："把你手上的事情了结一下，断了奶去我那里，看看对哪个项目感兴趣，先学着做一下。孩子也有了，就不要再在外面撑女强人了，把我儿媳妇带好点。"

"好！"关海云话还没说完，官悦就已经拍了板，"你儿媳妇可以喝奶粉，我下周就去集团总部参观。"

从一个勉强硬撑着的绿化公司小老板，到跨国企业的高层管理人员，其实只有一只鸡脚的距离。

2007年6月的一天，关海云为了让官悦认识集团核心高层，在中国会所设宴。至此，各建设单位门口少了一个女强人，而高新区最好的办公楼里面，则多了一个着阿玛尼正装、坐在面朝天府大道独立办公的官总。

2006年10月，美国住房价格经历了35年来最严重的下跌。

2007年年初，次级贷款开始出现创纪录的断供潮。

美国彭博新闻社发表了一篇文章，大篇幅地预估华尔街即将面临的灾难，他们给出了有力的数据：2007年，220万借款人将失去他们的住房，在2005年和2006年所发放的次级抵押贷款中，每5个借款人中就会有1个人违约。

摩根最先放弃了市场。

2007年4月，美国最大的次级贷款放款人新世纪公司陷入了断供的泥沼，申请破产。贝尔斯登的次级贷款对冲基金破产。到了2007年6月，整个美国，三分之一的借款人断供，无家可归的人每天都在增加。华尔街开始出现了有史以来最严重的恐慌。

2007年9月，尹汀开始抛售他手上的信用违约掉期产品，他的投资人账上的钱开始翻倍，所有声讨尹汀的声音戛然而止。

没有庆祝，也没有胜利后的喜悦，这是一个国家的灾难，一个时代的悲哀，没有人能真正高兴起来。

从尹汀决定做空的那一天开始，他就知道整个世界都站在了自己的对立面。一切的后果，都在自己的预料之中。

跟关海云商量之后，尹汀决定暂停现在这家资产管理公司的所有业务，提前退出华尔街即将来临的更猛烈的风暴，回到中国这片热土，在关海云的带领下，用自己在华尔街的收获为祖国做一些微薄的贡献。

2008年春节前夕，身经百战、险中求胜的尹汀带着何嘉怡凯旋，正式拜见何嘉怡的父母，商讨婚事。杨总带着夫人从洛杉矶飞到成都跟官悦、官山的父母见面，商讨官山和小洋芋的婚事。官悦以尹汀同事、何嘉怡闺密、官山家长的身份，在中国会所包下那间当初他们相逢的雪茄吧，布置成了和那年从北京回到成都时一模一样的场景，见证了两对新人的订婚仪式。

婚礼，定在了2008年5月的一天。

第三十八章 "5·12"汶川特大地震毁天灭地

婚礼举办之前，四个人商量了很久，选了九寨沟作为婚纱拍摄地，由官山带上装备器材，一行人自驾进山，边游山玩水，边随意拍摄。

何嘉怡和小洋芋最激动，第一次自驾游，选择了九寨沟最有特色的路线。一路上，雪山草原、如仙境般的翠海让人看了就想往下跳……官山去那里拍婚纱照，出的大片完全可以在美国做宣传图，说不定又能给他们的公司带来新的商机。

出发的日子，选在了5月12日。

官悦在关海云集团下面的一家金融公司做总经理，工作刚刚上手，无法同行，花了一下午的时间为他们采购了各种东西。5月12日一大早，官悦带着买好的各种零食、饮料、药品，把关海云安排的路虎开到了路边，等着四个人。

官山的摄影装备收拾了很久，何嘉怡、小洋芋选衣服又耽搁半天，等到几个人跟官悦见面，都快11点了。

"把午饭吃了再走吧。"突然留自己一个人在成都，官悦还有点舍不得，"反正你们不赶路，吃了饭再出发，走到哪里算哪里。"

"那不行，一旦收拾好了就想马上唱着歌飞奔在路上！"小洋芋从轮椅上站起来，慢慢地朝车门走去。

这一年来，官山和何嘉怡往来于成都、纽约，忙着他们公司的活动，

小洋芋则留在成都由官悦陪着,在医生那里做着针灸理疗,一天天恢复得越来越好。只是医生不让她走太多路,嘱咐随时都要把轮椅备着。

官悦和何嘉怡赶紧过去扶着她,官悦叮嘱着小洋芋:"千万不要玩得太累,大部分时间必须得坐轮椅。中药有没有打包?记得每天要换药。"

"姐,你就放心吧,我和汀哥会盯着她的。"官山在旁边保证。

"你就没把她当成一个病人,我最不放心的就是你!"官悦瞪了官山一眼。

"我哪里像病人了?"小洋芋不服。

"这次我保证,坚决不让她下轮椅可以吧?"官山非常认真。

"真的要让她少走路,回来婚礼还要忙好几天,那么多的亲戚朋友要来,够你们累的了。"官悦看了小洋芋一眼,不知道怎么回事,这一早起来心里就很不踏实,说不出来哪里不对,可能是担心小洋芋刚刚有点好转又这么跋山涉水地去折腾。官悦转头对着何嘉怡叮嘱:"你可别只顾着恩爱去了,提醒着他们两个。"

"官悦,生了孩子的女人是不是雌激素太多容易变得啰唆啊?"何嘉怡认真地打量着官悦,"你不放心官山,不放心我,总放心汀哥吧?"

"我会看好他们几个的。"尹汀微笑着站在旁边向官悦保证。

"那倒是,有你在,他们飞不起来。"官悦抬头看了看天,天色灰暗,沉闷得让人有点不舒服,"我给你们买了吃的喝的,这一袋是给小洋芋换药用的湿纸巾、纱布,还有一些感冒药、消炎药,你们千万别感冒了,这个季节山里忽冷忽热的,拍照片又要不停地换衣服。"

"有没有买酒?"何嘉怡往一堆东西里面看了看。

"买了,白酒、红酒都有。"官悦很细心,一样不少。

"有酒就好,到了九寨沟得庆祝一下。"何嘉怡今天心情特别好。

"我们只去5天啊,不是去5个月。"小洋芋看着一堆东西,很佩服官悦。

"姐,要不要把超市都带上?"官山摇了摇头。

"对了,还有雨衣,海拔高了随时都有雨。糟了,放哪里了?"官悦

第三十八章 "5·12"汶川特大地震毁天灭地

在一堆袋子里面东翻西找。

"我说官悦，干脆你直接跟我们一起走得了。"何嘉怡看官悦一百个不放心的样子提议道。

"对啊对啊，一起去吧。"小洋芋坐在车门边上拉着官悦的手，"你把姐夫叫上，让外婆带几天宝贝，最多5天我们就回来了。"

"走吧走吧，赶紧走！懒得跟你们说了。"官悦索性不找了，反正都在袋子里，朝他们几个摆摆手，"出来耽误这么久，我想我闺女想得都不行了，要让我出去几天见不着闺女，那还不如要了我的命！"官悦终于停止唠叨，挥挥手，让他们赶紧上车。

"官悦，我有了孩子，一定会提醒自己不要雌激素过剩。"何嘉怡拉着尹汀，扭转头，张罗着大家上车出发。

一行四人，尹汀开着关海云为他们准备的路虎慢慢启动，车窗打开，四个人都伸出手和官悦说拜拜，小洋芋大声喊着："先把5天以后老码头的位置订好哦！"

车开出老远，官悦还站在路边，两眼有些湿润，这四个人，终于成双成对了。

官悦深深地把胸口堵着的一口气呼了出来，天空阴沉，气压很低，整个人都打不起精神。她看了看表，赶紧回去还可以赶上陪闺女睡会儿午觉。

闺女已经一岁零一个月，刚刚开始走路，"爸爸""妈妈"和"姨"这几个音喊得最清楚，但凡被点了名的，都像中了魔咒一样，俯首称臣，溺爱成灾。何嘉怡和小洋芋两个姨每天为了抢孩子吵得乌烟瘴气，闺女在这样的氛围中一天天长大，官悦深深地担心着，好好一个姑娘家，以后会不会被惯成一方恶霸。

想起闺女摇摇晃晃站在门口，奶声奶气地喊着妈妈的样子，官悦脚下生风，猛踩油门。

尹汀开着车上了成灌高速，何嘉怡和官山一上车就把官悦买的东西拎

了出来,何嘉怡找尹汀爱吃的,官山找小洋芋爱吃的,摆了一排。

天气虽然不怎么样,但不影响旅行的心情。城市慢慢地消失在身后,丢开工作,逃离尾气,只需要一天的车程,那个传说中的世外桃源,就在山的那边。

何嘉怡剥了一个牛肉粒放到尹汀的嘴里,看着尹汀开车的样子,眼里闪着金光,撑着下巴望着尹汀:"我们两个换着开车,你累了就告诉我。"

尹汀看着前面的路,眼角都带着笑:"我累没累你看不出来吗?还要我告诉你?"

"官山,把音乐打开,一上来就在那里腻腻歪歪的,讨厌!"

"对付敌人最好的办法就是比敌人还腻歪,这不是你一向的战斗精神吗?来来来,我在这里!"官山赶紧拿了一杯龟苓膏插上吸管放在小洋芋嘴里。

"嗯,有道理,汀哥……"小洋芋凑到尹汀面前,"我想吃青城山的腊肉了,带我去。"

"刚出门就饿了?"尹汀问小洋芋。

"不饿!"小洋芋大声说。

"那咱们就多开一阵,饿了再停下来吃吧。"尹汀看小洋芋一眼。

"不!"

"为啥?"何嘉怡、尹汀、官山同时间。

"因为!我就喜欢你迁就着我!"

何嘉怡和官山翻了一个白眼,摇了摇头,尹汀耸耸肩,继续开车。

下午1点,一行人陪着小洋芋去买了青城山的腊肉,这才重新上路,朝着紫坪铺方向前行。

路过宽阔平坦的紫坪铺水库,车开到友谊隧道的时候,隧道口发生一起车祸,两辆货车相撞,堵了一会儿。几个人心情放松,反正也不赶路,车上有吃有喝,听着音乐聊着天,高高兴兴。等了一会儿,前面开始通车了,尹汀坐好,发动路虎正准备踩油门的时候,突然一辆奥迪从后面开了上来直接插到了尹汀的前面,跟着车流一路往前。

"这什么人啊,我们排了这么久他来插队!"何嘉怡指着前面的奥迪吼了起来。

"这么横,会不会开车啊你!"小洋芋和官山按下车窗对着奥迪大吼。

"快进来吧,那么大的灰尘,关上窗户进隧道了。"尹汀无所谓,谁没个急事呢。跟着前面的车,慢慢开过友谊隧道,因为车多,900米的隧道开了近10分钟。

2点左右,路虎出了隧道,车速依然缓慢。

"真漂亮!"小洋芋看了看周围,与他们一路相伴的是滔滔奔流的岷江,车窗外山青水碧,峡谷绵长,风光旖旎,无处不成画,"这里的景色太独特了,我从来没见过这样的山和峡谷。"

"越往里面走,你没见过的越多。"官山喜欢拍照,去过好几次九寨沟。

车慢慢往前开着,走走停停。

"你看你看,那辆奥迪又想超车,又往车队里面挤!"何嘉怡指着插队的奥迪义愤填膺。出了隧道车多路窄,右下方就是岷江,周围全是陡峭嶙峋的山壁,奥迪的插队让后面的车的速度又慢了下来,"前面的车都不要让他,太讨厌了,这么窄的路挤什么啊挤!"

一车人都在专心地看着前面的路况,车外面,喇叭声响成一片,越来越响,越来越响,响声很快覆盖了整个山谷,响着响着怎么就响成了一阵轰鸣,像打雷一样的轰鸣声从前面山谷的深处传来,如同万马奔腾,大有雷霆万钧之势!

与此同时,路虎开始摇动,左右摇动……

车内突然安静了下来,四个人瞪大了眼睛一起往后看,都以为是背后有庞大的轧路机撞了路虎,可是没有。轰鸣声越来越大,如排山倒海一般。公路呈波浪状地上下起伏,车身开始剧烈地摇摆着,路虎前面一辆装满了香蕉的货车开始45℃倾斜,在四个人面前不停地摇摆。

"地震了!"尹汀第一个反应了过来,下意识地抓住方向盘和何嘉怡的手。

"地震,是地震!"小洋芋惊恐地瞪大眼睛。

"汀哥……"何嘉怡和小洋芋呆住了,大脑一片空白,人开始眩晕。

巨大的轰鸣声变成了四面八方的咆哮声,铺天盖地的灰尘从天而降扑向岷江,伴随着震动,伴随着雷鸣般的怒吼。

山崩地裂,开始了!

"别动,千万别动……"尹汀面色惨白,抓着何嘉怡,声音干涩。

后排的小洋芋在官山的怀里惊恐地瞪着眼睛看着窗外,说不出一句话。

"怎么办……"何嘉怡在抖动中已经有些反胃。

"很快……很快的……"尹汀将何嘉怡紧紧地搂在怀里,不让她看窗外的滚滚巨石。

大片大片的山体开始崩塌,右边的山峰开始往左边挤压,整片整片的山体垮向脚下的岷江,江水翻滚起了滔天巨浪,在山谷中疯狂地席卷两岸的一切。路虎车下的公路出现了裂缝,越来越大,车后面不远处传来了巨响……没有人敢回头去看。

"愿上苍慈悲,佑我一行逃过此劫……"

"愿上苍慈悲,佑我一行逃过此劫……"

"愿上苍慈悲,佑我一行逃过此劫……"

"愿上苍慈悲,佑我一行逃过此劫……"

这一句话在所有人的脑海里一遍一遍重复着。除此,别无他法。

轰隆一声巨响,一块巨大的石头滚落下来,掉在了路虎前面,货车旁边。就在四个人的前面不超过10米的地方,那辆插队的奥迪,在一个眨眼的瞬间,被砸成了一团废铁。除了天地间的怒吼,听不见任何生灵的叹息。有一万年那么久,久到所有人都以为世界会就此毁灭。周围渐渐安静了下来,除了滚石落地的声音,除了岷江奔腾的喘息。

"过……去了吗?"小洋芋从官山怀里挺直身体。

"过去了。"尹汀嘶哑着嗓子挤出三个字。

"怎么会这样……"小洋芋摇着头瑟瑟发抖。

"别怕,我们躲过了。"官山脸色苍白。

四个人都不敢乱动,愣在车上,听着动静。

等待了片刻,尹汀松开何嘉怡冰凉的手,准备下车看看。

"汀哥,我跟你一起去。"官山坐起来。

"我先去看看,你们再下来。"不容置疑,尹汀看了三个人一眼,转身开车门。

"你不能走远了。"何嘉怡抓着尹汀。

"我知道。"

打开车门,空气中是灰尘、泥土、汽油的味道,能见度很低。零零星星的石头掉落的声音随时在山谷中响着。道路已经是一片狼藉,路面开裂,无数的石块堆积着,青山绿水已经消失,稍远一点的前方盘山公路有的地方扭成了麻花状,有的直接拦腰断了。前面货车上的香蕉掉了一地,旁边的奥迪已经看不出形状。绕过路虎,走到靠岷江的这一边,路基还好,没有垮塌,路下面的排水沟里躺着一个人,已经被石头砸死,血肉模糊,应该是地震时从货车上跳下来后被石头砸中的。

尹汀眨了眨眼睛,用衣服捂着口鼻,走到路边往下面一看,岷江被垮塌的山石泥土堵了个严严实实,江水翻滚着在往上游流动,水面在缓缓上升。路基下的山体已经裸露了大部分出来,公路上垮塌下去的泥石和江面之间有一个45度的坡。

路虎前后的车上,开始陆陆续续有人下车,惊恐着,哭喊着,偶尔还有一两声爆炸声从远处传来。

尹汀站在路边,看了看腕表,2点40分。

刚刚的地震,估计持续了三分钟左右。短短的三分钟,天地已经换了模样。山倾水覆,青山不在,绿水混浊。也就是几分钟的时间,如果震动再持续久一点,最多半分钟,尹汀他们一行就会连人带车掉下岷江。

不幸中的万幸，如果晚一步出隧道，或者是早一步超了奥迪，都是不敢去想的后果。

上苍慈悲，大慈大悲，护佑这一行四人，逃过劫难！

尹汀有一种全身被抽空的虚脱，靠着路虎定了定神，心中不停地诵着："唯有立愿，此生向善，余生不怠！"

他看到奥迪车前面不远的道路左边，有一大片缓坡，应该是刚才地震时石头掉落冲下来的空地，环顾四周，目前只有那里是暂时安全的，必须转移过去，车离岷江太近，路基震空，旁边的山体有滑坡的迹象，很不安全。

尹汀打开车门上了车，摸出手机却没有信号，三个人惊魂未定，见状都各自打开手机，依然没有信号，应该是山上的基站被破坏了。

一时间，无法与外界联络。

"听我说，"尹汀深吸了一口气，"大家别怕，我们都很幸运，躲过了一劫，不会有事的。现在我们先下车快速跑到那个缓坡上去，那里相对安全。官山，你背着小旭。"尹汀快速让自己镇定下来，"9·11"之后，他接受的心理危机干预和心理辅导，让他具备了一定的基本常识和应变能力。

此时，他是所有人的主心骨。目前最重要的是先去安全的地方，再转移车上的物资，然后等待救援。

大家点点头，带着车上重要的东西赶紧下车。

"每个人先把所有衣服穿在身上，我们用最快的速度跑过去，一定要小心头上的石头，余震随时都会发生。"尹汀眼神坚定，沉着冷静。

官山推开车门，把小洋芋挪到自己背上，尹汀和何嘉怡、小洋芋每人提了几个袋子在手上，一鼓作气往路边平坦的缓坡跑了过去。

跟着尹汀他们的步伐，路边的人带着车上能找到的所有吃的喝的，都往缓坡跑去，一时间，哭声四起。

到了缓坡，尹汀前后观察了一下，缓坡很大，堆积着山体垮塌后冲下来的很多石块、树枝和大量的泥土。这样的地形，暂时安置是没问题的，只要不下雨。

四个人休息了片刻，定了定神，周边再没有什么动静。

"你们在这里等着，我去车上把其他东西都拿下来。"

"我跟你去。"何嘉怡站起来拉着尹汀。这个时候，没时间表达各自内心的恐惧，但是，两个人必须在一起。

尹汀点点头。

"快去快回！"官山扶着小洋芋坐在一块石头旁边。

车上还有些食物，最重要的是小洋芋每天都要换的中药和绷带。此时，出发前官悦为他们准备的这一切，每一样都有可能是救命的物资。

何嘉怡心中，只能闪过一句"阿弥陀佛"！

接下来，是将这里的情况想办法传递出去，然后等待救援。可在这深山峡谷中，大家还要面对什么样的危险，谁也不知道。

生死未知，危机四伏。

第三十九章　生死与共

尹汀牵着何嘉怡冰凉颤抖的手，面色凝重，使劲地握了握："别怕，我们暂时安全了，救援队伍应该很快就会有消息了。"

"有你在，我不怕。"何嘉怡快步跟在尹汀后面。

千言万语只需要一个眼神，彼此都在，已经是菩萨护佑。

路虎停在路边，车身下面的路面已经有了一条很宽的缝隙，岷江的水位又升高了很多，侧面的山体一直有泥土在流动："你拿雨衣和药，我拿吃的，动作要快点。"尹汀打开车门，坐到前排打开了收音机边调边说。

调着调着，收音机里突然传出了声音："各位朋友下午好，这里是成都人民广播电台交通广播调频FM 91.4，我是孙静，经历了刚才那一刻的震动和惊恐过后，此时我们更能感觉到生活在这个世界有多么美好。现在不管你在什么位置，一定要注意安全……"

何嘉怡在后排停下来，望着尹汀。

尹汀把声音按钮调至最大，收音机让他们终于有了一线希望。"有可能你的手机暂时失去了信号，不能联系上家人，不能互报平安，但我们的节目会正常播出，会给你提供及时的帮助……"

这是唯一通向外界，也唯一能安抚人心的声音。同时也说明，成都也地震了。

第三十九章 生死与共

"成都……也地震了!"何嘉怡瞪大了眼睛,他们的父母、亲人、朋友都在成都。

"别怕,"尹汀转身,拍拍何嘉怡的肩膀,"成都是大平原,只要震中不在成都市区,不会有太大的灾情,现在收音机有了信号,我们随时关注着。"

何嘉怡低下头,点了点头,不想让尹汀看到她眼里的恐慌。

"东西拿上,我们快走。"尹汀准备开门下车。

小洋芋的绷带被卡在了座椅的缝隙里,何嘉怡弯下身去捡,刚一弯下,路虎就是一阵剧烈的摇晃,余震袭来,没想到来得如此猛烈。

震动中,尹汀反手抓住何嘉怡的衣服,还没来得及用力,车身一斜,随着余震引起的路基坍塌,路面突然往下一沉,轰的一声,车带着人向右倾斜着翻倒在了马路边的斜坡上,再往下,便是岷江。

"啊……"何嘉怡大叫一声,人随着车的侧翻撞在了右边的门上,衣服的一角被尹汀抓在手里。

"何嘉怡,别动!"尹汀大喊一声,一只手抓着路虎车窗上方的把手,脚踩在副驾驶的座椅上将自己固定。

余震持续着,刚才第一波地震时已经有裂缝的路面轻易开裂,路基被震松,大量的泥土在震动中滑向路虎将它逐渐推向岷江。

两个人在车上抓着能抓住的一切东西努力固定着自己,从尹汀的位置看出去,是江面翻滚着的波涛。此时车的下面是被第一波震动冲下去的路基造成的45度斜坡,余震时间短,或许不会直接掉进江里;余震时间长,那就只有听天由命了。

生死一线,只能牢牢抓住对方的衣服。好在时间不长,车身翻倒在斜坡上,余震终于停了下来,车头一部分悬在了外面。

"停……了……"尹汀颤抖着看看四周,还好没有巨石掉下来,没有大面积滑坡。

"汀哥……"何嘉怡吓得面无血色。

"我们快出去。"尹汀缓缓松开何嘉怡的衣服,斜趴在车上去推侧面的车门。车门一动不动,被卡死了,四周车窗紧闭。

"打不开吗?"何嘉怡身子斜着半躺在后排。

"抓好,我再试试。"

尹汀换了个位置踩在座椅上好让自己手上发力,反复地推着车门,车门依然纹丝不动。封闭的车厢里,空气有些凝固。尹汀跨到后排,用力去推后面的门,还是打不开。他深吸一口气,这个时候争分夺秒,只有乞求下一次的余震来得不要太快。

汗水已经打湿了衣服,尹汀开始寻找车上的工具,必须马上敲碎玻璃逃出去。两个人翻找着能敲碎车窗的工具。

"天窗,这车有天窗!"何嘉怡突然发现了救命的关键。

尹汀抬头一看,这才注意到确实有天窗。车是关海云安排的,这一路大家都没有关注到那里。

尹汀默不作声,小心跨到前排,按下按钮,电机的声音无比悦耳,天窗缓缓打开。两个人对视一眼,手脚并用,尹汀从天窗爬上了车的侧面,路虎侧翻,左边的车门成了车顶,右边跨出去是斜坡,无法落脚。旁边的路面大部分已经坍塌,坑坑洼洼。

尹汀把手伸给何嘉怡,紧紧地抓住她,往上一拉。本该往上的何嘉怡,钻出天窗拉着尹汀的手用力的一瞬间,手突然一滑,朝斜坡倒了过去。路虎车身下的支撑点在又一波余震中下沉,何嘉怡的手滑脱了尹汀的掌心,随着尖叫滚向了岷江。

山河战栗,天旋地转,身下的世界在倾覆,人在其间,渺小如草芥尘埃。在就快失去意识之前,何嘉怡突然被一只大手抓住,停在了斜坡上的一块巨石旁边。

是尹汀,扑向了何嘉怡,用自己的身体将何嘉怡牢牢抱住,让自己的脊背在翻滚中撞向了巨石,保护了她。就在刚刚何嘉怡滑落向下的一瞬间,尹汀连想都没想就扑了上去,拼命地抓住了何嘉怡。

第三十九章 生死与共

生死关头，他毫不犹豫。

他绝不允许自己眼睁睁地看着所爱之人离开自己，他绝不让自己留下像"9·11"一样的遗憾，他没有能力再次承受一个人独活于世的折磨。没有任何恐惧，他只知道必须跳下去拉住她。

何嘉怡有些眩晕，看不清眼前的尹汀，而尹汀手臂上的力度已经说明他心中有多么恐惧。两两对望间，有通红的烙铁，烙在了何嘉怡的心上，腾起钻心的烟雾，将这一瞬间的舍命相救，烙进了一生的春夏秋冬。

生死之间，一念之差。这一念，就是一世的缠绵。有血从头上缓缓流了下来，何嘉怡这才回过神来。

"汀……哥……"抱着尹汀，何嘉怡已经哭不出声。

"没事了。"尹汀稍稍松开何嘉怡，背上和腿上一阵剧痛袭来，强忍着呻吟了一声，抬起手擦了擦何嘉怡脸上的血，"你没事吧？"

"你有没有受伤，有没有受伤？"斜坡上，何嘉怡坐起身来，慌乱地摸着尹汀身上检查受伤情况。

"别……我躺一下就好。"被何嘉怡碰到了伤口，尹汀痛得吸了一口气。

身体的痛，总会过去，失去挚爱的痛，绝不能再发生！尹汀仰头长长地呼出一口气，总算……没有来不及。

"汀哥……何嘉怡……你们没事吧？你们别动，我马上去叫人！"余震一来，官山就知道不好，等着最猛的一波过去后，赶紧从缓坡跑过去找他们两个人。

"好了，官山来了，没事了。"尹汀缓了缓，把何嘉怡拥到了怀里，"何嘉怡，你必须好好地回去。"

"汀哥……"半天，何嘉怡才哇的一声哭了出来，"你怎么这么傻，汀哥……你疯了你……"

"别哭了，你头上还在流血。都没事了，我们都不能有事。"尹汀知道，不管是何嘉怡还是小洋芋，在这场突如其来的灾难中，她们必须要平

平安安地活着回去。

"汀哥……我下来拉你们!"官山带着七八个人,手上拿着绳子边跑边喊。

"先拉她上去!"尹汀撑起来,放开何嘉怡。

"一起上去!"何嘉怡抓着尹汀不放。

"听话,一个一个上去,这坡上的土太松了,官山不好拉。"

何嘉怡点点头,眼泪扑簌簌地往下掉,生死关头,耽误不得,如果再来一波强余震的话,这些人都会葬身岷江,刚刚已是万幸。谁也不能保证自己能有几次好运。

迅速地,官山将两个人拉上了路基,尹汀一一谢过过来帮忙的人,转身吩咐官山:"车里面的药和后备箱的酒赶紧拿出来。"

官山点头,快速从车里把需要的东西拖了出来,看了一眼后备厢自己几十万元的摄影器材、小洋芋的轮椅和他们价值不菲的礼服,咬了咬牙转身扶着尹汀快速撤退。

"回去我再送你一套。"尹汀拍了拍官山的肩膀。

"汀哥,这些都是身外之物。走吧。"官山懂事地笑了笑。

正当他们准备离开时,车上的电台中又传来孙静的声音:"我们刚刚得到消息,在汶川发生了特大地震,所以我估计都江堰的情况不是太好,大家这个时候千万不要着急,我们首先要保护好自己,再向这边的朋友问候,好吗?"

三个人面面相觑,也就是说,震中不在成都。何嘉怡稍稍放心了一些,最起码几个人的父母和官悦不会面临太大的危险。

这时,尹汀向来时的方向看过去,前方已经没有了路,河的走向也完全变了,刚刚的余震又让路边所有的车辆都陷到了坑里,满目更是一片狼藉。

"快过去看看小洋芋,看来我们得想办法自救了。"

缓坡上聚集的人越来越多,三三两两挤在一起,差不多有40多人。三

第三十九章 生死与共

个人找到小洋芋,看到对方,大家鼻子一酸,有些庆幸,就在刚刚,差一点又是天人永隔。

"汀哥,你怎么在流血,流了这么多血?"小洋芋从坐着的石头上站起来,抓着尹汀的手,眼泪一下就流了下来,"汀哥,你们两个这是怎么了啊?"

大家随着小洋芋的目光,这才看到尹汀米黄色休闲裤被撕开了一个口子,腿上有一道很长的伤口,已经血肉模糊,把半条裤子都染成了红色。

"汀哥!"官山和何嘉怡同时大叫一声,刚刚从鬼门关爬回来,大家都还惊魂未定,都没有注意到尹汀的伤口。一定是他刚才救何嘉怡时被石头和树枝刮伤的。何嘉怡看着面前的尹汀,心痛、害怕交织在一起,全身发软。

"赶紧先止血!"官山放下手里的袋子,才知道尹汀刚才让他把酒拿上是什么意思,"用酒消毒,你们把绷带拿来。"

何嘉怡颤抖着接过酒瓶去拧瓶盖,却怎么也拧不开,手抖得没有一点劲,眼泪不停地往下流。

"我来吧,没事的,别怕。"尹汀拿过何嘉怡手上的酒瓶,握了握她的手,"你们别看,把绷带给我。"

"汀哥,你们怎么了啊?"小洋芋眼泪汪汪地看着尹汀,又看看何嘉怡。

"刚才的余震让汀哥和何嘉怡掉到了车旁边的斜坡下面,还好没事。"官山扶着尹汀坐在石头上,"何嘉怡,你和小旭到旁边去,最好别看伤口。"

"我不!"小洋芋大喊一声,看向何嘉怡,"你怎么看着他的?自己头上也是血。"

"没事的,我这不是回来了吗?"尹汀笑笑。

"我蹭破了点皮。"何嘉怡摸了摸头,拉过尹汀的手,紧紧握着,"官山,快给他消毒。"

官山点点头蹲下,看了一眼尹汀的伤口,眼睛一下就红了,又抬头看了一眼何嘉怡,唯有真爱才能让这个男人这么不顾一切,也唯有真爱才会让他忍受这样的伤痛还默不作声。

把伤口外面的裤子又撕开了一些,官山吸了口气,说:"伤口有点深,汀哥,你要忍着点。"

尹汀点点头。

官山手脚麻利,一点不拖泥带水,上大学的时候学过一些简单的包扎和户外营救知识,再加上照顾了小洋芋那么久,基本的护理已经很熟悉,这个时候正好能用上。一声强忍着的闷声从尹汀的喉咙里发了出来,烈酒灼烧着血肉的切肤之痛让他咬得嘴唇发白,满脸通红,却还一直忍着没有大叫出声来。大颗大颗的汗水从尹汀的头上滚落下来。官山三两下处理包扎好了尹汀腿上的伤口,又开始处理他手上的划痕:"汀哥,腿上的伤口有点深,还好没有伤到动脉,手上的还好,现在暂时只能用绷带缠着止血,咱们得赶紧想办法回去,不然感染了就麻烦了。"尹汀的伤口在这样的环境中,很不乐观。

"我知道。"尹汀痛得吸了一口气,让官山帮何嘉怡处理头上不算太严重的伤口,坐在石头上缓了缓气才说道:"现在外面已经知道了这里面的情况,救援工作应该已经启动了。但是我估计即使是有救援队伍进来,也是会先去地震发生的中心汶川,那里肯定是重灾区,我们这里的情况其实还好,即使是有救援队伍进来了,我们也尽量不去占用救灾资源,最好是自己想办法。"

经历了"9·11"事件的尹汀,深知有多少消防人员在救援中丧失生命,每一个消防员背后,都是一个家庭。但凡自己有一点办法自救,都不能让别人去冒生命危险。

正在尹汀说话的时候,天空中传来了轰鸣声,缓坡上的人群抬头一看,是一架直升机,所有人一阵高呼,不停地挥手。直升机在天空中盘旋了一下,继续往山里飞去。

第三十九章 生死与共

"这应该是第一批进来勘察灾情的。"尹汀看了看手表,"现在是4点,政府的动作非常快。"

"汀哥,你的伤这么重,我们怎么自救?"何嘉怡蹲在尹汀身边焦急心痛,满脸泪痕。

"汀哥,你说怎么办?我们都听你的。"官山说道。

正在这时,人群中传来一阵杂乱的声音:"让一让,让一让!"十几个小伙子抬着三副担架小跑过来在找平整的地方把人放下。

尹汀站了起来大声问道:"怎么了?这边可以放。"

"这几个人被石头砸了,大家搭把手!"领头的人张罗着快步走了过去,在尹汀旁边放下担架。

尹汀和官山赶紧上前帮忙,一股血腥味扑鼻而来。

他们掀开了第一副担架上防雨的彩条布,再掀起被子,一个40多岁的大姐平躺着,左腿处的血已经把被子浸透了,她的小腿骨折,骨头露了出来,人已经昏迷。何嘉怡转过脸去,刺鼻的血腥味让她胃里翻江倒海,再不敢去看这样惨烈的场面。

第二副担架上是一位60多岁的大爷,满脸的血,痛苦地呻吟着,伤势很重。

第三副担架上是一个小女孩,只有五六岁的样子,也是满脸的血,紧闭双眼。

尹汀询问他们的情况,才知道他们是附近工地的工人,来自周围的村子或者都江堰市附近,分属于两个建筑公司。大姐所属的公司负责人姓康,是一位40多岁的中年男子;另一个公司的队长姓洪,30多岁。大姐和她老公带着小女儿在工地上做小工,地震时为了保护孩子,老公被飞石当场砸死,大姐也被大石头砸到小腿,导致骨折。

两个公司的领队,康队长和洪队长清点人数后发现死亡四人,重伤二人,轻伤十多人。根据他们对当地地形的了解,决定要快点把这二十来个工友全部转移出去,否则余震来了本来松动的山体最容易发生滑坡和泥石

流。康队长请求大家,也请求洪队长带领其他工友,一起抬着三个伤员往友谊隧道的方向转移。

尹汀听完康队长的情况介绍,让官山赶紧给这三个人处理伤口,用绷带在大姐的左腿处扎紧,避免血流过多危及生命。大爷头上的伤很严重,不敢乱动,小女孩只是有一些擦伤和受了惊吓,问题不大。

一起下山的工友们陆陆续续聚到了一起,个个疲惫不堪,每个人都像被从泥里捞出来的一样。

天色越来越暗,尹汀神色凝重,地震过后一般天气都会有变化,这对大家非常不利,特别是在这样的山坡下。

这时候,山中开始起雾,让人想起恐怖的瘴气。隔着几百米,已经有些看不清对面的山。气温骤降,山谷里的冷风一吹,刺骨冰凉。康队长和洪队长拉着尹汀和官山一再地感谢。

两个人一起看着尹汀,这么多人里面,就他最有气质,最像领导。"兄弟,"康队长开口,直接跟尹汀称兄道弟,灾难面前,人跟人之间这种相互依赖的感觉能让人瞬间亲近,"我看你是个有大主意的人,肯定是个领导,你看接下来我们是继续走呢还是留在这里等待救援呢?你给拿个主意。"

"我们也正在商量这件事情。"看着周围的人渐渐围拢了过来,都想商量下一步该怎么办,尹汀的眉头越皱越紧,看了一下人群对着大家说,"可能大家还不知道,这次的地震震中是在汶川,情况非常严重。"

一阵哭声响起,人群中有不少人的家在汶川。

尹汀接着说:"我们这里的情况不算严重,只有想办法自救了。现在有人受伤,按理说我们应该往都江堰方向走,走一点算一点,但是天快黑了,走过去要冒很大的风险。"

"我们不怕冒险,就怕在这里等死!"人群中有人大声说道。

尹汀点点头:"在这里等也有风险。第一,天色变暗,如果下起了雨,泥石流会更加严重。第二,地震让岷江大面积堵塞,水面不停地往上涨，如果雨大起来，会形成堰塞湖。"

"那就走，那就走！这么多人聚在一起往外走安全得多。"不少人开始让大家一起走。

尹汀转身，看着何嘉怡和小洋芋，特别是小洋芋，她的腿根本没办法走那么远的路。

"汀哥，不用担心，我背着小洋芋走，我肯定能把她背回去。"官山牵着小洋芋，非常坚定。

"官山……"小洋芋看向官山，感动不已。

"汀哥，你的腿……"何嘉怡看着尹汀，为了自己，尹汀受了这么重的伤，山高水远，想走出去谈何容易。

"我没事，相信我。"尹汀很肯定。

所有的人，突然间全部用期待的目光看向了尹汀。无疑，大家都把他当成了主心骨、当成了希望。有大部分人愿意往外走，离开这个危机四伏的区域。有一部分家在汶川的人也表示马上要往汶川方向步行回家营救亲人。尹汀默默地看着这片缓坡上的人们，求生的欲望可以抵抗所有的恐惧。

"那好，我们就一起走。"尹汀站在人群中间开始安排出发事宜，"但是，我们这么多人不能同时出发，必须分成几个组，人太多太混乱，容易出事。"尹汀停了停，看了一下人员情况，除了康队长、洪队长带来的20多名工友以外，其他的人都是互不熟悉的路人，有点不好整合，"我来安排一下，看看大家有没有意见。"

"没意见没意见，我们能尽快离开这里就可以！"人群中有人应和道。

尹汀点点头："康队长、洪队长是附近建筑公司的负责人，他们对这里很熟悉。我建议我们分为四个小队，第一队由洪队长带队负责探路；第二队为妇女、老人和轻伤员；第三队是躺在担架上的重伤员；第四队是由康队长带领的多位身强力壮、随时可以替换抬担架的人。我们每组之间尽量隔开一段距离，第二组也要请一些男士同行，好帮忙照顾一下伤员。我

跟康队长跟着后面一组。"

尹汀说完，看向人群："大家看看有没有其他意见？"

"没意见！"所有人都赞成。

尹汀点点头："谢谢大家对我的信任，这一路我们可能会非常艰难，都不知道前面是什么情况，灾难面前团结互助最重要，只有一起共进退，齐心协力，才能多一些胜算走出困境。一路上，还请大家互相关照身边的朋友，特别是妇女、孩子和老人，谢谢大家了！"

他还补充道："等一下请各位都找找这附近的车上的手电筒、医药包、雨伞，我们组织一些人做些火把路上备用。"

"你说咋弄就咋弄！"很多人高声喊着表示支持。

"还有很重要的一点是物资分配，吃的喝的，每个组的成员大家均着点分配，没有带食物的，前面那辆货车上装了香蕉，大家去拿一些，我来付费给车主，前往汶川方向的朋友们只有就此别过，大家多保重，一路上互相关照一下。"

"大家拿就是了，反正也运不走了。"人群中货车司机大声说道。

"谢谢……"众人再次感谢货车司机。

"就此别过，你们也多保重。"前往汶川的一部分人朝尹汀挥挥手。

"从这里走到友谊隧道，我问了一下平时大概有20公里，现在公路大部分被毁坏，有可能会更远。我们只能边走边看，每隔一小时休息一下，现在，就请大家各自准备吧。"尹汀说完，看向身边的何嘉怡。

何嘉怡深情而又崇拜地说："有你，我们一定能走出去。"

"一定！"尹汀点头。

第四十章　走向希望

人群很快散开，三三两两，认识的不认识的都开始组队，人数最多的，还是尹汀这一组，大家对他的信任度明显最高。

"康队长、洪队长。"尹汀将两位队长请到一旁，"我有件事情想麻烦二位。"

"兄弟，有啥事你直接说，不麻烦。"康队长、洪队长都看着尹汀。

"我妹妹腿不方便，不能走路，轮椅在车上也没法用，我想请两位找几个体力好的兄弟帮我妹妹做一副担架抬她走出去，这一路上所有分担抬担架的弟兄，包括抬三位伤员的弟兄，我都按他们做工时十倍的工钱付给大家，你看怎么样？"

十倍的工钱，康队长、洪队长，包括为队伍中三位伤员抬担架的弟兄，都是出来靠体力讨生活贴补家用的人，非常明白其中的分量，也看得出来尹汀不是一般的人。客气一番，他们也没有推辞，马上组织工友去缓坡上捡树枝搭担架。

"官山，"尹汀走到官山和小洋芋身边，"你带着小旭走第二组。"在灾难中前行，最后一组无疑是最危险的，尹汀必须最大限度地保证小洋芋的安全。

"不！"两个人同时反对，小洋芋横眉怒目，"我们必须在一起！"

"汀哥,我们不能分开。"何嘉怡也反对,害怕尹汀安排自己走前面,四个人分开了根本无法心安。

看了一下面前坚定的三个人,尹汀只有点点头。

下午5点,队伍开拔。

洪队长带了八个人走在最前面沿着岷江开路探路,几个小伙子带着妇女、老人和轻伤员走中间,康队长的工友抬着三个重伤员和小洋芋走后面,最后是尹汀带着剩下的人殿后,他们临时做了两副担架抬着一些香蕉和各个车上清理下来的物资。

一切井然有序,大家开始安静地前行。

一行艰难求生的人,相互扶持着,一步一步地沿着岷江边的小路小心攀行。刚刚出发时还能听到大家聊天的声音,队伍越走越安静,越走越沉重。不久便有哭声传出,也时不时有人跌倒掉队,摔在石堆旁,好在大灾大难面前,所有人都互相帮衬,一路无事。

小洋芋在担架上惴惴不安,官山在四个队伍间跑前跑后传递消息,照顾小洋芋。只要遇到危险的陡坡,他就会亲自在前面抬着担架,宁肯自己摔得人仰马翻也不会让担架落地。

小洋芋默默地看着官山,一路上少有的沉默,再多的甜言蜜语都抵不过灾难来临时坚定的不离不弃。

尹汀全身上下很快湿透,拿着树枝削成的拐杖不停地替换着路上抬担架的工友,偶尔换下来休息一下,也要牵着何嘉怡的手一步一拐艰难前行。腿上一直在往外渗的血和裤腿上的泥混在一起,已看不出颜色,伤口痛到已经有些麻木。

走在路上,尹汀有些恍惚,想起"9·11"事件之后,梦中全是漆黑一片,有雨有风,还有无数的黑影从高空往下飘落,不停地飘落。自己被困在梦中,想去接住那些黑影,却动不了,接不住,连喊都喊不出来,只能痛恨自己的无能为力。

7年了,是何嘉怡一点一点地驱散了梦中无边无际的黑暗和冷雨;7年

第四十章 走向希望

了,苏槿不知道魂归何方,梦里那些无能为力的自责却从未远离。再也不能眼睁睁地看着身边的人陷入灾难而无能为力!那样的无助,可以吞噬一个人一辈子的心力。

走着走着,天渐渐暗了下来,几支队伍陆续亮起的火把和手电光影前后晃动着。脚下余震不断,身旁是翻滚的岷江水,时不时会听到山里的轰鸣声,那是山体松动和泥石流的声音,像一头头野兽在暗处窥视着人群,伺机而动。而这一群人,如蝼蚁一般,匍匐在野兽血盆大口的边缘,与死亡一次次地擦肩而过。

山里的冷风吹醒了担架上的小姑娘,可能是被吓坏了,她醒来后睁着眼睛不敢吭声,悄悄地蜷缩在花油布里面瑟瑟发抖。直到遇到又一个斜坡要跨过去,大家停下来,调整着担架的位置,小姑娘才伸出头看了看四周,又愣愣地看着身旁的何嘉怡。

感觉到有目光在打量着自己,何嘉怡一转身,对上了小姑娘楚楚可怜的目光:"小姑娘,你醒了啊?"何嘉怡放开尹汀的手去摸担架上的小女孩,"有没有哪里不舒服?快告诉阿姨。"

小姑娘怯怯地摇摇头。"师傅,麻烦把她放下来,我看看她有没有哪里受伤。"何嘉怡招呼着抬担架的工友放下小姑娘。

"你有哪里不舒服就要告诉阿姨,好吗?"

"我要妈妈,我要爸爸……"小女孩鼓起了勇气找自己的家人。

"你妈妈在前面,受了一点伤,没事的,有很多人抬着她的。"尹汀蹲下,微笑着跟小女孩说话。

"饿了吧?阿姨这里有水、有吃的。"何嘉怡从包里翻出了面包递给小女孩,不想她再追问自己的爸爸,"来,快吃一点,我待会儿带你去看妈妈。"

小女孩接过面包,羞涩地啃了起来。何嘉怡拿湿纸巾帮她擦干净脸上的血迹,检查了一下,伤口并不严重,才放心了一些。"告诉阿姨你叫什么?"

"杨春。"小姑娘说话的声音稍微大了一点。

"真好听的名字。杨春几岁了?"

"5岁。"

"真乖。现在妈妈生病了没办法照顾你,你不要害怕,跟着阿姨和叔叔往前面走,我们会带你跟妈妈会合的,好吗?"

"我不想一个人,我想跟你一起走。"杨春乞求地看着何嘉怡,在这不见天日的荒野中渴求一些依靠。

"跟阿姨一起走路会很辛苦的。"何嘉怡有些犹豫。

"让她跟着咱们吧,不好走的地方我背她,让几个弟兄也休息一下。"尹汀在旁边于心不忍,摸摸杨春的头,决定让她跟着自己和何嘉怡。

一个5岁的孩子,又冷又饿,在这样危机四伏的环境中孤独无助,父母不在身边,特别需要安全感和依靠。何嘉怡看着尹汀眼里的疼惜,突如其来的柔软把这个黑暗坎坷的夜晚温暖得有了一些色彩。痴情如他,危难面前奋不顾身;博爱如他,担当和责任已经融入了他的一呼一吸。这样的男人,会是一个最好的丈夫,更会是一个最好的父亲。幸好,他已经属于自己,11年的等待和追寻,终于,成了他的妻子……

点点头,何嘉怡的眼里一层水雾,她心想一定要走出去,一定,要为他生儿育女。

走走停停,6个多小时漫长的煎熬,每个人都已经看不出本来的模样,眼泪和汗水混在一起,掺和着脸上的泥浆一路滴落在震动着的山里。

何嘉怡牵着杨春,能走的时候走一段,路不好走了,尹汀就背着杨春前行。看着尹汀的伤口渗出来血,何嘉怡心痛,却无能为力。现在的自己不能逞强,保护好自己,就是两个人最大的希望。看着尹汀一次一次地折回去帮助掉队的人,何嘉怡只有含泪等他回来,看到他高大的身影重回视线范围内,一颗悬着的心才能放下。

她心疼尹汀,也知道无法劝阻。

这一路,大家都很少说话,连杨春都懂事地牵着何嘉怡的手默默地

第四十章 走向希望

走着。除了彼此搀扶,小心地走过每一条小路,心里千万次地默默诵经祈福,其他的寒冷、饥饿、疼痛、恐惧、疲惫,都只有忍耐,没有人有办法,也没有人知道前面会是什么。四个人能在一起,已是上苍最好的赐予。

最前面的一队人走着走着停了下来,有人在朝着尹汀喊话。

官山举着手电筒跑了过来:"汀哥,前面山脚下有一片比较开阔的乱石滩,离山坡和水面也比较高,康队长让我回来问问你要不要全部停下来休整一下。"

整个队伍已经走得非常分散,甚至有些人已经掉队了,这样的夜晚,所有人都又累又冷。看了看疲惫不堪的人群,尹汀点点头:"好,停下来吃点东西吧,你带着康队长,看看能不能找一些能点燃的树枝,生几堆火。"

"好。"官山点点头,走到小洋芋的担架边摸了摸小洋芋的头,心痛难忍,"再忍一下,我去找树枝给你点火烤一烤。"

"官……"小洋芋伸出手拉着官山的衣服,看着这个一路上为了自己差点遇险的男人,此时,只想拥抱他。她忍了忍,柔声说,"小心点,不要走远了,不要累着了。"

"媳妇,你这么温柔我还真不习惯。"官山擦了一把满是泥浆的脸,故作惊讶地看着小洋芋,直到把她逗笑。

乱石滩旁边,有一些山上冲下来的巨大石块。四队人陆陆续续靠拢,尹汀和官山清点人数,给大家分配了一些食物和水,众人疲惫不堪地散开,各自找地方休息。

咬牙忍着腿上的疼痛,尹汀带着康队长、洪队长一起忙前忙后,很快就用从工地上带出来的彩色油布在几个大石头之间搭了一个简易的棚,又用官山找来的不算太湿的木材生起了火,让妇女、儿童、老人都进了棚。

何嘉怡将杨春交给小洋芋照顾,她说什么也不让尹汀再跑前跑后,把尹汀拉到棚子旁边的石头上坐下,拿来了酒和绷带。

"让官山来吧。"尹汀怕吓着何嘉怡,他知道自己的伤口一直在

流血。

　　何嘉怡没有说话，蹲下来，拉开尹汀挡着伤口的手，先用清水把腿上的泥浆冲掉，再一圈一圈地把绷带解开，她哆嗦着手，没有看尹汀，将白酒很快倒上，沿着伤口冲洗着。

　　尹汀痛得抓紧了拐杖。

　　何嘉怡咬着牙没有停，一遍一遍地冲洗，再将干净的绷带缠上，在腿上打了个结，白色的纱布瞬间又被染红。

　　"汀哥，不要再去抬担架了。"抽泣着包扎完，伏在尹汀另一条腿上，何嘉怡终于泣不成声，"我不想你只顾别人不管自己死活……你看看伤口都成什么样了！"

　　尹汀拍了拍何嘉怡的头，擦掉她满脸的眼泪，咬牙忍着痛舒展了一下腿，"我心里有数，放心，走了这么久，我们应该很快就到友谊隧道了。"

　　他把何嘉怡拉到自己身边坐下，握着她的手，看着远处黑暗中的山峰，若有所思，"一路上我都在想，我们得以两次脱险，难道是全凭运气吗？往前一步、退后一步，多半分钟、少半分钟，都无法再见天日。"回顾着短短一下午的经历，尹汀觉得很是不可思议，看着何嘉怡认真说道："或许，是佛威严显应；或许，是我们这些年的轨迹，顺应了这一场磨难背后的道。我曾看透生死，但并非是不怕死，而是敬畏生死。当日在拉萨，佛用慈悲度我，或许就是为了今天，我能坚定信念，能度人度己吧……"

　　信念的力量，势不可当。尹汀这些年一路走来，经历千锤百炼，经历起伏沉浮，参悟了生死。

　　"如果真的走不动，我一定不会硬撑，我还要让我的新娘穿上嫁衣。"

　　"汀哥……我都懂，我就是不忍心看着你不顾及自己。"

　　没有星空的夜晚，好在有希望点亮了远处的山峦，尹汀说："谢谢你，让我坚持到现在！"他知道，何嘉怡就是这一方苦海中伴随自己参悟的那叶扁舟，不离，不弃，不远，不近。

第四十章 走向希望

如果说苏槿的遇难是命运给自己出的考题，那么今天这里所有的人，都经历了一次磨砺。

何嘉怡低头吻着和自己十指相扣的那只手，哭着点头，"走出去，我们一定都能走出去，还有好多事等着我们一起去完成。"

"友谊隧道出去就是水库，即使公路被破坏了，救援队应该也能从水库过来打通友谊隧道，毕竟那是去汶川抢救的生命线，所以，我们能走到友谊隧道，就有很大的获救希望，坚持住。"

何嘉怡看着面前的尹汀，多年来出现在自己面前的男人，从来都是俊秀爽朗，温文儒雅，眼神坚毅淡然。而眼前这个浑身是伤、泥人一样狼狈的尹汀，是自己从来没有想象过的样子，唯有眼神中的那份坚毅，自始至终都没有变过。

"不好了！"旁边的洪队长喊了起来，"刘老头没反应了！"

头部受了重伤的大爷从出发就一直昏迷不醒，路上因为坡陡担架滑落摔了两次，这会儿洪队长过去给他擦伤口才看到他脸色发青，毫无血色。

"刘老头，刘老头！"工友们围拢在一起喊着他。

何嘉怡搀扶着尹汀站起来，官山在帮杨春和小洋芋烤鞋，听到喊声放下鞋就跑了过去，二话不说拉开油布摆正了大爷的身体抬起下颌就开始做胸部按压抢救，一下，两下，三下，四下，五下……

每分钟100次的按压，官山额头的汗大颗大颗地滴了下来，气喘吁吁。

"官山，能撑得住吗？"胸部按压很费力，尹汀在旁边准备替换。几次人工呼吸之后，官山喘着气停了下来。尹汀蹲在旁边，将手指放在大爷脖子上，片刻，抬起头，看着众人黯然地摇了摇头。棚下一片寂静，所有人都没有回过神来，一条生命就这样悄无声息地消失在了山谷中，消失在了渐渐围拢过来的人群中，没有只言片语，没有任何生命体征。

人群中开始有人哭泣，为大爷，为自己。

官山沉默着，红着眼将大爷搭在担架外面的手放了回去，洪队长、康

队长蹲在旁边抹着眼泪,尹汀站起来,低头默哀。

生命如此脆弱,天地轻微变色,人在顷刻间如尘埃般消散,与留在世间的亲情都再无关联,除了看不见的伤痛和思念。

即使希望就在前方,也有人来不及看到明天的太阳。

经历过地震的很多人,多年后才敢去看被命名为"汶川特大地震"的相关报道,才敢去正视那些自己曾经亲身经历过的人间炼狱。他们在灾难过后不说、不提、不去想有关"5·12"的话题,只因哀痛欲绝。

后来人们才知道这次最终将震级更正为里氏8.0级的地震,震中烈度达到11度,波及大半个中国及亚洲多个国家和地区。地震破坏最严重的地区超过10万平方公里,极重灾区共10个县(市),都江堰就是其中之一。截至当年9月18日12时的统计,地震共造成69227人死亡,374643人受伤,17923人失踪,是中华人民共和国成立以来破坏力最大的地震,也是唐山大地震后伤亡最严重的一次地震。

"洪队长,刘大爷的家里还有什么人吗?"尹汀看着洪队长低声问道。

"还有他老伴和一个常年瘫痪的儿子,他家就他一个劳动力。"洪队长站起来,两眼通红。

"这是我的名片,"尹汀从上衣的口袋里拿出自己的名片,"出去后保持联系,我们去大爷家里看看,帮他的家里人渡过难关……找两个工友来给老人收拾一下,让他走得干净些吧。"

"好、好、好……"洪队长使劲地点着头,又认真地看了名片,叹了口气,"兄弟,谢谢你!可前面路还长,抬是抬不出去了,只有在这附近给他找个地方。"

"你在队上是他的领导,你们一个队的工友们商量商量吧,最好是方便他的家人以后来祭奠。"

"好、好。"洪队长招手喊来两个弟兄,用彩条布将大爷盖上,抬到了旁边商量后事。

死亡的悲痛和恐惧笼罩着乱石滩上的每一个人。人群躁动着,有人痛

第四十章 走向希望

哭着摔烂了一路都没有信号的手机。黑暗和无助开始逐渐蔓延，精神上的坍塌会摧毁最后的勇气。前面到底还有多远，到底能不能走出去，没有人能给出肯定的答案。

"闺女，我的闺女！"旁边的担架上是脚断了的大姐，她出发不久就开始发烧，一路昏迷。

"妈妈……"一直守在妈妈担架旁边的杨春蹲下来牵起妈妈的手，"妈妈，我在这里，你不要死！"

何嘉怡红着眼睛走过去蹲在杨春身边："妈妈不会死的，乖，不怕。"

"闺女……"大姐呻吟着，流下了眼泪。

"救救我妈妈，阿姨、叔叔，救救我妈妈！"杨春胆怯地看着何嘉怡和周围的大人，瘪着嘴，眼泪在眼眶里打转，想哭，又不敢。

"杨春，乖，你妈妈不会有事的，有我们，不怕。"坐在担架上的小洋芋擦了擦眼泪，摸出包里的牛肉粒递给杨春，"过来，阿姨这里有吃的，给你。"

杨春站起来，接过小洋芋的牛肉粒，大家都以为她肯定是饿坏了想吃东西，没想到她拿了牛肉粒蹲在了她妈妈身边，把她妈妈滚烫的手拿出来摊平放上了牛肉粒："妈妈，你起来吃点东西就不会死了，你起来！"

担架上的大姐动了动手，还是迷糊地喊着："闺女，你没事吧？"

"我没事，叔叔阿姨背着我的。"杨春把妈妈的手掌合上，看看小洋芋，"妈妈的手好烫。"

"快给大姐喂点水，她烧得很厉害。"何嘉怡拿了担架上的矿泉水过来，把大姐扶着坐了起来给她喂水。

"把我们的消炎药找出来，让她把药吃了。"尹汀对着官山说。

官山点点头，大家能做的也只有这些了。

"杨春，到阿姨这里来。"小洋芋温柔地对杨春说道。

杨春点点头，站起来挪到小洋芋身边。

"你是我见过最勇敢的小朋友。"小洋芋捏了捏杨春的脸，让她靠在

335

自己身上。

"爸爸怎么还不来?"杨春低着头轻声问小洋芋,她还不知道自己的爸爸已经遇难。

"杨春……"小洋芋愣了一下,不知道怎么回答才好,想了想还是不忍心说出真相,"杨春,爸爸一定是在路上帮助别人走慢了,我们先照顾着妈妈往前走,爸爸会赶上来的……"小洋芋哽咽着说不出话,赶紧找了一个香蕉递给杨春,"快吃点东西,我们才有精神继续往前走。"

接过香蕉的杨春点点头,望向了来时的路,心想只要自己的爸爸在,妈妈一定会好起来的。

"阿姨,把你的纸巾给我一张好吗?我想给妈妈擦擦脸。"

"杨春真乖,我们一起拿水给妈妈擦脸吧,给她降降温。"

官山拿了一些水和饼干递给大家,转头问尹汀:"汀哥,我们今晚还往前走吗?"

"这个地方比较宽敞,相对来说要安全些,大家都休息一会儿再走吧,大姐需要休息。"

第四十一章　可是，何嘉怡……

地震后的第一晚，黑暗无声地从四面袭来，再渗进每个人沉沉的梦中。余震一直没有间断，篝火之外，天地无色。远处有山石滚落的声音，如沉闷的鼓声。在这样的时刻，所有人都觉得从未如此亲密无间。

队伍中，大家抱团取暖，轮流守夜，守护着荒野细雨中顽强燃烧着的火苗，相伴蜷缩在一个个大石头的缝隙中，沉沉睡去，又在半夜余震袭来时的惊恐中仓皇醒来。没有星星，没有银河，没有冒纳凯阿山峰上对浩瀚宇宙的追寻探索，却有着对人类如此渺小无力的相同感触。

小洋芋抱着杨春依偎在官山身边，在火堆旁已经睡着了。靠在石壁上的何嘉怡迷迷糊糊眯了会儿突然醒了过来，没了睡意。看看旁边，尹汀在添加柴火，前方一堆一堆的篝火旁也有很多人睡不着在不停地找着信号，远处什么也看不见，只能听着岷江呜咽流淌。

这样原始的夜晚，何嘉怡特别想念自己的父母、尹汀的家人，想念官悦、关海云、云波大师，想念在北京听云波大师教授宇宙大道时宏大开阔的心境。而此时，亲人、朋友们不知道有没有危险，有没有受到地震的影响，远处一层层的山峰，隔开了一切的消息。家里的人们，可能正在为这一行四人疯狂着急。

尹汀走过来坐在何嘉怡的身边，问她："怎么不睡会儿？"

"你离我太远了,睡不着。"

"傻瓜。"尹汀疲惫地搓了搓脸,搂着何嘉怡,"想家里人了?"

何嘉怡歪着头看着尹汀:"你能读心?"

"我只能读你。"尹汀微微一笑,"再忍忍,他们肯定没事的。"

"希望没事。"何嘉怡开始一个一个地分析:"我们家和官悦家楼层都矮,你妈妈和小洋芋父母住在那里应该没事,关哥的办公楼是新修的,抗震能力强,云波大师云游四海更是安全……只希望汶川能早点得到救援。"

天还没亮,人群中便开始了一阵躁动,有人大声地开始拿着电话喊话。

一个、两个、三个、四个、五个……十个……乱石滩上,到处都是拿着电话找信号的人。不知道什么时候,这里突然有了微弱的移动信号,所有人同时拨号,信号非常不好,都忙着打给最亲的家人,周围乱成了一片。

何嘉怡终于给家里打通了电话,激动地互报平安后便再也没有了声音。尹汀接着给关海云打,给杨总打,给官悦打,都无法接通。

人群中传来了哭声。

康队长和洪队长的队伍首先乱了起来。

"我得赶快出去,我家娃儿他妈找不着了,娃儿哭惨了。"

"我们娃儿一直联系不上,不晓得他们学校啥样了。"

"我家里的人说让我赶紧出去,我妈被压倒了,她一个人没法出来。"

"我也是,我妈一直在哭,说我爸和我爷爷找不到了。"

"我们家全垮了,所有东西都没有拿出来,以后咋活吗……"

"我不能再在这里耽搁了,我得赶紧回去看看……"

"我也要先走了,家里人一个都联系不上啊……"

很多工友的家里都传来了不同的噩耗,特别是都江堰周围,灾情严重。短短20分钟,乱石滩上的人就少了一半,每个人都心急如焚,每一个人都想在最短的时间内回到亲人身边。

第四十一章　可是，何嘉怡……

　　洪队长一直在抹着眼泪，估计家里灾情严重。康队长急得不停地打转，劝这个没用，劝那个也没用。

　　最后四十多个好不容易走到这里的人，只剩下了康队长、洪队长这边的六个工友和十多个一起搭伴的队友愿意跟着尹汀一行把受伤的大姐慢慢抬出去。

　　大姐的伤口还是被感染了，高烧不退，不能再耽搁时间。迷迷糊糊中，大姐能感觉到周围的人越来越少，抓着担架旁边的小洋芋，"救救我……救救我闺女……不要丢下我们，求求你了……"大姐知道身边一直有两个姑娘在给自己不停地喂水降温，对小洋芋和何嘉怡非常依赖。

　　"大姐，你放心，我们会带你们出去的。"小洋芋握着大姐的手做保证。

　　"求求你们了，我要死了……求求你们带我闺女出去……我来生当牛做马报答你们，求求你们了……她才五岁……又没了爸爸，让她活下去……"大姐失血过多，又一直在发烧，好不容易才说完一段话。

　　"大姐，我们不会丢下你和杨春的，放心吧，你要挺住，杨春需要妈妈。"何嘉怡蹲下，安抚着大姐。

　　"康队长、兄弟们，"尹汀在一旁拍着康队长的肩膀，"你们家里不管遭遇了什么样的灾害，我都会帮助你们的，相信我。"尹汀的表态掷地有声，也是一剂强心针。

　　"相信，相信，肯定相信！"康队长、洪队长和剩下的几个工友不停地点头，感激地看向尹汀，康队长握着尹汀的手，"大兄弟，是我们该谢谢你，本来就是萍水相逢，你却一直在帮我们把人抬出去，你就是活菩萨啊！"此时的洪队长擦着眼泪频频点头。

　　天还没有亮，尹汀决定抬着大姐，马上出发。

　　抬担架的人只剩下六个，又要爬那么陡的坡。官山背上了小洋芋，尹汀抱起睡着了的杨春，何嘉怡跟在后面，一行人起身出发。大家在黑暗中打着手电筒，走了一个多小时，艰难跋涉，尹汀的脸色越来越苍白。

　　水面渐渐开阔，道路慢慢地被水淹没，垮塌的山体直接延伸到了水

中,低洼的水里放了一些石头,很明显是前面先走的人放在那里踩着过去的,由于河水一直在上涨,石头渐渐地被水淹没,继续走的话就要踩着石头蹚着河水才能继续往前。

大家停下来看着尹汀。

"我们不能走水里。"尹汀站在坡上用手电筒往前面照了照,黑漆漆一片,根本不知道水的深浅,堰塞湖的水位一直在上涨,他们带着大姐、杨春和小洋芋,要是掉水里的话,营救起来会很困难,"我们往上走,上面应该是原来公路的路基,我们沿着路基再往隧道方向走。"

几个人分析了一下,往上爬的坡虽然很陡,但是有很多石头和树枝可以作为支撑点,大家帮扶着慢慢往上爬没多大问题,总比眼前一抹黑地去踩水要好。所有人都同意往上走。

"放我下来吧,让我自己走一会儿。"小洋芋趴在官山身上能够感觉到官山的吃力。

"趴好了,别乱动,"官山气喘吁吁,"这里路况这么糟糕,你不能下来。"

"少废话!"小洋芋这时候已经不想再讲道理了,这么陡的坡,一个人爬上去都难,更别说再背一个人了。小洋芋直接从官山背上滑了下来,恢复了往日欺负官山的样子,"我又没瘫痪,你在后面推着我给我助力,我自己爬。"说完一脚踩上陡坡,手脚并用往上挪动。

官山摇摇头,看着小洋芋倔强的背影无奈地笑了笑。这个勇敢、善良的姑娘,身上那种坚忍和勇气让这几年一路看着她恢复起来的官山十分佩服,她是那个永远不会自暴自弃、永远充满活力的小洋芋。

尹汀把杨春换到了背上背着,又拿过何嘉怡身上的背包,"走吧,爬上去了就能休息。官山,你跟紧点。"

何嘉怡抢过背包,看了看尹汀渗着血的伤口,一把拉住尹汀,"你的伤口……"

"没关系,你跟在我后面。"尹汀把手电筒咬在嘴里,不容置疑,这

第四十一章 可是，何嘉怡……

个时候别无选择，再痛都要坚持。他没有看何嘉怡，直接走到了最前面，仰头看了看陡坡，回头对身后站着的人说："大家相互帮衬着往上爬，尽量抓住树枝不要掉下来。"

杨春醒了过来，趴在尹汀背上小声说道："叔叔，放我下来吧，我可以自己走，你帮我看着妈妈就可以了。"

"杨春，乖，你抓好叔叔的衣服，千万别掉下来了，康叔叔会照顾好你妈妈的。"

何嘉怡把背包收紧了一些，默默地咬着牙，跟在尹汀后面，四周凸出来的石头和泥浆里的树干成了唯一的支撑。担架根本无法抬着，康队长只好把大姐背在身上，两人拖着担架在前面拉着康队长往上爬，还有两个人挡在康队长后面推着他以免下滑。

天色渐渐开始有些发白，慢慢露出了灰暗的晨光。除了脚下岷江翻滚的声音，周围一片寂静。吹来的风里，带了一股股莫名的腥味。康队长和工友们连拉带拖，艰难攀登，终于把大姐拉了上去，放下来，几个人坐在晨雾缭绕的路沿上大口喘着气。

山坡上，同行的队友们在一步三滑地往上攀爬着。

尹汀把杨春托在肩上、背在背上，一点一点挪到了路旁，再赶紧转身抓住紧紧跟着的何嘉怡，一把拉了上去。小洋芋在官山的保护下，自己坚持爬到了坡顶。

最先爬上路基的有十来个人，除了伤势较重的大姐外，都无大碍。官山和康队长转身开始拉后面的人上坡。其他人仰头躺在路边，全身瘫软。

天慢慢地亮了，雾气一点一点地散开。所有人转身去看杨春，随着杨春目光望过去，人群中，异常安静。目之所及，是一片悲惨景象，风一吹，有明显的血腥味飘散在潮湿的空气中。

随着雾气一点一点地散开，众人抬头，左手边的黑洞渐渐明晰。仔细一看，岩石上刻了几个大字：友谊隧道。这就是所有人心中灯塔一般的友谊隧道，这也是所有人眼里此刻最惨烈的地狱。原来隧道口横七竖八地躺

着几具被落石砸中的尸体,一辆被压扁的大客车横在眼前。

胆小的人开始颤抖着带头往隧道里面狂奔,剩下的人满眼惊恐看着尹汀。

"大家冷静下来,我们先看看有没有幸存者。"尹汀闭了闭眼,扶着额头吐出一口气,良知和经验让尹汀不可能放弃搜救,即使这是一片人间地狱。

"何嘉怡、小旭,你们带着杨春到隧道边帮大姐处理伤口,离山坡远一点,小心滑坡。其他男同志愿意来的请跟我一起进行搜救。"尹汀望向身后所剩不多的几个人。

官山走了出来,康队长走了出来,洪队长走了出来,几个工友走了出来,慢慢地,剩下的男士们都鼓起勇气站了出来。

尹汀点点头:"谢谢大家!我们不能见死不救,万一有幸存者我们一定尽力营救。"

男士们从隧道口开始往另一头走,每人手上拿了一根树枝,边走边敲打汽车,大声地问:"有没有人?回答一声!"

尹汀走在最后,等其他人走远了,他才站在每辆车旁仔细地听有没有人在求救。

第一辆没有,第二辆没有,第三辆没有,第四辆也没有。走过去在第五辆旁边站了一下,没有,尹汀正准备继续向前,突然站住了。往后退了几步,到第四辆车旁站着,没有动。细微的呻吟声若隐若现。

尹汀大声问道:"有人在里面吗?"

又是一阵呻吟声,夹杂着指甲抓皮椅的声音。

"官山、康队长,过来一下!"尹汀冲着前面的队伍叫着两个人。

官山和康队长朝尹汀跑来,让其他的人继续检查。

"这里面有人活着。"尹汀指着第四辆大巴车。

"这都压扁了怎么进去?"官山看了看被砸矮了一半,还有一截埋在泥土里的客车皱起了眉头。

第四十一章 可是，何嘉怡……

"声音是从被土埋着的那边传来的。"

"那只有挖开找找。"康队长提议。

"去前面几辆车上找找，应该有工具，这辆大巴车的体积大，里面有可能不只一个幸存者，再叫几个弟兄过来一起挖。"尹汀安排着。

人多力量大，十几个人，找来了不少工具。尹汀指挥着大家用整整三个小时，挖出了一条生命通道。

一具具面目全非的尸体被众人抬出，大巴车旁边的路面上，到处是鲜血。工友们用一路上带着的彩色油布搭在遇难者的身上，让他们走得稍微体面一些。

太阳渐渐升了起来，包裹在厚厚的云层里，惨白一片，照在裸露着泥石的山坡上，一股股刺鼻的味道开始在山间弥漫。所有人都已经疲惫不堪，尹汀硬撑着站在车顶上，指挥着两队人边挖土边打桩防止垮塌，支撑出了营救的空间。

温度在上升，蒸发掉了身上的水分，所有人又累又饿，尹汀的手和腿已经在微微地发抖。可是，求生者一直在努力求救，不停地发出信号，让人刻不容缓，不能倒下。山河已经变色，这个世界此刻仅剩的，也只有人心的善念，多一分的坚持就能给幸存者多一分希望。

此时尹汀终于听见了官山兴奋的声音："出来了，出来了，有两个活着的，都还有气……"他艰难地爬下车顶，跟官山一起将挖出来的人拖出了大巴车，平放在路面上，让他们呼吸通畅。

第二个被抬出来的是一个女人，满身泥泞、血肉模糊，看不出年龄，痛苦地呻吟着，用满是血污的手抓着尹汀的脚不放，说不出话，却一直固执地指着大巴车。

"还有人活着吗？"尹汀俯下身问道。

女人点点头，还是指着大巴车。

尹汀站起来，对官山说："我去看看，你们抬他们过去处理伤口。"

"汀哥，我去。"官山拉着尹汀。

"你帮他们处理伤口。"尹汀拍了拍官山。

大巴车里挖出来的通道非常窄，仅够一个人艰难地爬进去把人拖出来，尹汀咬牙往里面爬了几米，在刚刚被救的两个人的位置旁看到了一个穿着黄色背心的孩子，孩子脸色发青，已经昏迷，蜷缩成一团，大部分身体被泥土掩盖着，只剩大半边脸在外面。尹汀使劲往前挪了一点，空间太小，已经无法前行，只能伸手过去用一只手抓住孩子的背心，另一只手抓开周围的泥土，用尽全力将孩子往自己的方向拉。

一点一点地移动着，泥土在松动，孩子终于被拖到了自己身边。

尹汀摸了摸孩子的颈动脉，还有微弱的脉搏，看了看身旁，大巴车靠窗的位置，有一个被压变形了的窗口，非常小，但是可以把孩子先递出去。尹汀咬着牙，匍匐着将孩子拖到了窗边，让外面的康队长接住孩子往外移动，慢慢送了出去。

松了一口气，已经有些头晕目眩的尹汀调整好身体的位置，一点一点往后退，慢慢地朝着进来时的车门倒退回去。

一步一步，艰难挪动，封闭的车厢里让人有些窒息，腿上的伤口在地板上摩擦着，鲜血直流。尹汀马上就能退到门口，就在他准备先将一只脚挪出去的时候，猛然间，车厢外一声巨响，伴随着众人一阵慌乱的尖叫声，还没反应过来怎么回事，尹汀就感觉到自己被夹在了大巴车的夹缝中，翻滚了一圈。他的背上一沉，痛得连呼吸都突然停滞了。

没有任何征兆，一处松动的山坡直接垮塌下来扑向了大巴车。还来不及发出痛苦的呻吟，尹汀的眼前就已经黑了下来。意外发生在一瞬间，连叹息的时间都没有。一阵阵的耳鸣声覆盖了周围，眼睛沉沉的，只有一团漆黑，怎么努力都睁不开。时间凝固了下来，不知道过了有多久，身体的每一处都无法动弹，只能闻到四周的血腥味越来越浓，一股浓稠的液体朝四周蔓延。

很久，尹汀才意识到那是自己血液的味道。

这一次，他再没有那么幸运，死亡的气息在步步逼近，整个人渐渐变

第四十一章 可是，何嘉怡……

得很软很累，很想就这样睡过去，好好补上一觉。疼痛在慢慢地消失，意识也在缓缓地减弱，他只觉得周围有很多很多杂乱的声音，还有何嘉怡歇斯底里的呼唤，遥远而又凄厉。

那种痛失所爱的绝望和恐惧，尹汀听得很清晰，他挣扎着不想去放弃，可无能为力，生命在体内流逝的感觉，原来是这般神奇。可是何嘉怡，他怎么舍得让她独自面对生离死别？可是何嘉怡，他怕他再没有机会一生一世照顾她。可是何嘉怡，还没能为她穿上一辈子的嫁衣……

友谊隧道里面的脚步声越来越密。成都武警部队的官兵仿佛天降神兵，他们穿过隧道，带着希望，带着生机，带着对何嘉怡的拯救，带着对尹汀生命的延续。何嘉怡挣扎着扑向了大巴车……

不要来不及，不要让我独自面对生离死别。你若先入轮回，我又如何独活于世？可是尹汀，我怎么舍得夏威夷的冒纳凯阿火山的星辰？可是尹汀，我怎么舍得我们儿女成群的未来光阴？可是尹汀，我怎么舍得不穿等了这么多年的那件嫁衣……

第四十二章　尾声

　　8月的卡梅尔小镇繁花似锦，清凉多雨，笼罩在蒙特雷湾清晨的浓雾中，百年间宁静梦幻，与世无争。临街的一间间咖啡店里一大早就升起了原始的火炉，画廊的橱窗里挂满了小镇的各种风景，咖啡飘香中浓郁的艺术气息是卡梅尔最耐人回味的记忆。海洋大道旁古老的松柏林，迎着海风，吹拂百年。临海岩石上那棵标志性的孤柏，在浓雾中若隐若现，于无数个寒暑交替间，见证了圆石滩的美景。

　　2009年的夏天，卡梅尔旁边的圆石滩高尔夫球场上浓雾还没有散去，会所里有几桌客人正在喝着咖啡。

　　沙发上坐着一个两岁多的小姑娘，伶俐可爱、粉雕玉琢，看着身边放着的推车里一个正在酣睡的漂亮孩子，眉头紧蹙，很不耐烦。抬起头，小姑娘望了望沙发上正在看《哈利·波特》的哥哥，扯了扯哥哥的衣服，指了指推车里的漂亮孩子，用柔柔的声音说道："不睡，起来玩。"

　　十岁的哥哥并没有抬头，沉浸在书中，却还是温柔地边看书边回答小姑娘："不要打扰弟弟，让他睡一会儿，睡醒了才能跟你玩。"

　　小姑娘摇摇头，不同意，肥肥的小短腿爬上了沙发，毫不客气地拍掉了哥哥手上的书，瞪着本来就很圆的眼睛说："不睡，玩！"

　　哥哥无奈地抬起头，看了小姑娘一眼，摇摇头："那我陪你玩一会儿吧。"他从沙发上起来,牵起小姑娘的手准备去吧台,"那边有水果,你想吃什么?自己乖乖地吃点东西,让弟弟睡觉。"

小姑娘站在沙发边,仰头看着哥哥,想了想:"花尾巴。"

"什么?"哥哥不解。

"花!尾!巴!"一字一顿,小姑娘说一个字点一下头。

"什么是花尾巴?"哥哥蹲下,莫名其妙地看着小姑娘。

"她是要吃哈密瓜。"刚刚进门的官悦正好看见了这可爱的一幕,女儿垚垚一脸嫌弃地看着听不懂话的关小哥。

"哈密瓜?!好吧,官阿姨,我又学了一个新单词。"关小哥耸耸肩,摸了摸垚垚的头,"我去给你拿花尾巴。"

"弟弟起来,要玩。"垚垚指着旁边推车里睡得很熟的孩子看着官悦。

"没人和你玩,是吧?"官悦蹲下亲了亲女儿的脸,"等下跟姨姨去镇上玩,推着弟弟去好不好?"

垚垚点点头,正想要妈妈抱,一扭头看到何嘉怡走了过来,马上转身把胖胖的小手伸向了何嘉怡。

"还是跟姨亲些。"换好一身运动服从更衣室出来的何嘉怡一把抱起了垚垚,亲了又亲,"等下去逛街带不带弟弟?"

"不带,"垚垚看了看弟弟,想了想,又改变了主意,"带。"

自从何嘉怡生了儿子之后,垚垚对这个漂亮的弟弟是又爱又烦,爱的是终于有人陪着自己玩,烦的是自从有了弟弟便多多少少威胁到了她在这群大人心中独一无二的地位。

"这才像姐姐嘛。"生产后半年的何嘉怡圆润了不少,脸色红润,韵味十足,"我们最爱姐姐了。"

把垚垚递给了官悦,何嘉怡蹲在推车旁看着车里的孩子,满眼柔情,小小的一个人,眉眼如墨,鼻梁高挺,头发乌黑,完全是爸爸的翻版。

为了纪念那一段生死与共的经历,在尹汀九死一生从医院里醒来得知何嘉怡已经怀孕快两个月的时候,两个人就决定了,不管孩子是男是女,

出生后就叫文川。

亲了亲熟睡的儿子,让保姆看着,何嘉怡朝官悦扭扭头:"走吧,待会儿小洋芋过来带孩子们去镇上没问题的,我们准备开球了。"转身,何嘉怡的目光自然而然地落在了会所窗边那个男人的身上,眉眼如墨,俊秀清爽,周身的磁场吸引着自己,不管身在何方,只要一靠近,就能感受到彼此之间强大的引力。

如今的尹汀,已是关海云的左膀右臂,在北京集团总部独当一面,主管金融业务,开展财富管理、信用风险评估与管理、信用数据整合服务、小额贷款行业投资等业务。团队在关海云的指导下,在尹汀的带领下稳健发展,专业高效,为庞大的客户团体提供前沿的财富管理和信用管理服务。2009年,尹汀创造性地推出了理财助农平台,长期致力于向贫困农户提供小额信用贷款,帮助贫苦农户改善生活,真正做到了将企业核心业务和社会责任担当紧密结合,在促进社会信用体系建设、个人信用市场的发展等领域做了不少工作。

同时,他还管理着杨总以小洋芋的名义设立的基金,重点帮扶"5·12"汶川特大地震中的灾区人民。

此时的尹汀,跟关海云一起在会所的沙发上坐着,边聊天边等官悦、何嘉怡换衣服,准备一起去挑战美国排名第一的圆石滩高尔夫球场。

感受到了何嘉怡的目光,尹汀转过头,两个人的目光交会在了空中的某一处,瞬间痴缠,又瞬间分开,一刹那的对望是融入了万千过往中任何人都无法取代的相知、相爱,还有一份如今已经血浓于水的亲情。

当初,在何嘉怡经历了12个小时的阵痛折磨才生下了文川的那一刻,尹汀的生命就已经得到了延续,从此,血浓于水;从此,人生有了更为重要的意义。

看着两个人微妙的互动,官悦笑了笑,摇摇头,这几个人真的是气场相投,从关海云、赵文涛到尹汀,一个比一个宠溺老婆,一个比一个宠溺孩子。

第四十二章 尾声

  共同经历过"5·12"汶川特大地震的这一群人,在灾难之后,都更加珍惜生活,更加懂得如何去爱。

  两次毁灭性极大的灾难,尹汀都一一经历。能从"5·12"汶川特大地震灾区脱离危险,能在自己重伤的情况下平安救出那么多人的尹汀,已经无法用简单的语言来表达自己内心的触动。大灾大难面前,生死面前,唯有坚定的信念,才能支撑一个人跨越生死、跨越自我。

  地震当天,官悦送走了何嘉怡一行之后,回去陪着女儿睡午觉。地震发生的时候,她从睡梦中睁开眼,一个翻身抱着一岁大的女儿飞奔着冲到了一楼,只用了不到20秒的时间。这20秒里面,她的眼里只有女儿,逃命和保护孩子的强烈意识让自己忘记了一纵跨越数个台阶的疼痛和惊险。等到把孩子交到晚了自己一分钟才跑下楼的家人手上,想再上楼去接应何嘉怡、尹汀的家人时,一抬腿才发现两腿已经痛得寸步难行。

  好在官悦和何嘉怡住的楼层都矮,成都虽然震感强烈,但是家人和朋友都平安无事。

  赵文涛在地震发生后不到半小时就从公司飞奔回了家里,车门都没关就冲到了楼下的花园里将妻儿一把抱在了怀里,眼里的惊恐、担忧不言而喻。跟官悦没说几分钟,赵文涛将女儿抱在怀里亲了又亲,千般不舍万般担忧,却又只能匆匆离去。

  作为通信行业一线技术指导人员的赵文涛,在地震发生后,第一时间得到抽调通知,于当天下午4点跟随整个救灾大部队前往都江堰,深入灾区抢修全面瘫痪的通信线路,为后面的救灾工作和通信提供保障。

  赵文涛出发之后,官悦带着自己的家人,带着何嘉怡、尹汀、小洋芋的家人去了关海云集团总部的中心广场,在关海云的指挥下,一边组织集团所有员工在广场的开阔地带搭建地震帐篷,一边焦急地等待尹汀、小洋芋一行的消息。那一夜,每一分钟都是煎熬,官悦熬红了眼睛,熬痛了心。

  窗外的球场雾色蒙蒙,会所里咖啡香浓。

  官悦看看彼此生命中最亲密的家人,历尽千辛万苦,终得上苍眷顾,

一个不少，团聚在了圆石滩8月的雾色之中。

"11点就可以开球了，老板，雾还没散，不介意吧？"官悦走到关海云身边坐下，为自己的老板添了些热茶。

"你又不是不了解关哥的手艺。"何嘉怡牵着尹汀伸过去的手坐下，笑了笑说道，"据我这两天的观察，我发现老板做饭和打球都有一个共同特点。"

一行人这次来卡梅尔度假，除了打球外，其实是带着孩子在关海云家里欢聚一堂，关海云兴致来了亲自下厨露了几手款待大家，让所有人再一次刷新了对这位老板的认知。

"说来听听。"关海云一身专业装扮，轻松地靠在沙发上喝着红茶，微笑着点点头，"我做饭确实是有特色，看看你们能不能说到点子上。"

"想好了没有？居然能观察入微，思考总结了？"尹汀眼里透着幸福看向何嘉怡。

"没想！"何嘉怡得意地仰了仰头，"是我最真实的感觉，我没想，也没思考过。你们没发现吗？关哥做饭从来没问过我们买了什么回来，每次他下厨都是打开冰箱，有什么就做什么。那天，好像是前天中午，我们回去晚了没买菜，关哥用头一天的剩菜给我们下了杂烩面，你们一个个都吃得顾不上说话了，小洋芋还说关哥炒的鸡蛋吃出了豆腐干的香味。"

"哈哈哈哈哈！"还没等何嘉怡说完，关海云就大笑了起来，"何嘉怡，你完全观察到了点子上，到位到位，我从年轻的时候给老婆做饭就是这个特色。"

"还没说完。"何嘉怡迫不及待地打断了关海云，"关哥打球就跟做饭一样，随便什么洞，随便什么距离，随手拿起什么杆就用什么杆来挥，漫不经心，不计输赢，这叫……随意而拿，将就而用，不以适杆而喜，不以错达而忧。似乎明月清风，不劳寻觅，随喜随缘，自在其中。"

"哈哈哈哈哈！好你个何嘉怡，生了孩子怎么变化这么大。"关海云被何嘉怡严肃的转文逗得又是一阵大笑。

第四十二章 尾声

"何嘉怡,你昨天晚上喝墨水去了吗?"官悦瞪大了眼睛盯着何嘉怡,"老板又没说要收你伙食费,你用得着这么显摆吗?"

"你的思考和总结能力希望能遗传给儿子。"尹汀忍着笑,严肃地点头。

众人嬉笑间,官山走了过来,深紫色T恤配了一条白色休闲裤和白色运动背心,整个人看起来成熟了不少。经历过生死的人,办事也更加稳重和周到了。

地震之后,所有人都把精力投入救灾之中。官山、小洋芋、尹汀、何嘉怡都取消了婚礼仪式,响应关海云的号召,为灾区投入大量人力、物力和财力。小洋芋的腿一天比一天好,因为何嘉怡怀孕要在成都休养,官山不得不带着小洋芋回到了纽约继续打理公司,小洋芋一边参与活动,一边重新复习,准备考取金融专业的研究生。

官山微笑着一一招呼过了每个人才认真说道:"老板、汀哥,开球时间到了,大家可以移步发球台,听说这里的球道有特色,难度又大,我就为每一位都请了球童,你们四人一组,我陪着小关和他的教练一组。"

"小洋芋呢?"官悦问道。

"刚刚才起来,她说她等一会儿过来带孩子们去镇上吃饭,我们不用等她。"

小洋芋的腿虽然越来越好,但是尹汀和官山平时都不让她走太多的路,像这样一下场就是十八个洞的活动,更是不会让她参加。

一行人起身朝门口走去,关海云边走边招呼正在专心看书的关小哥,"可以出发了。"

"来了。"关小哥将书收起来跳下了沙发。

"牵我。"坐在旁边玩玩具吃东西的垚垚看到哥哥起身,伸出手要哥哥带着一起走。

"我们去打球,你太小了还不能去。"关小哥转身认真地看着垚垚。

"要去!"垚垚自己从沙发上滑了下来,皱着眉哼了一声,牵着关小

哥的手不放。

"球场不允许你这么小的小朋友下场的。"关小哥重新坐下,平视着垚垚,"这样吧,等我打完球回来带你去海边骑马,骑两次。"

"好!骑马,骑三次。"垚垚竖起了三根胖乎乎的手指头。

"那……就三次吧。"关小哥勉强答应,这么小的人就会讲条件,老爸居然说长大了还要给自己当媳妇!关小哥摇摇头,表示很无奈。

"真像大哥。"尹汀笑着走了过去拍了拍关小哥的肩膀,走到推车面前,蹲下,摸了摸垚垚的头,"弟弟就交给你啦?"

尹汀看向推车里的儿子,温柔地笑了笑,再伸手将儿子文川身上的小被子掖了掖,手指拂过儿子胖胖的脸蛋时,停留了一下,饱含深情,轻轻地碰了碰才站起来安排司机和助理一起跟着去卡梅尔。

圆石滩林克斯高尔夫球场于1919年开放,被称为世界上海洋和陆地的最佳连接处,它拥有世界上最惊心动魄的三杆洞。整个球场的大部分球道临海而建,击球时,太平洋的海浪在强风袭击下拍打着建在悬崖峭壁上的果岭外侧,形成滔天泼洒的水幕墙,壮丽而又震撼。

关小哥从六岁开始学高尔夫,已经有了三年的球龄,这一次跟着大家来挑战圆石滩,兴奋又积极,跟着父亲为自己聘请的职业球手教练先众人一步到了发球台挥杆开球。

第二组的四个人紧跟其后,在渐渐散去的晨雾中走向了满是露珠的球场草地。

太平洋的海风吹来,晨雾散开,露出了灰白色的海面,越往前打,光线越清晰,太阳拨开了雾气,金光穿透云层间的缝隙,一束一束洒向了海面,万丈光辉,普照着人间。海面开始渐渐变绿变蓝,变成了绿茵场上最恢宏的背景图片。

整个圆石滩球场有十八个洞,其中七个洞紧临高低不平的海岸线而建。一边是碧波万顷的太平洋,一边是陡峭高耸的悬崖峭壁,蔚蓝海岸和金色沙滩交相辉映。

第四十二章 尾声

雾气散开，海风又起，这一天的天气给了大家一个下马威，二号洞和五号洞，即使是像关海云和尹汀这样的高手也是频频失手，何嘉怡和官悦干脆就在旁边抱着胳膊放弃再补球。

六号洞一不小心就下沙下海，果岭边上那棵百年古松迎风而立，挺拔孤傲，居高临下看着形形色色的人。

听着关小哥在前面那组和官山两个人挫败的叹息声，这一组的四个人不厚道地笑成了一片。

第七号洞是整个球场最短的三杆洞，也是全世界最有名的三杆洞，只有一百零六码，紧贴海岸而建，连着六号洞、八号洞，形成了一个延伸到了太平洋里面的半岛，是圆石滩随时出现在各种宣传页里面的标志性风景。站在半岛最靠海的七号洞发球台上，挥杆时一旦遇到周围的强风，连球飞到哪里都无法追踪和确认。

所有人站上发球台，除了关小哥的教练，每一个人连果岭都没攻上就掉了好几个小白球。反正已经打爆了杆数，前面又突然堵了起来，不慌不忙中，官山跑来跑去，给一行人拍照留念。海风飞扬，何嘉怡牵着尹汀站上礁石合影，远处海天一色，身旁海鸥飞翔，在官山按下快门的那一秒，两人相望，时光停滞。关海云在草地上闲庭信步，走到发球台上拿着一号木随意一击，小白球轻轻腾起，原本朝着海面飞去，却在靠近果岭时有一阵强风吹来，强风稳稳地将球送到了果岭上球洞边不到一码的位置。

众人回头，海浪咆哮着撞击峭壁，水幕散开，冲向了十几米高的天空，一阵欢呼声响起。

最不经意的击球，海风助力，打出了这一天中最好的击球轨迹。

关小哥从前面三步并作两步跑了过来，大声喊道："爸爸，拿一号木打全世界最短的三杆洞，你这是挑战权威吗？"

站在果岭上，关海云欣赏着自己无意的杰作，满意地点点头，对儿子说："一号木打三杆洞，大有其道，大有其道！"

"跟做饭相同的道，随性而为吧。"官悦看看远处的球，又看看关

海云。

"前面打不走,正好我们可以在这最有意思的三杆洞上挥杆论道。"何嘉怡牵着尹汀的手,两人形影不离。

"论,都来论论!"关海云兴致颇高。

"大道至简,大巧若拙。庄子说道在蝼蚁之中,在小草之中,在砖瓦之中,在屎尿之中。关哥的道,在一号木三杆洞中。"尹汀惬意放松,看向果岭,迎风而立,眼角那些日渐加深的纹路里,有豁达、有通透,这些年坎坷的经历越发沉淀出他独一无二的定力。

从波士顿到华尔街,从华尔街到西藏,从北京到纽约,再从纽约到汶川,每一次经历对于尹汀而言都是一次悟道,每一次禅悟也都是一次自我蜕变。如今的尹汀,面对风云变幻的金融市场,已是举重若轻,游刃有余。

"说得好!"关海云背着手走下了发球台,坐在旁边的球车上一边喝水一边看着朝自己走过来的这几个最亲近的人,说道,"我们共同经历了这么多过往,相信你们已能体味世间之道,心中已经生出许多光明。那我今天就来给你们讲讲这个一号木和三杆洞中关于道的哲学问题。"关海云将手放在跑过来坐在自己身边的关小哥肩膀上,看着儿子,饱含深意,"其实,用一号木来打这个三杆洞,或者是用任何一种球杆面对各种球洞,都像我们以手里有限的资源去面对各种问题一样,都那么难以选择,难以挥洒自如,但是又不得不选择,不得不挥洒。无论结果如何,不管是完美还是残缺,不管是能解决矛盾或者制造新的矛盾,这些手上的一杆一号木也好,七号铁也好,都得挥洒出去!"

"我不懂。"关小哥仰望着自己的爸爸,懵懂而又崇拜。

九岁的孩子,在强大的父亲身边随时被影响着,小小年纪就已经非常稳重和大气。

"我懂,但我说不清道理。"官悦耸耸肩,边听关海云说话边指挥着官山给大家抓拍各种在球场的照片。

第四十二章 尾声

"要说清楚这个一号木三杆洞的道,我得先给大家讲一个问道的故事。"关海云边说边下了球车,带着大家慢慢往今天的最佳落球点走去,讲起了故事,"中唐时期有个儒家的代表人物李翱,是著名的政治家、文学家和哲学家,曾在湖南的澧州当刺史。当时,著名的禅宗曹洞宗开山祖师惟俨正驻锡澧州药山寺,李翱早就景仰药山禅师的嘉声,以太守之尊屡请不至,于是就屈驾亲自拜山。哪知到了药山,惟俨禅师执经在手诵读,根本就不理他。李翱的侍者提醒大师说:'太守大人看您来了。'李翱见了,性急的他等不及惟俨大师回应,很不了然地说:'见面不如闻名啊!'拂袖就想走了。这时惟俨大师回过头来说:'太守何得贵耳贱目?'就是说你怎么相信耳闻虚名而不相信眼见之实呢?这句极有分量的话使李翱大人心中一震,即刻回身请教大道,劈头便问:'如何是道?'惟俨运用禅宗接引学人惯用的隐喻方法,用手指了指天,问:'会吗?'李翱茫然。惟俨禅师解释说:'云在青天水在瓶。'李翱当即醒悟,如同暗室已明,疑冰顿泮,立即作偈曰:'炼得身形似鹤形,千株松下两函经。我来问道无余说,云在青天水在瓶。'"

走到球洞旁边的关海云轻轻把球拨进了洞里,转身看着大家:"'云在青天水在瓶',这句饱含禅意大道的偈语,你们从中悟到什么了吗?"

尹汀的球离关海云不远,他不紧不慢地接过球童递过来的推杆,想了想,说道:"云在青天之上,水在净瓶之中,不论形态,不分高低,都自然存在于这个宇宙之中,在宇宙这个统一场中既分离又统一,既天壤相别又同宗为水,遵循着宇宙的大道之力和大道之道而衍生变换,虽可幻化,谁能逃离?"

金色的阳光映照在尹汀身旁茂盛的草上,何嘉怡崇拜地望着尹汀。

"尹总悟性果然不同凡响。"关海云站在旁边看着尹汀将球推进洞里,点点头,带着大家沿着海边往下一个洞走去。

蒙特雷湾的夏天温度适中,清爽怡人。因为太平洋的海洋气候,空气湿度很大,整个球场植被茂盛。到了下午,太阳西斜,海面金黄色的光线

柔和地铺洒在碧绿的球道上,如蒙上了一层幻彩的薄纱,一天中最美的时段就要到来。

圆石滩高尔夫球场,一年要接待世界各地的高尔夫爱好者6万人次,大家都会选择这个季节来这里圆梦,领略壮美的风景和挑战最具有难度的球道。

一阵风刮过,天边泛起了晚霞。两组人打到了第十七个洞的发球台上。

同样是出镜率最高的三杆洞,关小哥扶着官山面朝大海兴奋得跳来跳去,对着后面的关海云大喊道:"爸爸,'老虎'当年就是在这个洞,对着十七洞、十八洞交出了超好的成绩,领先对手十五杆一举成名的哦!"关小哥不仅喜欢高尔夫球,还喜欢关注高尔夫球明星,说得头头是道。

十七号洞沿海而建,长条形的果岭和环绕在周围的无数大大小小的沙坑造就了它的难度和知名度。左边的沙坑考验着选手的击球落点,只在右边留下一个缺口,当旗杆插在果岭左边的时候难度还会增加。这个最经典的三杆洞在每一次的比赛中都是出镜率最高的一个洞,每一次的公开赛中,经常都是决定胜负最关键的一个洞。

"嗯,不错,你好好打,感受一下世界冠军曾经面对的挑战。"关海云朝关小哥挥挥手,鼓励着他,转身看着尹汀说道,"也让我们一起看看这个世界上最有特色的三杆洞能吃掉我们多少球吧。"

尹汀点头,眺望远处开始分析。

官悦偏头看关海云:"老板,你心态也太好了吧,你看刚才我们前面那组,掉了几个球就在那里跟自己生气,把那么好的球杆丢海里泄愤,真是太较真了,太应该学习我们中国人的哲学了。"

"所以说不管是打高尔夫还是做其他任何事情,都有它的道在里面,一件事情光是浮于表面,不去悟道,也就失去了一些乐趣。"关海云站在发球台上,看着关小哥在教练的指导下分析着球道的设计布局,讨论着击球攻略,眼含笑意,转身说道,"刚刚聊到的'云在青天水在瓶'我觉得还可以有这样的理解。"

第四十二章 尾声

"我就知道还有下文,讲完了故事不做总结,哪里是老板的风格。"官悦朝尹汀和何嘉怡笑笑,说道,"我可以录音吗?整理成集团年终学习材料。"

"'云在青天水在瓶'乃一阴一阳之道。"看着远处广阔的大海和天空中渐渐泛起的晚霞,关海云笑了笑,慢慢说道,"云在青天,处于上而动,属阳;水在瓶中,处于下而静,属阴。二者一阴一阳,又为水的两个方面,你中有我,我中有你。不论是青天的云还是瓶中的水,虽都各守其道,云在青天悠然飘飞,无牵无挂,水在瓶中清净不染,随方就圆。然而,云一旦具备条件便可转化为瓶中的水,而瓶中的水一旦具备条件也可以转化为飘在天空的云,这又是它们实为一体的两个方面,共同遵守着宇宙之道。"

关海云顿了顿,似乎想起了什么,看看何嘉怡和官悦两个经历了跟坏人作斗争的人,缓缓说道:"当然,无知无耻,也可修成那什么……'屎尿'吧!因此,道不论其外相如何,其实其背后的道还是道,只是其外相不同罢了。所以既可以说大道似水,也可以说道在'屎尿'。可在高贵处,也可在低贱处。正是'白云升远岫,摇曳入晴空。乘化随舒卷,无心任始终。'"

最后两个高难度的洞,非常不好打,无论怎么对线,进沙的可能性都很大。前面打球的关小哥速度慢了下来,反复在斟酌,反复在球道上寻找攻上果岭不掉沙坑的最佳角度。

关海云看着儿子专注的样子,笑着点点头,继续说道:"第二点,道在常见处,也在不见处,但我们经常都只见云飞扬、水静谧,不见其道何在。其实云在青天、水在瓶中,道就在其间,虽常见其形,但难明其道,是以'人心惟危,道心惟微',便需要我们'惟精惟一,允执厥中'……第三点,水在瓶中不羡云,云在青天不弃水。"

前面的一组在教练的帮助下好不容易才上了果岭,关海云一边看着,一边把玩着手上一直拿着的HONMA一号木,语重心长道:"这些道理需要

用一生去反复领悟，我希望你们能有自己的心得，也能用自己体会到的道来经营好自己，经营好企业。"

人的一生，经历得多了，感悟才会深刻，特别是尹汀这样经历了人间炼狱、参悟生死轮回的人，关海云的一席话，让他很受启发："关哥把高深的禅意讲得很明白，正如托马斯·潘恩在他的不朽名著《常识》中所挖掘的人间大道一样，道就在我们日常常见、常识之中，但有可能我们常见而未见。"

"是啊！正是潘恩的《常识》激励了读过或听别人大声朗读过这本书的人投入美国独立运动之中，才有了后来的美国。可以说没有潘恩的笔，就不会有华盛顿举起的剑。可见知常识、明大道的力量多么伟大。"

说到这里，正好球童过来提醒大家这一组可以开球了。

关海云点点头，抛着手上的小白球，从容走向发球台。在这个全世界最独特的三杆洞边，面朝大海，轻松发力，挥动一号木打出了一个漂亮的高抛球，白色的小球不急不缓，在空中速度不快，角度精准，避开了果岭前大片的沙坑，笔直落下，稳稳落在了长形果岭之上，不再滚动。

众人一阵欢呼鼓掌，连连惊呼不可思议。

关海云转身看向大家："懂了没有？道就在其中。"

站在悬崖边上，一望无际的太平洋上小岛林立，礁石上栖息着海豹和海鸟，一片和谐宁静。

金涛拍岸，一端是绿色层叠，一端是湛蓝天空，海天交接，风云变幻。

百年孤松俯瞰惊涛拍岸。海鸥的队伍分秒变换，海狮栖息期间。

球场的风笛手吹奏起悠扬的笛声，随着太平洋的海风在球场上飘荡，隽永而绵长。